AUNG SAN SUU KYI

Der Weg zur Freiheit

INHALT

EINLEITUNG

Dieses Buch will nichts anderes sein als die Verwirklichung seines ursprünglichen Anliegens: die Aufzeichnung einer außergewöhnlichen Reihe von Gesprächen mit einer einzigartigen Frau und der gegenwärtig berühmtesten politischen Dissidentin der Welt – Aung San Suu Kyi, Trägerin des Friedensnobelpreises und zahlreicher weiterer angesehener internationaler Auszeichnungen, die ihr verliehen wurden für ihre mutige Führerschaft im gewaltlosen Kampf um Gerechtigkeit, Freiheit und Demokratie für das Volk von Birma. Aung San Suu Kyi ist, mit den Worten Václav Havels, eines der »herausragenden Beispiele für die Macht der Machtlosen«.

In diesen Gesprächen, die über einen Zeitraum von neun Monaten, von Oktober 1995 bis Juni 1996, in ihrem Haus in der Hauptstadt Rangun geführt wurden, erzählt Aung San Suu Kyi ihre eigene Geschichte. Wir erhalten auf diese Weise einen – nur selten gewährten – direkten Einblick in die Wertvorstellungen und die Philosophie dieser ungewöhnlichen Frau. Sie erklärt, wie sie zu dem Entschluß kam, alles zu wagen und sich an dem Kampf des birmanischen Volkes zu beteiligen, ihn schließlich sogar anzuführen, einem Kampf, der ausgefochten wird von »einer großen Zahl von Frauen und Männern, die tagtäglich ihr Leben aufs Spiel setzen für die Prinzipien und Rechte, die [...] eine würdige Existenz [...] garantieren«. Dieses Buch ist eine Reise in das Herz dieses Kampfes, der im von instabilen Verhältnissen geprägten heutigen Birma tobt, einer südostasiatischen Nation von 45 Millionen Einwohnern, die jetzt, in diesem Augenblick, mit ihrem Leben für das Recht eintreten, über ihr Schicksal selbst zu bestimmen.

Die Bedingungen, unter denen dieses Buch zustande kam, sind verwickelt und bedürfen einer Erläuterung, und sei es auch nur, um sich eine bessere Vorstellung von der Schwierigkeit der Situation selbst machen zu können.

Meine Verbundenheit mit Birma reicht bis in das Jahr 1977 zurück, als ich das Land mit einem Visum für höchstens sieben Tage in der Tasche zum erstenmal betrat. Ich wollte nach Möglichkeiten fahnden, als buddhistischer Mönch in einem Kloster Aufnahme zu finden, um dort nach dem *dhamma* – der Lehre des Buddha – zu leben. Von Birma wußte ich damals nur, daß es eine uralte buddhistische Kultur bewahrte und daß rund eine Million Mönche und Nonnen in den vielleicht 5000 im ganzen Land verstreuten Klöstern lebten. Erst in Birma selbst stellte ich zu meiner Überraschung fest, daß das Land außerdem von einem totalitären Gewaltregime beherrscht wurde, an dessen Spitze General Ne Win stand – ein exzentrischer und erbarmungsloser Diktator, der alles Fremde haßte.

Im März 1962 hatte General Ne Wins neugebildeter Revolutionsrat nach der Machtergreifung durch einen Militärputsch die Verfassung außer Kraft gesetzt und sofort anschließend das Land gegen alle neugierigen Blicke von außen abgeschottet. Im Rahmen einer isolationistischen Politik, die er als den birmanischen Weg zum Sozialismus bezeichnete, vertrieb er alle ausländischen Journalisten aus dem Land, verstaatlichte die meisten Industriezweige und Finanzinstitutionen, unterdrückte die Presse und errichtete einen Polizeistaat, der sich auf Angst, Repression und Folter stützte.

Als mein Visum abgelaufen war, verließ ich Birma, fest entschlossen, hierher zurückzukehren und mir meinen Wunsch zu erfüllen, unter der Anleitung von Mönchen den Buddhismus zu praktizieren und mich so in diese 2500 Jahre alte Tradition einführen zu lassen. Im Jahre 1979 erhielt ich ein langfristiges »Klostervisum« und die Erlaubnis, Mönch zu werden. Die folgenden acht Jahre verbrachte ich größtenteils in einem Kloster in Rangun. Im Lauf dieser Zeit konnte ich spüren, wie die Spannungen zunahmen. Menschen, die das Kloster aufsuchten, brachten häufig ihre Hoffnungslosigkeit und Verzweiflung zum Ausdruck, sie sprachen von der Korruption und den Entbehrungen, unter denen sie zu leiden hatten. Zweimal wurden während dieser Zeit bestimmte Banknoten aus dem Verkehr gezogen und auf diese Weise nahezu 70 Prozent der umlaufenden Währung wertlos gemacht. Da die Klöster auf die Unterstützung durch die Bevölkerung angewiesen sind, bekamen wir die Auswirkungen unmittelbar zu spüren - die Lebensmittelspenden gingen drastisch zurück. Kurz darauf wurde mein Antrag auf eine Verlängerung meines Visums abgelehnt, so daß ich das Kloster verlassen und in die Vereinigten Staaten zurückkehren mußte.

Im März 1988 gingen kleine Gruppen von birmanischen Studenten auf die Straßen Ranguns und forderten radikale politische Veränderungen. Ein Aufbegehren gegen die Diktatur Ne Wins hatte es noch nie gegeben, und es war vorhersehbar, welchen Ausgang dieser mutige Protest nehmen würde. Allein bei einem Zwischenfall kamen 41 verletzte Studenten, die man in einen Polizeitransporter gesperrt hatte, durch Ersticken zu Tode. Dieses brutale Vorgehen führte allerdings nur dazu, daß die Entschlossenheit und der Einsatzwille der Studentenbewegung, die immer mehr Zulauf fand, sich weiter verstärkten.

Ende März erhielt Aung San Suu Kyi, die gemeinsam mit ihrem Mann Michael Aris, einem britischen Wissenschaftler, und ihren Söhnen Alexander und Kim in Oxford lebte, telefonisch die alarmierende Nachricht, daß ihre Mutter einen schweren Schlaganfall erlitten hatte. Wenige Tage später befand sich Aung San Suu Kyi, die während ihres dreiundzwanzigjährigen Aufenthaltes im Ausland regelmäßig ihre Heimat Birma besucht hatte, wieder in Rangun, am Bett ihrer sterbenden Mutter. Ihr Vater Aung San, der Birma 1947 nach fast 150 Jahren Kolonialherrschaft in die nationale Unabhängigkeit geführt hatte und bis heute in seinem Land die berühmteste und am meisten geachtete politische Persönlichkeit ist, war bereits wenige Monate nach Erlangung der Unabhängigkeit ermordet worden.

Am 23. Juli 1988 verkündete Ne Win zum Erstaunen und unter dem Jubel der ganzen Nation in einer Fernsehansprache den Austritt aus seiner Partei, der BSPP (Burma Socialist Programme Party), und forderte einen Volksentscheid über die politische Zukunft Birmas. Nach drei Jahrzehnten, in denen er das Land mit eiserner Faust regiert hatte, waren die Menschen von dieser schier unvorstellbaren Entscheidung wie elektrisiert. Doch die Träume vom baldigen Übergang von der Diktatur zu einer echten Demokratie zerstoben schnell, da Ne Wins Parteigenossen sich unverzüglich seiner Forderung widersetzten. Daraufhin kam es zu einer überwältigenden Demonstration des Unwillens der Bevölkerung: Empört veranstalteten Millionen von Bürgern in allen Städten des Landes friedliche Protestumzüge, sie verlangten die Einsetzung einer zivilen Übergangsregierung, ein demokratisches Mehrparteiensystem mit freien und fairen Wahlen und die Wiederherstellung grundlegender bürgerlicher Freiheiten. Als die Demonstrationen sich immer mehr ausbreiteten, setzten Militärbefehlshaber, die loyal zu Ne Win standen, Tausende von Elitesoldaten in Marsch mit dem Befehl, gezielt in die Menge der Demonstranten zu schießen.

»Tausende von uns knieten vor den Soldaten nieder«, berichtete später eine Studentin, die an einer Protestveranstaltung teilgenommen hatte. »Wir sangen vor ihnen: Wir lieben euch; ihr seid unsere Brüder; wir wollen nur unsere Freiheit; ihr seid die Armee des Volkes, kommt auf unsere Seite.« Die Demonstration endete tragisch, mit dem »Massaker vom 8. 8. 88«, wie es später genannt wurde, einem Blutbad, das sogar noch jenes im Jahr darauf auf dem Tiananmen-Platz [Platz des Himmlischen Friedens] in Beijing übertraf. Im Verlauf dieser Gewaltorgie wurden mehrere tausend unbewaffnete Demonstranten getötet, mindestens ebenso viele verletzt, und Tausende wanderten ins Gefängnis.

Doch in dieser bedrängenden Finsternis leuchtete ein Schimmer der Hoffnung auf: Die Bewegung erhielt eine Anführerin. Am 26. August 1988 gab Aung San Suu Kyi bei einer Kundgebung in der Nähe der Shwedagon Pagode in Rangun, zu der sich schätzungsweise 500 000 Menschen versammelt hatten, ihre Entscheidung bekannt, an dem Kampf um Demokratie teilzunehmen. »Dieser große Kampf ist aus dem starken und tiefen Wunsch des Volkes nach einem uneingeschränkt demokratischen, parlamentarischen System erwachsen«, erklärte sie. »Als die Tochter meines Vaters konnte ich gegenüber all diesen Vorgängen nicht gleichgültig bleiben.«

Die Bewegung fand enormen Zulauf. In ihrer mitreißenden Kampagne folgte Aung San Suu Kyi dem Beispiel von Mahatma Gandhi und Martin Luther King: Zur Erreichung ihres Zieles, eines demokratischen Regierungssystems, setzte sie auf die Taktiken der Gewaltfreiheit und des zivilen Ungehorsams. Ihre zentrale Botschaft, der tief im Buddhismus verwurzelte Gedanke der Selbstverantwortung des Individuums, entwickelte sich zu einem hohen Idealen verpflichteten politischen Programm, das sie selbst als Birmas »Revolution des Geistes« bezeichnet.

Am 18. September 1988, als sich ein Übergang zur Demokratie schon abzuzeichnen schien, bediente sich Ne Win als Drahtzieher hinter den Kulissen der Armee, um mit einem Staatsstreich die Macht zu ergreifen. Er übertrug die Regierungsgewalt über Birma dem aus 21 Militärkommandeuren bestehenden »State Law and Order Restoration Council« (Rat zur Wiederherstellung von Sicherheit und Ordnung), kurz SLORC genannt. Der SLORC führte das Kriegsrecht wieder ein: Versammlungen von mehr als vier Personen konnten mit Gefängnis bestraft werden; es wurde eine nächtliche Ausgangssperre verhängt, und an die Stelle von Zivilgerichten traten Militärtribunale. Und der SLORC zögerte nicht, hart durchzugreifen: Tausende von Birmanen wurden verhaftet, was die Unruhe und Empörung in der seit den Augustmassakern bereits verbitterten Bevölkerung noch zusätzlich schürte.

Um den Zorn der Massen zu beschwichtigen, schwenkte der SLORC mit dem Zuckerbrot und stellte für das Frühjahr 1990 »freie und faire Mehrparteienwahlen« in Aussicht. Daraufhin ließen sich innerhalb von drei Monaten über 200 Parteien beim Wahlausschuß des SLORC registrieren. Die mit Abstand stärkste und populärste von ihnen war die von Aung San Suu Kyi und ihren engsten Mitstreitern gegründete National League for Democracy (NLD).

Die demokratischen Führer wie auch unabhängige Beobachter erkannten jedoch bald, daß der Ölzweig des SLORC nichts als Maskerade war: Das Militär schikanierte die Anhänger der demokratischen Parteien in übelster Weise. In den Jahren 1989 und 1990 berichtete die »New York Times«, daß über 500000 birmanische Bürger mit Gewalt aus den Zentren der großen Städte vertrieben und in von Krankheiten befallene »Trabantenstädte« umgesiedelt wurden. Es war allgemein bekannt, daß die vom SLORC geräumten Wohnviertel Hochburgen der Demokratiebewegung gewesen waren und daß dort besonders viele Anhänger Aung San Suu Kyis gelebt hatten.

Am 27. Mai 1990 wurden Wahlen abgehalten, bei denen die NLD von Aung San Suu Kyi einen Erdrutschsieg errang: Sie erhielt über achtzig Prozent der abgegebenen Stimmen und eroberte 392 von insgesamt 485

Parlamentssitzen. Bereits am 20. Juli 1989 hatte die Regierung Aung San Suu Kyi unter Hausarrest gestellt und weitere Parteiführer ins Gefängnis werfen lassen. Statt die Macht wie versprochen den gewählten Volksvertretern zu übertragen, griff der SLORC erneut zu landesweiten Unterdrückungsmaßnahmen und ließ viele gewählte Abgeordnete verhaften. Andere flohen ins Exil, die übrigen wurden auf verschiedene Weise zum Schweigen gebracht.

Seit diesen stürmischen Tagen haben sich in Birma viele Dinge ereignet, die man unmöglich alle aufzählen kann. Eine Tatsache ist jedoch festzuhalten. Zwar wurde am 10. Juli 1995, nach sechs Jahren, der über Aung San Suu Kyi verhängte Hausarrest aufgehoben, doch wie sie mir vier Monate später in unserem ersten Gespräch sagte, hatte sich »seit meiner Freilassung nichts geändert ... Die Welt soll wissen, daß wir noch immer Gefangene in unserem eigenen Land sind«.

Hier, an diesem Punkt, beginnt unsere Geschichte; sie spielt in der bedrückenden, wahnwitzigen Atmosphäre des vom SLORC beherrschten Birma, in einem totalitären Gefängnis, in einer Nation, die als Geisel gehalten wird; und aus dem Innern dieses Gefängnisses ertönt die Stimme des Widerstands und wartet darauf, gehört zu werden.

Als ich im Oktober 1995 in Birma eintraf, hatte ich Aung San Suu Kyi bislang weder persönlich kennengelernt noch mit ihr gesprochen. Dennoch war sie für mich keine Unbekannte. In den vorausgegangenen sieben Jahren hatte ich ein Buch über die Krise in ihrem Land geschrieben und an einer fotografischen Dokumentation mitgewirkt; daneben war ich als Berater für einen Dokumentarfilm von John Boorman, der den Kampf Birmas schilderte, tätig gewesen und hatte auch das Drehbuch bearbeitet. Außerdem kannte ich eine große Anzahl von Videoaufnahmen, die man aus Birma herausgeschmuggelt hatte. Ich hatte viele der Reden von Aung San Suu Kyi gelesen und mich bei allen für mich erreichbaren Menschen, die sie kannten oder mit ihr gesprochen hatten, nach ihr erkundigt. Und schließlich hatte ich zahlreiche Vorträge über Birmas Demokratiebewegung gehalten, wobei es mir vor allem um deren Verbindungen zum Buddhismus ging. All das, was ich bei meinen Studien und Recherchen über sie erfuhr, hatte bewirkt, daß ich, wie so viele andere, von Aung San Suu Kyi fasziniert war. Sie führte mir, ebenso wie allen anderen, eine großartige Vision vor Augen, eine Vision, die

Selbstachtung, menschliche Würde, Mitleid und Liebe höher stellt als materielle und wirtschaftliche Überlegungen.

Ich wußte nichts von ihr, was zu ihrer persönlichen Sphäre gehört, und außer einigen knappen, grundlegenden historischen Daten, die ihre Vergangenheit betreffen und die in diesem Buch von ihr selbst oder von mir erwähnt werden, bleibt das Privatleben Aung San Suu Kyis auch weiterhin dem grellen Licht der Öffentlichkeit entzogen. In all den Jahren, in denen man sie unter Hausarrest gestellt und von ihren Angehörigen getrennt hatte, war sie stumm geblieben - sie wurde während dieser Zeit zu einem Mythos. Endlich wieder in Freiheit, bietet sie erneut mit mutigen Worten und Taten der Gewaltherrschaft des SLORC die Stirn; in ihrem Bestreben, die Gefängnistore dieses Totalitarismus aufzustoßen, wird niemand sie aufhalten können.

Das ist die Aung San Suu Kyi, wie ich sie kennengelernt habe - eine energische Frau mit einer unerschütterlichen Überzeugung, ihren Grundsätzen unbeirrbar treu und getragen von einem Gefühl der Gerechtigkeit und Pflichterfüllung. Sie verabscheut jede Heuchelei, während sie ihre eigenen Schwächen bereitwillig eingesteht. Ihr Mitgefühl ist echt und spürbar. Die Eigenschaft, die sie meiner Meinung nach vor allem auszeichnet, ist Aufrichtigkeit. Ihr liegt die Überzeugung zugrunde, daß jeder die Möglichkeit hat, sich selbst weiterzuentwickeln und zu vervollkommnen. Aung San Suu Kyi ist eine Suchende - eine Seelenpilgerin -, für die ihr Leben ein Mittel ist, um zu tieferen und größeren Wahrheiten vorzustoßen. Ihre Spiritualität zeigt sie in einer ruhigen, unprätentiösen und feinsinnigen Weise, zugleich jedoch mit einer Ungezwungenheit, die sie noch reizvoller macht. Ihr Lachen ist leicht und frei. Aung San Suu Kyi ist wie feines Porzellan, ihre Gesichtszüge sind von der klassischen Schönheit eines japanischen Haiku; nichts an ihr wirkt unstimmig, weder die Blumen in ihrem Haar noch die perfekt gebügelte traditionelle birmanische Kleidung, die sie mit großer Eleganz trägt. Sie hat eine wohlklingende, weiche Stimme, und ihr Tonfall verrät viel Sinn für Musikalität. Ihre Worte sind einfach, gelegentlich sogar verblüffend einfach, und sie werden ohne jeden Hintergedanken ausgesprochen. Sie ist offen und direkt.

Hat sie irgendwelche Fehler? Sie wäre die erste, das zuzugeben. War ich zufrieden mit meinen Gesprächen mit ihr? Letztlich hatte ich mehr gewollt, als sie zu geben bereit war. Aung San Suu Kyi ist eine überaus diskrete Person, die über ihr persönliches Leben und jeden Aspekt ihrer inneren Welt, den sie als privat betrachtet, Schweigen bewahrt. Mir erschien sie in manchen Bereichen wie ein verschlossenes Grab, in anderen dagegen wie eine sich weit öffnende Welt. Mit der Zeit erkannte ich, daß mein Wunsch nach mehr mit mir selbst und nichts mit ihr zu tun hatte. Bei unserer ersten Begegnung sagte sie: »Bitte fragen Sie mich ruhig, was Sie fragen möchten, aber ich hoffe, daß Sie von mir erwarten, daß ich so antworte, wie ich gern antworten möchte.« Aung San Suu Kyi ist in jeder Hinsicht eine eigenständige Persönlichkeit, und es war genau dieser Aspekt, den ich während unserer gemeinsamen Zeit am meisten schätzenlernte: Ich hatte eine Frau vor mir, die, während sie für die Unabhängigkeit anderer kämpfte, vom Bewußtsein ihrer eigenen Souveränität und ihres Glücks erfüllt war.

Den Abschluß dieses Buches bilden zwei Gespräche mit Aung San Suu Kyis wichtigsten Mitstreitern, U Tin Oo und U Kyi Maung. Beide stehen zusammen mit ihr an der Spitze der NLD, der National League for Democracy, die von ihnen gemeinsam im September 1988 gegründet worden war. Die Aufnahme dieser Gespräche in das Buch war die einzige Bedingung, die Aung San Suu Kyi mir gestellt hatte: »Ich werde mich nur dann auf dieses Unternehmen einlassen«, erklärte sie bei unserem ersten Treffen, »wenn meine beiden geschätzten Mitarbeiter einbezogen werden, und natürlich auch nur, wenn sie mit dem Projekt insgesamt einverstanden sind. Wenn Sie ihre Zustimmung erhalten, bin ich mit ganzem Herzen dabei.«

In der Tat vermag der Beitrag dieser beiden Männer zum einen die Position Aung San Suu Kyis noch zu verdeutlichen; zum anderen gibt er einen Einblick in die Dynamik ihres gemeinsamen Engagements im Kampf um Demokratie.

Diese Einleitung bliebe unvollständig ohne einige Worte über die Form, die ich für das Buch gewählt habe – es bietet eine Reihe von Gesprächen, die ohne nachträgliche Bearbeitung so wiedergegeben werden, wie sie wirklich stattgefunden haben. Ursprünglich hatte ich beabsichtigt, die Gespräche nach einer strengen chronologischen und thematischen Ordnung zu führen. Vor Ort in Birma mußte ich diesen Plan jedoch fallenlassen. Ich hatte keinerlei Vorstellung davon, wie prekär die

Lage trotz der Entlassung von Aung San Suu Kyi noch immer war. Man muß wissen, daß sie jederzeit erneut unter Arrest gestellt werden kann. Darüber hinaus lebte ich mit dem Risiko, von einem Tag auf den anderen des Landes verwiesen zu werden. (Tatsächlich gehöre ich inzwischen für die birmanische Regierung zu den im Land dauerhaft unerwünschten Personen, wie ich erfahren mußte, als ich vor kurzem in der birmanischen Botschaft in Paris wieder ein Visum beantragte.) Jedes unserer Gespräche führten wir in dem klaren Bewußtsein, daß es möglicherweise das letzte war. In dieser Situation entschied ich mich dafür, bei unseren Begegnungen immer einen ganzen Komplex von Themen anzusprechen, statt mich jeweils auf einen einzigen Punkt zu konzentrieren. Daher dokumentiert das Buch den tatsächlichen Verlauf der Gespräche. An der Abschrift der Tonbandmitschnitte wurden nur geringfügige, von Aung San Suu Kyi selbst gebilligte redaktionelle Änderungen vorgenommen.

Aber wie haben wir begonnen?

Es war Anfang Dezember 1995. Seit sechs Wochen saß ich in meinem Hotelzimmer in Rangun und wartete nur auf eines – einen Anruf von Aung San Suu Kyis Büro, in dem man mir einen Termin für unser erstes Gespräch geben würde. Damals, noch im frühen Oktober, als wir zum erstenmal das Projekt besprachen, hatte sie erklärt: »Unsere Lage unter dem SLORC ist unberechenbar, deshalb haben Sie bitte Geduld. Und natürlich läßt sich nichts darüber sagen, wie weit wir kommen werden, aber wir wollen es versuchen.« Als sie mich zur Haustür begleitete, blieb sie stehen und meinte: »Mein Vater pflegte zu sagen: ›Hoffe auf das Beste und mach dich auf das Schlimmste gefaßt!‹ Ich denke, daran sollte man sich immer halten.«

Mit jedem Tag verschärfte sich die politische Krise. Ende November, nachdem die Abgeordneten der NLD aus dem vom SLORC einberufenen, international scharf kritisierten Nationalkonvent ausgezogen waren, sahen sich Aung San Suu Kyi und ihre beiden Mitkämpfer U Tin Oo und U Kyi Maung in der einzigen englischsprachigen Zeitung Birmas – »The New Light of Myanmar« [»Myanmar« ist der heutige offizielle Name des Landes] – zunehmend heftigen Angriffen ausgesetzt. Auf zwölf Seiten, angefüllt mit militärischen Parolen sowie rassistischer und fremdenfeindlicher Propaganda, und in fast täglichen halbseitigen Leitartikeln wurden Aung San Suu Kyi und ihre zwei Parteifreunde mit wütenden Worten attackiert. Das Militär kündigte an, diese »destruktiven Elemente«, welche die »Ruhe der Nation« störten, zu »vernichten«.

Am Donnerstag, dem 30. November, machte ich mich durch dunkle Gassen auf den Weg zu einem Treffen mit dem Stellvertretenden Vorsitzenden der NLD, U Tin Oo, einem mir lieben alten Freund. Nach seiner Freilassung aus dem Gefängnis im Jahr 1980 hatten wir gemeinsam als buddhistische Mönche gelebt. Von einem nahegelegenen Kloster hallte der Gesang der Mönche durch die Stille: »Annika vatta sankara upadavio dhammino.« Alle Dinge in dieser Welt sind vergänglich. Ich verlangsamte meinen Schritt, und während der Gesang verwehte, blieb ich plötzlich vor U Tin Oos Haus wie angewurzelt stehen. Acht bewaffnete Militärpolizisten sahen mir kalt in die Augen.

Ich ging an den Polizisten vorbei, öffnete das große Tor und eilte zur Vordertür. U Tin Oos Frau empfing mich mit einem entschlossenen Ausdruck. »Er ist oben und sucht seine Medikamente und ein paar Habseligkeiten zusammen. Ich sage ihm Bescheid, daß Sie hier sind.«

Wenige Minuten später kam U Tin Oo die Treppe herunter. »Keine Sorge«, sagte er lächelnd. Er nahm mich sanft am Arm und begleitete mich zur Tür zurück. »Sie sollten besser nicht hier sein. Daw Aung San Suu Kyi rechnet damit, ebenfalls wieder verhaftet zu werden. Sie bereitet die Papiere vor für die Übergabe der Parteiführung und notiert Anweisungen, was nun getan werden muß. Schnell, Sie dürfen sich nicht auch selbst noch in Schwierigkeiten bringen.«

Kaum war ich zurück in meinem Hotel, schickte ich ein kurzes Fax an meinen Verleger, in dem ich ihm mitteilte, daß wir »das Buch sehr wahrscheinlich vergessen können«. Danach packte ich meine Koffer und ging mit der Aussicht zu Bett, Birma am kommenden Nachmittag zu verlassen.

Doch am nächsten Morgen in der Frühe klingelte das Telefon, und die Stimme von U Aye Win, dem Verbindungsmann Aung San Suu Kyis zu den ausländischen Medien (er wurde am 21. Mai 1996 verhaftet und ist bis heute im Gefängnis), teilte mir mit: »Ihr Termin für das erste Gespräch mit Daw Aung San Suu Kyi ist der kommende Montag um 15.30 Uhr.« Genau wie U Tin Oo setzte auch er dem Namen von Aung

San Suu Kyi stets die Bezeichnung »Daw« voran, die respektvolle Anrede für eine ältere Frau.

Genau zwanzig Minuten nach drei klopfte ich an das große Eisentor, das zum Gelände der University Avenue 54 führte. Sogleich wurde ich von mehreren jugendlichen Mitgliedern der NLD hereingebeten - sie gehörten zu einer Gruppe engagierter junger Männer, die innerhalb des Anwesens von Aung San Suu Kyi leben und als ihre unbewaffneten Leibwächter auftreten (einige von ihnen wurden ebenfalls im Mai 1996 verhaftet). Sie eskortierten mich hinüber zum Kontrollpunkt des militärischen Geheimdiensts des SLORC, einer kleinen Holzbaracke unmittelbar hinter dem Tor. Der diensthabende Leiter forderte mich auf, meine Personalien anzugeben und mit einer Unterschrift zu bestätigen, während ein anderer aus der Baracke herauskam und mich fotografierte. Sie nickten mir zu und widmeten sich sogleich wieder ihrem Schachspiel und ihren Büchern.

Die große weiße, mit Stuck verzierte Villa im Stil der Kolonialzeit, die am Ende einer langen, von Palmen gesäumten Zufahrt am Ufer des Inya Sees liegt, war schon etwas heruntergekommen: Die Farbe blätterte ab, und große Wasserflecken, Hinterlassenschaften der schweren Monsunregenfälle, waren sichtbar. Doch mir gefiel das Haus gerade in diesem schlechten baulichen Zustand. Irgendwie verlieh er dem Gebäude Charakter, er gab ihm das, was man an Antiquitäten liebt, die man ja auch unrestauriert läßt. Außerdem strahlte der Ort eine heitere Gelassenheit aus, er war wie eine friedliche Oase oder eine stille Insel inmitten der Gewalt und Unterdrückung, die außerhalb des Anwesens herrschten.

Ich wartete eine kurze Zeit unter der großen Vorhalle in der Nähe der Eingangstür, dann streckte U Aye Win seinen Kopf heraus und sagte: »Kommen Sie bitte herein.« Er führte mich durch das Foyer in ein geräumiges Wohnzimmer mit hohen Wänden. »Daw Aung San Suu Kyi wird gleich zu Ihnen kommen.«

Da stand ich nun und blickte auf Geschichte. Eine Wand des Zimmers wird von einem großen Batikporträt ihres Vaters Bogyoke Aung San beherrscht. An den übrigen Wänden hängen mehrere alte eingerahmte Fotografien, die Aung San Suu Kyi als junges Mädchen mit ihrer Familie zeigen. Ansonsten ist das Zimmer leer bis auf einen Stuhl aus

Holz, einen kleinen runden eisernen Tisch mit einer Blumenvase in der Mitte und daneben einer japanischen Teekanne mit zwei Tassen sowie ein langes Sofa mit Rückenlehne, das unter einem großen, mit einem Vorhang versehenen Erkerfenster der Rundung der Mauer angepaßt ist.

Ich ging hinaus auf die Veranda. Der See war ruhig, und eine sanfte Brise brachte Erholung von der Hitze und der hallenden Stille des Zimmers.

Um Punkt halb vier öffnete sich die Tür, und Aung San Suu Kyi betrat das Zimmer. Sie strahlte eine große Kraft aus, die von einer ruhigen Zuversicht begleitet und ausgeglichen wurde, einer anmutigen Entschlossenheit, welche die Knospen einiger kleiner weißer Orchideen in ihrem tiefschwarzen Haar noch stärker zur Geltung brachte. Es waren jedoch vor allem ihre Herzlichkeit und Spontanität, die mir jede Befangenheit nahmen. Sie setzte sich auf die Kante des Sofas und sagte lächelnd: »Nun, dann wollen wir mal anfangen mit dem Buch.« Ich drückte die Aufnahmetaste, und die Geschichte begann.

Alan Clements
Paris, im Juli 1996

WIR SIND NOCH IMMER GEFANGENE IN UNSEREM EIGENEN LAND

Alan Clements: Ihr Vater – Aung San – ist der vielleicht berühmteste Mann in der langen Geschichte Birmas. Noch heute, rund fünfzig Jahre nach seinem Tod, erfüllt sein Name die Menschen mit Ehrfurcht. Er war ein spiritueller Suchender, ein heldenhafter Kämpfer für die Freiheit und ein großer Staatsmann. Und als Sie sich am 26. August 1988 dem Kampf Ihrer Nation um Demokratie angeschlossen haben, verkündeten Sie in Ihrer Rede bei der Shwedagon Pagode vor einer Menge von über einer halben Million Menschen, sie würden »mit der Teilnahme an diesem Kampf um die Freiheit … in die Fußstapfen meines Vaters treten und seiner Tradition folgen«. Außerdem haben Sie gesagt: »Wenn ich meinen Vater ehre, ehre ich all jene, die für politische Integrität in Birma stehen.« Daw Suu, diese Sätze möchte ich gern zum Ausgangspunkt nehmen, um Ihre Geschichte nachzuvollziehen und um besser verstehen zu lernen, was Sie dazu bewogen hat, für die Freiheit Ihres Volkes zu kämpfen. Was bedeutet politische Integrität für Sie?

Aung San Suu Kyi: Politische Integrität bedeutet schlicht und einfach Ehrlichkeit in der Politik. Es ist einer der wichtigsten Grundsätze, das Volk niemals zu betrügen. Jeder Politiker, der das Volk betrügt, entweder zum Vorteil seiner eigenen Partei oder weil er glaubt, es sei zum Vorteil des Volkes, offenbart einen Mangel an politischer Integrität.

Clements: Wie steht es mit der »politischen Integrität« des SLORC?

Suu Kyi: Na ja … (lacht), manchmal fragt man sich, ob sie [die Mitglieder des SLORC] überhaupt wissen, was politische Integrität bedeutet, schließlich haben sie das Volk mehrfach betrogen. Sie haben Versprechungen gemacht und nicht gehalten.

Clements: Indem sie beispielsweise die Ergebnisse ihrer »freien und fairen« Wahlen im Jahre 1990 nicht anerkannt haben, in denen Ihre Partei, die NLD, einen Erdrutschsieg errungen hatte? Welche offizielle Begründung hat der SLORC eigentlich dafür gegeben, daß er das Wahlergebnis nicht anerkannt hat?

Suu Kyi: Eine wirkliche Begründung ist nicht erfolgt. Aber wie Sie sehen, hat der SLORC nicht zugelassen, daß die gewählten Volksvertreter beim Entwurf der neuen Verfassung eine nennenswerte Rolle spielen konnten. Im Nationalkonvent hat niemand die Möglichkeit, sich frei zu äußern. Der NLD wurde nicht einmal erlaubt, gegen undemokratische Verfahrensweisen zu protestieren. Deshalb haben wir beschlossen, dem Konvent so lange fernzubleiben, bis es gelungen ist, einen ernsthaften Dialog in Gang zu setzen.

Clements: Wenn man die Krise in Birma näher betrachtet, fällt einem als erstes die tiefe Kluft auf zwischen jenen, die für Demokratie kämpfen – der NLD –, und den anderen, die alle demokratischen Ansätze unterdrücken – dem SLORC. Vielleicht ist die Frage noch verfrüht, aber gibt es Beispiele für einen guten Willen und für Vertrauen zwischen beiden Seiten, existieren Bereiche, in denen beide Parteien in irgendeiner Hinsicht echte Gemeinsamkeiten haben?

Suu Kyi: Ich wäre froh, wenn es die gäbe, aber bis jetzt hatten wir noch nicht die Möglichkeit, das festzustellen. Das ist der Grund, warum wir den Dialog für so wichtig halten. Wie können wir herausfinden, ob es Orte gibt, an denen wir zusammenkommen, Bereiche, in denen wir zusammenarbeiten können, solange wir nicht miteinander reden? Ich habe allerdings ein ziemlich schockierendes Interview gelesen, das einer der SLORC-Minister einem ausländischen Journalisten gegeben hat. Der Minister sagte: »Mit Geld können Sie alles erreichen. Wenn Sie eine Zehndollarnote über ein Grab halten, wird eine Hand aus der Erde kommen und danach greifen. Und wenn Sie eine Hundertdollarnote nehmen, wird der ganze Leichnam herauskommen.« Dem kann man wohl entnehmen, daß sie offenbar überhaupt keine Grundsätze haben. Wenn sie der Meinung sind, jeder lasse sich mit Geld kaufen, dann ist das ein empörendes Bekenntnis.

Clements: Das klingt wie die Phantasie eines Soziopathen, eines Menschen mit abartigem sozialen Verhalten …

Suu Kyi: Mag sein - aber man fragt sich doch, warum? Warum sind sie so? Ich glaube, das Warum interessiert sie überhaupt nicht. Es gibt einen Ausspruch, den die Obrigkeit zu benutzen pflegt: »Es interessiert uns nicht, ob eine Wasserflasche ein Loch hat. Uns interessiert allein das Wasser.« Das heißt, ihr sollt einfach das tun, was wir euch sagen, ohne Ausflüchte zu suchen. Alles, was wir wollen, sind Ergebnisse. Das ist eine sehr merkwürdige Einstellung.

Clements: Wie würden Sie die kollektive Psychologie des SLORC beschreiben?

Suu Kyi: Generell habe ich von diesen Leuten den Eindruck, daß sie gar nicht wissen, was Verständigung bedeutet. Sie kommunizieren nicht, weder mit der Bevölkerung noch mit der Opposition. Und ich frage mich auch, ob sie sich überhaupt untereinander verständigen. Bei der Vorstellung, alle im SLORC würden die Meinung dieses Ministers teilen, daß allein das Geld den Ausschlag gibt, kommt mir das ziemlich traurige Bild von einer Gruppe von Leuten vor Augen, die sich gegenseitig Dollarnoten zuschaufeln.

Clements: Könnte man sagen, daß das Regime - der SLORC - aus Buddhisten besteht?

Suu Kyi: Ich äußere mich ungern über die religiösen Neigungen anderer Menschen. Es ist nicht meine Sache, zu sagen, wer Buddhist ist und wer nicht. Aber ich muß sagen, daß einige ihrer Handlungen mit den Lehren des Buddhismus nicht vereinbar sind.

Clements: Zum Beispiel?

Suu Kyi: Es liegt so wenig Herzensgüte und Mitgefühl in dem, was sie sagen, was sie schreiben und was sie tun. Es ist sehr weit entfernt vom buddhistischen Weg.

Clements: Entfernt auch vom Volk?

Suu Kyi: Ja. Das ist das Problem vieler autoritärer Regime, sie ziehen sich immer weiter vom Volk zurück. Sie sorgen selbst dafür, daß sie isoliert sind, weil sie alle Menschen in Angst und Schrecken versetzen, selbst die eigenen Untergebenen, die keine Möglichkeit sehen, etwas zu sagen, das unerwünscht sein könnte.

Clements: Ja, das ist mir auch aufgefallen. Als ich mich 1990 im birmanischen Dschungel an der Grenze zu Thailand aufhielt, wurde ich Zeuge einer »ethnischen Säuberungskampagne« des SLORC, die sich gegen die Karen und zu einem Teil auch gegen die Völker der Mon und der Shan richtete. Damit verbunden war der Versuch, die bewaffneten Kräfte der Demokratiebewegung zu vernichten, die ihre Stützpunkte in den Bergen in der Nähe von Mannerplaw hatten. Damals interviewte ich einen SLORC-Kommandeur, den man nach einem Feuergefecht gefangengenommen hatte …

Suu Kyi: Wie haben sie ihn behandelt?

Clements: Menschlich, das kann ich bezeugen. Und nicht nur den SLORC-Offizier, auch die einfachen Soldaten, die ihre Gefangenen waren. Ich fragte diesen Truppenführer: »Warum töten Sie Ihre eigenen Landsleute?« Er zog ein Bild aus der Tasche, auf dem er als Mönch zu sehen war, und sagte: »Ich möchte niemanden töten, aber wenn ich nicht töte, werde ich selber getötet.« Dann fing er an zu weinen. Seine Tränen wirkten echt …

Suu Kyi: Warum ist er zur Armee gegangen, wenn er so sehr gegen das Töten war? Gab es nichts anderes, was er hätte tun können?

Clements: Genau das habe ich eine Gruppe von jungen SLORC-Rekruten gefragt, die man ins Militärgefängnis gesperrt hatte: »Warum tötet ihr?« Und sie erwiderten: »Wenn wir nicht töten, werden wir selbst getötet.« Dann stellte ich ihnen dieselbe Frage, die Sie mir eben gestellt haben: »Aber warum seid ihr überhaupt in die Armee eingetreten?« Sie gaben alle dieselbe Antwort: »Wenn wir nicht zur Armee gehen, werden unsere Eltern drangsaliert. Wir haben kein Geld, es gibt keine andere Einkommensquelle, es gibt keine Arbeit, es ist die einzige Möglichkeit, Geld für unsere Eltern zu verdienen, die sonst nichts zu essen hätten.«

Suu Kyi: Ja, ich habe gehört, daß in manchen Regionen des Landes viele junge Männer zur Armee gepreßt werden – man zwingt die Dorfbewohner, ein bestimmtes Kontingent an Rekruten zu stellen.

Clements: Seit dem Putsch des SLORC im Jahr 1988 haben Tausende birmanischer Studenten das Land verlassen, außerdem gibt es Hunderttausende sonstiger Flüchtlinge. Hier in Rangun kämpfen Sie für alle erkennbar mit Ihren Leuten für die Demokratie, aber was ist mit all den übrigen ihrer bürgerlichen Rechte beraubten Menschen, die unter armseligsten Verhältnissen leben und von denen viele durch Hunger geschwächt sind oder an Krankheiten sterben? Wie stehen Sie zu diesen Bürgern des Landes?

Suu Kyi: Damit sie zurückkehren können, kämpfen wir für die Demokratie in diesem Land. Wohin sollen sie denn zurückkehren, wenn wir dieses Land für sie nicht sicher machen können? Die Menschen brauchen ein Land, in dem sie sich sicher fühlen können.

Clements: Welche Position vertreten Sie insbesondere gegenüber den jungen Studenten?

Suu Kyi: Wir haben von Anfang an gesagt, daß die NLD niemals Studenten ausschließen wird, die für die Demokratie eintreten, auch wenn sie sich entschieden haben, zur Waffe zu greifen, während wir den Weg der Gewaltlosigkeit gewählt haben. Da wir nicht in der Lage sind, für ihre Sicherheit zu garantieren, haben wir auch nicht das Recht, von ihnen zu verlangen, sich so zu verhalten, wie wir es gern möchten. Wir freuen uns auf den Tag, an dem wir wieder zusammenarbeiten können.

Clements: Überall in der Welt werden Friedensabkommen geschlossen – im Vorderen Orient, im ehemaligen Jugoslawien, möglicherweise auch in Nordirland. Und dann ist da natürlich noch das Wunder, das sich in Südafrika ereignet. Der SLORC hat die unschätzbare Chance, diesen Beispielen zu folgen – es könnte auch hier zu einer Versöhnung kommen. Nun haben Sie sich wiederholt für einen Dialog ausgesprochen, doch was ist es, das den SLORC daran hindert, auf Sie zuzugehen und zu sagen: »Daw Aung San Suu Kyi, wie wär's, wenn wir uns guten Tag sagen, zusammen zu Mittag essen und schauen würden, wie es danach weitergeht«?

Suu Kyi: Genau das habe ich gemeint, als ich sagte, sie seien nicht fähig zu kommunizieren. Ich glaube, sie haben Angst vor einem Dialog. Ich glaube, daß sie bis heute nicht verstehen und auch nicht verstehen können, was Dialog bedeutet. Sie wissen nicht, daß es sich um einen Weg handelt, der ehrenvoll ist, der sich für alle als segensreich erweisen kann – auch für sie selbst. Ich glaube, sie verstehen einen Dialog immer noch entweder als eine Art Wettkampf, in dem sie möglicherweise unterliegen, oder als ein so weitgehendes Zugeständnis, daß es ihnen Schande bringen würde.

Clements: Es sieht nach Angst aus. Worin könnte diese Angst Ihrer Meinung nach begründet sein?

Suu Kyi: Wenn man genau hinsieht, dann erkennt man, daß Angst aus Unsicherheit resultiert und Unsicherheit aus einem Mangel an *metta*

[Güte]. Wenn es an *metta* fehlt, entweder bei Ihnen selbst oder bei den Menschen in Ihrer Umgebung, so fühlen Sie sich unsicher. Und Unsicherheit führt zu Angst.

Clements: In Südafrika leitet Erzbischof Desmond Tutu die Wahrheits- und Aussöhnungskommission. Der ehemalige Verteidigungsminister des Apartheidregimes steht bereits unter Anklage; ihm wird die Beteiligung an der Ermordung von 13 Menschen während seiner Amtszeit vorgeworfen. Wenn wir uns jetzt einmal in die Lage von einigen der wichtigsten Vertreter des SLORC versetzen, dann sieht es für mich so aus, als sei ihre Angst durchaus konkret. Mit anderen Worten, sie haben allen Grund, sich unsicher zu fühlen. Wird das Volk keine Rache nehmen wollen, wenn die Demokratie einmal erkämpft ist?

Suu Kyi: Ich denke, in diesem Punkt unterschätzen sie [die Mitglieder des SLORC] sowohl das Volk als auch uns, die Demokratiebewegung. Es gibt zweifellos einen gewissen Haß in der Bevölkerung, vor allem bei denen, die gelitten haben. Wir sind jedoch zuversichtlich, daß wir diesen Haß unter Kontrolle halten können. Aber die Führer der NLD empfinden keinen Haß. Für die Obrigkeit ist das schwer zu verstehen. Es gibt viele im SLORC, die eine äußerst ablehnende Haltung gegenüber Onkel U Kyi Maung, Onkel U Tin Oo [eine Verwandtschaftsbeziehung zu den genannten Personen besteht nicht, die Titulierung »Onkel« bezeichnet hier ein besonderes Vertrauensverhältnis] und selbst U Win Htein [Aung San Suu Kyis persönlicher Assistent, der sechs Jahre im Insein-Gefängnis saß und am 21. Mai 1996 erneut verhaftet wurde] einnehmen, weil sie ehemalige Offiziere sind, die sich nun aktiv am Demokratisierungsprozeß beteiligen. Meiner Meinung nach sieht der SLORC die Situation so: Wenn diese Männer, die selbst beim Militär waren, sich gegen sie stellen, dann können sie dies nur aus Rachsucht tun. Ich glaube nicht, daß sie auf den Gedanken kommen, daß diese ehemaligen Offiziere die Demokratiebewegung unterstützen, weil sie von bestimmten Grundsätzen überzeugt sind. Wir kommen wieder auf das zurück, was ich Ihnen gerade über das Wedeln mit einer Dollarnote über einem Grab gesagt habe: Menschen, die glauben, daß jedermann käuflich, daß das Denken und Fühlen eines Menschen bloße Ware und den Gesetzen von Angebot und Nachfrage unterworfen ist, solche Menschen sind nicht in der Lage, andere Menschen zu verstehen, die sich für etwas einsetzen und sogar bereit sind, sich für diese Sache zu opfern. Wohlgemerkt, keiner dieser Menschen, von denen hier die Rede ist, hatte einen Vorteil davon, daß er sich der Bewegung anschloß. Sie alle haben gelitten, und ihre Angehörigen mußten leiden, aber sie machen trotzdem weiter. Und es ist keineswegs so, als seien sie nicht darauf gefaßt, unter Umständen weitere Leiden zu erdulden.

Clements: Wenn ein »echter Dialog« zwischen Ihnen und dem SLORC beginnen sollte, welches Thema stände dann als erstes zur Diskussion?

Suu Kyi: Nun, sollten wir uns gemeinsam an einen Tisch setzen, dann würde ich sie zunächst auffordern: »Sagen Sie uns bitte, was Sie uns mitzuteilen haben.« Ich möchte ihnen erst einmal zuhören. Warum sind Sie so wütend auf uns? Womit sind Sie nicht einverstanden? Natürlich werden sie sagen: »Wir haben etwas gegen Ihre Kritik.« Aber wir haben immer den größten Wert darauf gelegt, niemanden persönlich anzugreifen. Kritik üben müssen wir allerdings, das gehört zu unseren Pflichten. Wie könnten wir sonst unser Haupt als eine politische Partei erheben, die die Interessen des Volkes vertritt? Wir müssen auf alles hinweisen, was gegen die Interessen des Volkes verstößt. Wenn wir von etwas Kenntnis hätten, das dem Volk schadet, und würden es nicht beim Namen nennen, so wäre dies reine Feigheit.

Clements: Viele Friedensabkommen sind durch Mittelsleute oder Vermittler herbeigeführt worden. Haben Sie je daran gedacht, das als eine Option anzubieten?

Suu Kyi: Wir brauchen keinen Vermittler, da wir bereit sind, jederzeit in einen Dialog einzutreten.

Clements: Ist Ne Win [Birmas Diktator »im Ruhestand«] der eigentliche Ansprechpartner, mit dem Ihr Dialog geführt werden müßte?

Suu Kyi: Ich weiß nicht ... Ich weiß es wirklich nicht. Manche Leute behaupten das. Aber ich habe keine handfesten Belege für oder gegen die Vermutung, daß er noch immer hinter den Kulissen die Fäden zieht.

Clements: Wenn Sie einen Dialog fordern, wollen Sie dann einen Dialog mit Ne Win oder mit dem SLORC?

Suu Kyi: Wir wollen einen Dialog mit dem SLORC. Doch wenn wir klare Beweise dafür hätten, daß er hinter allem steckt, was der SLORC tut, würden wir vielleicht beschließen, das Gespräch mit ihm zu suchen.

Clements: Gestern, vor dem Beginn Ihrer öffentlichen Ansprache, hat mich ein Student der Universität von Rangun unverblümt gefragt: »Sollte Birmas Demokratiebewegung nicht besser den bewaffneten Kampf wählen, als weiter den gewaltfreien Weg zu gehen?« Ich habe ihm gesagt, ich würde diese Frage an Sie weitergeben.

Suu Kyi: Ich glaube nicht an einen bewaffneten Kampf, weil er nur die Tradition fortführen würde, daß die Macht aus den Gewehrläufen kommt. Denn wenn die Demokratiebewegung den Sieg mit Waffengewalt erringen sollte, würde dies im Bewußtsein der Menschen die Vorstellung bestätigen, daß derjenige, der die stärkeren Waffen hat, am Ende den Sieg davonträgt. Das kann der Demokratie nicht förderlich sein.

Clements: Daw Suu, wie effektiv ist Gewaltlosigkeit in der heutigen Welt, genauer gesagt gegenüber Regimen, denen anscheinend jede Sensibilität und überhaupt jegliches moralische Schamgefühl und Gewissen abgeht?

Suu Kyi: Gewaltlosigkeit bedeutet konkretes Handeln. Was immer Sie erreichen wollen, Sie müssen dafür etwas tun. Sie sitzen nicht untätig herum und hoffen darauf, daß Sie schon bekommen werden, was Sie sich wünschen. Gewaltlosigkeit bedeutet einfach, daß die Methoden, die Sie anwenden, nicht gewaltsam sind. Manche Menschen glauben, Gewaltfreiheit sei gleichbedeutend mit Passivität. Das stimmt nicht.

Clements: Lassen Sie mich die Frage anders formulieren. In Ihrem Land gab es zahlreiche tapfere junge Männer und Frauen, Sie selbst inbegriffen, die in ihrer Entschlossenheit, gewaltfrei zu handeln, buchstäblich in Gewehrläufe schauten und Bajonetten gegenübertraten. Und am Ende waren mindestens 3000 Tote zu beklagen. Verspüren Sie gelegentlich Zweifel an der Wirksamkeit eines gewaltlosen politischen Handelns im Angesicht einer bewaffneten Aggression?

Suu Kyi: Nein, daran gibt es für mich überhaupt keinen Zweifel. Ich weiß, daß es häufig der langsamere Weg ist, und ich kann verstehen, warum unsere jungen Menschen glauben, daß wir mit Gewaltlosigkeit nicht weiterkommen werden. Vor allem dann, wenn die Behörden in Birma offenbar nur bereit sind, mit aufständischen Gruppen zu sprechen, nicht jedoch mit einer Organisation wie der NLD, die keine Waffen trägt. Das bestärkt viele Menschen in der Überzeugung, das einzige, was zum Erfolg führe, sei der Griff zu den Waffen. Aber ich kann eine solche Denkweise nicht unterstützen. Denn wenn wir das tun, dann drehen wir weiter an einer Spirale der Gewalt, die nie zu einem Ende kommen wird.

Clements: Man kann sich gewiß darüber streiten, aber Politik und Religion werden gewöhnlich als getrennte Bereiche behandelt. Für den größten Teil der Mönche und Nonnen im heutigen Birma gehören spirituelle Freiheit und gesellschaftlich-politische Freiheit unterschiedlichen Sphären an. Doch in Wirklichkeit sind *dhamma* [die Lehre des Buddha] und Politik im selben Prinzip verankert – in der Freiheit.

Suu Kyi: Allerdings, aber das ist nicht nur in Birma so. Überall werden Sie diese Tendenz finden, das Weltliche vom Spirituellen zu trennen. In anderen buddhistischen Ländern wird sie Ihnen begegnen – in Thailand, Sri Lanka, in den Ländern des Mahayana-Buddhismus –, ebenso in christlichen Ländern, fast überall auf der Welt. Ich glaube, für manche ist es einfach verwirrend und schwer zu handhaben, wenn sie sich das spirituelle und das politische Leben als Einheit vorstellen. Ich sehe sie nicht als getrennte Bereiche an. In Demokratien herrscht immer eine Neigung vor, das Spirituelle vom Weltlichen strikt zu unterscheiden, aber es besteht kein unbedingter Zwang zu einer solchen Trennung. Dagegen können Sie in vielen Diktaturen feststellen, daß Politik und Religion von Staats wegen separiert werden, vermutlich, weil man befürchtet, daß die Religion dazu benutzt werden könnte, das Regime zu stürzen.

Clements: Der birmanische Mönch U Wisara, der vor einigen Jahren nach einem 143 Tage dauernden Hungerstreik im Gefängnis gestorben ist, war ein herausragendes Beispiel für einen politisch motivierten gewaltfreien Protest. Es ist in der Tat so, daß es in Birmas Geschichte eine große Zahl von Mönchen und Nonnen gibt, die sich aktiv in politische Prozesse eingemischt haben, sofern es um das Wohl des Volkes ging. Ich frage mich jedoch, wie es heute damit steht. Glauben Sie, daß nun, nachdem die Krise sich so stark zugespitzt hat, der *Sangha* – der Orden der Mönche und Nonnen – eine wichtigere Rolle bei der Unterstützung der Demokratiebewegung spielen könnte? Schließlich geht es auch um ihre Freiheit.

Suu Kyi: Nun, es gibt viele Nonnen und Mönche, die sich innerhalb unserer Demokratiebewegung in einer sehr mutigen Weise eingesetzt haben. Natürlich würde ich es bei jedem begrüßen, wenn er eine weitaus bedeutsamere Rolle in unserer Bewegung übernehmen würde, nicht nur bei den Nonnen und Mönchen. Schließlich gibt es an der Demokratie nichts, an dem ein Buddhist Anstoß nehmen könnte. Ich bin der Auffassung, daß Nonnen und Mönche, wie jeder andere Mensch auch, die Pflicht haben, alles zu fördern, was gut und erstrebenswert ist. Und ich meine, daß sie wirklich größere Anstrengungen unternehmen könnten. Tatsächlich sollten sie uns mit allen Kräften unterstützen. Ich glaube fest an einen »engagierten Buddhismus«, um einen zeitgemäßen Ausdruck zu gebrauchen.

Clements: Auf welche Weise könnten sie einen wirkungsvolleren Beitrag leisten?

Suu Kyi: Einfach dadurch, daß sie demokratische Grundsätze predigen, indem sie jedermann anspornen, sich für die Demokratie und für Menschenrechte einzusetzen, und indem sie versuchen, die Staatsführer dazu zu bewegen, in einen Dialog einzutreten. Es wäre eine große Hilfe, wenn jeder Mönch und jede Nonne im Land sagen würde: »Was wir uns wünschen, ist ein Dialog.« Schließlich ist das auch der Weg des Buddha. Er forderte die Mitglieder des *Sangha* auf, miteinander zu reden. Er sagte: »Ihr könnt nicht leben wie stumme Geschöpfe. Und wenn ihr einander gekränkt habt, dann büßt eure Sünden und Kränkungen, indem ihr sie bekennt und euch dafür entschuldigt.«

Clements: Was hindert Ihrer Meinung nach den *Sangha* daran, den Generälen des SLORC, die seine Klöster aufsuchen, zu sagen: »Was wir uns wünschen, ist ein Dialog«?

Suu Kyi: Das weiß ich nicht. Ich glaube nicht, daß in dem *Vinaya* [Ordensregel] etwas davon steht, daß die Mönche über solche Dinge nicht reden sollen, oder etwa doch? Ich weiß es nicht. Sie sind vertrauter mit dem *Vinaya* als ich, weil Sie selbst ein Mönch waren. Gibt es dort irgendeine Vorschrift, die besagt, daß man solche Dinge nicht ansprechen darf?

Clements: Mir ist keine Regel bekannt, in der es heißt, daß man die Wahrheit nicht sagen darf. Aber vielleicht liegt auch hier eine gedankenlose Trennung [zwischen dem politischen und dem spirituellen Bereich] vor ...

Suu Kyi: Mag sein.

Clements: Ich weiß, daß Sie gelegentlich dem Ehrwürdigen Sayadaw U Pandita in seinem Kloster hier in Rangun Ihre Aufwartung machen. Darf ich Sie bitten, das eine oder andere aus seinen Lehren mitzuteilen, das für Sie besonders hilfreich war?

Suu Kyi: Es steht mir noch alles klar vor Augen, was er mich gelehrt hat. Das Wichtigste war, daß man niemals achtsam genug sein kann. Er sagte, es könne durchaus passieren, daß man zuviel *panna* - Weisheit - habe oder zuviel *viriya* - daß man sich übermäßig anstrenge. Mit der Achtsamkeit könne man es jedoch nie übertreiben. Darauf habe ich in den letzten sieben Jahren ganz besonders geachtet (lacht).

Außerdem riet er mir, immer wieder und mit Nachdruck Aussagen zu machen, die zu einer Versöhnung beitragen können. Das, was ich sage, soll wahrhaftig, nützlich und für die Ohren des Zuhörers angenehm sein. Nach den Lehren des Buddha, so erklärte er mir, gebe es zwei Arten der Rede: die eine sei wahrhaftig, nützlich und wohlgefällig, die andere zwar ebenfalls wahrhaftig und nützlich, aber unannehmbar, das heißt, sie sei für den Zuhörer nicht angenehm.

Clements: Während all der Jahre, in denen ich Vorträge sowohl über den Buddhismus als auch über den Kampf Birmas für Demokratie gehalten habe, bin ich immer wieder Menschen begegnet, die Sie am liebsten zur Heldin stilisieren möchten. Als das jüngste Interview mit Ihnen in »Vanity Fair« erschien, wurden Sie auf der Titelseite als »Birmas Heilige Johanna« apostrophiert.

Suu Kyi: Du lieber Himmel, bloß das nicht.

Clements: Das führt mich zu meiner Frage. Man hat Sie auch, mit einem buddhistischen Begriff, als weiblichen *Bodhisattva* bezeichnet - als ein Wesen, dessen Ziel die Erleuchtung ist, die Vervollkommnung von Weisheit, Mitleid und Liebe in der Absicht, anderen dabei behilflich zu sein, die Freiheit zu erringen.

Suu Kyi: Ach, um Himmels willen, ich bin weit entfernt von einem solchen Zustand. Und es erstaunt mich, daß Menschen denken, ich könnte etwas dergleichen sein. Ich fände es sehr schön, eines Tages ein *Bodhisattva* zu werden, wenn ich davon ausgehen könnte, überhaupt in der Lage zu sein, solche Höhen zu erreichen. Ich kann sagen, daß ich zu jenen Menschen gehöre, die darum bemüht sind, sich selbst weiterzuentwickeln und zu vervollkommnen, aber ich gehöre nicht zu denen, die ein *Bodhisattva*-Gelübde abgelegt haben, und dafür bin ich auch nicht die Richtige. Ich versuche nur, gut zu sein (lacht). Das ist die Erziehung durch meine Mutter. Sie hat besonderen Wert auf die Güte des Guten, um es mal so zu formulieren, gelegt. Ich will nicht behaupten, daß es mir immer gelingt, aber ich bemühe mich. Ich bin sehr leicht reizbar. Immerhin kann ich sagen, daß ich heute nicht mehr so schnell aufbrause wie früher. Meditationsübungen waren dabei sehr hilfreich. Aber wenn ich sehe, daß jemand heuchlerisch oder ungerecht ist, dann kann ich leider immer noch schnell sehr wütend werden. Ich ärgere mich nicht über Unwissenheit, und auch schwere Fehler kann ich hinnehmen; aber was mich wirklich in Rage versetzt, ist Heuchelei. Also ist es meine Aufgabe, die Fähigkeit zur Selbstwahrnehmung zu entwikkeln. Wenn ich richtig wütend werde, muß ich mir bewußtmachen, daß ich wütend bin – ich beobachte mich dabei, wie die Wut in mir aufsteigt. Dann sage ich mir: »Gut, ich bin wütend, ich bin wütend, ich muß diese Wut in den Griff bekommen.« Und bis zu einem gewissen Grad kann ich sie dann beherrschen.

Clements: Kann man es als eine Ironie des Schicksals bezeichnen, daß Sie es ausgerechnet mit einem der heuchlerischsten Regime der Welt zu tun haben?

Suu Kyi: Ach wissen Sie, ich habe noch nie Rachegefühle gegen den SLORC gehabt. Natürlich war ich sehr wütend über vieles, was sie getan haben. Aber gleichzeitig kann ich ihr Unbehagen nachempfinden – ihr fehlendes Vertrauen in das Gute, wie man vielleicht sagen könnte. Und ich glaube, es muß ziemlich traurig sein, wenn man nicht an das Gute glaubt. Es kann einen nicht glücklich machen, wenn man zu den Leuten gehört, die an Dollarnoten glauben.

Clements: Wie würden Sie das Unbehagen dieser Leute bestimmen? Ist es eine Art von moralischer Scham oder von Gewissen, das sich in ihnen meldet?

Suu Kyi: Von moralischer Scham oder von Gewissen will ich gar nicht reden. Ich weiß nicht, ob einige von ihnen überhaupt so etwas haben. Ich habe die traurige Erfahrung gemacht, daß es tatsächlich Menschen gibt, die kein Gewissen haben. Ich sage nur, daß meiner Meinung nach Menschen, die nur an Dollarnoten glauben, sich sehr unsicher fühlen müssen.

Clements: Wenn Sie zu Ihren Leuten sprechen, die sich an den Wochenenden vor Ihrem Haus versammeln, wenden Sie sich dann in Wirklichkeit an die Männer im SLORC und versuchen Sie, an jene Instanz in ihrem Innern zu appellieren, die sie veranlassen könnte, innezuhalten und über ihr Tun nachzudenken? Oder sprechen Sie einfach nur zu Ihren Anhängern?

Suu Kyi: Ich rede zu den Menschen, wirklich. Manchmal richte ich meine Worte natürlich auch an die Adresse des SLORC, da viele der Themen, die ich anspreche, sehr eng mit dem zusammenhängen, was die Behörden überall im Land tun. Aber vor allem wende ich mich an die Menschen, und die Leute vom SLORC sind für mich ebenfalls Menschen. Sie hingegen behandeln uns, die sich ihnen widersetzen, nicht immer als Menschen. Für sie sind wir »Subjekte«, die man unterwerfen, oder Hindernisse, die man beseitigen muß. Aber ich sehe in ihnen hauptsächlich Menschen.

Clements: Während des letzten Monats habe ich mit vielen Birmanen auf dem Markt und in Geschäften, mit Straßenverkäufern und Bauarbeitern gesprochen – mit einfachen Leuten, die wirklich hart arbeiten, um sich durchzuschlagen. Ich habe sie gefragt, was sie von den Zuständen in ihrem Land unter der Herrschaft des SLORC halten. Fast alle sagten, daß sie Angst hätten vor dem Zorn des SLORC, Angst vor Bestrafung, Angst davor, ins Gefängnis zu kommen, wenn sie offen ihre Meinung sagen. So habe ich mit der Zeit ein wesentlich besseres Gefühl dafür bekommen, welches Gewicht Ihre Worte haben: »Angst ist eine Gewohnheit; ich habe keine Angst.« Aber stimmt das wirklich, Daw Suu, haben Sie keine Angst?

Suu Kyi: Doch, ich habe Angst. Ich habe Angst, etwas Falsches zu tun, worunter andere dann zu leiden hätten. Aber das ist natürlich etwas, mit dem ich lernen mußte, fertig zu werden. Trotzdem mache ich mir Sorgen um sie.

Clements: Zu Ihren Ansprachen am Wochenende vor Ihrem Haus finden sich mehrere tausend Menschen ein. Vor kurzem wurden drei Studenten verhaftet und zu zwei Jahren Gefängnis verurteilt …

Suu Kyi: Ja. Aber man muß fragen, warum die USDA [Union Solidarity Development Association/Verein für die Entwicklung von Einheit und Solidarität], angeblich eine Wohlfahrtsorganisation, tatsächlich jedoch der politische Arm des SLORC, nicht nur die Aktivitäten der NLD behindert, sondern auch Großkundgebungen veranstaltet, an denen die Menschen zwangsweise teilnehmen müssen.

Clements: U Kyi Maung hat mir davon erzählt. Werden Menschen bestraft, wenn sie an diesen vom SLORC initiierten Kundgebungen, bei denen sie in Sprechchören Parolen zur Unterstützung des Nationalkonvents rufen müssen, nicht teilnehmen?

Suu Kyi: Ja. Ich bekam einen Brief von jemandem aus Monywa, in dem es heißt, sie seien gezwungen worden, sich an einer solchen Kundgebung zu beteiligen. Und jede Familie, die nicht wenigstens einen Angehörigen schickte, mußte 50 Kyat bezahlen. Für arme Leute ist das in diesen Tagen eine Menge Geld.

Clements: Was bedeutet Armut bei den Menschen auf dem Land?

Suu Kyi: Sie brauchen nicht erst aufs Land zu gehen ... Gehen Sie einfach in eine Trabantenstadt wie Hlaingthayar [in der Nähe von Rangun], und schauen Sie sich um. Die Menschen dort können sich keine zwei Reismahlzeiten am Tag leisten, manche nicht einmal eine einzige. Ihnen bleibt nichts anderes übrig, als Reiswasser zu trinken – statt Reis zu essen.

Auf der anderen Seite sind einige in Birma sehr reich geworden – so reich wie nie zuvor. Das ist ein Aspekt des Lebens von heute, der mich besonders beunruhigt – die Kluft zwischen Arm und Reich ist so tief geworden. Sie müssen wissen, daß es hier Restaurants und Hotels gibt, in denen die Menschen an nur einem Abend Zehntausende Kyat zum Fenster hinauswerfen [1 Dollar entspricht nach dem offiziellen Kurs 6 Kyat, auf dem Schwarzmarkt fast 150 Kyat]. Und zur gleichen Zeit müssen Menschen Reiswasser trinken, um zu überleben!

Clements: Nach meinen Informationen leben 80 Prozent der birmanischen Bevölkerung auf dem Land, die meisten von ihnen sind Bauern. Wie sehen ihre Lebensbedingungen aus?

Suu Kyi: Den Bauern geht es wirklich schlecht. Einige haben uns erzählt, daß sie gezwungen waren, gekochte Bananen zu essen, weil sie keinen Reis zum Essen haben. Wenn sie nicht genügend Reis anbauen können, um auf die Quote zu kommen, die sie [zwangsweise] an den Staat verkaufen müssen, sind sie genötigt, Reis auf dem freien Markt zu kaufen und mit Verlust an die Regierung zu veräußern. Denn der Staat bezahlt einen Fixpreis, der unter dem Marktpreis liegt. Und wenn Bauern sich weigern, für eine zweite Ernte im Jahr Reis anzubauen, wird ihr Land konfisziert. Und sie weigern sich allein deshalb, eine zweite Saat auszubringen, weil sie dabei hohe Verluste erleiden. Sie verlieren nicht nur den ohnedies niedrigen Gewinn aus der ersten Ernte, sie müssen sich außerdem noch weiter verschulden. Trotzdem besteht der Staat darauf, daß sie zweimal im Jahr Reis anbauen.

Sie sehen also, wenn Menschen anfangen, andere zu betrügen, betrügen sie mit der Zeit auch sich selbst. Der Staat sagt sich anscheinend, wenn er die Bauern dazu anhält, zweimal im Jahr zu säen und zu ernten, dann kann er auch doppelt soviel Reis exportieren, ohne zu berücksichtigen, daß eine zweite Reisernte sich auf den Ertrag im nächsten Jahr nachteilig auswirken muß.

Clements: Kommt es in den Gefängnissen Birmas noch immer zu Folterungen? Und haben Sie Beweise dafür?

Suu Kyi: Ja, in allen Gefängnissen Birmas wird weiter gefoltert. Und ich habe auch Beweise dafür. Aber wenn Sie die Situation verbessern wollen, ist es wichtiger, den Versuch zu machen, die Mentalität der Folterer zu verstehen, als nur darauf zu schauen, welcher Art die Folterungen sind.

Clements: Wie viele politische Gefangene werden noch immer vom SLORC festgehalten?

Suu Kyi: Ich glaube, es ist eine vierstellige Zahl. Sichere Angaben können wir nicht machen, weil wir nicht einmal genau wissen, wie viele politische Gefangene in den einzelnen Gefängnissen Birmas einsitzen. Die Gefangenen selbst kennen nicht jeden, der sich dort befindet. Sie werden voneinander getrennt gehalten.

Clements: Es gibt bei etlichen Menschen in diesem Land eine Menge angestauten Unmut, vielleicht sogar Zorn gegenüber dem SLORC. Wenn Ihr Kampf für die Demokratie Erfolg haben sollte und falls Sie dann im demokratischen Birma eine wichtige Führungsrolle übernehmen würden, könnten Sie dann garantieren, daß der SLORC keine strafrechtliche Verfolgung zu befürchten hat?

Suu Kyi: Ich werde niemals persönliche Garantien geben. Ich werde niemals als Einzelperson zu solchen Fragen Stellung beziehen. Nur die NLD kann sich hierzu äußern – als Organisation, als eine Gruppe, die das Volk repräsentiert. Aber ich glaube, daß Wahrheit und Versöhnung sich vereinbaren lassen. Wenn die Wahrheit erst einmal eingestanden ist, dann ist Vergebung viel eher möglich. Das Verschweigen der Wahrheit wird nicht zu Vergebung führen, und es wird auch nicht den Zorn derer, die gelitten haben, besänftigen.

Clements: Könnten Sie sich eine Wahrheits- und Aussöhnungskommission in Birma vorstellen, nachdem das Land seine Freiheit errungen hat?

Suu Kyi: Ich glaube, in jedem Land, das solche traumatischen Erfahrungen wie Birma gemacht hat, wird es die Notwendigkeit geben, zu Wahrheit und Aussöhnung zu kommen. Ich glaube nicht, daß Menschen wirklich weiter nach Rache dürsten, wenn man ihnen erst einmal einen Zugang zur Wahrheit eröffnet hat. Doch die Tatsache, daß man ihnen diesen Zugang versperrt, trägt nur dazu bei, den Haß und die Wut in ihnen zu schüren. Daß ihre Leiden nicht anerkannt werden, macht die Menschen zornig. Das ist einer der großen Unterschiede zwischen dem SLORC und uns: Wir glauben nicht, daß es falsch ist, wenn wir Fehler zugeben und uns dafür entschuldigen.

Clements: Gibt es Abhörgeräte in Ihrem Haus?

Suu Kyi: Vielleicht, ich weiß es nicht.

Clements: Beunruhigt Sie der Gedanke, daß es welche geben könnte?

Suu Kyi: Nein, nicht besonders. Ich sage ja nichts, was geheim bleiben müßte. Alles, was ich Ihnen mitteile, würde ich auch ohne Zögern den anderen sagen, wenn sie kämen und mir zuhörten.

Clements: Wird Ihr Telefon überwacht?

Suu Kyi: O ja, sehr wahrscheinlich. Falls nicht, müßte ich ihnen Unfähigkeit vorwerfen (lacht). Es sollte eigentlich abgehört werden. Andernfalls müßte ich bei General Khin Nyunt [Geheimdienstchef des SLORC] vorsprechen und ihm sagen, daß seine Leute ihre Sache nicht ordentlich machen.

Clements: Wie fühlt man sich, wenn man ständig unter einer solchen Überwachung steht?

Suu Kyi: Ich denke nicht daran. Die meisten Menschen, mit denen ich am Telefon spreche, sind einfach Freunde, und wir haben einander nichts von besonderer Bedeutung mitzuteilen. Man sagt: »Hallo, wie geht's, schön, deine Stimme zu hören.« Dann gibt es welche, die sich melden, um einen Termin zu bekommen. Und jede Woche rufen meine Angehörigen an. Aber es ist das Übliche: Wie geht es daheim, was tut sich bei dem und dem, was hast du vor, kannst du mir das besorgen, kannst du mir jenes schicken? (lacht) – so oder so ähnlich. Nichts, was die Leute vom militärischen Geheimdienst nicht auch hören dürften.

Clements: Sie empfinden also keinerlei Zwang, der von den vielen unsichtbaren Augen ausgeht, von dem abgehörten Telefon, den Leuten vom militärischen Geheimdienst, die immer in Ihrer Nähe sind, ganz zu schweigen von der ständigen Drohung einer erneuten Verhaftung – überhaupt nichts?

Suu Kyi: Ich bin mir dieses Zwangs nicht die ganze Zeit bewußt. Aber manchmal natürlich schon. Einmal hat mich zum Beispiel jemand aus Amerika angerufen, den ich jahrelang nicht gesehen hatte. Sein Bruder war kurz zuvor in Rangun gewesen, und er fing an, mir von dessen Gesprächen mit Vertretern der Regierung zu erzählen. Ich habe ihm gesagt: »Ist Ihnen klar, daß mein Telefon überwacht wird? Möchten Sie, daß alles, was Sie sagen, vom Geheimdienst mitgehört wird?« Er antwortete, das kümmere ihn nicht. Aber er legte danach sehr schnell auf, was ein deutliches Zeichen dafür war, daß ihm gar nicht der Gedanke gekommen war, mein Telefon könnte abgehört werden. Bei solchen Gelegenheiten kommen mir meine ungewöhnlichen Lebensumstände wieder zu Bewußtsein.

Clements: Treffen Ihre Mitarbeiter Maßnahmen zu Ihrer Sicherheit?

Suu Kyi: Sie haben die Studenten draußen am Tor gesehen, wo sie sozusagen Wache stehen. Sie tragen keine Waffen oder etwas Vergleichbares. Wir überprüfen Leute, die mich aufsuchen. Ich treffe mich nicht mit jedem, der um ein Gespräch bittet. Was könnten wir darüber hinaus noch tun?

Clements: Nun, Sie haben es mit einem ziemlich gewalttätigen Regime zu tun. Hat der SLORC jemals direkt oder indirekt Todesdrohungen gegen Sie ausgestoßen?

Suu Kyi: Die Vertreter des Staates lassen immer wieder verlauten: »Wir werden alle diese Elemente vernichten, die sich ständig dem widersetzen, was wir in Angriff nehmen«, und so weiter und so fort. So etwas hört man ständig.

Clements: Bald nachdem die Behörden Nelson Mandela aus der Haft entlassen hatten, begannen die internationalen Medien Ihnen das Etikett »berühmteste politische Gefangene der Welt« anzuheften. Darf ich Sie fragen, was Sie davon halten?

Suu Kyi: Ich gehöre nicht zu den Leuten, die Etiketten für so furchtbar wichtig halten. Vor kurzem hat man mich gefragt, ob ich der Auffassung wäre, daß ich nun, nachdem man mich wieder freigelassen hatte, weniger moralische Autorität besäße. Für mich war das eine recht seltsame Frage. Wenn die Wirkung, die man ausübt, nur darauf beruht, daß man ein Gefangener ist, dann hat man nicht viel zu bieten.

Clements: Sie haben sich also trotz Ihrer Jahre unter Hausarrest nie als eine Gefangene empfunden?

Suu Kyi: Nein, ich habe mich nie als eine Gefangene betrachtet, denn ich war nicht im Gefängnis. Zudem glaube ich, daß manche Menschen, die tatsächlich im Gefängnis waren, sich ebenfalls nicht als Gefangene gefühlt haben. Ich muß daran denken, wie Onkel U Kyi Maung sagte, im Gefängnis habe er manchmal bei sich gedacht: »Wenn meine Frau wüßte, wie frei ich mich fühle, wäre sie wütend« (lacht). Und erst gestern hat mich jemand, der ein Interview für einen Fernsehsender mit mir machte, gefragt: »Wie ist es, wenn man wieder frei ist? Wie erleben Sie diesen Unterschied?« Ich habe geantwortet: »Aber ich spüre gar keinen Unterschied.« Und er: »Was ist jetzt anders in Ihrem Leben?« Und ich erwiderte: »In praktischer Hinsicht ist mein Leben natürlich anders. Ich treffe sehr viele Menschen, ich habe sehr viel mehr Arbeit zu erledigen. Aber ich fühle mich keineswegs anders als vorher.« Ich glaube nicht, daß ich ihn überzeugen konnte.

Clements: U Tin Oo hat mir anvertraut, daß seine Gefängnisstrafe, die er wegen seiner Freiheitsliebe verbüßen mußte, eine der erhabensten Früchte seines Lebens gewesen sei. Trotzdem scheint er es sehr zu genießen, wieder frei herumlaufen zu können. War es für Sie genauso? Waren Sie glücklich darüber, wieder in das Leben und zu Ihren engsten Verwandten und Freunden zurückkehren zu können?

Suu Kyi: Ich hatte nie das Gefühl, vom Leben abgeschnitten zu sein. Ich habe mehrmals täglich Radio gehört, habe viel gelesen, ich fühlte mich durchaus im Kontakt mit dem, was draußen in der Welt vorging. Aber natürlich habe ich mich sehr gefreut, wieder mit meinen Freunden zusammensein zu können.

Clements: Aber Daw Suu, Sie waren auf ganz fundamentale Weise vom Leben abgeschnitten. Sie waren getrennt von Ihrer Familie, Ihrem Ehemann, Ihren Kindern, Ihren Leuten. Man hat Ihnen die Möglichkeit genommen, sich frei zu bewegen, frei Ihre Meinung zu äußern.

Suu Kyi: Ich habe meine Familie vermißt, vor allem meine Söhne. Ich habe die Möglichkeit vermißt, mich um sie zu kümmern, bei ihnen zu sein. Aber ich hatte nicht das Gefühl, vom Leben abgeschnitten zu sein. Tief in meinem Innern hatte ich das Gefühl, unter Hausarrest zu stehen gehörte einfach zu meinen Pflichten – ich habe nur meine Arbeit erledigt.

Clements: Sie waren den staatlichen Institutionen als physische Person auf Gedeih und Verderb ausgeliefert, seit Sie sich dem Kampf Ihres Volkes für Demokratie angeschlossen haben. Aber hat der SLORC sich jemals auch Ihres Inneren bemächtigt – geistig oder gefühlsmäßig?

Suu Kyi: Nein, und ich glaube, das liegt daran, daß ich nie gelernt habe, sie zu hassen. Hätte ich es getan, dann wäre ich ihnen wirklich ausgeliefert gewesen. Haben Sie jemals das Buch »Middlemarch« von George Eliot gelesen? Dort gibt es eine Person namens Dr. Lydgate, dessen Ehe sich als Fehlschlag erweist. Ich erinnere mich an eine Bemerkung über ihn, die etwa so lautete: Er fürchtete sich davor, er könnte nicht mehr imstande sein, seine Frau zu lieben, die für ihn eine Enttäuschung gewesen war. Als ich diese Bemerkung zum erstenmal las, fand ich sie sehr verwirrend. Das zeigt, daß ich damals noch sehr unreif war. Meiner Meinung nach hätte er doch viel eher befürchten müssen, daß sie aufhören würde, ihn zu lieben. Doch heute verstehe ich seine Befürchtungen. Hätte er aufgehört, seine Frau zu lieben, so hätte dies für ihn eine völlige Niederlage bedeutet. Sein ganzes Leben wäre eine einzige Enttäuschung gewesen. Was sie tat und wie sie fühlte, war etwas völlig anderes. Für mich stand immer fest: Sobald ich anfangen würde, Haß gegenüber denjenigen zu empfinden, die mich eingesperrt haben, gegenüber dem SLORC und der Armee, hätte ich mich selbst zum Scheitern gebracht.

Das erinnert mich an einen anderen Interviewer, der sagte, er glaube einfach nicht, daß ich in all den Jahren unter Hausarrest keine Angst gehabt hätte. Er dachte, ich müsse manchmal wie gelähmt gewesen sein. Für mich war das eine recht eigenartige Vorstellung. Warum sollte ich Angst gehabt haben? Wenn ich tatsächlich eine solche Angst empfunden hätte, dann hätte ich meine Sachen gepackt und das Land verlassen, denn diese Möglichkeit stand mir immer offen. Ich glaube nicht, daß ein Buddhist mir eine solche Frage gestellt hätte. Die meisten Buddhisten hätten verstanden, daß Isolation nichts ist, vor dem man Angst haben müßte. Die Menschen fragen mich, warum ich vor denen keine Angst gehabt habe. Vielleicht deshalb, weil mir nicht klar war, daß sie mir alles hätten antun können, was sie nur wollten? Aber das war mir durchaus klar. Ich glaube, es kam daher, daß ich sie nicht haßte und daß man vor Menschen, die man nicht haßt, nicht wirklich Angst haben kann. Haß und Angst gehen Hand in Hand.

Clements: Die Gefängnisse in Ihrem Land sind voll von Menschen, die aufgrund ihres Gewissens eingesperrt sind. Möglicherweise werden Exemplare dieses Buchs in die Gefängnisse geschmuggelt. Was könnten Sie diesen Frauen und Männern sagen?

Suu Kyi: Sie sind für mich eine Ermutigung. Ich bin stolz auf sie. Sie sollten niemals den Glauben an die Macht der Wahrheit verlieren. Und sie sollten daran denken, was Scharanskij einmal gesagt hat: »Niemand kann mich demütigen außer mir selbst.« Bleibt stark!

Clements: Eine letzte Frage, Daw Suu. Damals im Jahre 1989, wenige Tage, bevor Sie unter Hausarrest gestellt wurden, haben Sie erklärt: »Die Welt soll wissen, daß wir Gefangene in unserem eigenen Land sind.« Vor einigen Monaten wurde der Arrest aufgehoben. Hat sich wirklich etwas geändert?

Suu Kyi: Die Welt weiß sehr wohl, daß wir noch immer Gefangene in unserem eigenen Land sind.

ES IST MEINE PFLICHT, ZU SAGEN, WAS GESAGT WERDEN MUSS

Alan Clements: Daw Suu, ich möchte gern mehr über den »engagierten Buddhismus« von Ihnen erfahren. Ich habe in diesem Jahr einige Monate in Vietnam verbracht und vor den Toren der Stadt Hue das Kloster des ersten vietnamesischen buddhistischen Mönchs besucht, der sich 1963 selbst verbrannt hat. Ein junger Mönch gab mir eine Fotografie, die bei dieser Selbstverbrennung aufgenommen wurde, und erläuterte: »Dieses Selbstopfer war kein Akt der Zerstörung oder ein Selbstmord, sondern eine Tat des Mitleids; er hat auf seine Weise versucht, die Aufmerksamkeit der Weltöffentlichkeit auf die furchtbaren Leiden zu lenken, die das vietnamesische Volk während des Kriegs erdulden mußte.« Eine solche Tat ist zweifellos eine extreme Ausdrucksform eines engagierten Buddhismus. Doch dieses Beispiel führt mich zu der Frage, die ich an Sie richten möchte: Wie könnte heutzutage ein engagierter Buddhismus, in welcher Form er auch immer sich äußern mag, stärker aktiviert werden, vor allem unter den 1 000 000 Mönchen und 500 000 Nonnen in Ihrem Land?

Aung San Suu Kyi: Engagierter Buddhismus ist tätiges Mitleid oder tätiges *metta*. Es bedeutet nicht, einfach passiv dazusitzen und zu sagen: »Diese Menschen tun mir so leid.« Es bedeutet, etwas an der Lage zu ändern, indem man denen, die es am meisten nötig haben, Hilfe in jeder Form zukommen läßt, sich um sie kümmert und überhaupt alles tut, was in den eigenen Kräften steht, um anderen zu helfen.

Natürlich ist das »Bezeigen von Güte« ein wesentlicher Bestandteil unserer buddhistischen Unterweisung in Birma. Doch darüber hinaus müssen wir noch anderes tun, um unser *metta* zum Ausdruck zu bringen und unser Mitleid zu zeigen. Hierfür gibt es sehr viele Möglichkeiten. Als der Buddha zum Beispiel einmal versuchte, zwei Parteien zu trennen, die miteinander im Kampf lagen, ging er auf den Kampfplatz und stellte sich zwischen sie. So hätten sie zuerst ihn verletzen müssen, bevor sie sich gegenseitig Schaden zufügen konnten. Auf diese Weise verteidigte er beide Seiten. Und er schützte andere unter dem Einsatz des eigenen Lebens.

Im heutigen Birma haben viele Menschen Angst, die Angehörigen von politischen Gefangenen zu besuchen, weil sie dann möglicherweise selbst von den Behörden vorgeladen und schikaniert werden. In dieser Situation könnte man tätiges Mitleid zeigen, indem man die Familien dieser Gefangenen aufsucht, ihnen praktische Hilfe anbietet, ihnen Zuneigung und Mitgefühl entgegenbringt und moralische Unterstützung gewährt. Zu einem solchen Verhalten möchten wir die Menschen gern ermutigen.

Clements: Doch in vielen Fällen werden sie von Angst überwältigt, noch bevor das Mitleid eine Chance hat, sich zu äußern. Sie haben selbst gesagt: »Angst ist eine Gewohnheit.« Erst gestern war ich in einem Geschäft in der Innenstadt und wollte einen Brief an einen Freund fotokopieren, als zufällig eines der Blätter zu Boden fiel. Der Geschäftsinhaber hob es auf, und als er es mir zurückgeben wollte, erblickte er plötzlich die drei Großbuchstaben NLD. Er geriet in Panik und fing an, das Blatt in kleine Stücke zu zerreißen. Ich fragte ihn: »Warum?« Und er erwiderte mit angsterfülltem Gesicht: »NLD bedeutet Gefängnis.«

Suu Kyi: Sie hätten ihm sagen können, er solle sich nicht lächerlich machen.

Clements: Ich glaube nicht, daß er der einzige ist, der Angst hat. Doch wie kann sich dieses tätige Mitleid auf der Straße, im Alltag äußern, gegenüber den einfachen Leuten, unter denen »Angst eine Gewohnheit« ist?

Suu Kyi: Solche Dinge passieren, weil es nicht genug tätiges Mitleid gibt. Es besteht eine ganz unmittelbare Beziehung zwischen Liebe und Angst. Das erinnert mich an das Bibelwort »Die vollkommene Liebe vertreibt die Furcht«. Ich habe mir oft überlegt, daß das eigentlich eine sehr buddhistische Haltung ist. »Vollkommene Liebe« würde dem *metta* entsprechen – eine Liebe, die weder selbstsüchtig ist noch sich an etwas klammert. Im *Metta Sutra* [einer der Abhandlungen des Buddha] finden wir die Wendung »Gleich einer Mutter, die für ihr einziges Kind sorgt«. Das ist wahres *metta*. Der Mut einer Mutter, sich selbst zu opfern, rührt aus ihrer Liebe zu ihrem Kind. Und ich glaube, wir brauchen noch viel von dieser Art Liebe hier bei uns.

Clements: Ich widerspreche Ihnen ungern, aber ich wurde in diesem Jahr einmal beraubt, als ich in einer Pariser Metrostation wartete. Und wenn der Angreifer mir nicht Tränengas in die Augen gesprüht hätte, dann hätte ich es wohl auf einen Kampf ankommen lassen. Dieser Vorfall gab mir Anlaß, über das Ausmaß der Gewalt in der Welt nachzudenken. Sicher, wir brauchen viel mehr Liebe hier bei uns, aber Liebe ist häufig ein Ideal. Sie haben das Bild einer Mutter gebraucht, die sich mutig für ihr Kind opfert und deren Liebe selbst die Fehler, die es haben mag, einschließt, doch es ist nachher gerade dieses Kind, das seinem Nächsten die Kehle durchschneidet ...

Suu Kyi: Ich glaube, Sie haben nicht ganz verstanden, was ich gesagt habe. Sehen Sie, wir müssen dafür sorgen, daß das *metta* zunimmt. Wir müssen die Menschen zu der Einsicht bewegen, daß die Liebe eine starke, positive Kraft für das Glück von uns selbst ist und nicht nur für das der anderen. Ein Journalist hat mich einmal gefragt: »Wenn Sie zu den Menschen reden, sprechen Sie viel über Religion, wie kommt das?« Ich habe ihm geantwortet: »Weil es in der Politik um Menschen geht und weil Sie Menschen nicht von ihren spirituellen Werten trennen können.« Er erzählte daraufhin, er habe auch einen jungen Studenten, der zu den wöchentlichen Ansprachen gekommen war, danach gefragt: »Warum reden sie über Religion?« Und dieser hatte geantwortet: »Weil das Politik ist.« Unsere Leute verstehen, wovon wir reden. Manche denken vielleicht, es sei entweder idealistisch oder schlicht naiv, in Verbindung mit Politik von *metta* zu reden, doch für mich macht das in praktischer Hinsicht sehr wohl Sinn. Ich habe der NLD immer gesagt, daß wir einander helfen müssen. Wenn die Menschen sehen, wie sehr wir einander unterstützen und in welchem Ausmaß wir Freude aus uns selbst schöpfen können, obwohl wir von Waffen, Drohungen und Unterdrückung umgeben sind, dann werden sie den Wunsch verspüren, uns nachzueifern. Dann sagen sie sich vielleicht, etwas in ihrer Haltung spricht uns an – so glücklich möchten wir auch sein.

Clements: Angenommen, es kommt der Tag, an dem die NLD und der SLORC sich zu einem Dialog an einen gemeinsamen Tisch setzen, und es geht dann um Wahrheit und Aussöhnung, wer wird dann letztlich entscheiden, was Wahrheit und was Fiktion ist?

Suu Kyi: Was wir brauchen, wenn es zu einem Dialog kommt, ist Vertrauen zu uns selbst und zueinander. Die Wahrheit wird kein so großes Problem sein, wenn es gegenseitiges Vertrauen gibt. Sehr häufig lügen die Menschen, weil sie Angst davor haben, die Wahrheit zu sagen, was nichts anderes bedeutet, als daß sie nicht genug Vertrauen in das Verständnis oder das Mitgefühl des anderen setzen. Wenn wir von der Verbindung von Wahrheit und Aussöhnung sprechen, müssen wir auch daran denken, daß noch etwas Wichtiges dazugehört, nämlich gegenseitiges Vertrauen. Wenn man Vertrauen hat, ergeben sich Wahrheit und Aussöhnung fast von selbst.

Clements: Sie haben gesagt, daß das zentrale psychische Element, das ein repressives, autoritäres System antreibt, »Unsicherheit« sei. Wie kann jemand, dessen Handeln einer Angst entspringt, die letztlich ein Mißtrauen gegen sich selbst ist, jemals echtes Vertrauen in einen aufrichtigen Dialog haben?

Suu Kyi: Über diese Frage muß man wirklich nachdenken. Vielleicht sollten sie versuchen, sich besser zu lieben. Nicht im egoistischen Sinn, sondern so, daß sie *metta* aufbringen, für sich selbst ebenso wie für andere. Wenn die Angst, wie Sie gesagt haben, im mangelnden Vertrauen zu sich selbst gründet, kann das bedeuten, daß man glaubt, bestimmte Dinge an einem seien nicht so, wie man es sich wünscht. Ich akzeptiere, daß es, wie bei den meisten von uns, auch bei mir Dinge gibt, die nicht wünschenswert sind. Aber wir müssen uns bemühen, diese Dinge zu überwinden und uns zu vervollkommnen.

Clements: Könnte man es auch so sehen: Wenn Sie zu einem Dialog mit dem SLORC aufrufen, forden Sie dann diese Leute vielleicht indirekt auf, einen ehrlicheren Dialog mit sich selbst zu führen – mit dieser lange vernachlässigten Instanz in ihrem Innern, die sich, wie bei uns allen, danach sehnt, Vertrauen und Liebe zu finden?

Suu Kyi: Das hoffe ich. Wissen Sie, ich kann verstehen, daß es ihnen nicht gefällt, wenn ich Kritik an dem übe, was vorgeht. Als Politikerin – als Vertreterin einer politischen Partei, die sich für die Demokratie einsetzt - habe ich jedoch die Pflicht, das zu sagen, was gesagt werden muß. Wenn man nicht kritisiert, heißt das entweder, daß man nichts zu beanstanden findet, und dann ist es sinnlos, eine Veränderung zu fordern; oder es bedeutet, daß Sie zwar wissen, daß bestimmte Dinge nicht in Ordnung sind, aber eine zu große Angst haben, um darauf hinzuweisen. Wenn Sie für die Demokratie oder eine andere Sache arbeiten, an die Sie glauben, dann sollten Sie den Mut finden, den Mund aufzumachen. Natürlich hat es niemand gern, wenn er kritisiert wird, aber ich glaube, man kann dabei lernen, die Dinge objektiver zu sehen.

Clements: Wird Ihre Kritik von Mitgefühl oder von Groll getragen?

Suu Kyi: Wir haben keine Zeit, einen Groll zu hegen. Und wir unterstützen einander in dem Bestreben, nicht rachsüchtig zu werden. Wir haben in der NLD ein gutes Verhältnis untereinander, und ich glaube, es ist unsere gegenseitige Fürsorge, die jene bösen Empfindungen zurückdämmt, von denen wir Menschen ja alle nicht frei sind.

Clements: In welcher Weise sind Sie einander behilflich, wenn es darum geht, keine Rachegefühle aufkommen zu lassen?

Suu Kyi: Zum Teil schaffen wir es, weil wir Sinn für Humor haben. Wir hatten immer viel über alle die Probleme gelacht, denen wir uns gegenübersahen, und über all die (lacht) Ungerechtigkeiten und Beschimpfungen, mit denen man uns überhäuft hat.

Clements: Aber Daw Suu, es kann doch nicht der Humor allein gewesen sein. Diese Generäle waren bösartig, haben Sie beschimpft und verleumdet. Und dann sind da natürlich Ihre sechs Jahre unter Hausarrest und die Trennung von Ihren Angehörigen. Wenn Sie dazu an die vielen Leiden denken, die Ihr Volk ertragen mußte, Gefängnis, Folter ...

Suu Kyi: Ein weiterer Grund ist, daß wir in der NLD von einer großen Anzahl von Menschen - unseren Anhängern - sehr viel *metta* erfahren haben. Und wenn Sie so viel bekommen, müssen Sie dafür etwas zurückgeben. Wenn Sie sehr viel Liebe im recht verstandenen Sinne erfahren, dann können Sie nicht umhin, sie zu erwidern. Das bedeutet nicht, daß wir von negativen Gefühlen völlig frei wären. Und solange wir uns davon nicht völlig frei gemacht haben, werden wir ihnen unterworfen sein. Doch das Wohlwollen und das *metta*, die wir empfangen, tragen viel dazu bei, diese Gefühle aus unserem Innern zu vertreiben.

Clements: Ja, es ist offenkundig, wieviel Liebe Sie bei Ihren wöchentlichen Ansprachen von den Menschen erfahren.

Suu Kyi: Ja, wenn ich sie anschaue, sehe ich, mit welchem Verständnis sie alles verfolgen, was wir sagen. Sie sind interessiert und sehr konzentriert bei der Sache. In Birma haben wir einen Ausdruck dafür: »Man zeigt ihnen den Schatten, und sie erkennen den Gegenstand.«

Clements: Was ist Ihrer Meinung nach der Grund, warum die Menschen Ihnen soviel Liebe und Vertrauen entgegenbringen?

Suu Kyi: Ich glaube, das birmanische Volk hat mir vor allem deshalb soviel Vertrauen geschenkt, weil es soviel Liebe für meinen Vater empfand. Sie haben niemals an seinem Wohlwollen ihnen gegenüber gezweifelt. Und er hatte in seinem Leben bewiesen, daß er bereit war, sich für sie aufzuopfern. Dafür haben sie ihn geliebt, und ich glaube, ein großer Teil dieser Liebe ist auf mich übertragen worden. Damit hatte ich von Beginn an einen Vorteil – ein bereits angesammeltes Kapital von *metta*, auf dem ich aufbauen konnte. Deshalb gibt es eine unlösbare Verbindung zwischen dem Umstand, daß ich die Tochter meines Vaters bin, und der Tatsache, daß es dem Volk und mir gelungen ist, zwischen uns feste Bande des *metta* zu knüpfen.

Clements: Ich habe gelesen, Sie empfänden eine große Sympathie für die Armee und sähen in ihr gern eine Institution, die vom Volk respektiert werden könnte. Wenn wir einmal annehmen, daß Birma eine Demokratie wird und Sie an ihrer Spitze stehen, wie könnten Sie, der »Gandhi Birmas«, eine Politikerin, deren Haltung tief in den Prinzipien der Gewaltlosigkeit verwurzelt ist, dann zur Oberkommandierenden der Armee werden? Es fiele schwer, sich einen Gandhi vorzustellen, der eine Front von salutierenden bewaffneten Soldaten abschreitet.

Suu Kyi: Natürlich muß man in der Politik mit Widersprüchen leben. In meinen Augen besteht die Hauptaufgabe einer Armee darin, das Volk zu schützen und zu verteidigen. Wenn wir in einer Welt lebten, in der es nicht notwendig wäre, uns zu verteidigen, bräuchten wir auch keine Armeen. Aber ich glaube nicht, daß die Welt in naher Zukunft so beschaffen sein wird, daß wir auch ohne militärischen Schutz auskommen. Ich möchte in der Armee lieber eine Schutzmacht als eine Zerstörungsmacht sehen.

Und es stellt sich immer die Frage nach dem *cetena* [rechter Beweggrund]. Der *cetena* der Armee muß gut und richtig sein. Ich hatte einmal ein Gespräch mit einem Offizier, der von Haß gegen die Kommunisten erfüllt war, gegen die er gekämpft hatte. Und ich sagte zu ihm: »Für mich ist es sehr beunruhigend, daß Sie aus einem Gefühl des Hasses heraus gegen sie gekämpft haben. Es wäre mir lieber, Sie ließen sich in Ihrem Kampf von der Liebe zu den Menschen leiten, die Sie verteidigen, als von einem Haß gegen die Leute, die Sie angreifen.« Das meine ich mit *cetena*. Natürlich kann man sagen, das sei Haarspalterei. Wenn Sie den Feind töten, wie können Sie da von Liebe geleitet sein?

Clements: Der Krieg, den ich gesehen habe, machte keineswegs den Eindruck, daß Liebe dabei eine Rolle spielte. Wie sehen Sie das?

Suu Kyi: Es ist eine sehr interessante Frage. Ich nehme an, in der Hitze des Gefechts werden die wenigsten durch die Liebe zu jenen, die sie verteidigen, oder durch die Liebe zur Gerechtigkeit geleitet. Das sollte zwar der Beweggrund sein, warum man in die Armee eintritt und in den Kampf zieht, aber wir sind bloße Sterbliche und keine *arahants* [Erleuchtete]. Man muß sich wirklich fragen, ob es überhaupt möglich ist, daß jemand in der Hitze des Kampfes an diesem Gefühl der Liebe festhalten kann. Andererseits bin ich mir auch gar nicht sicher, ob es Haß ist, der einen antreibt, wenn man in die Schlacht geht. Ich glaube eher, daß man es tut, weil man dafür ausgebildet wurde. Fragen Sie die Männer, die tatsächlich diese Erfahrung gemacht haben, Onkel U Tin Oo und Onkel U Kyi Maung. Sie haben im Krieg gekämpft und müssen Menschen getötet haben.

Clements: Ich habe Berufssoldaten im Gefecht gesehen, und obwohl ich selbst nicht am Kampf beteiligt war, habe ich gemerkt, daß das Ganze etwas Zwielichtiges hatte … die Soldaten brauchten ihre Dosis Adrenalin.

Suu Kyi: War es Haß, was sie antrieb, oder Liebe? Oder etwas völlig anderes?

Clements: Nun, in einem Fall verteidigten die demokratischen Kampfverbände einfach den letzten Fleck Boden, der ihnen zum Überleben geblieben war. Ich vermute, es geschah aus Liebe zu ihrem Volk, ihrer Heimat und ihren Grundsätzen, daß sie sich gegen den Feldzug des SLORC, der auf einen Völkermord hinauslief, zur Wehr setzten. Sie handelten so, wie es wohl jeder andere auch getan hätte, der mit einer solchen

Brutalität konfrontiert wird, so, wie es der gesunde Menschenverstand einem rät.

Suu Kyi: Man könnte durchaus sagen, daß die Beibehaltung einer Armee von gut ausgebildeten, ehrenwerten Soldaten eine Maßnahme ist, die der gesunde Menschenverstand fordert.

Clements: Ich habe gehört, daß Ihre wöchentlich stattfindenden öffentlichen Ansprachen im Auftrag des SLORC auf Video aufgezeichnet werden. Stimmt das?

Suu Kyi: Aber ja, ganz sicher.

Clements: Ich frage das, weil ich aus einer recht zuverlässigen Quelle erfahren habe, daß die Frau eines der SLORC-Generäle sehr daran interessiert ist, sich diese Videos anzusehen.

Suu Kyi: Ach, wie reizend!

Clements: Das brachte mich auf eine Idee. Sie fordern einen Dialog mit dem SLORC, der offensichtlich aus lauter hartgesottenen Militärs besteht. Vielleicht sollten Sie eher das Gespräch mit den Frauen der Generäle suchen. Sie könnten sich mit ihnen auf einen Plausch treffen und ungezwungen über alles reden.

Suu Kyi: (lacht) Das ist wirklich eine Idee! Daran habe ich überhaupt noch nicht gedacht.

Clements: Birma ist eine matriarchale Gesellschaft … entgegen dem äußeren Anschein.

Suu Kyi: Im Ernst, ich würde mich sehr gern zu einem Tee mit ihnen zusammensetzen. Es ist einfach schöner, auf freundschaftlichem Fuß miteinander zu stehen, nicht wahr? Es ist so anstrengend, verfeindet zu sein. Ich denke mir oft, wie gut es doch wäre, wenn alle aufhören würden, sich wie Feinde zu benehmen. Warum können wir einander nicht freundschaftlich begegnen? Es wäre für alle Beteiligten ein großer Gewinn.

Clements: Ihre Telefonnummer steht im Telefonbuch. Man braucht nur anzurufen …

Suu Kyi: So ist es. Und ich bin eine von den Menschen, die gar nicht anders können, als zurückzulächeln, wenn jemand ihnen ein aufrichtiges Lächeln schenkt.

Clements: War Ne Win eigentlich der Mann, der 1989 Ihren Hausarrest veranlaßt hat?

Suu Kyi: Das weiß ich nicht. Fest steht, daß ich unter Arrest gestellt wurde, nachdem ich angefangen hatte, ihn wegen seiner für das Land ruinösen Politik zu kritisieren.

Clements: Sind Sie ihm jemals persönlich begegnet?

Suu Kyi: Ja, als ich noch ein junges Mädchen war.

Clements: Ich bringe den Namen Ne Wins aus einem bestimmten Grund zur Sprache. Unter einer umfassenderen Perspektive betrachtet, ist das, was wir heute in Birma erleben, eine geradezu archetypische Situation. Auf der einen Seite steht Ne Win, der Mann – und vielleicht der Diktator, der sich bis heute weltweit am längsten behauptet hat, nämlich gut und gerne 35 Jahre. Und auf der anderen Seite sind Sie, die Frau, die sich zu den Grundsätzen von Freiheit und Gewaltlosigkeit bekennt. Es bestehen gewaltige Gegensätze zwischen Ihnen und Ne Win: Das männliche Prinzip gegen das weibliche, Waffen gegen Warmherzigkeit, Unterdrückung trifft auf Bereitschaft zur Versöhnung. Es geht einmal mehr um dieses uralte, männlich dominierte Modell einer auf Repression beruhenden Herrschaft, in welcher die Macht stets das Recht auf ihrer Seite hat, die von einer neuen, »weiblichen« Vision von Gleichheit, menschlicher Würde und einer auf Güte gegründeten Macht in Frage gestellt wird. Und mitten aus der Krise selbst könnte eine Art biblischer Erlösung entspringen. Oder eine innere Umkehr stattfinden wie bei Kaiser Aschoka im 3. Jahrhundert v. Chr., der sich von einem blutrünstigen Eroberer zum berühmtesten buddhistischen Kaiser der Geschichte wandelte. Glauben Sie, Ne Win ist Buddhist genug, um sich um seine Erlösung Gedanken zu machen – um möglicherweise als ein moderner Kaiser Aschoka in die Annalen der birmanischen Geschichte einzugehen? Die Chance dazu ist da. Es könnte seine große Stunde sein.

Suu Kyi: Ich denke, die meisten Birmanen halten sich für Buddhisten, doch viele von uns sind Buddhisten aus Tradition, weil bereits unsere Eltern Buddhisten waren. Meiner Meinung nach haben sich die meisten Birmanen mit dem Buddhismus nicht sehr eingehend beschäftigt, ihre Kenntnisse reichen kaum über die fünf grundlegenden Verpflichtungen [nicht töten, nicht stehlen, nicht ehebrechen, nicht lügen, Meiden von Rauschmitteln] hinaus, und sie nehmen ihn einfach als etwas Gegebenes hin. Es wäre sicherlich eine großartige Sache, wenn wir uns alle ernsthafter mit unserem religiösen Erbe beschäftigen und den

Buddhismus auch wirklich praktizieren würden, statt uns bloß zu ihm zu bekennen.

Clements: Welchen Aspekt des Buddhismus könnten die Betreffenden denn stärker zu einer Herzenssache machen, statt ihn nur rein intellektuell in sich aufzunehmen?

Suu Kyi: Wissen Sie, wenn wir uns alle ernsthaft an die fünf Verpflichtungen halten würden, dann könnten wir schon sehr zufrieden sein (lacht).

Clements: Vielleicht sollten sie einfach nur die erste Verpflichtung ernst nehmen, keine fühlenden Wesen zu verletzen oder zu töten?

Suu Kyi: Das reicht noch nicht ganz.

Clements: Und noch die zweite – nicht zu stehlen?

Suu Kyi: Die Beachtung der beiden ersten wäre schon ein Schritt in die richtige Richtung, ein ziemlich großer. Mit den drei ersten hätten wir es fast geschafft. Fast, aber eben nicht ganz, eigentlich brauchen wir alle fünf.

Clements: Es erübrigt sich eigentlich, darauf hinzuweisen, aber offensichtlich muß man bei vielen Generälen des SLORC mit zum Teil ganz primitiven Emotionen rechnen – mit einem Bewußtsein wie aus der Steinzeit. Aber ich glaube, wie schon gesagt, an eine Erlösung. Vielleicht ist es jedoch reines Wunschdenken. Was meinen Sie? Sind manche Menschen schon zu weit gegangen, so daß sie einfach nicht mehr erlöst werden können?

Suu Kyi: Nach der buddhistischen Lehre gab es Menschen, die nicht einmal der Buddha selbst erlösen konnte. Wie also könnten wir behaupten, wir seien imstande, jeden zu erlösen? Da wir nicht wissen, wer erlöst werden kann und wer nicht, haben wir die Pflicht, den Versuch zu wagen. Wir können einen Menschen nicht einfach als unverbesserlich abschreiben. Wir müssen im Zweifel zu seinen Gunsten entscheiden.

Clements: Ich habe mir viele Videofilme angesehen, die man aus Birma herausgeschmuggelt hat und die Sie bei Ihren Reisen durchs Land zeigen, als Sie Ihren Wahlkampf führten; man sieht Sie durch die Dörfer auf dem Land gehen und mit den Leuten reden. Das war natürlich alles, bevor man Sie unter Hausarrest gestellt hat. Ich war betroffen, welches Ausmaß die Schikanen des SLORC gegen Sie und Ihre Mitstreiter von der NLD angenommen hatten.

Suu Kyi: Ich habe die Schikanen vergessen. Welche meinen Sie? Ach ja, im Irrawaddy-Bezirk vor allem, da gab es ständig Behinderungen.

Clements: Die Kanonenboote des Militärs, die vollgepackt waren mit bewaffneten Soldaten des SLORC ...

Suu Kyi: Das stimmt, als wir den Irrawaddy hinunterfuhren, kamen sie [die SLORC-Soldaten] uns hinterher und spielten Marschmusik.

Clements: Es gab darüber hinaus noch viele andere Situationen, bei denen SLORC-Soldaten ihre automatischen Waffen mit aufgepflanzten Bajonetten schwangen und die Menschen anbrüllten, sie sollten nach Hause gehen, statt Sie zu begrüßen. Und dann war da natürlich der berühmte Zwischenfall in Danabyu, bei dem Sie geradewegs auf eine Reihe von Soldaten zugegangen sind, die ihre Gewehre auf Sie gerichtet hatten, während ihr Hauptmann kurz davor war, den Befehl zum Feuern zu geben. Können Sie dieses Erlebnis noch einmal schildern?

Suu Kyi: Ich habe mich hinterher eigentlich nicht mehr groß damit beschäftigt und auch nicht darüber geschrieben. Soweit ich mich noch erinnere, waren meine Mitarbeiter von der NLD und ich gerade auf dem Heimweg, nachdem wir den ganzen Tag flußabwärts gefahren waren und verschiedene Dörfer und Städte besucht hatten. Ein Major von den in jenem Gebiet stationierten Truppen und einige Offiziere hatten uns in ihrem Boot begleitet. Es war abends, und wir gingen auf das Haus zu, in dem wir übernachten wollten. Sie waren hinter uns, ich führte unsere Gruppe an. Und noch vor mir schritt ein junger Mann, der eine Fahne der NLD trug. Wir gingen hinter ihm in der Mitte der Straße zu unserer Unterkunft, das war alles. Dann sahen wir auf der anderen Seite der Straße die Soldaten, die auf dem Boden knieten und ihre Gewehre auf uns richteten. Der Hauptmann brüllte uns zu, wir sollten die Straße frei machen. Ich forderte den jungen Mann mit der Fahne auf, er solle zur Seite gehen; ich wollte nicht, daß er zur Zielscheibe wurde. Er befolgte meine Aufforderung. Und dann riefen sie, sie würden schießen, wenn wir weiter in der Mitte der Straße laufen würden. Daraufhin habe ich gesagt: »In Ordnung, wir gehen am Straßenrand«, und unser Zug teilte sich. Dann sagte er, er werde auch dann schießen lassen, wenn wir an den Seiten der Straße entlanggehen würden. Das erschien mir nun ziemlich unsinnig (lacht). Und ich dachte, wenn er selbst dann auf uns schießen will, wenn wir uns am Straßenrand halten, dann haben sie es vielleicht darauf abgesehen, mich zu erschießen. Ich dachte, in diesem Fall könnte ich ebensogut in der Mitte der Straße laufen. Während ich also wieder in die Mitte hinüberging, kam der Major angerannt, und es folgte ein Wortwechsel zwischen ihm und dem Hauptmann. Wir gingen währenddessen einfach zwischen den Soldaten hindurch, die dort knieten. Ich bemerkte, daß einige von ihnen, einer oder zwei, zitterten und etwas vor sich hin murmelten, aber ich weiß nicht, ob aus Haß oder aus Nervosität.

Clements: Und was lief zwischen dem SLORC-Major und dem Hauptmann ab?

Suu Kyi: Anscheinend riß sich der Hauptmann seine militärischen Abzeichen von der Schulter. Er warf sie zu Boden und sagte, wozu sie ihm noch nützen würden, wenn er nicht einmal die Erlaubnis zum Schießen habe? Irgend etwas in dieser Art. Ich hatte mich bereits vom Schauplatz entfernt. Ich habe die Geschichte von denen gehört, die noch dort geblieben waren.

Clements: Was ging Ihnen während dieses Vorfalls durch den Sinn?

Suu Kyi: Ich hatte einen völlig klaren Kopf. Ich dachte, was mache ich jetzt? Soll ich umkehren oder weitergehen? Und dann dachte ich, in einer solchen Situation kehrt man nicht um. Ich glaube nicht, daß es etwas so Besonderes war, was ich getan habe. Von Menschen, die an Demonstrationen teilgenommen hatten, habe ich oft gehört, daß sie im voraus nie gewußt haben, wie sie reagieren würden, wenn sie von der Polizei bedroht werden; es ist eine Entscheidung, die man in der konkreten Situation treffen muß. Bleibe ich stehen, oder laufe ich weg? Was immer Sie vorher gedacht haben mögen, wenn es hart auf hart geht, wenn Sie wirklich einer solchen Gefahr ins Auge sehen, dann müssen Sie von einem Augenblick auf den anderen entscheiden … und Sie wissen nie, wie die Entscheidung ausfallen wird.

Clements: War es das einzige Mal, daß Sie so direkt und gewaltsam bedroht wurden?

Suu Kyi: Einmal passierte es auch in Rangun, aber nicht ganz so schlimm. Es gab einen Zwischenfall in Myenigon, bei dem ein Mensch erschossen wurde. Wir waren auf dem Rückweg von einer Gedenkfeier in einem NLD-Büro. Es jährte sich der Tag, an dem einige Demonstranten getötet worden waren, und ich wollte zum Gedenken an diese Menschen einen Kranz niederlegen. Wir hatten beschlossen, das auf unserem Rückweg an einer ziemlich einsamen Stelle an der Straße zu tun, um keine Schwierigkeiten heraufzubeschwören. Doch in unserer Begleitung befanden sich ein paar Studenten, die nicht der NLD angehörten. Sie waren dafür, einen Kranz an einer anderen Stelle niederzulegen, die viel riskanter war und in deren Nähe sich zahlreiche Soldaten aufhielten. Als diese Studenten ihr Blumengebinde niedergelegt hatten, tauchten plötzlich mehrere Soldaten auf und wollten sie festnehmen. Ich war schon dabei weiterzugehen, sagte dann jedoch: »Wir müssen wieder zurück. Wir können diese Studenten nicht einfach deshalb im Stich lassen, weil sie nicht zu unserer NLD-Jugend gehören.« Also kehrte ich um und legte meinen Strauß ebenfalls dorthin, obwohl das ursprünglich nicht so geplant war. Aber ich war der Ansicht, daß wir unsere Solidarität mit den anderen bekunden mußten, die zur Demokratiebewegung gehörten. Ich kann die Ansicht nicht teilen, daß wir nicht für sie verantwortlich sein sollen, nur weil sie unserer Partei nicht angehören. Als wir wegfuhren, fingen die Soldaten an zu schießen. Daraufhin sagte ich: »Umkehren. Wir laufen nicht davon, wenn auf Menschen geschossen wird.« Wir kehrten um, und ein Polizist, der mit seiner Waffe herumfuchtelte, brüllte uns an: »Stehenbleiben!« Und wir erwiderten: »Wir laufen ja gar nicht davon. Wir sind doch gerade zurückgekommen.«

Clements: Ist das ein Grundsatz von Ihnen, umzukehren, wenn Sie Gewehrschüsse hören, und sich den Waffen zu stellen?

Suu Kyi: Ja, nur nicht weglaufen. Mit Weglaufen löst man keine Probleme. Wir wollten einfach wissen, warum sie auf uns schossen. Warum waren sie so wütend? Also gingen wir zurück und fragten sie. Aber sie gaben keine Antwort. Sie gingen einfach fort.

Clements: Mit Taten sagt man mehr als mit Worten ...

Suu Kyi: Wir müssen in diesem Land eine Menge Fragen stellen und auch beantworten. Das ist die einzige Möglichkeit, wie wir unsere Probleme lösen können.

Clements: Eine direkte Frage: In welcher Weise fühlen Sie sich von dem Haß, den der SLORC auf Sie hat, getroffen?

Suu Kyi: Es ist einfach langweilig. Wie lautet der bekannte Ausdruck? »Die Banalität des Bösen«.

Clements: Menschen auf der ganzen Welt verbinden inzwischen Ihren Namen und Ihr Leben mit Tapferkeit und Furchtlosigkeit. Dennoch weisen Sie solche Komplimente stets mit dem Hinweis zurück, daß Ihre Mitstreiter von der NLD weit mehr gelitten haben und viel mutiger sind als Sie ...

Suu Kyi: Wissen Sie, als kleines Kind hatte ich immer Angst vor der Dunkelheit, meine Brüder dagegen nicht. Ich war wirklich der Angsthase in der Familie. Wahrscheinlich ist das der Grund, warum es für mich merkwürdig klingt, wenn Menschen mich für besonders mutig halten.

Clements: Sie finden es wirklich merkwürdig, im Ernst?

Suu Kyi: Ja, ich finde es äußerst merkwürdig (lacht). Manche der Dinge, die ich tue und die anderen mutig erscheinen, kommen mir ganz normal vor.

Clements: Zum Beispiel auf eine Reihe von Soldaten zugehen, die ihre entsicherten Gewehre auf Sie gerichtet halten?

Suu Kyi: Nein, so etwas nicht.

Clements: Das finden Sie nicht mutig?

Suu Kyi: Ich weiß nicht, ob ich das besonders mutig finden soll. Es wird Tausende von Soldaten geben, die so etwas tagtäglich tun. Denn leider finden überall auf der Welt immer noch ständig irgendwelche Kämpfe statt.

Clements: Der Gedanke, daß Sie Mut haben, kommt Ihnen also gar nicht erst? Nicht einmal ein Anflug von Selbstzufriedenheit? Gar nichts?

Suu Kyi: Es mag sein, daß mir durch meine Haltung gegenüber den ungerechten Maßnahmen der Behörden klar wird, daß ich möglicherweise weniger Angst habe als die meisten Menschen in Birma. Es liegt wohl daran, daß ich den größten Teil meines Lebens in freien Gesellschaften verbracht habe, wenn die Angst vor der Obrigkeit bei mir nicht zu einer Gewohnheit geworden ist. Es ist normal für mich, Fragen nicht zu beantworten, die zu stellen andere Menschen meiner Meinung nach kein Recht haben. Aber viele Menschen in Birma sind so verängstigt, daß sie sich sogleich jedem Verhör unterwerfen, das die Behörden mit ihnen anstellen. Sie sind auf diese Verhaltensweise konditioniert.

Clements: Daw Suu, gibt es einen Bereich in Ihrem Innern – so etwas wie einen inneren Grenzbezirk –, wo Sie noch mehr Mut aufbringen müssen?

Suu Kyi: Man benötigt immer Mut, wenn man Entscheidungen treffen muß, vor allem in unserer Lage. Das liegt nicht nur daran, daß Sie sich unter Umständen damit selbst schaden könnten, Sie müssen auch berücksichtigen, daß Ihre Entscheidungen möglicherweise weitreichende Folgen haben, denen Sie sich stellen und für die Sie die Verantwortung übernehmen müssen. Die Übernahme von Verantwortung ist eine Tat, zu der es Mut braucht.

Clements: Angesichts der eskalierenden Krise in Birma verlangt das von Ihnen einen äußerst schwierigen Balanceakt.

Suu Kyi: Nun ja, wir müssen fortwährend Entscheidungen treffen, die ein hohes Maß an Verantwortung mit sich bringen, und dabei müssen wir ständig mit den scharfen Reaktionen der Regierung rechnen. Doch wie schon gesagt, ich habe das große Glück, von hilfsbereiten und fürsorglichen Mitstreitern unterstützt zu werden. Wir treffen unsere Entscheidungen gemeinsam. Und damit ist auch unser Mut ein gemeinsamer, zu dem jeder einzelne mit seinem individuellen Mut beiträgt; auf diese Weise ist das Ganze mehr als die Summe seiner Teile.

Clements: In einer Ihrer Reden, damals im Jahr 1988, haben Sie gesagt: »Ich fordere die Menschen immer auf, nach hohen Zielen zu streben. Sie können gar nicht hoch genug sein.« Darf ich Sie fragen, Daw Suu, worin Ihr eigenes höchstes Ziel besteht?

Suu Kyi: Mein höchstes Ziel ist ein spirituelles: Reinheit des Geistes.

DIE WAHRHEIT IST EINE MÄCHTIGE WAFFE

Alan Clements: Daw Suu, hier in Ihrem Land gilt das Aussprechen der Wahrheit als strafwürdiges Verbrechen gegen den Staat, wenn diese Wahrheit den Behörden unerwünscht ist. Aber warum ist die »Wahrheit« so bedrohlich?

Aung San Suu Kyi: Weil die Macht der Wahrheit in der Tat groß ist. Und das ist für manche Menschen ziemlich beängstigend. Die Wahrheit ist eine mächtige Waffe. Vielleicht sehen viele Menschen das anders, aber sie ist sehr mächtig. Und die Wahrheit kann – wie alles, was mächtig ist – erschrecken oder beruhigen, je nachdem, auf welcher Seite man steht. Wenn Sie auf der Seite der Wahrheit stehen, ist sie sehr beruhigend – Sie genießen ihren Schutz. Doch wenn Sie auf der Seite der Unwahrheit stehen, dann ist sie sehr beängstigend.

Clements: Was halten Sie von der kompromißlosen Überzeugung, daß man die Wahrheit unbedingt aussprechen müsse, völlig unabhängig von den näheren Umständen oder den möglichen Folgen? Ist Aufrichtigkeit in jedem Fall die beste Politik?

Suu Kyi: Aufrichtigkeit ist die beste Politik. Man sollte anderen gegenüber einfach offen sein. So habe ich es immer gehalten. Das bedeutet nicht, daß ich jedem alles erzähle. Aber wenn man mich zu etwas befragt, dann tue ich entweder meine ehrliche Meinung kund oder ich sage direkt: »Das werde ich Ihnen nicht mitteilen.« Als zum Beispiel die Leute vom militärischen Geheimdienst kamen, um mich zu verhören, habe ich einfach gesagt, ich würde ihnen nicht antworten. Hätte ich geantwortet, dann hätte ich andere mit hineingezogen, denn ihnen ging es natürlich darum, herauszufinden, welche Leute mir geholfen hatten, um sie dann zu verhaften.

Clements: Das Kriterium beim Aussprechen der Wahrheit sind demnach die Folgen, die es für andere haben kann?

Suu Kyi: Ja. Es ist besser, überhaupt nicht zu antworten als andere zu belügen. Das Lügen ist eine anstrengende Sache. Ein Sprichwort sagt: »Eine Lüge zieht sieben andere nach sich.«

Clements: Selbst wenn das Aussprechen der Wahrheit mit dem Risiko der eigenen Verhaftung, der Drangsalierung der Familie, der Entlassung vom Arbeitsplatz oder sogar der Folter verbunden ist?

Suu Kyi: Sie verlieren mehr, wenn Sie andere belügen – dessen können Sie sicher sein. Aber es stimmt, daß alles seinen Preis hat. Dennoch ist es immer leichter, mit den Folgen der Ehrlichkeit als mit den Folgen der Lüge zu leben. Mit jeder Lüge wird Ihr Gewissen Sie bis ans Ende Ihres Lebens bedrängen, während die Folgen der Ehrlichkeit auf lange Sicht keine Last für Sie bedeuten.

Clements: Was würden Sie anderen raten, wie sie gegen die Gewohnheit der Lüge ankämpfen können?

Suu Kyi: Was ich sagen würde, wäre so einfach, daß die meisten Leute es nicht akzeptieren könnten. Ich glaube, daß man einfach glücklicher ist, wenn man nicht zum Mittel der Lüge greift. Das ist alles.

Clements: Was bedeutet letztlich Wahrheit für Sie?

Suu Kyi: Letzten Endes läßt sich Wahrheit nicht von Aufrichtigkeit und gutem Willen trennen. Ich will keineswegs behaupten, daß ich in jeder Situation in der Lage bin, die Wahrheit zu erkennen. Aber man tut sein Bestes, um bei der Einschätzung einer Situation aufrichtig zu sein, einen ehrlichen Unterschied zu machen zwischen dem, was richtig ist und was nicht. Wenn Sie das tun, stehen Sie auf der Seite der Wahrheit. Wahrheit ist freilich ein weiter Begriff. Reine Wahrheit – absolute Wahrheit – ist gewöhnlichen Wesen wie uns nicht zugänglich, weil wir die Dinge nicht absolut und als Ganzes sehen können. Aber wir strengen uns nach Kräften an. Ich stelle mir vor, daß wir, die wir auf der Seite der Wahrheit stehen, uns alle um sie bemühen, ohne sie jemals ganz und gar zu besitzen. Die Wahrheit ist etwas, nach dem wir ständig streben müssen.

Clements: Wieweit ist Wahrheit subjektiv – wenn wir die letzte Wahrheit dagegenhalten?

Suu Kyi: Das Ringen um Wahrheit ist gewissermaßen der Versuch,

Subjektivität zu überwinden. Damit meine ich, daß man die eigenen Vorurteile soweit wie möglich ausräumen und sich bei der Beurteilung einer bestimmten Situation von ihnen distanzieren muß.

Clements: Das wäre das Erlernen der Kunst, sich in objektiver Weise auf die eigene Subjektivität zu beziehen?

Suu Kyi: Das Streben nach Wahrheit muß einhergehen mit bewußter Wahrnehmung. Bewußte Wahrnehmung und Wahrheit hängen sehr eng miteinander zusammen. Wenn Sie sich dessen bewußt sind, was Sie tun, haben Sie einen objektiven Blick auf sich selbst. Und wenn Sie ein klares Bewußtsein von dem haben, was andere Menschen tun, können Sie auch diese in einem objektiveren Licht sehen. So bedeutet bewußte Wahrnehmung zum Beispiel, daß Sie auf jemanden, der herumschreit, nicht in der Weise reagieren, daß Sie sich sagen: »Was für ein schrecklicher Mensch!« Das wäre rein subjektiv. Wenn Sie ihn dagegen bewußt wahrnehmen, dann machen Sie sich sofort klar, daß er schreit, weil er wütend ist oder Angst hat. Das ist Objektivität. Im anderen Falle, ohne eine bewußte Wahrnehmung, pflanzen sich nur die verschiedensten Vorurteile fort und werden immer zahlreicher.

Clements: Ich glaube, es war C. G. Jung, der gesagt hat, er wäre lieber heil im Sinne von »ganz« statt »gut«. Was bedeutet für Sie das Streben nach »Ganzheit«? Hat es für Sie irgendeine Bedeutung?

Suu Kyi: Nun, zunächst einmal muß man klären, was »gut« bedeutet. Wenn Jung sagt, er wäre lieber heil statt gut, was meint er dann mit »gut«? Desgleichen: Wenn jemand sagt, er wolle »rein« sein, was bedeutet dann Reinheit für ihn? Ähnlich wie die Wahrheit ist sie ein ziemlich weiter Begriff. Es ist etwas, um das man sich zeitlebens bemüht und ringt. Wenn jemand sagt: »Ich habe einen Zustand der Reinheit erlangt«, dann ist diese Person wahrscheinlich noch ein ganzes Stück davon entfernt. Ich zweifle, daß jemand, der kein *arahant* ist, wirklich behaupten kann: »In mir ist keine Unreinheit.« Ich glaube, wenn Sie nach Reinheit streben, dann müssen Sie wissen, was Unreinheit bedeutet. Für Menschen, die mit dem Buddhismus groß geworden sind, dürfte es nicht so schwierig sein, weil uns die Begriffe von Begierde, Haß und Unwissenheit, aus denen die Unreinheit erwächst, vertraut sind. Danach ist alles, was Sie auf Böswilligkeit und Begierde zurückführen können, unrein. Und alles, was Sie aus Unwissenheit ableiten können, nun, das stellt uns vor ein Paradox. Wie wollen Sie wissen, daß Sie unwissend sind, da Sie doch unwissend sind?

Clements: Es ist ziemlich schwierig, objektiv über etwas zu urteilen, was Sie nicht sehen. Es ist eine Art von geistiger Blindheit, nicht wahr?

Suu Kyi: Ja, aber wie erkennen wir die Bezirke unserer eigenen Unwissenheit?

Clements: Durch die bewußte Wahrnehmung unserer Fehler; und natürlich sind gute Freunde immer eine Hilfe.

Suu Kyi: Ja. Gute Freunde machen uns darauf aufmerksam.

Clements: Natürlich kennen Sie die Geschichte, als Ananda [der Lieblingsjünger Buddhas] den Buddha fragte: »Ehrwürdiger Meister, mich dünkt, daß die Hälfte des spirituellen Lebens aus guter Freundschaft besteht.« Und der Buddha verbesserte ihn und sagte: »Nein, Ananda, das ganze spirituelle Leben ist gute Freundschaft.« Was macht für Sie »gute Freundschaft« aus? Anscheinend haben Sie das Glück, viele liebenswürdige und großmütige Menschen um sich zu wissen.

Suu Kyi: Ich muß sagen, daß ich mein ganzes Leben lang in der glücklichen Lage war, gute Lehrer und Freunde zu haben. Aber es läßt sich schwer etwas Allgemeines darüber sagen, was die Grundlage einer Freundschaft bildet. Ich denke, zunächst einmal muß man ein Interesse an Menschen haben, man muß sie als Individuen sehen mit ihrem eigenen Wert und Verdienst. Und wenn Sie an Menschen interessiert sind und ihren Standpunkt respektieren, dann möchten Sie mehr über sie erfahren. Das bedeutet, daß Sie ihnen zuhören, sie beobachten und von ihnen lernen. Ich glaube, daß Freundschaften so beginnen. Im anderen Fall, wenn Sie kein Interesse an ihnen haben, dann bemerken Sie auch nichts an ihnen. Nichts von dem, was sie sagen oder tun, macht einen Eindruck auf Sie, und Sie lernen nichts von ihnen. Ich finde meine Freunde interessant. Ich schätze sie. Darum wurden sie meine Freunde. Wir wollten mehr voneinander wissen, nicht aus plumper Neugier, sondern einfach, weil wir uns gegenseitig als Individuen anerkannten und bereit waren, einander zuzuhören. In diesem Sinne ist einer der wichtigsten Bestandteile der Freundschaft das Bedürfnis, mehr über die andere Person zu erfahren. Und je mehr Sie wissen, desto mehr finden Sie an ihnen, was Sie schätzen.

Clements: Wäre das eine Beschreibung des Begriffs *mudita*?

Suu Kyi: Was immer Ihr Freund erreicht, das ist für Sie ein Grund zur Freude. *Mudita* wird doch übersetzt als Anteil nehmende Freude, nicht wahr?

Clements: Normalerweise ja, aber ich habe es immer übersetzt als die Fähigkeit, sich auf das Glück einer anderen Person einstimmen und dasselbe Hochgefühl erleben zu können.

Suu Kyi: Ja, das ist sehr schön ausgedrückt.

Clements: Es mag für einige auf der Hand liegen, aber mir kommt es so vor, als benutzten viele Menschen ihre Freundschaften häufig unbewußt als einen Ort, an dem sie sich verstecken oder wohin sie flüchten können. Sie suchen die Sicherheit, statt sich der Wahrheit zu stellen und gemeinsam auf Entdeckungsreise zu gehen. Ich nenne das eine stillschweigende Übereinkunft zur Aufrechterhaltung der Mittelmäßigkeit – des Status quo –, um nur ja nichts in Frage zu stellen.

Suu Kyi: Die Menschen haben ein starkes Bedürfnis nach Sicherheit. Aber die besten Freunde sind diejenigen, die das Beste in Ihnen zum Vorschein bringen, die Sie in eine gute Stimmung versetzen, weil sie Sie dazu anspornen, das Gute in Ihnen zu entwickeln und nicht das Schlechte. Und wahre Freunde finden immer einen Weg, Sie auf das aufmerksam zu machen, was Sie nicht tun sollten. Nicht auf eine verletzende oder schroffe Art, sondern wirklich konstruktiv, indem sie Ihnen zu dem raten, was für Sie und die Menschen in Ihrer Umgebung gut ist. Das heißt nicht, daß Freunde niemals kritisieren sollen. Manchmal kann es nötig sein, daß ein Freund sogar schroff ist, einfach um jemanden zur Vernunft zu bringen. Doch die Absicht, die er verfolgt, muß sich auf *metta* gründen.

Clements: Damit soll gesagt werden, daß in der Freundschaft an erster Stelle die Wahrheit selbst zu stehen hat und daß sie nicht ein blindes Bündnis ist, das dazu dient, einander vor einer schmerzhaften Wahrheit zu schützen?

Suu Kyi: Ich glaube nicht, daß Menschen, die unfähig sind, sich der Wahrheit zu stellen, zu echten Freundschaften imstande sind. Wie können Sie echte Freundschaft schließen, wenn Sie durch Heuchelei und Lügen eingeengt sind?

Clements: Daw Suu, es steht wohl außer Frage, daß Sie bereit sind, der Wahrheit ins Auge zu sehen, aber wie hat das alles angefangen?

Oder lassen Sie mich die Frage so formulieren: Hatten Sie schon als Kind eine Vision von Ihrer Zukunft? Hatten Sie einen Traum?

Suu Kyi: Ich glaube nicht, daß ich als Kind solche Visionen hatte. Ich war viel eher daran interessiert zu spielen. Aber später habe ich verschiedene Phasen durchlebt. Ich glaube, das erste ernsthafte Ziel, das ich hatte, war, Schriftstellerin zu werden. Dieser Wunsch kam auf, als ich eine Leseratte wurde und begann, die Welt der Bücher zu entdecken. Davor hatte ich nur Kinderbücher gelesen und noch nicht das entdeckt, was ich als richtige Bücher bezeichnen möchte. Erst mit zwölf oder dreizehn Jahren habe ich angefangen, klassische Literatur zu lesen. Mit vierzehn Jahren war ich bereits ein echter Bücherwurm. Wenn ich zum Beispiel mit meiner Mutter zum Einkaufen ging, nahm ich immer ein Buch mit. Ich konnte zwar nicht lesen, wenn ich in einem fahrenden Auto saß, weil mir dabei immer ziemlich schlecht wurde, doch kaum hielt der Wagen irgendwo an, auch wenn es nur an einer roten Ampel war, öffnete ich mein Buch und las. Bei Grün mußte ich es wieder zuklappen und konnte den nächsten Halt kaum abwarten.

Clements: Wollten Sie nur Schriftstellerin werden, war es das einzige Ziel, das Sie damals hatten?

Suu Kyi: Als ich zehn oder elf Jahre alt war, wollte ich zur Armee gehen. Zu dieser Zeit war die Armee eine Institution, die sehr geachtet war, weil mein Vater sie gegründet hatte. Und jedermann bezeichnete meinen Vater als Bogyoke, was General bedeutet, und deshalb wollte ich ebenfalls ein General sein, weil ich glaubte, das sei der beste Weg, meinem Land zu dienen, so wie mein Vater es getan hatte. Doch die Dinge änderten sich. Das ist auch der Grund, warum ich vollkommen aufrichtig sagen kann, daß ich eine tiefe Sympathie für die Armee hege, sie ist keineswegs gespielt. Ich habe wirklich einmal gedacht, daß sie für mich der richtige Weg sei, meinem Land zu dienen. Damals hatten wir natürlich noch eine Demokratie in Birma, und die Armee war eine Institution, die dem Volk diente, nicht eine, die ihm etwas wegnimmt.

Clements: War es denn überhaupt möglich, als Frau in der Armee Ihres Vaters zu dienen?

Suu Kyi: Nein.

Clements: Mein Aufenthalt in Birma während der letzten Monate hat mich dazu gebracht, oft und lange über einen Punkt nachzudenken.

Glauben Sie, daß man aus menschlichen Schwächen Stärken machen kann?

Suu Kyi: Sie können aus allem eine Stärke machen, wenn Sie wissen, wie Sie es anstellen sollen. Die meisten Menschen sind darüber unterrichtet, daß jemand, der sein Augenlicht verliert, sein Gehör schärfen kann. Aber er muß etwas dafür tun. Wenn jemand einfach nur dasitzt und sich mutlos fühlt, weil er blind ist, so hilft ihm das kein bißchen weiter. Doch wenn er sich auf Geräusche konzentriert und seine Tastempfindungen weiterentwickelt, dann wird zwar aus seiner Schwäche keine Stärke an sich werden, sie wird ihm jedoch dazu verhelfen, andere Stärken auszubilden, mit denen er diese Schwäche ausgleichen kann. Ohne Anstrengung wird es jedoch nicht gehen. Sie können nicht einfach nur dasitzen und darauf hoffen, daß etwas passiert. Sie müssen daran arbeiten. Ich bin fest davon überzeugt, daß aktives Tun, Anstrengung und Bemühen einen voranbringen.

Clements: Sie haben geschrieben: »Furchtlosigkeit mag eine wertvolle Gabe sein, doch vielleicht noch kostbarer ist der Mut, der durch Eifer und Anstrengung erworben wurde – ein Mut, der aus dem steten Bemühen erwächst, sich im eigenen Handeln nicht von der Furcht bestimmen zu lassen.« Wenn die Wahrheit das Fundament eines echten Dialogs ist, was ist dann wertvoller als die Wahrhaftigkeit selbst?

Suu Kyi: Aufrichtigkeit und guter Wille. Ich glaube, sie können uns auf dem Weg des Dialogs sehr weit bringen. Menschen, die vollkommen aufrichtig und wohlmeinend sind, haben gewöhnlich keine Angst, anderen entgegenzutreten. Und ich kann mit fester Überzeugung behaupten, daß ich gegenüber dem SLORC immer aufrichtig gewesen bin. Es gab Zeiten, in denen ich sehr wütend war über das, was sie getan haben, aber ich habe nie meinen guten Willen ihnen gegenüber verloren. Ich behaupte nicht, daß ich stets im Recht bin, und ich bin durchaus bereit, mich von ihnen überzeugen zu lassen, daß ich mich in manchen Dingen geirrt habe. Aber ich habe keine Angst davor, jederzeit mit ihnen zu sprechen.

Außerdem glaube ich nicht, daß einer von ihnen sagen kann, daß ich ihn jemals in irgendeiner Weise getäuscht hätte. Es gibt Leute, die zu mir gesagt haben: »Sie können es sich nicht leisten, mit dem SLORC ehrlich zu sein – das sind keine ehrlichen Leute. Sie müssen nach deren

Regeln spielen.« Aber einer solchen Argumentation habe ich mich immer widersetzt. Wenn sie mich belügen, und ich vergelte es, indem ich sie belüge, wie sollen wir da jemals eine Position des Vertrauens aufbauen? Wenn sie mich belügen, ist es um so wichtiger, daß ich meinerseits die Wahrheit sage.

Clements: Wenn Sie in die Tiefen Ihres Seins hinabsteigen und sie erforschen, wie unterscheiden Sie da das, was aufrichtig ist, von dem, was trügerisch ist?

Suu Kyi: Aber wissen Sie das nicht?

Clements: Doch, im allgemeinen schon, aber ehrlich gesagt, ich habe mich mehr als einmal durch meine eigene scheinbare Gewißheit irreführen lassen. Es gibt einige sehr schlaue, heimtückische Stimmen da drinnen. Das Bewußtsein ist fähig zur Selbsttäuschung, es kann in hohem Grade verzerren und manipulieren, nicht wahr?

Suu Kyi: Das ist etwas, das ich selbst nicht richtig verstehe. Als ich noch klein war, war ich ein normales, ungezogenes Kind – ich tat Dinge, die man mir untersagt hatte, und unterließ das, was ich eigentlich hätte tun sollen. Zum Beispiel weglaufen und mich verstecken, statt meine Schularbeiten zu machen. Ich hatte keine Freude am Arbeiten oder Lernen. Ich spielte lieber die ganze Zeit. Aber mir war dabei immer bewußt, daß ich etwas versäumte, was ich eigentlich hätte tun sollen. Ich hätte es vielleicht nicht zugegeben, aber ich wußte doch, wann ich im Unrecht war. Und ich dachte, daß ältere Menschen ebenfalls, auch wenn sie es nicht zugaben, immer genau wüßten, wann sie etwas taten, das sie eigentlich nicht tun dürften. Doch seit ich erwachsen bin, frage ich mich, ob es nicht doch Menschen gibt, die tatsächlich nicht wissen, daß das, was sie tun, falsch ist. Wie sehen Sie das?

Clements: Offen gesagt, ich glaube, daß manche Menschen es genießen, jemandem ein Unrecht zuzufügen, weil sie davon überzeugt sind, daß sie etwas Richtiges tun. Ich habe mit Folteropfern gesprochen, die mir von der perversen Freude erzählten, die sie im Gesicht ihres Peinigers gesehen haben, eine Lust daran, Schmerzen zuzufügen. Ich denke an Psychopathen, die bereit sind zum Völkermord, an Vergewaltiger und Mörder, denen ihre Greueltaten tatsächlich Freude bereiten. Nehmen Sie zum Beispiel den jungen Israeli, der Präsident Rabin ermordet hat. Ich habe ihn mehrfach in Nachrichtensendungen der BBC gesehen und seine Aussagen gehört. Anscheinend ist er in einem pathologischen Sinne stolz darauf, daß er Rabin ermordet hat. Sie sehen sein Gesicht, er strahlt fast vor Verzückung, und er spricht von seiner besonderen Verbundenheit mit Gott …

Suu Kyi: Nun, es gibt zweifellos Menschen, die glauben, daß es richtig ist, alles für ihre Religion, ihre Rasse, ihre Familie oder eine Organisation, der sie angehören, zu tun. Ist es letztlich eine Frage dessen, wie sie erzogen, wie sie ausgebildet wurden?

Clements: Die Erziehung spielt eine Rolle, aber natürlich hat nicht jeder Psychopath Eltern, die ebenfalls gestört waren. Es gibt einfach Menschen, denen jedes moralische Schamempfinden abgeht. Nehmen wir beispielsweise den Fall des SLORC, dessen Leute im Namen der Politik andere Menschen nach Belieben unterdrücken und foltern. Wie könnte sich in ihnen ein moralisches Schamgefühl entwickeln?

Suu Kyi: Für mich ist es in vielerlei Hinsicht schwer zu akzeptieren, daß sie so anders sein sollen als wir. Schließlich sind sie Birmanen, die in einer buddhistischen Gesellschaft aufgewachsen sind. Die fünf Verpflichtungen, die das Handeln bestimmen, können ihnen nicht entgangen sein – jeder Birmane kennt sie. Selbst jene, die nur darum Buddhisten sind, weil ihre Eltern welche waren, und die sich mit der Philosophie des Buddhismus nicht näher beschäftigt haben, kennen die fünf Verpflichtungen. Das ist elementar.

Clements: Sie können sie vielleicht hersagen, aber was ist mit ihrem Handeln? Ist die *ahimsa* oder das »Nichtverletzen« nicht die Wurzel der fünf Verpflichtungen?

Suu Kyi: Die fünf Verpflichtungen umfassen im eigentlichlichen Sinne nicht die *ahimsa*, aber natürlich ist sie der Ursprung für sie – nicht nur für das Verbot des Tötens, auch für das des Stehlens. Wer stiehlt, verletzt das Recht eines anderen auf sein Eigentum. Demnach könnte man auch Diebstahl als eine Form von Gewalttätigkeit ansehen. Aber nicht jeder denkt so. Die meisten verstehen die fünf Verpflichtungen ganz einfach: Du sollst nicht töten, du sollst nicht stehlen, du sollst nicht lügen, du sollst nicht ehebrechen, und du sollst keine alkoholischen Getränke oder andere Rauschmittel konsumieren. Sie nehmen diese Regeln auf eine oberflächliche Weise wahr. Natürlich werden die meisten einen Mord oder eine Vergewaltigung als eine Gewalttat ansehen, aber einen Diebstahl wird nicht jeder sofort in dieser Weise betrachten. Oder nehmen wir das Lügen. Ich glaube, viele hätten ihre Zweifel, ob man das als Gewalt bezeichnen kann. Das Erzählen von Lügen ist kein handgreiflicher Akt der Gewalt. Aber Sie können auch hier einen Schritt weitergehen und sagen, daß Sie damit das Recht eines anderen verletzen, die Wahrheit zu hören, und in diesem Sinne ist es eine Form der Gewalt. Und was die berauschenden Getränke und andere Rauschmittel angeht, so könnte man argumentieren, daß Sie damit keinem schaden, solange Sie nicht die Nerven verlieren und auf andere losgehen, so daß man auch hier noch nicht von Gewalt sprechen kann. Dem könnte man allerdings entgegenhalten, daß man sich durch die Einnahme von Rauschmitteln selbst Gewalt antut, weil man sich damit physisch schadet und die eigene Urteilskraft beeinträchtigt. Wenn Sie sagen, die *ahimsa* sei der Urgrund der fünf Verpflichtungen, so ist das durchaus eine Möglichkeit, sie zu interpretieren. Diese Interpretation wird jedoch nicht von allen geteilt.

Clements: Glauben Sie an das Böse im Menschen?

Suu Kyi: Ich habe darüber mit vielen Menschen gesprochen und dabei immer gern Karl Popper zitiert, der auf dieselbe Frage geantwortet hat: »Nein, aber an die Dummheit.« Und ich denke, das kommt der buddhistischen Auffassung ziemlich nahe. Ich glaube, im Buddhismus gibt es nicht einmal ein Wort für »das Böse« schlechthin, oder?

Clements: Nein, mir ist bislang keines untergekommen. Es ist offenbar eine christliche Vorstellung.

Suu Kyi: Ich kenne auch keines. Aber wir reden natürlich von Begierde, Wut und Unwissenheit. Das ist mit Dummheit gemeint, nehme ich an. Unwissenheit ist Dummheit. Auch die Gier hat einen Aspekt von Dummheit. Gier ist äußerst kurzsichtig. Auch die Wut. Und Kurzsichtigkeit ist Dummheit. Ich habe immer gesagt, daß eine meiner größten Schwächen darin besteht, daß ich sehr ungeduldig sein kann. Ich werde sehr leicht ärgerlich. Das bedeutet, daß ich nicht in der Lage bin, über die konkrete Situation hinauszuschauen. Hier hat sich die Meditation für mich als nützlich erwiesen – sie verhilft Ihnen zu einer bewußten Wahrnehmung der eigenen Person, so daß Sie Ihre Gefühle besser erkennen und im Zaum halten können. Diese Gefühle, die so zerstörerisch sind, hängen alle mit Unwissenheit zusammen.

Clements: Man darf wohl sagen, daß es für die meisten Menschen wesentlich leichter ist, Mitgefühl für die »Opfer« zu empfinden, die »wirklich« leiden, als für denjenigen, der ihnen Gewalt angetan hat. Und wenn man nicht in der Lage ist, Mitgefühl für die Person des Täters aufzubringen, verteufelt man diese Person sehr schnell, man macht sie zu einer unverbesserlichen Kraft des Bösen und verweist sie damit in einen Bereich, zu dem keine Verbindung mehr möglich ist. Und auf diese Weise verewigen wir unbewußt diesen Teufelskreis zwischen Unterdrückten und Unterdrückern. Welchen Rat geben Sie Ihren Anhängern, damit diese nicht in den Fehler verfallen, den SLORC zu »verteufeln«?

Suu Kyi: Ich rate ihnen, ihren Blick auf die Taten und nicht auf die Menschen zu richten. Einmal habe ich über Angulimala [einen Massenmörder zur Zeit des Buddha] gesprochen. Ich sagte, auch er habe sich geändert, seine Taten waren zweifellos furchtbar, doch der Buddha selbst war in der Lage, die Person von der Tat zu trennen. Nachdem Angulimala zu der Einsicht gebracht worden war, daß das, was er getan hatte, Unrecht war, und er echte Reue zeigte, machte er sich auf und folgte dem rechten Pfad. Und der Buddha war der erste, der ihn sozusagen unter seine Fittiche nahm.

Clements: Angulimala war das berühmteste Beispiel für eine Erlösung zu Lebzeiten des Buddha. Wie Sie wissen, erlangte er die Erleuchtung. Nachdem er jedoch Mönch geworden war, wurde er überall, wohin er kam, von den Menschen mit Steinen beworfen und mißhandelt. Glauben Sie, daß nach einem Sieg der Demokratie der SLORC dasselbe Schicksal befürchten muß? Werden die Menschen darauf aus sein, Rache zu nehmen?

Suu Kyi: Ich glaube, es ist ganz natürlich, daß einige von ihnen befürchten, daß eine demokratische Regierung sie in irgendeiner Weise verfolgen oder anderen erlauben wird, sie zu verfolgen.

Clements: Haben Sie mit Ihren Mitstreitern darüber gesprochen, mit welchen Sicherheitsvorkehrungen sich die Möglichkeit von Verfolgungen auf ein Mindestmaß beschränken läßt?

Suu Kyi: Meine Mitstreiter und ich haben einfach kein Interesse daran, Rache zu üben.

Clements: Ich weiß, daß der SLORC bis heute immer wieder versucht, Sie zu verunglimpfen. Wogegen richten sich die Angriffe hauptsächlich?

Suu Kyi: Sie konzentrieren sich auf die Tatsache, daß ich mit einem Ausländer verheiratet bin und viele Jahre im Ausland verbracht habe. Sie werfen mir auch noch andere Dinge vor, daß ich zum Beispiel mein Versprechen nicht gehalten hätte, keine politische Partei zu gründen. Ein solches Versprechen habe ich allerdings nie gegeben. Ich habe lediglich gesagt: »Ich möchte nicht in die Lage kommen, einmal eine politische Partei gründen zu müssen.« Vor der Machtübernahme durch den SLORC im Jahr 1988 habe ich festgestellt: »Es ist jetzt nicht die Zeit, politische Parteien zu gründen ... wir sollten alle einig sein.« Ich habe auch nie gesagt, daß ich mich nicht als Kandidatin an Wahlen beteiligen würde. Ich habe immer betont: »Das ist etwas, das ich im Augenblick nicht möchte.« Ich habe stets besonders darauf geachtet, mich nicht festzulegen, weil ich weiß, daß man in der Politik nicht immer vorhersehen kann, was passieren wird. Das war auch der Grund, warum ich den Menschen nur versprochen habe, daß ich aufrichtig zu ihnen sein würde. Ich habe nicht versprochen, daß ich die Demokratie bringen würde. Ich habe gesagt: »Ich werde stets daran arbeiten und mein Bestes tun, um die Demokratie zu verwirklichen, ich werde mich dafür einsetzen, solange ich lebe oder bis wir sie erreicht haben.«

Clements: Nach dem, was ich von Ihren Reden gelesen habe, lassen Sie nicht nur die Vorwürfe des SLORC unerwidert, sondern Sie erklären auch, was man Ihnen vorwerfe, sei in Wirklichkeit eine gute Sache. So lautet einer der Vorwürfe, Sie hätten 28 Jahre lang im Ausland gelebt ...

Suu Kyi: Ja, gerade weil ich einen Großteil meines Lebens in freien Ländern verbracht habe, bin ich nicht so leicht einzuschüchtern. Angst ist weitgehend eine Gewohnheit. Menschen werden dazu konditioniert, Angst zu haben.

In freien Ländern ist es ganz normal, nach dem Warum zu fragen, wenn man von einer anderen Person, und sei es ein Sicherheitsbeamter, aufgefordert wird, etwas zu tun, das unvernünftig klingt. In einem autoritären Staat kann es gefährlich sein, Fragen zu stellen, so daß die Menschen lieber tun, was man ihnen sagt. Die Leute, die an der Macht sind, werden die Unterdrückung daraufhin noch verschärfen. Und die Menschen bekommen noch mehr Angst. Es ist ein Teufelskreis.

Clements: Wenn Sie in sich gehen, hat irgendeine der Beschuldigungen Sie wirklich getroffen?

Suu Kyi: Nein, keine von ihnen. Die Angriffe der Leute vom SLORC sind so grobschlächtig, daß sie mir mehr Sympathie eintragen als alles andere. Eine Zeitlang habe ich gedacht, daß sie eigentlich sogar richtig komisch sind (lacht). Bevor sie mich unter Hausarrest gestellt haben, konnten wir beobachten, daß immer dann, wenn einer von ihnen mich auf rüde Weise attackiert hatte, die Unterstützung für uns größer war als vorher. Wir sagten immer im Scherz zueinander: »Wir sollten ihnen besondere Ehrenurkunden überreichen, weil sie unseren Kampf für die Demokratie so wirkungsvoll unterstützen.« Später wurde mir allerdings klar, daß das keine gute Idee war. Die Angriffe waren eine ziemlich schwerwiegende Sache, nicht weil sie sich gegen mich richteten, sondern weil die Kluft zwischen uns und ihnen dadurch vertieft wurde – zwischen denen, die eine Demokratie wollten, und denen, die auf der Seite der Machthaber bleiben wollten. Deshalb war ich gegen diese Form des Propagandakriegs.

Clements: Sehen Sie in diesen Angriffen durch den SLORC, den Verleumdungen und Lügen letztlich den Ausdruck eines gegen Sie gerichteten Frauenhasses oder eher eine Propaganda, die darauf abzielt, die politische Macht zu behalten?

Suu Kyi: Im Grunde genommen paßt es ihnen [den Leuten vom SLORC] nicht ins Konzept, daß ich soviel öffentliche Unterstützung erhalte. Deshalb versuchen sie, die Unterstützung für mich und unsere Demokratiebewegung nach Kräften einzudämmen.

Clements: Wie Sie bereits erwähnt haben, hat der SLORC wiederholt den Umstand gegen Sie ins Feld geführt, daß Sie mit einem britischen Staatsbürger, Dr. Michael Aris, verheiratet sind. Was ist daran Unrechtes?

Suu Kyi: Das ist genau das, was ich mich auch frage. Was soll daran nicht in Ordnung sein? Manchmal denke ich, es ist ganz gut, daß ich nicht mit einem Birmanen verheiratet bin, denn wenn unsere gemeinsamen Kinder und seine Angehörigen hier im Lande lebten, wären sie einem starken Druck ausgesetzt worden, und das würde für mich eine zusätzliche Belastung bedeuten. Ich schließe das aus dem, was meine Mitstreiter erdulden müssen – ich weiß, unter welchem Druck ihre nächsten Angehörigen stehen und wieviel mehr sie selbst ertragen müssen.

Clements: Man hat mir erzählt, daß Sie, vor dem Hausarrest, während Ihres Wahlkampfes auf dem Land einmal gefragt wurden, warum Sie einen Ausländer geheiratet hätten. Sie sollen geantwortet haben: »Es ist ganz einfach. Ich habe zu der Zeit, als ich alt genug für eine Heirat war, zufällig gerade im Ausland gelebt ... Also habe ich den Ausländer geheiratet, der am besten zu mir paßte.« Stimmt diese Geschichte?

Suu Kyi: Ich glaube nicht, daß ich das so gesagt habe. Ich hatte in einem Dorf gesprochen, und sie fragten mich, wieso ich einen Ausländer geheiratet hätte. Ich erwiderte: »Na ja, ich war eben zufällig dort und lernte ihn kennen. Hätte ich damals hier gelebt, hätte ich wahrscheinlich einen Mann aus diesem Dorf geheiratet.«

Clements: Aber es stimmt, daß im neuen Verfassungsentwurf des SLORC eine Klausel vorgesehen ist, nach der jemand, der sich um das Präsidentenamt bewirbt, nicht mit einem »Ausländer« verheiratet sein darf?

Suu Kyi: Das ist richtig. Es gibt noch weitere Einschränkungen. Es darf sich auch niemand bewerben, dessen Kinder Staatsbürger eines anderen Landes sind, und so weiter und so fort.

Clements: Offenbar die Methode des SLORC, Sie von der Präsidentschaft fernzuhalten ...

Suu Kyi: Das ist das, was die Leute sagen. Aber ich habe immer betont, wenn es so sein sollte, daß diese Bestimmung auf mich gemünzt ist, dann wäre es sehr beklagenswert; keine Verfassung sollte auf eine bestimmte Person zugeschnitten sein.

Clements: Daw Suu, Sie sind eine äußerst charismatische Persönlichkeit für Ihr Volk, was all denen, die ihre Hoffnung auf ein freies Land setzen, die Möglichkeit gibt, ihre Wünsche und Träume auf Sie zu projizieren. Was tun Sie, um Ihre Landsleute zu ermutigen, beim Kampf um die Demokratie selber mehr Verantwortung zu übernehmen und sich nicht allein auf Sie zu verlassen?

Suu Kyi: Ich sage den Menschen immer wieder, daß ich es allein nicht schaffen kann. Und ebensowenig die National League for Democracy. Jeder, der wirklich Demokratie will, muß sein Scherflein beitragen – irgendein Weg dazu findet sich immer.

Clements: Fühlen Sie sich belastet durch diese enormen Erwartungen, die in Sie gesetzt werden?

Suu Kyi: Nein. Ich habe ja niemals behauptet, ich könnte es allein schaffen, und ich halte nichts davon, mir unnötige Belastungen aufzubürden. Ich habe ihnen immer gesagt, daß ich nicht frei von Fehlern bin und manches falsch gemacht habe. Aber zum Glück hatte ich in meinem Leben immer sehr gute Lehrer. Und im übrigen halte ich mich nicht für etwas Besonderes.

Clements: Seit der Machtübernahme durch den SLORC 1988 haben Sie zivilen Ungehorsam gegen das, was Sie als »ungerechte Gesetze« bezeichnet haben, befürwortet und auch selbst praktiziert. Hierzu haben Sie erklärt: »Wenn ich dazu aufrufe, der Obrigkeit die Stirn zu bieten, meine ich damit, daß wir ungesetzliche Anordnungen, mit denen das Volk unterdrückt wird, nicht hinnehmen sollten.« Acht Jahre sind seitdem vergangen, und noch immer gibt es in Birma »ungerechte Gesetze«. Ermutigen Sie Ihre Anhänger immer noch, der Obrigkeit zu trotzen?

Suu Kyi: Ich habe stets betont, daß sie wirklich lernen müssen, Menschen in Frage zu stellen, die von ihnen etwas verlangen, was gegen das Recht und die bestehenden Gesetze verstößt. Sie müssen fragen: Unter Berufung auf welches Gesetz fordern Sie von mir, das zu tun? Welches Recht haben Sie, mich dazu zu zwingen? Daneben müssen sie sich auch selbst fragen: »Sollen wir das tun?« Menschen müssen Fragen stellen, sie dürfen nicht einfach alles hinnehmen.

Clements: Ist es also richtig, wenn ich sage, daß Sie und Ihre Mitstreiter in der NLD sich bemühen, das Volk von Birma dazu zu erziehen, nachzudenken und Fragen zu stellen, für die Wahrheit einzustehen und diese willkürlichen und rechtswidrigen Gesetze oder Ungerechtigkeiten nicht hinzunehmen?

Suu Kyi: Ich will es einmal so ausdrücken: Wir versuchen, ihnen dabei zu helfen, sich selber zu erziehen, so daß sie die Situation besser erkennen können und ein klareres Bild gewinnen. Damit sie sich nicht aus Angst selber Scheuklappen anlegen.

Clements: Nehmen wir als Beispiel den Jungen auf dem Dorf, der zur Armee gepreßt wird oder in eine Form von Sklavendienst, um beim Bau dieses oder jenes SLORC-Projekts mitzuarbeiten. Dieser junge Mensch steht vor einem argen Dilemma. Wenn er sich dem Befehl der Soldaten nicht beugt, drohen ihm Gefängnis und vielleicht sogar die Folter. Selbst seine Angehörigen haben mit gravierenden Konsequenzen zu rechnen. Wie sollte sich Ihrer Meinung nach dieser junge Mann verhalten?

Suu Kyi: Wir können von ihm nicht erwarten, daß er für seine Sache ganz allein eintritt. Wir alle müssen ihm helfen. Wenn wir fordern, daß jeder ein echtes Verantwortungsgefühl entwickeln muß, dann gehört dazu auch, Verantwortung für andere zu übernehmen und niemanden für sich allein leiden zu lassen.

Clements: Wenn es so ist, wie Sie gesagt haben, daß »alle ihm helfen müssen«, was müßten dann die übrigen Dorfbewohner tun, um den Jungen zu unterstützen? Sollen sie eingreifen und sich gemeinsam der Obrigkeit entgegenstellen? Sollen sie alle wie ein Mann aufstehen und ihre Schaufeln hinwerfen? Sollen sie Solidarität füreinander entwikkeln, so daß aus einem zwei werden, dann drei, bis schließlich jeder vortritt und sich vielleicht in meditativer Haltung auf den Boden setzt zum Zeichen der Auflehnung gegen die Ungerechtigkeit?

Suu Kyi: Es hängt davon ab, was mit ihnen passiert, wenn sie ihre Schaufeln wegwerfen und sich hinsetzen. Wenn sie von bewaffneten Soldaten bedroht werden, ist es wohl kaum ratsam, sich zu widersetzen. Es könnte in einer Katastrophe enden. Deshalb sage ich, daß es bestimmte Situationen gibt, in denen Sie Menschen nicht allein lassen dürfen. Wir müssen alle helfen. Das ganze Land muß sich gegen solche grausamen Maßnahmen wehren. Wir können nicht von einem einzelnen jungen Mann oder einem einzigen Dorf erwarten, daß es Widerstand leistet. Aber wenn ein junger Mann, ein Dorf, zwei Dörfer, hundert Dörfer, hundert Städte, das ganze Land beschließen, es ist jetzt genug, wir sind nicht weiter bereit, diese Praxis der Zwangsarbeit einfach hinzunehmen, dann werden wir etwas erreichen. Jeder von uns trägt die Verantwortung, anderen dabei behilflich zu sein, sich einer derart ungerechten, unmenschlichen Situation zu entziehen.

Clements: Betrachten wir das Problem einmal von einer anderen Seite. Der SLORC befiehlt über eine 400000 Mann starke Armee, die, wie sich wiederholt gezeigt hat, dafür ausgebildet wurde, das eigene Volk gewaltsam zu unterdrücken. Zweifellos werden Sie auch in einem demokratischen Birma eine Armee brauchen. Angenommen, die Demokratie wird in diesem Land verwirklicht, was wird dann mit der Armee des SLORC passieren – selbstverständlich nachdem die Generäle ihres Postens enthoben wurden?

Suu Kyi: Es wird eine bessere, ehrenwertere Armee sein und zudem eine, die vom Volk geliebt wird. Eine Armee, wie sie eigentlich sein sollte. Als mein Vater die Armee aufstellte, war für ihn klar, daß es eine ehrenhafte Institution sein sollte, der das Volk Liebe und Vertrauen entgegenbringen konnte. In der Armee, wie wir sie uns vorstellen, sollen auch die Soldaten selbst wesentlich zufriedener sein.

Clements: Aber bis jetzt hat sich diese Armee dadurch hervorgetan, daß sie ihr eigenes Volk drangsaliert – offensichtlich ist sie genau dafür ausgebildet worden …

Suu Kyi: Ich glaube nicht, daß Soldaten im allgemeinen dafür ausgebildet werden, die Bevölkerung zu unterdrücken. Sie sind einfach darauf gedrillt zu gehorchen, und wenn man sie dafür schult, Befehlen zu gehorchen, die einen guten Zweck verfolgen, dann können sie sich sehr schnell ändern.

Clements: Da habe ich meine Zweifel. Noch eine persönliche Frage: Im Buddhismus heißt es, es sei schwieriger, sich selbst zu besiegen als seinen Feind. Welches sind die inneren Kämpfe, die Sie ausfechten müssen, um sich selbst zu besiegen?

Suu Kyi: Ach … da mache ich immer weiter. Es gibt auch keine Pausen. Es geht immer wieder darum, sich die Dinge noch stärker bewußt zu machen, nicht nur von einem Tag zum andern, sondern von einem Augenblick zum andern. Es ist ein Kampf, der mein ganzes Leben lang fortdauern wird.

DIE KORRUPTION IST ZU EINER LANDPLAGE GEWORDEN

Alan Clements: Wenn Sie auf Ihr bisheriges Leben zurückblicken, welches waren die Erfahrungen und persönlichen Lehren, die den stärksten Einfluß auf Ihre Entwicklung als Person gehabt haben?

Aung San Suu Kyi: Es ist ganz einfach. Was ich im Leben gelernt habe ist, daß es immer das von einem selbst begangene Unrecht ist, was einem am meisten zusetzt. Es ist nie das, was andere Menschen einem antun. Vielleicht gründet diese Haltung in der Art und Weise, wie ich erzogen wurde. Meine Mutter hat mir den Grundsatz eingeimpft, daß Unrecht sich niemals auszahlt, und meine eigene Erfahrung hat das bestätigt. Außerdem hat sie mich gelehrt, daß, wenn Sie positive Gefühle gegenüber anderen hegen, diese Ihnen nichts anhaben können – sie können Ihnen keine Angst machen. Ich glaube, wenn man aufhört, andere Menschen zu lieben, dann leidet man wirklich.

Clements: Wie würden Sie sich selbst als Person charakterisieren?

Suu Kyi: Nun, meine Selbsteinschätzung ist in mancher Hinsicht sehr verschieden von dem, wie andere mich sehen. Zum Beispiel dieser ganze Trubel um meine angebliche Tapferkeit ... Ich habe mich selbst nie als eine besonders mutige Person betrachtet. Und wenn die Menschen sagen: »Wie großartig, daß Sie diese sechs Jahre Hausarrest ausgehalten haben«, dann frage ich mich, was daran so schwierig sein soll. Wozu die ganze Aufregung? Jeder kann sechs Jahre Hausarrest aushalten. Die Menschen, die jahrelang unter entsetzlichen Bedingungen im Gefängnis ausharren mußten, bei denen muß man sich fragen, wie sie das geschafft haben. Deshalb sehe ich mich nicht als etwas so Besonderes an. Ich bin eine, die es immer wieder versucht. Ich gebe nicht auf.

Und wenn ich sage: »Ich gebe nicht auf«, dann spreche ich nicht nur davon, daß ich das Engagement für die Demokratie nicht aufgeben werde. Das auch, aber vor allem gebe ich meine Bemühungen nicht auf, ein besserer Mensch zu werden.

Clements: Demnach ist es dieser innere Antrieb, diese Entschlossenheit, fehlerloser und vollkommener zu werden, was Sie am meisten kennzeichnet?

Suu Kyi: Ja. Die Menschen reden viel von meiner Entschlossenheit, aber ich selbst betrachte mich nicht als eine besonders entschlossene Person. Ich bin einfach jemand, der sich immer bemüht.

Clements: Was in Ihrem Leben verleiht Ihnen am meisten Entschlußkraft und Zielstrebigkeit?

Suu Kyi: Im Augenblick ist es natürlich unser Kampf für die Demokratie. In dieser Hinsicht bin ich in einer sehr glücklichen Lage. Und viele andere Menschen hier in Birma ebenfalls. In bezug darauf habe ich Mitgliedern der NLD folgendes gesagt: »Ihr dürft euch nicht selbst bemitleiden. Ihr dürft nicht denken, ihr seid zu bedauern, weil ihr diese Zeit durchmachen müßt. Nehmt es als Glücksfall, denn ihr habt dadurch die Gelegenheit, für die Gerechtigkeit und das Wohlergehen anderer Menschen zu arbeiten. Eine solche Gelegenheit hat nicht jeder.« Man mag sie sich herbeisehnen, ohne daß man sie bekommt. Insofern denke ich, daß ich tatsächlich in einer glücklichen Lage bin, weil ich die Möglichkeit habe, für etwas zu arbeiten, das der Mühe wert ist – die Demokratie. Ich nehme an, daß es das ist, was hinter den Opfern steht, die von so vielen meiner Mitstreiter gebracht werden. Sie sind davon überzeugt, daß die Opfer, die sie bringen, durch ihr Ziel gerechtfertigt werden.

Clements: Lassen Sie uns das Thema in einem größeren Zusammenhang betrachten. Worin wäre das Gemeinsame zu sehen, das es Menschen in anderen Teilen der Welt erlaubt, zu verstehen und zu spüren, daß der Kampf der Menschen hier in Birma um Freiheit direkt etwas mit ihrem eigenen Streben nach Glück zu tun hat? Gibt es vielleicht ein Band, das die ganze Menschheit in ihrem Inneren miteinander verknüpft?

Suu Kyi: Ja, natürlich. Jeder versteht den elementaren menschlichen Wunsch nach Freiheit und Sicherheit. Wonach wir in Birma uns sehnen, ist Sicherheit ebenso wie Freiheit; Freiheit von Not und Freiheit von Angst; die Freiheit, unsere eigenen Interessen zu verfolgen. Natürlich ohne die Interessen anderer Menschen zu verletzen. Gleichzeitig wollen wir die Sicherheit, die es uns erlaubt, diesen Interessen nachzugehen, ohne die Einmischung anderer befürchten zu müssen. Echte Freiheit kann es ohne Sicherheit nicht geben. Ein Mensch, der in Unsicherheit lebt, ist niemals wirklich frei.

Clements: Von welchen Ängsten wird die birmanische Bevölkerung gegenwärtig am meisten heimgesucht?

Suu Kyi: Ich glaube, die meisten Menschen haben Verlustängste. Sie haben Angst, ihre Freunde zu verlieren, ihre Freiheit, ihre Mittel für den Lebensunterhalt. Im Grunde besteht ihre Angst darin, sie könnten entweder das verlieren, was sie besitzen, oder aber die Möglichkeit einbüßen, sich das besorgen zu können, was sie zu einem anständigen Leben brauchen. Was die Menschen wollen, ist die Freiheit von derartigen Ängsten. Sie sollen sich beispielsweise nicht mehr davor fürchten müssen, daß ihnen jemand jederzeit das Recht entziehen kann, ihrem Beruf nachzugehen. Das aber ist in Birma geschehen. Viele Anwälte der NLD, die aus dem Gefängnis entlassen wurden, stellten fest, daß man ihnen die Zulassung entzogen hatte. Sie mußten andere Mittel und Wege finden, ihren Lebensunterhalt zu bestreiten.

Clements: Könnten Sie etwas zu den verschiedenen Methoden sagen, die der SLORC anwendet, um die NLD zu drangsalieren?

Suu Kyi: Allein schon die Tatsache, daß jemand der NLD angehört, macht den Betreffenden zur Zielscheibe. Wer als Organisator aktiv ist, sieht sich ständig Schikanen ausgesetzt. In vielen Gemeinden ist es der NLD nicht erlaubt, in ihren eigenen Büros Versammlungen abzuhalten. An manchen Orten ist es den NLD-Organisatoren untersagt, die Stadt ohne Zustimmung der Behörden zu verlassen. Und natürlich werden sie ständig beobachtet und vom militärischen Geheimdienst verhört.

Clements: Um noch einmal zu persönlicheren Dingen zurückzukommen: Daw Suu, wenn Sie Ihr Leben betrachten, würden Sie sagen, daß es darin klar unterscheidbare Perioden gab, die durch einschneidende Veränderungen in emotionaler oder psychischer Hinsicht markiert wurden?

Suu Kyi: Nein, ich glaube nicht, daß die Dinge so ablaufen. Es vollzieht sich eher allmählich. Außer vermutlich bei Menschen, die sehr traumatische Erfahrungen gemacht haben. Möglicherweise kommt es bei solchen Menschen zu plötzlichen, auffälligen Veränderungen.

Clements: Ich weiß nicht, in welchem Sinn Sie das Wort Trauma verwenden, doch der Tod Ihres Vaters zu einer Zeit, als Sie noch sehr jung waren, wäre wohl nach den üblichen Kriterien als eine höchst traumatische Erfahrung für Sie zu bezeichnen. Ebenso der Verlust Ihres Bruders: Mit sieben Jahren mußten Sie miterleben, wie er ertrank. Er war ja auch Ihr bester Freund ...

Suu Kyi: An den Tod meines Vaters habe ich keine direkte Erinnerung. Ich glaube nicht, daß ich wirklich begriffen hatte, daß er gestorben war; dafür war ich noch zu jung. Den Tod meines Bruders habe ich sehr stark empfunden. Ich stand ihm sehr nahe ... wahrscheinlich mehr als jedem anderen. Wir teilten dasselbe Zimmer und spielten immer zusammen. Sein Tod war ein furchtbarer Verlust für mich. Damals litt ich sehr darunter. Ich nehme an, daß man es als ein »Trauma« bezeichnen kann, aber es war nichts, das ich nicht hätte bewältigen können. Natürlich war ich sehr erschüttert über die Tatsache, daß ich ihn nie wieder sehen würde. Das ist wohl die Art, wie ein Kind den Tod erlebt; es sagt sich, ich werde nie wieder mit ihm spielen; ich werde nie wieder mit ihm zusammensein können. Gleichzeitig aber muß ich damals, wenn ich so zurückblicke, in einem Gefühl außerordentlicher Sicherheit gelebt haben. Ich war in der Lage, den Verlust zu überwinden – ich litt nicht an Depressionen und erlebte auch keinen starken emotionalen Einbruch.

Clements: Wenn ich eine persönliche Bemerkung machen darf ... Sie wirken sehr selbstsicher.

Suu Kyi: Ich habe mich nie für besonders selbstsicher gehalten. Ich weiß nur, daß ich das tun möchte, was richtig ist. Ich will damit nicht behaupten, daß das, was ich tue, immer richtig ist. Aber ich bin davon überzeugt, daß meine Absichten gut sind und daß ich niemanden verletzen möchte.

Clements: Welche Erfahrung in Ihrem Leben hat Sie am meisten bekümmert?

Suu Kyi: Ich würde sagen, es war der Tod meines Bruders. Wenn ich allerdings zurückblicke, dann sieht es für mich so aus, als wäre ich damit ziemlich gut zurechtgekommen. Ich habe von Zeit zu Zeit darüber nachgedacht. Ich war nicht völlig am Boden zerstört durch das Ereignis. Ich war traurig. Aber ich bin daran nicht zerbrochen. Das spricht offenbar dafür, daß ich in meiner Familie genügend Unterstützung gefunden habe, um meinen Kummer verarbeiten zu können.

Clements: Sind Sie jemals in einer Weise verraten worden, daß es Sie in Ihrem Innersten getroffen hat?

Suu Kyi: Ich glaube, wir alle, die wir der Demokratiebewegung angehören, haben Verrat erlebt. Es hat einige Menschen gegeben, die unserer Sache den Rücken gekehrt haben, weil es zu schwierig für sie war und sie damit einfach nicht mehr fertig wurden. Aber keine von den wirklich wichtigen Personen – U Tin Oo, U Kyi Maung, U Aung Shwe oder U Lwin – hat uns verlassen, sie alle sind standhaft geblieben.

Clements: Seit der Machtübernahme durch den SLORC im Jahr 1988 wiederholen dessen Mitglieder bis heute in einer geradezu obsessiven Weise, es sei ihre ehrliche Absicht, Birma Frieden, Ruhe und eine echte Mehrparteiendemokratie zu bringen. Mich beschäftigt nun ernsthaft die Frage, warum diese Generäle nicht einfach mit der Wahrheit herausgerückt sind und gesagt haben: »Hört zu, wir sind eine totalitäre Diktatur. Wir bestimmen, wo es langgeht. Uns gehören die Banken; wir haben die Macht, die Streitkräfte und die Waffen; wir haben den Sitz in den Vereinten Nationen; alle Verträge mit ausländischen Unternehmen laufen über uns, den SLORC. Schluß mit dem Gefasel von Demokratie, Schluß mit der Verstellung.« Warum sagen sie nicht einfach die Wahrheit?

Suu Kyi: Sie müssen es besser wissen als ich, warum sie damit nicht herausrücken. Aber letztlich ist es die Anerkennung der Tatsache, daß eine Diktatur etwas Unrechtes ist und eine Demokratie erstrebenswert.

Clements: Sind Sie also der Meinung, daß die Männer des SLORC ihre Fehler und Versäumnisse sehr wohl sehen?

Suu Kyi: Ja natürlich, schließlich haben sie selbst ein Mehrparteiensystem versprochen. Das ist nichts anderes als das Eingeständnis, daß sie es als etwas Gutes und Wünschenswertes ansehen – auch wenn sie selber nicht gerade erpicht darauf sind.

Clements: Vielleicht bin ich ja naiv, aber warum sollte ein totalitäres Regime verkünden, daß es ein Mehrparteiensystem einführen will, wenn es selbst nicht daran glaubt?

Suu Kyi: Weil sie wissen, daß es das ist, was die meisten Menschen wollen.

Clements: Sie wollen also lediglich mit einigen Worten den Wünschen des Volkes entgegenkommen?

Suu Kyi: So würde ich es nicht ausdrücken. Ich glaube, es geht einfach darum, daß sie den Willen des Volkes nicht völlig übergehen können.

Clements: Aber das Volk verachtet den SLORC zutiefst. Und der SLORC hat immer und immer wieder bewiesen, daß es seine wahre Absicht ist, die Demokratie zu verhindern. An wen wenden sich also die Vertreter des SLORC mit ihrer ganzen demokratischen Rhetorik in ihren Reden, in Zeitungsartikeln und im Fernsehen? Wollen sie sich selbst überzeugen?

Suu Kyi: Möglicherweise richten sie ihre Worte an diejenigen, von denen sie sich Investitionen erhoffen. Ein solcher Zynismus wäre durchaus denkbar. Aber es ist eine Frage, die nur sie beantworten können. Es gibt freilich auch Fragen, die manche Leute nicht beantworten können, selbst wenn es um sie selbst geht. Weil ihre Beweggründe so heterogen sind.

Clements: Kommen wir zu offenkundigeren Wahrheiten. Es ist eine gut belegte Tatsache, daß der SLORC die Korruption zum einen als taktisches Mittel zur Kontrolle des Volkes einsetzt, daß zum anderen die reine Habgier der Mitglieder des Staatsrates dahintersteht. Können Sie etwas darüber sagen, wie diese Korruption funktioniert und wie verbreitet sie ist?

Suu Kyi: Korruption gibt es überall im Land. Sie müssen für die einfachsten Dinge bezahlen, wenn Sie beispielsweise die Zulassung Ihres Wagens verlängern wollen. Sie müssen sogar die Angestellten von Krankenhäusern bestechen, damit diese die erforderlichen kleinen Dienstleistungen für die Patienten verrichten. Die Korruption ist zu einer Landplage geworden. Wer die Macht hat, kann tun, was er will. In den Dörfern gehen die Behördenvertreter ihren Pflichten nur nach, wenn sie bestochen werden. Das gilt allerdings nicht für jeden. Ich weiß, daß es einige Village oder Ward Law and Order Restoration Councils [Dorf- oder Bezirksräte] gibt, die ehrlich sind und sich bemühen, der Bevölkerung zu helfen. Deshalb brauchen wir eine Demokratie. Wir brauchen ein System, das nicht davon abhängig ist, ob die jeweiligen Individuen bereit sind, das Richtige zu tun oder nicht. Das System braucht eine Gewaltenteilung und institutionelle Sicherungen, die verhindern, daß es vom rechten Weg abkommt.

Clements: Wie verbreitet ist denn Bestechung in Birma?

Suu Kyi: Sehr verbreitet. Und Sie können den Beamten, die ein Schmiergeld verlangen, nicht einmal einen Vorwurf machen, wenn Sie bedenken, daß ihr Anfangsgehalt etwa 670 Kyat im Monat beträgt. Sie haben mir gestern erzählt, daß Sie für eine Tasse Tee im »Strand Hotel« [legendäres, 1993 wiedereröffnetes Hotel im Kolonialstil] drei Dollar bezahlen mußten, das sind mehr als die Hälfte dieses Gehalts [nach dem Schwarzmarktkurs]. Kann man sich in einem solchen System noch darüber wundern, daß Bestechung und Korruption an der Tagesordnung sind?

Clements: Darauf wird es sicher keine einfache Antwort geben, doch wenn die Demokratie den Sieg erringen sollte, wie wollen Sie und die NLD an dieses Problem herangehen?

Suu Kyi: Die Korruption wird nicht über Nacht verschwinden. Man wird bestimmte Maßnahmen ergreifen müssen, um zu gewährleisten, daß die Beamten angemessen bezahlt werden. Die Übernahme von Verantwortung ist eine der besten Methoden, der Korruption Einhalt zu gebieten, und ein demokratisches System verlangt eine verantwortungsbewußte Regierung. Korruption ist auch eine Geisteshaltung, die durch die politische Lage erzeugt wurde. Wenn die Menschen an der Spitze korrupt sind, dann denken die in den unteren Rängen, es sei in Ordnung, korrupt zu sein. Wenn die Menschen an der Spitze nicht korrupt sind und wenn zu erkennen sein wird, daß sie zur Rechenschaft gezogen werden können, dann werden wir in der Lage sein, die Korruption zurückzudrängen. Es ist zudem eine Frage der Erziehung. Wir werden uns nach Kräften bemühen, die Menschen zu der Einsicht zu bringen, daß Korruption keine Lebensform ist, jedenfalls nicht die beste.

Clements: Da wir gerade bei der Erziehung sind: Wie ist der Zustand des Bildungs- und Erziehungswesens in Birma?

Suu Kyi: Miserabel. Um das Bildungswesen ist es wirklich sehr schlecht bestellt. Die Zahl der Schüler, die vorzeitig die Grundschule verlassen, hat seit der Machtübernahme des SLORC ständig zugenommen. Und in den Schulen werden die Schüler gezwungen, ständig für irgendwelche verrückten Zwecke zu spenden, dabei erhalten sie nicht einmal ausreichend Schulbücher. Aber es ist etwas sehr Interessantes passiert. Ich habe in meinen wöchentlichen Ansprachen häufig auf die Verhältnisse in den Schulen hingewiesen, und letzte Woche, Ende Mai, als die Schulen wieder geöffnet wurden, waren vor mindestens zwei von ihnen große

Schilder aufgestellt, auf denen stand: »Keine Spenden irgendwelcher Art« und »Alle Schulbücher sind in der Schule erhältlich – niemand muß sie sich außerhalb der Schule besorgen«. Von daher glaube ich, daß unsere wöchentlichen Versammlungen günstige Auswirkungen haben, denn dort wird immer wieder die Notwendigkeit einer guten Schulbildung betont.

Clements: Die Leute des SLORC reagieren positiv auf Ihre Ansprachen?

Suu Kyi: Sie reagieren immer. Grundsätzlich. Deshalb kann ich auch, wenn ich hin und wieder gefragt werde: »Wenn der SLORC versuchen sollte, Sie systematisch an den Rand zu drängen, was würden Sie dann tun?«, antworten: »Sie drängen uns aber nicht an den Rand. Sie versuchen es nicht einmal. Sie lassen mich auf meinem Posten. In gewisser Hinsicht machen sie für mich kostenlose PR-Arbeit.«

Clements: Kommen wir wieder zur Sache. Überall in Rangun fahren neue importierte Autos. In Computerläden sieht man die neuesten »Apple«-Modelle, und Vertragsläden von »Toshiba« und »Sony« bieten die aktuellsten Fernseher und Klangsysteme an. Wer in dieser verarmten Nation soll das alles kaufen?

Suu Kyi: Ich weiß nicht ... aber ich habe mir sagen lassen, daß einige durch den Drogenhandel sehr reich geworden sind und ihr schmutziges Geld waschen ...

Clements: Wollen Sie damit sagen, daß ein großer Teil der Reichen in Birma heute in den Drogenhandel [mit Heroin] verwickelt ist?

Suu Kyi: Kein großer Teil, aber mit Sicherheit ein nennenswerter Teil. Natürlich, wenn Sie diejenigen, die in den letzten sieben, acht Jahren [seit der Machtübernahme des SLORC] sehr reich geworden sind, schärfer unter die Lupe nehmen, dann werden Sie feststellen, daß sie ihren Reichtum nicht so sehr ehrlichen Geschäften, sondern Schmiergeldern verdanken.

Clements: Birmas Diktator Ne Win hat Birma länger als drei Jahrzehnte regiert. In dieser Zeit hat er systematisch die Freiheit in fast jeder Form unterdrückt. Die große Mehrheit der heutigen birmanischen Bevölkerung wurde in seiner Ära geboren. In welcher Weise hat sich das psychologisch auf die Menschen ausgewirkt?

Suu Kyi: Ein besonders auffälliges Merkmal ist der Mangel an Vertrauen. Und ein Mangel an Vertrauen bedeutet häufig einen Mangel an Ehrlichkeit, weil Sie nicht wissen können, wem Sie genug vertrauen können, um aufrichtig zu ihm zu sein. Das wiederum führt zu Angst. Wer kein Vertrauen hat, wird von Angst ergriffen. Dieser Mangel an gegenseitigem Vertrauen ist eine regelrechte Krankheit.

Clements: Menschen aus dem ganzen Land und aus allen Bevölkerungsschichten kommen hierher, um mit Ihnen in Ihrem Haus zu sprechen. Haben Sie den Eindruck, daß einige von ihnen nur widerstrebend die Wahrheit sagen oder manchmal auch zuviel Angst haben, um sie auszusprechen?

Suu Kyi: Sie haben keine Angst, mir die Wahrheit zu sagen, weil viele von ihnen Vertrauen zu mir haben und wissen, daß ich ihr Vertrauen nicht mißbrauchen werde. Doch was sie sagen, zeigt in vielen Fällen, wie wenig sie einander vertrauen. Ich erhalte von ihnen eine Menge an Informationen darüber, wer nicht zuverlässig ist und wer sich in Kontakt mit wem befindet und deshalb nicht als vertrauenswürdig gelten kann. Doch ein Großteil von dem, was sie sagen, beruht einfach nur auf großer Angst, es ist kein Anschwärzen. Sie haben wirklich Angst, jemand könnte einen anderen bespitzeln.

Clements: Wie dicht geknüpft ist das Spitzelnetz des SLORC?

Suu Kyi: Sehr dicht. Wir wissen zuverlässig, daß es Informanten gibt und daß manchmal etwas durchsickert oder Informationen direkt an den Geheimdienst weitergegeben werden. So funktioniert es in allen Polizeistaaten. Es ist nicht nur auf Birma beschränkt.

Clements: Ist das Mißtrauen so verbreitet, daß man inzwischen von einer allgemeinen Paranoia sprechen kann?

Suu Kyi: Ich glaube, in diese Richtung geht es.

Clements: Daw Suu, bei Ihren Versammlungen am Wochenende beantworten Sie Fragen, die man Ihnen während der Woche übermittelt hat. In fast allen diesen Fragen werden die verschiedenen vom SLORC praktizierten Formen der Unterdrückung und der Korruption angesprochen – es sind Fragen, in denen das Leid und die Mühsal der Menschen zum Ausdruck kommen. Überlegen Sie sich schon am Abend vorher, was Sie darauf sagen, oder antworten Sie spontan?

Suu Kyi: Manchmal gehe ich die Fragen am Abend zuvor durch, sofern ich die Zeit dazu habe. Wenn ich keine Zeit habe, dann zumindest eine halbe Stunde vorher. Aber beides nur dann, wenn es sich um fachliche Fragen handelt.

Clements: Wer entscheidet darüber, welche von den zahlreichen Fragen, die während der Woche bei Ihnen eintreffen, beantwortet werden sollen, und nach welchen Kriterien?

Suu Kyi: Wir bekommen so viele Briefe, daß ich sie nicht alle selbst lesen kann. Deshalb werden sie zuerst von den Mitarbeitern unseres Büros gelesen, die alle Schreiben aussortieren, in denen Fragen gestellt werden, die wir bei früheren Gelegenheiten schon beantwortet haben, oder in denen eine Einzelperson oder die Regierung insgesamt heftig angegriffen werden. Wir haben nichts dagegen, daß Menschen die Ungerechtigkeiten der Regierung anprangern, unter denen wir alle zu leiden haben, aber ich verlese niemals öffentlich Briefe, in denen jemand persönlich attackiert wird, auch wenn der Angriff insofern berechtigt ist, als er sich gegen eine tatsächliche Ungerechtigkeit wendet. Wenn beispielsweise jemand einen Brief schreibt, in dem er eine bestimmte Person namentlich der Korruption beschuldigt, dann lese ich ihn nicht vor. Ich bin dagegen, in der Politik über Personen zu diskutieren. Wenn man einzelne Personen ins Visier nimmt, ist das nach unserer Auffassung eine sehr niedrige Form der Politik. Diese Briefe werden weggeworfen, oder wir streichen aus ihnen die Namen und formulieren statt dessen, die Behörden hätten dann und dann das und das gesagt oder getan. Außerdem überprüfen wir stets die gemachten Angaben, bevor wir etwas verlesen. Wir akzeptieren nicht einfach alles so, wie es kommt. Das hier ist nicht der Ort, wo man seine Beschwerden vorbringen kann, ohne daß erwiesen wäre, daß sie auch berechtigt sind.

Clements: Welches sind Ihrer Meinung nach die positivsten Eigenschaften, die der unter den harten Bedingungen der Repression geführte Kampf um Freiheit bei Ihren Anhängern zum Vorschein gebracht hat?

Suu Kyi: Ich denke, das birmanische Volk arbeitet wesentlich härter als in früheren Jahren. Sie waren »gezwungen«, hart zu arbeiten. Diejenigen von uns, die in der Demokratiebewegung engagiert sind, haben meiner Ansicht nach gelernt, die eigenen Stärken zu erkennen und darauf aufzubauen. Und ich glaube, daß der Kampf auch manche enge Freundschaft gestiftet hat.

Clements: Könnte man sagen, daß Sie mit Ihrer Demokratiebewegung einer Art von Renaissance in Birma den Weg bereiten, die zeitlose buddhistische Werte mit modernen politischen Prinzipien verbindet?

Suu Kyi: Ich glaube nicht, daß irgendeine Einzelperson imstande wäre, eine Renaissance einzuleiten, aber ich hoffe, daß wir auf eine zusteuern. Wenn Menschen Schwierigkeiten begegnen, sind sie gezwungen, ihr Leben und ihre Werte zu überdenken, und das ist es letztlich, was zu einer Renaissance führt.

Clements: Sie haben Ihren Kampf um Demokratie als eine »Revolution des Geistes« beschrieben. Was bedeutet das im Kern?

Suu Kyi: Wenn ich von einer geistigen Revolution spreche, dann habe ich dabei vor allem unseren Kampf um Demokratie im Auge. Ich habe immer gesagt, daß eine echte Revolution eine Revolution des Geistes sein muß. Sie müssen davon überzeugt sein, daß Sie bestimmte – nicht nur materielle – Dinge ändern müssen und ändern wollen. Sie wollen ein politisches System, das sich an bestimmten spirituellen Werten orientiert, Werten, die anders sind als die, nach denen Sie bisher gelebt haben.

Clements: Welche Bewußtseinsveränderung war erforderlich, damit aus einem gesellschaftlich-politischen Kampf eine »geistige Revolution« wurde?

Suu Kyi: Aufgrund der enormen Repressionen, denen wir ausgesetzt waren, gab es praktisch keine Möglichkeit für eine politische oder eine soziale Revolution. Wir sind so sehr eingeengt durch verschiedenste diskriminierende Vorschriften, daß wir als politische oder soziale Bewegung kaum einen Spielraum haben. Deshalb mußte es weitgehend eine geistige Bewegung sein.

Clements: Haben Sie neben Ihrer Leidenschaft für die Politik noch eine zweite Passion?

Suu Kyi: Meine zweite Leidenschaft ist die Literatur, die freilich recht gut zur Politik paßt. In Birma war die Politik schon immer mit der Literatur verbunden, und Literaten waren häufig in der Politik engagiert, insbesondere im Rahmen der Unabhängigkeitsbestrebungen.

Clements: Hatten Sie, bevor Sie zum erstenmal 1988 in Birma die politische Bühne betraten, das Gefühl, Ihnen habe in Ihrem Leben in Oxford etwas gefehlt?

Suu Kyi: Nein. Ich bin der Auffassung, man sollte immer ein erfülltes Leben führen, gleichgültig, wo man gerade lebt.

Clements: Sie haben niemals das Gefühl eines Mangels in Ihrem Leben, unabhängig davon, wo Sie sich jeweils befinden?

Suu Kyi: Na ja, hier und jetzt bin ich von meiner Familie getrennt, und eine Familie gehört nun einmal zum Leben. Deshalb kann ich nicht sagen, in meinem Leben würde nichts fehlen. Aber ich glaube, das ist bei keinem so. Nichts ist vollkommen auf dieser Welt. Wenn Sie diese Tatsache einmal akzeptieren, können Sie ein erfülltes Leben leben, wo immer Sie sind.

Clements: Leben Sie mit dem Anspruch, in dem, was Sie sagen und tun, möglichst perfekt zu sein?

Suu Kyi: O ja, ich habe tatsächlich einen Hang zum Perfektionismus. Ich möchte gern vollkommen sein. Ich weiß, daß ich es nicht bin, aber das hält mich nicht davon ab, mich darum zu bemühen.

Clements: Ist das Streben nach Vollkommenheit mühselig?

Suu Kyi: Nein. Es ist einfach ein Bestandteil des täglichen Lebens. Man versucht es.

Clements: Was bedeutet letztlich »Vollkommenheit« für Sie?

Suu Kyi: Mein Vater hat einmal von der Reinheit in Gedanken, Worten und Taten gesprochen. Das meine ich mit Vollkommenheit: Reinheit.

Clements: Ein immer vollkommen reines Streben?

Suu Kyi: Ja. Ich glaube, der größte Schutz im Leben ist absolute Reinheit. Letzten Endes kann niemand Sie verletzen außer Ihnen selbst.

Clements: Ihr Vater wurde ermordet, als Sie zwei Jahre alt waren. Mit sieben Jahren haben Sie miterlebt, wie Ihr Bruder ertrank. Nachdem Sie bereits in so jungen Jahren Ihre nächsten männlichen Angehörigen verloren hatten, gab es eine andere starke männliche Person – eine Vaterfigur –, die in den Jahren Ihrer Kindheit diese wichtige Rolle übernommen hat?

Suu Kyi: Eigentlich nicht. Ich verspürte nie das Bedürfnis nach einer dominierenden männlichen Persönlichkeit, weil der Vater meiner Mutter, der bei uns lebte, der ideale Großvater war. Er war sehr nachsichtig und liebevoll. Während meiner Kindheit war er die wichtigste männliche Person in meinem Leben.

Clements: Haben Sie noch eine lebendige Erinnerung an Ihren Vater?

Suu Kyi: Ich kann mich zwar daran erinnern, daß er mich jedesmal, wenn er von der Arbeit nach Hause kam, auf den Arm nahm, aber ich glaube, das ist eine Erinnerung, die von Menschen bestärkt wurde, die mir immer wieder davon erzählt haben. Anders gesagt, man ließ nicht zu, daß ich es vergaß. Demnach kann es eine echte Erinnerung sein, aber auch etwas, das ich mir aufgrund der Erzählungen anderer in der Phantasie zurechtgelegt habe. Jedenfalls glaube ich mich daran zu erinnern, daß immer, wenn er von der Arbeit nach Hause zurückkehrte, meine beiden Brüder und ich um die Treppe gerannt kamen, um ihn zu begrüßen, und daß er mich in die Arme nahm.

Clements: Denken Sie jeden Tag an Ihren Vater?

Suu Kyi: Nicht jeden Tag, nein. Ich bin nicht von ihm besessen, wie manche Leute glauben. Ich hoffe, daß meine Einstellung zu ihm durch eine gesunde Achtung und Bewunderung gekennzeichnet ist, nicht durch Obsession.

Clements: Alle Menschen vergleichen Sie mit ihm, angefangen bei Ihrem Aussehen, dann im Hinblick auf Ihre offenkundige Führungsrolle im Kampf um ein freies Birma, auf Ihre Formulierung ähnlicher, zum Teil sogar identischer Prinzipien … die Aufzählung ließe sich fortsetzen. In welcher Hinsicht sind Sie anders? Wo liegen Ihre Unterschiede? Ich meine nicht die vordergründigen, sondern die eventuellen Unterschiede in den politischen Optionen, den Denkweisen.

Suu Kyi: Ich glaube nicht, daß wesentliche Unterschiede zwischen uns bestehen. Er war ein besserer Mensch, als ich es bin, und das sage ich nicht nur, um bescheiden zu erscheinen. Mein Vater war einer von den Menschen, die mit einem Gefühl von Verantwortung auf die Welt kommen, und dieses Gefühl war wesentlich stärker und weiter entwikkelt als meines. Vom ersten Tag an, als er in die Schule ging, arbeitete er hart und sehr gewissenhaft. So war ich nicht. Ich tat nur dann etwas für die Schule, wenn ich die Lehrerin oder das Fach mochte. Ich mußte mein Verantwortungsgefühl erst noch entwickeln und daran arbeiten. Ich glaube, das ist einer der Unterschiede. In der Einstellung bestehen jedoch keine wesentlichen Unterschiede zwischen uns. Als ich anfing, mich mit dem Leben meines Vaters zu beschäftigen, war ich wirklich verblüfft über die Übereinstimmungen, die ich fand. Ich war überrascht, daß wir offenbar sehr ähnlich dachten. Da gab es Gedanken und Gefühle, die ich für meine eigenen gehalten hatte, und dann mußte ich entdecken, daß auch er sie schon gehabt hatte.

Clements: In dem Buch, das Sie über Ihren Vater geschrieben haben, finden sich die folgenden Sätze: »Er war eine schwierige Persönlichkeit.

Es gab viel auszusetzen an seinen Launen, seiner Unordentlichkeit, seinen beängstigenden Anwandlungen von Schweigsamkeit, seinen nicht minder verstörenden Ausbrüchen von Redseligkeit und überhaupt seinem schroffen Benehmen. Er gab selbst zu, daß ihm höfliche, gebildete Menschen gelegentlich ein Greuel waren und er sich danach sehnte, weit fort von ihnen das Leben eines Wilden zu führen.« Das hört sich an, als wäre er ein äußerst direkter, unzivilisierter Mensch gewesen.

Suu Kyi: Mein Vater war nicht wirklich unzivilisiert. Er war schon sehr schroff, wie ich geschrieben habe, und ärgerte sich über das oberflächliche Gebaren bestimmter Angehöriger der feinen Gesellschaft. Gleichzeitig war er jedoch geistig sehr kultiviert, flexibel und anpassungsfähig. Daran liegt es meiner Meinung nach, daß er ein so bedeutender Mann war. Doch weil er die Führungsrolle innehatte, machten alle viel Aufhebens davon, daß er abweisend, streng und ungesellig sein konnte. Immerhin war er objektiv genug, um zu sehen, daß dies nicht die Art und Weise war, wie ein Staatsoberhaupt sich benehmen sollte. Und gegen Ende seines Lebens wahrte er die Würde und Ehre der Nation und nahm seine Pflichten sehr ernst.

Clements: Was kommt Ihnen als erstes in den Sinn, wenn Sie an ihn denken?

Suu Kyi: Zuerst einmal die Tatsache, daß er ein sehr wißbegieriger Mensch war, der ständig dazulernte. Außerdem hatte er von Geburt an ein starkes Selbstbewußtsein. Was nicht bedeutete, daß er seine eigenen Fehler nicht gesehen hätte. Er war sich ihrer durchaus bewußt und ebenso der Notwendigkeit, sich zu ändern. Er war ein Mensch, der unaufhörlich an sich arbeitete. Im Innersten seines Wesens besaß er eine natürliche Kraft und eine Vornehmheit, die dafür sorgten, daß er in allen Abschnitten seines Lebens als Person unversehrt und integer blieb.

Clements: Sie symbolisieren und verkörpern für Millionen Menschen auf der ganzen Erde ein von spirituellen Grundsätzen geleitetes, gewaltfreies Politikverständnis. Demgegenüber hat Ihr Vater als Armeegeneral den bewaffneten Kampf befürwortet und in einer Revolution mit Erfolg Gewalt eingesetzt, um sein Land von fremder Unterdrückung zu befreien. Wenn Ihr Vater 1988, zu der Zeit, als der SLORC auf unbewaffnete, für die Demokratie demonstrierende Menschen schießen ließ, gelebt hätte und ein Studentenführer gewesen wäre – ein Aung San von heute –, wie hätte er Ihrer Meinung nach auf diese krisenhafte Situation reagiert?

Suu Kyi: Sie dürfen nicht vergessen, daß ich über 44 Jahre alt war, als ich mich der Demokratiebewegung anschloß, während mein Vater bereits mit 32 Jahren starb. Er betrat die politische Bühne mit 18 und gründete die birmanische Armee im Alter von 26 Jahren. Nun, als ich 26 Jahre zählte, war ich nicht die gleiche Person, die ich dann mit 44 sein sollte. Und wenn ich mich zu einem früheren Zeitpunkt in meinem Leben in die Politik begeben hätte, dann wäre ich möglicherweise viel hitzköpfiger gewesen und hätte nicht den Weg der Gewaltfreiheit gewählt. Vielleicht hätte ich dieselbe Haltung eingenommen wie er, daß nämlich zur Erringung der Unabhängigkeit Birmas jedes Mittel recht sei. Aus diesem Grund rief er die Armee ins Leben. Damals glaubte er, das Wichtigste sei die Erlangung der Unabhängigkeit. Kurz vor seinem Tod war er allerdings zu der Einsicht gekommen, daß die Probleme seines Landes durch eine demokratische Politik und nicht durch einen bewaffneten Kampf gelöst werden mußten.

Clements: Wie würden Sie Ihre Beziehung zu Ihrer Mutter charakterisieren?

Suu Kyi: Ich habe meiner Mutter sehr viel Liebe, Achtung und Ehrfurcht entgegengebracht, so wie man es die meisten birmanischen Kinder gelehrt hat. Meine Mutter verkörperte für mich Aufrichtigkeit, Mut und Disziplin. Außerdem war sie sehr warmherzig. Sie hatte sicher kein leichtes Leben. Ich glaube, es war nicht einfach für sie, die Kinder großzuziehen und nach dem Tod meines Vaters zusätzlich einen Beruf auszuüben.

Clements: Wenn Sie auf Ihre Beziehung zu Ihrer Mutter zurückblikken, gab es da Seiten an ihr, die für Sie einengend waren? Bestimmte Werte oder Einstellungen, die Sie einschränkten? Oder Fehler, die sie in Ihrer Erziehung gemacht hat?

Suu Kyi: Ich glaube, sie hat ihr Bestes gegeben. Sie hat alles getan, was in ihren Kräften stand, um uns die beste Bildung und das beste Leben zu ermöglichen. Sicher, kein Mensch ist frei von Fehlern oder Irrtümern. Sie konnte sehr streng sein. Als ich jünger war, habe ich darin etwas für mich Nachteiliges gesehen. Aber heute denke ich, daß es richtig so war, weil es mir zu einem guten Start im Leben verholfen hat.

Clements: In welcher Hinsicht war sie streng?

Suu Kyi: Sehr diszipliniert … alles immer zur richtigen Zeit … in der richtigen Weise. Sie war eine Perfektionistin.

Clements: Sind Sie genauso mit Ihren Kindern?

Suu Kyi: Ich bin keine solche Zuchtmeisterin, aber ich bin auch streng. Meine Mutter hatte eine sehr starke Persönlichkeit, und ich glaube, daß ich auf meine Weise auch stark bin. Aber ich habe ein viel ungezwungeneres Verhältnis zu meinen Kindern. Die Beziehung meiner Mutter zu mir war sehr förmlich. Sie lief nie mit mir herum und spielte mit mir, als ich noch klein war. Mit meinen Söhnen bin ich immer herumgerannt, und wir haben immer zusammen gespielt. Und ich habe lange Gespräche mit ihnen geführt. Manchmal hatten wir regelrechte Wortgefechte miteinander – äußerst leidenschaftliche Auseinandersetzungen. Denn meine Söhne sind recht streitlustig. Und ich bin ebenfalls streitlustig. So etwas hat meine Mutter mit mir nie gemacht.

Clements: Um was geht es in Ihren Debatten? Um Ihre Werte? Ihre buddhistischen Überzeugungen?

Suu Kyi: Es kommt darauf an. Mein älterer Sohn, der etwas reifer ist, diskutiert schon mal öfter philosophische Fragen, während ich mit meinem Jüngeren über solche Themen kaum spreche – wenigstens jetzt noch nicht.

Clements: Bevor wir gestern mit unserem Interview anfingen, haben Sie erwähnt, daß Ihr jüngster Sohn Kim sehr für Rock 'n' Roll schwärmt.

Suu Kyi: Ja, er hört besonders gern … na, wie nennt man es, Hard Rock?

Clements: Wenn es elektrisch verstärkt und sehr laut ist …

Suu Kyi: Er ist sehr musikalisch, und ich habe viel über die Musik erfahren, die ihm so gut gefällt. Ich habe keine Probleme mit ihm deswegen … Mit seinem Vater gibt es allerdings Auseinandersetzungen wegen dieser Musik. Michael nimmt Anstoß daran, daß Kim seine Musik so laut spielt. Mir macht das nichts aus … Ich kann es ertragen.

Clements: Er darf also seinen Hard Rock im Haus so laut spielen, wie er will?

Suu Kyi: Ja, ich greife nie ein, weil ich es nicht mag, wenn er diese Musik über Kopfhörer hört. Ich habe Angst, daß er damit sein Gehör schädigt. Lieber ertrage ich den ganzen Krach, als daß ich zulasse, daß er sein Hörvermögen ruiniert.

Clements: Die westliche Musik hat Birma erobert ... »Music Channel V« ist über Satellit zu empfangen. Man kann Videos von Rockkonzerten kaufen oder ausleihen. In Rangun gibt es sogar mehrere Diskotheken und Nachtlokale mit Live-Musik, wobei auch Hard Rock gespielt wird. Da kommt etwas aus einer extremen Ecke der westlichen Musik mit provozierenden Videobildern von Sex, Drogen und häufig auch Gewalt und vermischt sich mit einer alten, mystischen Kultur. Was halten Sie davon, sehen Sie Chancen, die traditionelle buddhistische Kultur Birmas zu bewahren?

Suu Kyi: Wenn es auf diese Weise zu rasch ins Land kommt, kann es durchaus sein, daß wir am Ende bei einer ziemlich oberflächlichen Unkultur landen. Ich bin sehr für Offenheit – die Menschen sollen sich mit anderen Kulturen beschäftigen. Doch diese Form einer schnellen Invasion kann schädlich sein. Es gibt viele Aspekte der birmanischen Kultur, die es wert sind, bewahrt zu werden. Einflüsse aus dem Ausland haben sich so schnell und mit einer solchen Macht ausgebreitet, daß wir mehr verlieren könnten, als für uns gut ist.

Clements: Welches sind die wichtigsten Elemente der birmanischen Kultur, die Sie gern bewahrt sehen möchten?

Suu Kyi: Die buddhistischen Werte der Herzensgüte und des Mitleids. Und die Wertschätzung von Bildung und Erziehung.

Clements: In Birma wird es in Kürze einen starken Zustrom von Touristen und damit auch von Rucksackreisenden geben, die wohl unvermeidlich Drogen ins Land bringen werden – LSD, Marihuana, Haschisch, Ecstasy – sowie eine wenig verantwortungsvolle, gleichgültige Einstellung zum Reisen. Was meinen Sie zu den hereinströmenden Touristen?

Suu Kyi: Was mir Sorgen macht, ist, daß sie hierherkommen, bevor das birmanische Volk die Möglichkeit hatte, ein Selbstbewußtsein zu entwickeln. Die Wirtschaft befindet sich in einem entsetzlichen Zustand, und die Bevölkerung Birmas ist im Augenblick nicht stolz auf ihr Land. Unter diesen Umständen liegt es für junge Menschen nur allzu nahe, sich hastig fremde Ideen und Werte anzueignen, einfach weil sie glauben, Ausländer seien besser und erfolgreicher als sie selbst. Ein Volk, das Vertrauen zu sich selbst hat, ist eher in der Lage, die eigene Kultur wie auch fremde richtig einzuschätzen. Die Menschen können ein abgewogeneres Urteil darüber fällen, was sie bewahren und was sie aufgeben, was sie übernehmen und was sie ablehnen sollten.

DER GEDANKE AN MEINEN TOD BEGLEITET MICH

Alan Clements: In der buddhistischen Philosophie wird erklärt, wie man eine offensichtlich negative Erfahrung in ihr positives Gegenteil verkehrt. So kann etwa das Miterleben von Grausamkeit ein Anlaß sein, Liebe zu geben, die Erfahrung, hintergangen zu werden, kann ein Ansporn zur Ehrlichkeit sein. Mit anderen Worten, alles ist gestaltbar. Es gibt keine Hindernisse, nur Herausforderungen, wenn die geistige Kraft konsequent ihr Ziel verfolgt. Das läßt sich an dieser Geschichte veranschaulichen: Einmal tadelte der Buddha seine Mönche, weil sie Devadatta, seinen fanatischen Gegner, in seiner Todesstunde schmähten. Bekanntlich versuchte Devadatta mehrmals, den Meister zu töten. »Denn wenn ich richtig sehe«, sagte der Buddha, »wäre ich ohne die Angriffe Devadattas nie imstande gewesen, Vollkommenheit in der Geduld zu erlangen.« Man könnte dies als ein Lob auf den Gegner oder die Opposition verstehen.

Im heutigen Birma haben wir eine fast identische Konstellation: Der repressiven Politik des SLORC stellt sich eine geistige Revolution entgegen. Ich möchte Sie fragen, inwieweit Ihrer Ansicht nach bei Ihrem Kampf um Demokratie diese Umwandlung von Negativität in Freiheit wirksam wird.

Aung San Suu Kyi: Wenn wir eine wirklich starke, gesunde Demokratie haben wollen, brauchen wir eine starke, gesunde Opposition. Ich habe immer betont, daß wir eine gute Opposition brauchen, weil diese unaufhörlich auf die Fehler [der Regierung] hinweist und so dafür sorgt, daß diese sich anstrengen muß. In vielerlei Hinsicht ist die Opposition ihr größter Wohltäter. In einer Demokratie spielt die Opposition für jede legale Regierung gleichsam die Rolle Devadattas. Sie verhindert, daß die Regierung auf Abwege gerät, indem sie fortwährend auf jeden Fehler aufmerksam macht. Die Opposition als potentielle nächste Regierung hält die augenblickliche Regierung davon ab, ihre Macht zu mißbrauchen.

Clements: Wie Sie wissen, verwendete der Buddha den Begriff des *samsara*, um die Existenz in ihrer Totalität zu bezeichnen - den ganzen Kreislauf des Lebens mit Geburt, Altern und Tod als Hintergrund all dessen, was wir für wichtig halten. Treten Sie gelegentlich einen Schritt zurück aus der unmittelbaren Teilnahme am Kampf, und denken Sie über Ihre Bedeutungslosigkeit innerhalb des umfassenderen Konzepts von Existenz nach?

Suu Kyi: Ja. Es überrascht mich tatsächlich immer noch, daß man mich für eine bedeutende Person hält. Ich sehe die Dinge ganz und gar nicht so. Ich betrachte mich, seit ich in der Politik bin, überhaupt nicht anders als früher. Natürlich habe ich mehr Verpflichtungen zu erfüllen. Aber als Ehefrau und Mutter hatte ich ebenfalls meine Verantwortlichkeiten. Die Dinge mögen manchmal großartig und bedeutend erscheinen, aber ich weiß sehr gut, wie klein sie sind, wenn ich die Tatsache berücksichtige, daß wir alle dem Gesetz der *anicca* [Vergänglichkeit] unterworfen sind. Um es nüchterner zu sagen, der Gedanke an meinen Tod begleitet mich. Das bedeutet für mich nichts anderes, als das Prinzip des Wandels zu akzeptieren. Und wenn Sie an Ihren eigenen Tod denken, schrumpfen einige der Probleme, die Ihnen so wichtig erscheinen, zu einem Nichts zusammen. Denken Sie jemals über Ihren Tod nach?

Clements: Ja, manchmal. Aber das Nachdenken darüber hat in mir keine Angst vor dem Tod an sich geweckt, davor, daß etwas aufhört, sondern eine größere Leidenschaft für das Leben in der Gegenwart. Und wie war das bei Ihnen, was hat das Nachdenken über den Tod Ihnen gegeben?

Suu Kyi: Die wenigsten Menschen stellen sich der Tatsache, daß sie eines Tages sterben werden. Wenn Sie über Ihren eigenen Tod nachdenken, so bedeutet das unter anderem, daß Sie akzeptieren, wie unwichtig Sie sind. Es ist eine Möglichkeit, von der Gegenwart zurückzutreten, Abstand zu nehmen von den Angelegenheiten der Welt, in die Sie unmittelbar verwickelt sind, eine Möglichkeit, sich bewußt zu machen, wie unbedeutend Sie im Gesamtplan der Dinge sind - innerhalb dieses Wirbels des *samsara*. Und dennoch sind Sie wichtig an Ihrem Platz, auch wenn Sie keine große Bedeutung haben. Jeder ist wichtig. Entscheidend ist eine angemessene Auffassung von Ihrem Platz in der Welt. Es geht darum, daß Sie sich genügend selber achten, um zu verstehen, daß auch Sie eine Rolle zu spielen haben, und daß Sie zugleich die Bescheidenheit haben zu akzeptieren, daß Ihre Rolle nicht so wichtig ist, wie Sie oder manche Menschen vielleicht glauben möchten.

Clements: Bekanntlich war die erste Edle Wahrheit der Erleuchtung Buddhas die Wahrheit des *dukkha* – die Wahrheit vom Leiden. Eine Wahrheit, die in der Einsicht gründete, daß alle Dinge der *anicca* unterlagen, vergänglich waren; alles ist in beständiger Bewegung und deshalb unzulänglich. Letztlich heißt das, es kann kein dauerhaftes Glück in einer Welt geben, die selbst nicht von Dauer ist. Kommt es vor, daß Sie gelegentlich von Ihrem eigenen »irdischen Jammertal« Abstand nehmen – von Ihrem persönlichen Kampf um spirituelle Freiheit und Ihrem gesellschaftlich-politischen Kampf um die Freiheit Ihres Volkes?

Suu Kyi: Nein. Da wir nun einmal in dieser Welt leben, haben wir die Verpflichtung, der Welt unser Bestes zu geben. Der Buddhismus akzeptiert diese Tatsache. Und ich halte mich nicht für spirituell so weit fortgeschritten, daß ich über allen irdischen Dingen stände. Deshalb ist es meine Pflicht, mich mit all meinen Kräften einzusetzen.

Clements: Sie sehen also keinen Gegensatz oder eine Spannung zwischen Ihren buddhistischen und Ihren politischen Bestrebungen?

Suu Kyi: Nein … nein.

Clements: Vor vielen Jahren habe ich den ehemaligen Ministerpräsidenten U Nu interviewt, der bestätigte, daß er das *Bodhisattva*-Gelübde abgelegt hatte. Ich fragte ihn, wie jemand, der das Gelübde abgelegt hatte, nach Erleuchtung zu streben, Ministerpräsident sein und den Oberbefehl über die ganze Armee haben könne. Er antwortete wörtlich, wenn ich mich recht erinnere: »Es war eine schwere Last, ein nahezu ständiges moralisches Dilemma.« Damit räumte er ein, daß das Leben eines überzeugten Buddhisten eigentlich unvereinbar sei mit den Aufgaben eines politischen Führers, der die Verantwortung für den Einsatz der Streitkräfte hat. Empfinden Sie ein ähnliches Dilemma?

Suu Kyi: Nein, ich sehe da kein Dilemma. Ich bin nicht in einer Position, in der ich es auch nur in Betracht ziehen würde, ein *Bodhisatt-*

va-Gelübde abzulegen. Mein oberstes Anliegen ist es, in meinem Verhalten hier auf dieser Welt den buddhistischen Prinzipien treu zu bleiben. Natürlich meditiere ich. Ich tue es, weil ich glaube, daß wir alle als menschliche Wesen eine spirituelle Seite haben, die man nicht vernachlässigen darf. Alles in allem halte ich mich für eine ganz normale birmanische Buddhistin, die im Alter der Religion mehr Zeit widmen wird.

Clements: Betrachten Sie sich als Anhängerin des Theravada-Buddhismus [»Lehre der Alten«; konservative Form des Buddhismus, die vor allem in Birma, Thailand, Kambodscha, Laos und Sri Lanka praktiziert wird]?

Suu Kyi: Ich bin Theravada-Buddhistin, aber ich respektiere auch den Mahayana-Buddhismus [eine Schule des Buddhismus, die überwiegend in Tibet und anderen Himalaya-Ländern sowie in Vietnam, Japan und Teilen Chinas praktiziert wird]. Und ich habe eine hohe Achtung vor anderen Religionen. Ich bin der Auffassung, daß niemand das Recht hat, auf die Religion eines anderen herabzusehen.

Clements: Welche Elemente des Mahayana-Buddhismus achten Sie besonders?

Suu Kyi: Im Mahayana-Buddhismus steht das Mitleid sehr viel stärker im Vordergrund als im Theravada-Buddhismus. Ich bin dafür sehr empfänglich, denn wir brauchen in dieser Welt eine Menge Mitgefühl. Selbstverständlich ist Mitleid auch ein Teil des Theravada-Buddhismus. Aber ich würde es begrüßen, wenn die Menschen in unserem Land sich in ihrem Handeln stärker vom Mitgefühl leiten ließen.

Clements: Was bewegt Sie dazu, täglich Meditationsübungen zu machen?

Suu Kyi: In der Hauptsache die Befriedigung, die ich aus dem Wissen beziehe, daß ich etwas tue, was meiner Meinung nach richtig ist – hier ist es der Versuch, eine größere Bewußtheit zu entwickeln, um schließlich zu einem wahrhaften Verständnis von *anicca* zu kommen. Ich habe eine ganz normale Einstellung zum Leben. Wenn ich sehe, es gibt etwas, das ich im Namen der Gerechtigkeit oder im Namen der Liebe tun sollte, dann tue ich es. Die Motivation belohnt sich selbst.

Clements: Wenn wir einmal die Menschen betrachten, die für die Ungerechtigkeiten in der Welt verantwortlich sind, so scheinen sie häufig anzunehmen, daß sie selbst von den Folgen ihrer Handlungen ausgenommen sind, daß sie sozusagen über dem Gesetz stehen und daß ihre Unterdrückungsmaßnahmen auf sie selbst keine spürbaren Auswirkungen haben.

Suu Kyi: Aber diese Auswirkungen sind unbestreitbar da. Ich bin sicher, daß alles, was jemand tut, eine psychologische Wirkung auf ihn hat. Nehmen Sie zum Beispiel den extremen Fall eines Diktators, der in der Lage ist, alles zu tun, was ihm beliebt. Er kann einfach sagen: »Dieser Mann soll erschossen werden.« Es kann sein, daß er mit der Hinrichtung selbst überhaupt nichts zu tun hat und daß er am nächsten Tag nicht einmal mehr daran denkt. Doch allein die Tatsache, daß er einen anderen Menschen hat erschießen lassen, bedeutet, daß er in seinen Empfindungen noch ein Stück mehr abgestumpft ist. Es hat eine Wirkung auf ihn gehabt. Jedesmal, wenn er einem anderen etwas antut, tut er auch sich selbst etwas an. Und wenn er ein Mensch ist, der sich noch einen letzten Rest von Gewissen in seinem Innern bewahrt hat, dann wird es ihm keine Ruhe lassen. Ein anderer Aspekt ist, daß er auch die Wahrnehmung seiner Person durch andere beeinflußt. Um es ganz einfach auszudrücken, diejenigen, die dem Mann, der hingerichtet wurde, nahestanden, werden den Diktator deshalb weniger sympathisch finden. In dieser Art wird sich jede Ungerechtigkeit, die er begeht, negativ auf ihn auswirken, auch wenn er es selbst nicht wahrnimmt. Dieser Diktator kann sogar sterben, ohne je erkannt zu haben, wie sehr die Menschen ihn gehaßt haben. Aber die Wirkung war trotzdem da.

Clements: Es steht also niemand über dem Gesetz, und mag er noch so gesetzwidrig handeln?

Suu Kyi: Er steht vielleicht über dem menschlichen Gesetz, aber nicht über dem Gesetz des *karma*. Denn im Gesetz des *karma* wird eine streng wissenschaftliche Aussage formuliert. Es gibt immer einen Zusammenhang zwischen Ursache und Wirkung. Es ist wie mit dem Licht eines Sterns, das auf die Erde fällt. Das Licht, das wir heute sehen, wurde vor so unendlich vielen Jahren ausgestrahlt, aber jetzt ist es doch da. Auch im Bereich der Wissenschaft geht man zuweilen von einer sehr langen zeitlichen Unterbrechung zwischen Ursache und Wirkung aus. Dennoch ist der Zusammenhang zwischen beiden immer gegeben.

Clements: Vielleicht auch in der direkteren Weise, wie es der vietnamesische buddhistische Mönch Thich Nhat Hanh mit den Worten angedeutet hat: »Im Reiskorn kann man die Sonne sehen«. Betrachten Sie sich selbst lediglich als jemanden, der Demokratie sät?

Suu Kyi: Dazu fällt mir ein Buch ein, das ich einmal gelesen habe, von Rebecca West. Sie beschrieb Musiker und Künstler als eine »Prozession von Heiligen, die fortwährend auf ein unerreichbares Ziel zuschreiten«. So ähnlich sehe ich mich – als Teil einer Prozession, eines dynamischen Prozesses, in dem wir uns alle dafür einsetzen, dem Guten und der Gerechtigkeit ein Stück näher zu kommen; es ist ein Prozeß, der nicht isoliert zu sehen ist von dem, was war, oder dem, was noch kommen wird. Und auf dem Weg tue ich das, was immer mir aufgetragen ist zu tun. Ob es nun das Aussäen der Saat ist oder das Einbringen der Ernte oder (lacht) das Hegen der Pflanzen, während sie noch wachsen.

Clements: Fühlen Sie sich manchmal in der Rolle, in der Sie sich befinden, überfordert?

Suu Kyi: Ich sehe mich in der Regel nicht als jemanden, der eine Rolle spielt. Ich verstehe mich immer als Teil einer Bewegung, so daß es auf meine Fähigkeiten und Mängel gar nicht so sehr ankommt. Ich weiß, daß viele Menschen das kaum glauben werden, wo doch die Medien mir so viel Aufmerksamkeit widmen, daß der Eindruck entsteht, als spielte ich die Hauptrolle. Eine Hauptrolle, in der ich allein zurechtkommen muß, spiele ich lediglich in der Begegnung mit den ausländischen Medien. Die übrigen Mitglieder der Parteispitze der NLD haben damit wenig zu tun. Doch in allem anderen arbeiten wir zusammen. Ich bin nicht allein. Vielleicht ist das der Grund, warum ich mich nicht überfordert fühle. Auch glaube ich nicht, daß meine Rolle so bedeutend ist, wie manche Menschen denken. Am Konferenztisch, dort, wo es wirklich darauf ankommt, stehen wir alle auf einer Stufe. Ich habe dort nicht mehr Einfluß als jeder andere auch. Wenn meine Vorschläge die besseren sind, übernehmen die anderen sie, aber auch nur dann. Sie werden es nicht glauben, aber sie teilen mir eine Menge mehr Arbeit zu, weil ich die Jüngste bin, und deshalb halte ich mich sogar für ziemlich benachteiligt! Aber es herrscht eine familiäre Atmosphäre zwischen uns, und für mich sind sie wirklich fast wie Blutsverwandte. Zwischen allen Mitgliedern des Führungsausschusses besteht eine herzliche Zuneigung, und je öfter wir zusammenkommen, desto enger wird diese gefühlsmäßige Bindung. Wir arbeiten gern zusammen und sind sehr aufmerksam zueinander. Ich bin von wahren Gentlemen umgeben. Und wenn wir zusammen sind, dann geben wir uns gegenseitig Kraft, selbst wenn wir mit enormen Problemen zu kämpfen haben.

Clements: Wenn ich mir eine weitere persönliche Bemerkung über Sie erlauben darf: Ich habe den Eindruck, daß Sie eine äußerst klardenkende Frau sind mit einem ausgeprägten Gefühl für das, was recht und unrecht ist, und gleichzeitig ein sehr einfacher Mensch. Ist das richtig?

Suu Kyi: Ja (lacht). Ich habe sehr schlichte Einstellungen, und das ist eines der Probleme. Manche Menschen möchten etwas Außergewöhnliches aus mir machen, dabei bin ich gar nicht so außergewöhnlich. Ich nehme an, die Menschen denken, ich sei außergewöhnlich, weil ich so einfach bin, daß sie es nicht glauben können.

Clements: Sehen Sie sich überhaupt als Führerpersönlichkeit?

Suu Kyi: Nein! Mich macht es sehr verlegen, wenn Menschen mich als *gaungzamggyi* – große Führerin – bezeichnen.

Clements: In einem früheren Gespräch habe ich Sie gefragt, ob Sie an das Böse im Menschen glauben. Wie verhält es sich mit dem Gegenteil? Glauben Sie an das von Natur aus Gute im Menschen?

Suu Kyi: Ich glaube an das von Natur aus Gute in manchen Menschen, und ich glaube, daß in jedem von uns etwas Gutes und etwas Schlechtes steckt. Es kommt darauf an, welche Seite Sie fördern. Ich glaube auch, daß manche Menschen von Geburt an gelassener, sensibler und mitfühlender sind als andere. Und es gibt Menschen, die aufgrund ihrer Erziehung in der Lage sind, diese Eigenschaften besser zu entfalten als andere. Und dann gibt es natürlich auch Menschen, deren Charakterzüge so stark ausgeprägt sind, daß sie durch Erziehung höchstens etwas gebändigt, aber niemals ganz zum Verschwinden gebracht werden können.

Clements: Bedeutet das, daß jeder Mensch – auch entgegen dem äußeren Anschein – »erweckt« wird?

Suu Kyi: Das kann man nicht sagen, weil die Saat der Erweckung nicht immer Früchte trägt. Manche Menschen neigen von Natur aus mehr zum Guten und manche mehr zum Dummen oder Bösen.

Clements: Woher kommt Ihrer Meinung nach diese Neigung zum »Guten« oder zum »Bösen«?

Suu Kyi: Hier wirken wohl mehrere Faktoren zusammen. Ich glaube, daß jeder Mensch von Geburt an etwas Einzigartiges ist. So hatte beispielsweise mein ältester Sohn an dem Tag, an dem er auf die Welt kam, schon seine eigene Persönlichkeit. Etwas an ihm machte ihn als ein Individuum kenntlich. Es ist nicht einfach das Syndrom der liebenden Mutter, die glaubt, ihr Kind sei etwas Besonderes. Er war anders als die übrigen. Selbst sein Weinen war anders. Tatsächlich lernte jede Mutter auf der Entbindungsstation ganz schnell, ihr Baby an seinem Weinen zu erkennen. Und als dann mein zweiter Sohn Kim geboren wurde, wußte ich sofort, daß er überhaupt nicht wie Alexander war. Ich brauchte diesen Säugling nur im Arm zu halten und anzuschauen, um zu wissen, daß er anders war als sein Bruder.

Aber natürlich spielt dabei auch die Umgebung eine Rolle. Ich habe irgendwo gelesen, nach psychologischen Erkenntnissen seien 80 Prozent Anlage und nur 20 Prozent Erziehung und Umwelteinflüsse. Doch diese 20 Prozent sind eine ganze Menge. Auf der anderen Seite habe ich von Kindern gehört, die unter den entsetzlichsten Umständen aufgewachsen waren und trotzdem ...

Clements: Wirklich herausragend sind?

Suu Kyi: Ja. Sie sind voller Kraft und Empfindsamkeit daraus hervorgegangen.

Clements: Welche Eigenschaft des menschlichen Geistes ist Ihrer Meinung nach dafür verantwortlich, daß sich der eine nach traumatischen Erlebnissen zu neuen Höhen aufschwingt, während ein anderer dadurch völlig zu Boden gedrückt wird?

Suu Kyi: Es gibt Menschen, die an einer Herausforderung wachsen und gerade angesichts eines Unglücks menschliche Größe entwickeln. Es kann sogar das Beste in ihnen zum Vorschein bringen. Bei anderen dagegen fördert ein Unglück das Schlimmste zutage. Aber es ist sehr schwer, etwas darüber auszusagen, was diesen Unterschied bedingt. Man wird kaum behaupten können, daß es etwas mit Erziehung zu tun hat. Heutzutage schieben viele Psychologen und Psychotherapeuten alle Probleme auf frühkindliche Erfahrungen. Aber ich denke, es gibt Menschen, die von Natur aus etwas mitbringen, das sie befähigt, sich über die Beschränkungen ihrer Umgebung hinwegzusetzen. Ich habe zum Beispiel etwas über eine iranische Frau gelesen, die im Alter von drei oder vier Jahren erblindet war. Die Mutter empfand sie als eine Last und behandelte sie sehr schlecht. Sie sagte ihr sogar ständig: »Ich wollte, du wärst tot. Wozu lebst du überhaupt?« Selbst die Freundinnen ihrer Mutter meinten, es wäre besser gewesen, sie wäre gestorben. Aber das Mädchen hatte anscheinend ein starkes Selbstgefühl. Vielleicht könnte man sagen, daß sie nie das Gefühl für den eigenen Wert, den sie als menschliches Wesen beanspruchen konnte, verlor, obwohl man ihr ständig einhämmerte, sie sei nur eine Last für ihre Familie. Dieses Mädchen hatte nie elterliche Liebe erfahren, und dennoch machte es später als erste Blinde im Iran einen Universitätsabschluß.

Clements: Sie halten es also für möglich, daß jemand trotz noch so tragischer äußerer Umstände mit Mut und Entschlossenheit seinen Weg finden kann? Und daß er mit einer weisen inneren Einstellung Schwierigkeiten in Stärken ummünzen kann?

Suu Kyi: Ja. Aber während einige in der Not tatsächlich über sich selbst hinauswachsen, gehen andere an ihrem Elend zugrunde. Sie können das auch bei Menschen beobachten, die im Gefängnis waren. Ich kann sagen, daß die Mehrzahl unserer Anhänger, die man ins Gefängnis gesteckt hat, ungebeugt wieder herauskam. Aber andere waren gebrochen und haben sich von unserer gemeinsamen Sache abgewandt, weil es für sie einfach zuviel war.

Clements: Ich habe gehört, daß U Win Tin, der Sekretär der NLD, der 1989 zusammen mit Ihnen und einigen anderen verhaftet wurde, sich noch immer im Gefängnis befindet.

Suu Kyi: Ja, er ist noch immer im Gefängnis von Insein, und soviel ich weiß, ist sein Gesundheitszustand nicht der beste. Er wurde zu vier Jahren Haft verurteilt. Nachdem sie ihn ins Gefängnis gesperrt hatten, stockten sie die Strafe auf sieben Jahre auf. Das ist eine ihrer üblichen Methoden. Im Februar 1996 wurde ihm im Gefängnis erneut der Prozeß gemacht, ohne daß man ihm einen Rechtsbeistand gewährt hätte, und er wurde zu weiteren fünf Jahren Haft verurteilt.

Clements: Aber warum hat man ihn nicht ebenfalls freigelassen? Hatte der SLORC eine private Rechnung zu begleichen?

Suu Kyi: Er ist ein sehr fähiger Mann und, wie Sie schon gesagt haben, der Sekretär der NLD. Er ist daran gewöhnt, viel zu arbeiten, und er wird sehr geachtet. Außerdem ist er sehr intelligent und unbestechlich. Ich glaube, das alles zusammen ist zuviel für den SLORC.

Clements: Wo wir gerade von Unbestechlichkeit sprechen – was zeichnet jemanden aus, dem es möglich ist, seine Integrität und Würde selbst unter derart extremen Bedingungen wie Einzelhaft oder gar Folter zu wahren?

Suu Kyi: Die meisten Menschen, die ich kenne, die nicht korrupt geworden sind, haben einen ursprünglichen Sinn für Eigenverantwortung. Demgegenüber können diejenigen, die korrupt werden, nicht sehen oder nicht akzeptieren, daß sie für die Folgen ihres Tuns verantwortlich sind. Sie erkennen den Zusammenhang zwischen Ursache und Wirkung nicht.

Clements: Kann es sein, daß sie zuviel Angst haben?

Suu Kyi: Das ist Selbstbetrug. Letztlich ist es eine Frage der Ehrlichkeit. Wenn Sie die Verantwortung für Ihre Handlungen übernehmen, mögen sie richtig oder falsch sein, dann ist das Ehrlichkeit. Sie sind bereit zu akzeptieren, daß Ihre Handlungen bestimmte Konsequenzen nach sich ziehen können. Vielleicht sind Sie sich derer nicht in vollem Umfang bewußt, und Ihre Einschätzung der Konsequenzen kann unzutreffend sein. Trotzdem bemühen Sie sich, die Dinge ganz ehrlich so zu sehen, wie sie sind.

Clements: Könnten Sie noch etwas mehr über die Beziehung zwischen Korruptheit und Selbstbetrug sagen?

Suu Kyi: Korruptheit ist eine Form der Unehrlichkeit, weil sie im Selbstbetrug gründet. Ich glaube nicht, daß Menschen, die korrupt sind, dies wirklich zugeben. Sie haben andere Ausdrücke dafür. Vielleicht sagen sie: »Aber das tut doch jeder.« Oder: »Da ist doch nichts Unrechtes dabei.« Es gibt viele Möglichkeit, eine Erklärung für ihre Korruptheit zu finden. Das ist an sich schon ein Mangel an Ehrlichkeit. Mangelnde Ehrlichkeit gegenüber sich selbst.

Clements: Demnach ist es diese Eigenschaft einer radikalen Ehrlichkeit gegenüber sich selbst, die den Ausschlag gibt. Das führt uns zurück zur bewußten Selbstwahrnehmung. War für Sie Meditation eine wichtige Kraft, die Sie gegen jegliche Form von Korrumpierbarkeit geschützt und gefestigt hat?

Suu Kyi: Sie war eine Hilfe. Aber ich muß auf meine Eltern zurückkommen und auf die Art und Weise, wie ich erzogen worden bin. Meine Mutter hat immer großen Wert auf Ehrlichkeit und Rechtschaffenheit gelegt. Aber sie war nicht nur selbst aufrichtig und unbestechlich, sie vertrat auch mit Überzeugung die Werte meines Vaters. Demnach hat die Erziehung in diesem Punkt eine große Rolle gespielt. Es ist nicht so, daß ich diese Dinge nicht schon gewußt hätte, bevor ich mit dem Meditieren angefangen habe. Die Meditation hat mir dabei geholfen, an den Werten festzuhalten, die man mir schon als Kind vermittelt hat.

Clements: Was bedeutet buddhistisches Meditieren für Sie?

Suu Kyi: Es ist eine Form der spirituellen Bildung – eine spirituelle Erziehung und ein Läuterungsprozeß. Im Grunde ist es das Erlernen einer bewußten Wahrnehmung. Und indem Sie sich alles bewußtmachen, was Sie tun, lernen Sie, sich vor Unreinheit zu hüten.

Clements: Wie hilfreich war für Sie die Meditation bei der Entdekkung neuer Aspekte Ihres Innenlebens? War es ein Prozeß der Selbsterkenntnis?

Suu Kyi: Ich weiß nicht, ob es in demselben Maße ein Prozeß der Selbsterkenntnis war wie der einer spirituellen Stärkung. Man hat mir immer beigebracht, ehrlich mit mir selbst zu sein. Schon in früher Jugend hatte ich mir angewöhnt, meine eigenen Handlungen und Gefühle zu analysieren. Deshalb habe ich nichts wirklich Neues über mich herausgefunden. Aber die Meditation hat dazu beigetragen, mich spirituell zu stärken, damit ich dem rechten Weg folgen konnte. Außerdem ist die Meditation für mich Bestandteil einer gesamten Lebensweise, denn wenn Sie meditieren, lernen Sie, Ihren Geist durch die Entwicklung der bewußten Wahrnehmung zu beherrschen. Und diese bewußte Wahrnehmung macht sich auch im Alltagsleben bemerkbar. Für mich ist das einer der besonders praktischen Vorteile der Meditation – meine Bewußtheit ist gesteigert worden. Ich neige heute weitaus weniger dazu, Dinge sorglos und unbewußt zu tun.

Clements: Wie haben Sie das Meditieren erlernt?

Suu Kyi: Im Meditationszentrum »Mahasi Thathana Yeiktha«, aber das war schon vor langer Zeit, als ich mich zu einem meiner Besuche in Birma aufhielt. Damals war ich vielleicht 25 Jahre alt. Aber ich habe damals nicht besonders viel meditiert. Richtig zu meditieren begonnen habe ich erst in den Jahren meines Hausarrests. Und dafür mußte ich mich weitgehend auf Bücher stützen. »In this Very Life« [»In genau diesem Leben«] von Sayadaw U Pandita war mir dabei besonders nützlich.

Clements: Sind Sie als Theravada-Buddhistin in Ihrer spirituellen

Orientierung noch offen, von anderen Traditionen zu lernen, oder haben Sie sich da endgültig festgelegt?

Suu Kyi: Ich bin sehr daran interessiert, etwas von den spirituellen Erfahrungen und Ansichten anderer Menschen zu hören. Ich muß noch sehr viel mehr lernen, von allen Leuten, die bereit sind, mir etwas beizubringen.

Clements: Sie bezeichnen Ihre Demokratiebewegung hier in Birma häufig als eine »Revolution des Geistes«, die in buddhistischen Grundsätzen wurzelt. Wieweit greifen Sie, wenn überhaupt, in Ihrem politischen Denken auf die Weisheit anderer Religionen zurück?

Suu Kyi: Ich habe Bücher über andere Religionen gelesen, aber ich habe mich mit keiner von ihnen besonders eingehend beschäftigt. Aber bei meiner Lektüre habe ich immerhin festgestellt, daß die Idee des *metta* sich in allen Religionen findet. Die Christen sagen, Gott ist die Liebe. Und wenn sie sagen, »die vollkommene Liebe vertreibt die Furcht«, dann glaube ich, daß sie mit »vollkommener Liebe« genau dasselbe meinen wie wir mit *metta.* Ich bin der Auffassung, daß alle Religionen im Grunde genommen in dieser Idee der Liebe zu den Mitmenschen gründen.

Clements: Sie und Ihre Weggefährten haben ein Wohlfahrtskomitee für politische Gefangene ins Leben gerufen. Was ist dessen Hauptaufgabe?

Suu Kyi: Wir unterstützen die Angehörigen mit Geld, Medikamenten und Lebensmitteln für die Gefangenen. Manche Menschen haben nicht einmal das Geld, um ihre Ehemänner oder Väter im Gefängnis zu besuchen, weil man sie in weit von ihrem Wohnort entfernten Gefängnissen interniert hat. Wie Sie wissen, sind die Preise für öffentliche Verkehrsmittel inzwischen sehr hoch. Wir helfen allen politischen Gefangenen, nicht nur denen, die der NLD angehören. Wir machen da keinen Unterschied. Wir unterstützen jene, die man unter den eigenartigsten Beschuldigungen verhaftet hat, etwa weil sie an einer Feier aus Anlaß der Verleihung des Friedensnobelpreises für mich teilgenommen haben und ähnliches. Ich glaube, diese Menschen befinden sich inzwischen alle wieder in Freiheit, denn man hatte sie zu drei bis vier Jahren Haft verurteilt, und es ist jetzt gerade vier Jahre her, daß ich den Preis bekommen habe.

Ich hatte schon erwähnt, daß man gegen U Win Tin im Gefängnis einen weiteren Prozeß angestrengt hat. Mit ihm zusammen wurden 22 andere politische Gefangene angeklagt und zu zusätzlichen Haftstrafen in Höhe von fünf bis zwölf Jahren verurteilt. Unser Rechtshilfeausschuß bereitet ihr Berufungsverfahren vor. Wir möchten den politischen Gefangenen in jeder erdenklichen Weise helfen, ihnen sozialen, finanziellen und juristischen Beistand leisten.

Clements: Was den Nobelpreis angeht, wie haben Sie auf die Verleihung des Preises reagiert?

Suu Kyi: Mein erster Gedanke war, daß die Menschen sich jetzt mehr für unseren Kampf um Demokratie interessieren würden. Und als ich an das Nobelpreiskomitee schrieb, drückte ich natürlich meinen großen Dank dafür aus, daß sie unsere Sache auf diese Weise anerkannt hätten. Andererseits regt sich immer, wenn mir ein solcher Preis verliehen wird, in mir ein Gefühl der Bescheidenheit. Ich muß an alle meine Mitstreiter denken, die wesentlich mehr gelitten haben, ohne eine vergleichbare Anerkennung zu finden. Die Anerkennung, die ich erfahre, verdanke ich eigentlich dem Mut und den Leiden vieler, vieler anderer.

Clements: Sie waren die erste Persönlichkeit, die den Preis erhielt, während sie unter Hausarrest stand. Wie haben Sie davon erfahren, daß man den Preis Ihnen zuerkannt hatte, und war es eine Überraschung für Sie?

Suu Kyi: Ich erfuhr es aus dem Radio. Und es war eigentlich keine Überraschung für mich, weil sie schon ungefähr eine Woche vorher bekanntgegeben hatten, daß ich in der engeren Wahl stand. Nachdem ein so angesehener Mann wie Präsident Václav Havel mich nominiert hatte, war es keine so große Überraschung mehr für mich, den Preis verliehen zu bekommen.

Clements: Hatten Sie der Bekanntgabe in irgendeiner Weise entgegengefiebert?

Suu Kyi: Nein, das nicht, aber ich war natürlich gespannt, wie es ausgehen würde. Wenn Sie unter Arrest gehalten werden und allein sind, dann sind Sie immer neugierig auf die Nachrichten des nächsten Tages. Gleichzeitig werden Sie aber auch objektiver. Sie gewinnen etwas mehr Distanz zu dem, was vor sich geht, Sie sind gewissermaßen nicht mehr ganz so leidenschaftlich am Geschehen beteiligt.

Clements: Wenn wir zu den gegenwärtigen Verhältnissen in Birma unter dem SLORC zurückkehren, ist es Ihrer Partei erlaubt, etwas zu drucken?

Suu Kyi: Nein, wir dürfen überhaupt nichts drucken. Sie müssen eine Lizenz beantragen, wenn Sie als politische Partei etwas drucken wollen, und die Lizenz muß alle sechs Monate erneuert werden. Unsere Lizenz wurde seit Juli 1990 nicht mehr verlängert.

Clements: Wie ist es mit anderen Formen der Zensur?

Suu Kyi: Alles wird zensiert. Sehen Sie sich die Zeitschriften an. Sie werden feststellen, daß in manchen von ihnen bestimmte Absätze, ganze Artikel und selbst Kurzgeschichten eingeschwärzt sind – es ist gleich, ob es sich um Tatsachenberichte oder fiktive Geschichten handelt. Alles kann zensiert werden. Als Nelson Mandela 1993 den Friedensnobelpreis erhielt, brachte eine Zeitschrift sein Foto, und das Bild mußte eingeschwärzt werden. Und nur, weil er den Nobelpreis erhalten hatte.

Clements: Nun, das sagt wirklich alles ...

Suu Kyi: Ich nehme an, sie hatten mitbekommen, daß manche mich mit ihm verglichen haben.

Clements: Und stimmt es, daß ein birmanischer Schriftsteller für eine seiner Romanfiguren nicht einmal Ihren Namen verwenden darf?

Suu Kyi: Wie ich gehört habe, ist es sogar verboten, auch nur den Namen »Suu« zu benutzen. Ich vermute allerdings, daß die Zensoren nicht einschreiten würden, wenn ein Autor diesen Namen einer ziemlich unsympathischen Figur gäbe ...

DIE MENSCHEN WERDEN DAS UNRECHT NICHT AUF EWIG HINNEHMEN

Alan Clements: Der Vorsitzende des SLORC, General Than Shwe, hat in Bangkok auf Einladung Thailands an der ASEAN-Konferenz [ASEAN: Association of South East Asian Nations] teilgenommen. Anscheinend erwägen die Mitgliedsländer ernsthaft, Birma bis zum Jahr 2000 als Vollmitglied aufzunehmen. Wenn Sie bei der Konferenz dabeigewesen wären, was hätten Sie den Führern Ihrer Nachbarländer gesagt?

Aung San Suu Kyi: Das hängt hauptsächlich vom Kontext ab. Diesmal ging es, soviel ich weiß, um die Unterzeichnung eines Vertrags zur Nichtverbreitung von Atomwaffen, und ich bin sehr für einen solchen Vertrag. Es hängt also davon ab, worüber gerade gesprochen wird.

Clements: Dann werde ich die Frage in einen Kontext stellen. Häufig werden auf solchen Konferenzen die »Menschenrechte« zugunsten wirtschaftlicher Interessen – was im allgemeinen soviel wie Eigennutz bedeutet – vernachlässigt. Nehmen Sie beispielsweise die gegenwärtige Politik der US-Regierung gegenüber China. Die meisten informierten Menschen kennen den traurigen Rekord, den die chinesische Regierung in bezug auf die Menschenrechte aufgestellt hat, und zwar sowohl innerhalb wie auch außerhalb des Landes; man braucht nur an den »kulturellen« Genozid in Tibet zu erinnern. Nun hat Präsident Clinton erklärt, trotz der Menschenrechtsverletzungen in China werde diesem Land auch weiterhin die »Meistbegünstigung« im Handel eingeräumt. Und offenbar haben auch die ASEAN-Länder die Frage der Menschenrechte und der Demokratie in Birma von Kapitalinvestitionen und wirtschaftlicher Zusammenarbeit getrennt. Was halten Sie davon, daß einige internationale Führer es augenscheinlich als notwendig ansehen, den Bereich des Geldes und Profits von den Menschen und menschlichen Werten zu trennen?

Suu Kyi: Das ist eine völlig willkürliche Trennung.

Clements: Aber warum bestehen Ihrer Meinung nach so viele politische Führer auf dieser »willkürlichen« Trennung als Bestandteil einer soliden nationalen Politik?

Suu Kyi: Das rührt daher, daß bestimmte Systeme, die man nicht unbedingt als demokratisch bezeichnen kann, wirtschaftlich immer erfolgreicher geworden sind. Mittlerweile hat sich eine Denkschule gebildet, derzufolge wirtschaftlicher Erfolg mit politischen Freiheiten überhaupt nichts zu tun hat. Aber ich glaube, es gibt noch andere Gründe für wirtschaftlichen Erfolg. Wenn Sie Singapur [eines der ASEAN-Länder] als Beispiel nehmen, so sind dort zwei wesentliche Faktoren für den wirtschaftlichen Aufstieg dieses Landes verantwortlich. Erstens gibt es dort eine Regierung, die nicht korrupt ist. Sie ist vielleicht nicht ganz demokratisch in dem Sinn, wie manche von uns Demokratie verstehen, aber Korruption kann man ihr nicht vorwerfen. Und zweitens hat sie der schulischen und beruflichen Bildung einen hohen Stellenwert eingeräumt und alles dafür getan, um deren Niveau anzuheben. Deshalb glaube ich, daß es falsch wäre, den wirtschaftlichen Erfolg Singapurs auf die Tatsache zurückzuführen, daß sein politisches System keine reine Demokratie ist. Dieser Erfolg läßt sich wesentlich plausibler mit dem Umstand erklären, daß das Land eine intelligente, unbestechliche Regierung sowie ein hervorragendes Bildungssystem hat. Ich glaube, wir setzen die falschen Werte in unsere Gleichungen ein.

Clements: Aber Daw Suu, ist die Situation nicht ein ganzes Stück vertrackter? Es mag ja sein, daß die Regierung von Singapur nicht korrupt ist, zumindest nicht in einem vordergründigen Sinne. Aber wenn Sie bedenken, daß Singapur einer der größten Investoren in die Wirtschaft des SLORC und mit insgesamt knapp 770 Millionen Dollar in Birma engagiert ist, läßt das nicht auf eine Komplizenschaft schließen?

Suu Kyi: Ja, natürlich. Das sage ich ja. Weil Singapur wirtschaftlich erfolgreich ist, ohne eine vollwertige Demokratie zu sein, denken sie, genau das sei der Grund für den Erfolg. Ich dagegen behaupte, daß das nicht stimmt. Der Grund für den wirtschaftlichen Erfolg Singapurs ist nicht das Fehlen bestimmter demokratischer Rechte, sondern die Führung durch eine redliche Regierung, die sehr intelligent ist. Das läßt sich nicht bestreiten. Außerdem verfügen sie über ein hervorragendes Bildungswesen, das die Bevölkerung in den Stand versetzt hat, mit vielen wirtschaftlichen Problemen von heute fertig zu werden. Ich glaube, die Leute sind auf dem Holzweg, wenn sie wirtschaftlichen Erfolg mit fehlender Demokratie gleichsetzen. Der Gouverneur von Hongkong, Chris Patten, hat einige sehr interessante Äußerungen gemacht. Für ihn sind Fortschrittsglaube, wirtschaftliche Freiheit und freier Handel die wichtigsten Merkmale von Gesellschaften, die wirtschaftlich vorangekommen sind. Nach seinen Worten hat das kaum etwas mit spezifisch westlichen oder östlichen Werten zu tun.

Clements: Aber eine Regierung ist doch nicht »redlich« zu nennen, die sich zum Komplizen einer Entwürdigung des Lebens macht. Das leuchtet mir nicht ein. Und wenn man der Regierung Singapurs das Lob ausspricht, sie sei intelligent, so kommt mir das vor wie ein Loblied auf den Materialismus – mal ganz abgesehen von der eben erwähnten Komplizenschaft.

Suu Kyi: Nein. Ich spreche damit keineswegs eine Anerkennung für den Materialismus aus. Ich sage nur, daß sie etwas haben, was wir im Buddhismus als *moha* [Unwissenheit] bezeichnen würden. Es ist nicht das richtige Verständnis.

Clements: Was ist nicht das richtige Verständnis?

Suu Kyi: Die Tatsache, daß sie glauben, ihr wirtschaftlicher Erfolg verdanke sich einem Mangel an Demokratie.

Clements: Ich möchte etwas konkreter werden. Wie denken Sie über den massiven Zustrom von Wirtschaftsdollars aus Singapur in das vom SLORC beherrschte Birma? Wir alle wissen, daß der Löwenanteil dieser Dollarmillionen direkt auf die Bankkonten der Generäle und ihrer besten Freunde wandert.

Suu Kyi: Ich denke nicht, daß es der demokratischen Sache nützt, und langfristig wird es auch ihrer Wirtschaft nicht nützen, weil ich nicht glaube, daß Birma ohne eine Veränderung seines politischen Systems in der Lage sein wird, seine wirtschaftliche Entwicklung weiter voranzutreiben. Daß es so aussieht, als hätte Birma in den vergangenen sechs Jahren eine ökonomische Entwicklung erlebt, liegt doch nur daran, daß wir bei weniger als Null angefangen haben und es sehr einfach ist, von dort aus einen Fortschritt zu präsentieren.

Clements: Können Sie erklären, warum Investitionen in Birma dem

Land, aus dem das Kapital kommt, nichts bringen werden? Singapur hält sie für eine sichere Anlage.

Suu Kyi: Die Leute in Singapur glauben, der Mangel an Demokratie sei kein Hemmnis auf dem Weg zum wirtschaftlichen Erfolg. In ihrem eigenen Land mag es so gewesen sein, aber Birma ist nicht Singapur. Hier in Birma haben wir gegenwärtig ein Regime, unter dem wirtschaftlicher Fortschritt nicht vorstellbar ist. Das Bildungssystem befindet sich in einem solchen Zustand, daß es zu einer anhaltenden Entwicklung nicht kommen kann. Sie [die Singapurer] haben die Faktoren nicht berücksichtigt, die wirklich den Ausschlag geben. Sie sehen nur, daß Birma jungfräuliches Territorium ist. Nehmen wir als Beispiel die Tourismusindustrie. Die Menschen zieht es immer wieder in neue Regionen, wo vor ihnen noch niemand war. Deshalb setzen die Leute in Singapur darauf, daß ihre Investitionen in die Tourismusindustrie Birmas gute Erträge abwerfen. Aber soweit ich sehe, sind die Zahlen der Tourismusbranche nicht sehr ermutigend.

Clements: Erzbischof Desmond Tutu aus Südafrika hat immer wieder betont, er sei von der »Notwendigkeit« internationaler Wirtschaftssanktionen gegen das vom SLORC beherrschte Birma überzeugt. Er hat diese »Notwendigkeit« mit dem Hinweis darauf begründet, daß das Apartheidregime erst stürzte, nachdem man Wirtschaftssanktionen über Südafrika verhängt hatte. Eine sogenannte »engagierte Diplomatie« war in seinen Augen nur Geschwafel und in keiner Weise geeignet, ein autoritäres Regime zu Fall zu bringen. Welches ist Ihre Meinung zu der Frage, ob im Falle Birmas eine »engagierte Diplomatie« oder ein internationales Wirtschaftsembargo vorzuziehen wäre?

Suu Kyi: Es hängt davon ab, was mit »engagiert« gemeint ist. Wenn diese Länder sich wirklich auf beiden Seiten – auf der der demokratischen Kräfte ebenso wie auf jener des SLORC – engagieren würden, dann könnte das meiner Ansicht nach viel bewirken. Aber einige der Länder, die angeblich eine konstruktive Politik des Engagements verfolgen, engagieren sich anscheinend nur für die eine Seite.

Clements: Ich habe in einigen Botschaften hier in Rangun mit den politischen Attachés die Frage erörtert, ob man gegen den SLORC Wirtschaftssanktionen verhängen sollte. Die meisten sprachen sich gegen Sanktionen aus, und zwar mit dem Argument, daß darunter nur die Bevölkerung und nicht der SLORC zu leiden hätte. Ich stellte ihnen die naheliegende Gegenfrage: »Ist es denn bei der übergroßen Mehrheit der Bevölkerung überhaupt noch möglich, die Leiden zu vergrößern?«

Suu Kyi: Zu mir hat jemand gesagt: »Wir kriechen bereits am Boden.« Manche sind der Überzeugung, es könnte durchaus eine positive Wirkung haben, wenn es Wirtschaftssanktionen gäbe, die etwa festlegten, daß kein Land birmanischen Reis kaufen dürfte. Das würde die Lage für die Bauern wesentlich verbessern.

Clements: Das Argument, daß Sanktionen nur die breite Bevölkerung treffen würden, ist also nicht stichhaltig?

Suu Kyi: So aus dem Stand heraus möchte ich das nicht behaupten. Man müßte die Situation sehr sorgfältig prüfen.

Clements: Zweifellos haben Sie die Situation geprüft. Können Sie etwas genauer werden?

Suu Kyi: Birma ist zum Beispiel sehr stark von Medikamenten aus dem Ausland abhängig. Die BPI [Burma Pharmaceutical Industry], die sehr hochwertige Medikamente produziert, hat einfach keine ausreichenden Kapazitäten. Wären bestimmte Importgüter wie Medikamente aufgrund einer Einfuhrsperre nicht mehr verfügbar, würde die Bevölkerung also tatsächlich hart getroffen werden.

Clements: Bitte korrigieren Sie mich, wenn ich mich irre, aber es hat den Anschein, als befänden sich 99,99 Prozent des Geldvermögens in diesem Land im Besitz des SLORC und seiner Freunde.

Suu Kyi: Ja ...

Clements: Würden dann nicht internationale Wirtschaftssanktionen den SLORC sozusagen aus seinem totalitären Alptraum reißen und tatsächlich für die große Bevölkerungsmehrheit Ihres Volkes, die eine Demokratie will, eine Linderung des Leidens bedeuten?

Suu Kyi: Ja, möglicherweise.

Clements: Was die Medikamente angeht, so könnten die Sanktionen entsprechend gestaltet werden.

Suu Kyi: Ja ...

Clements: Wenn man also Wirtschaftssanktionen verhängen würde, so würde dies niemanden treffen außer dem SLORC?

Suu Kyi: Ja, ich glaube, das Volk wäre nicht sehr hart davon betroffen. Trotzdem habe ich immer Wert darauf gelegt, Wirtschaftssanktionen nicht unüberlegt zu unterstützen. Denn man will ja auf keinen Fall etwas tun, das dem Volk schadet.

Clements: Die Vollversammlung der Vereinten Nationen hat gerade erst eine weitere scharfe Resolution gegen den SLORC verabschiedet, in der die üblichen Verstöße – Zwangsarbeit, politische Gefangene und so weiter – aufgeführt werden. Doch die US-Botschafterin bei den Vereinten Nationen, Madeleine Albright, hätte sich nach eigenem Bekunden eine noch entschiedenere Resolution gewünscht ...

Suu Kyi: Die Resolution ist ziemlich gut. Es ist eine deutliche Resolution ... Sie hätte zwar noch energischer ausfallen können, aber es ist immer richtig, einen gewissen Spielraum für künftige, noch härtere Maßnahmen zu lassen.

Clements: Der Sitz des SLORC in der UN-Vollversammlung ist wiederholt erfolglos von der Exilregierung Birmas, der NCGUB [National Coalition Government of the Union of Burma], die ihren Sitz in Washington, D.C., hat, angefochten worden. Wie ist es zu erklären, daß die Männer und Frauen dieser angesehenen Institution einer »illegalen Regierung« einen Sitz zubilligt? Schließlich war es Ihre Partei, die NLD, die aus freien und fairen Wahlen als Sieger hervorging, und nicht der SLORC.

Suu Kyi: Der SLORC ist nicht die einzige Regierung, für die das zutrifft. Mit Ausnahme der Roten Khmer haben sie schon immer Regime, die die politische Macht mit Gewalt erobert hatten, in die UNO aufgenommen.

Clements: Von Gandhi erzählt man sich, er habe auf die Frage, was er von der westlichen Zivilisation halte, geantwortet: »Ich glaube, das wäre eine gute Idee.« Sie wissen ja, daß mein eigenes Land, die Vereinigten Staaten, errichtet wurde auf einem menschlichen, spirituellen und kulturellen Völkermord an der eingeborenen amerikanischen Bevölkerung. Allgemein bekannt ist wohl auch, daß die europäische Zivilisation überall dort, wo sie sich damals breitmachte, die eingeborenen Völker dezimiert hat. Und die Briten haben natürlich Birma mehr als 150 Jahre lang unterdrückt, bis es schließlich 1947 die Unabhängigkeit erlangte. Glauben Sie nicht, daß es durchaus eine gewisse Berechtigung hat, wenn man das westliche Verständnis von Menschenrechten in Frage stellt, ungeachtet der Tatsache, daß die westlichen Länder die Allgemeine Erklärung der Menschenrechte unterzeichnet haben?

Suu Kyi: Ich weiß nicht, ist es nicht vielmehr so, daß sie gerade deshalb, weil sie all diese Dinge getan haben, heute ein geschärftes Bewußtsein von der Notwendigkeit der Menschenrechte haben?

Clements: Natürlich möchte man das gern glauben – aber es gibt zahlreiche Beispiele, die belegen, daß die Stellung des Westens zur Frage der Menschenrechte gravierende und anhaltende Widersprüche aufweist, trotz der Unterzeichnung der Erklärung. Die Invasion der Amerikaner in Vietnam ist dafür nur ein Beispiel. Aber lassen wir meine Überzeugungen aus dem Spiel – haben Sie echtes Vertrauen zu den Wertesystemen des Westens?

Suu Kyi: Hier geht es nicht nur um die Wertesysteme des Westens. Die Menschenrechte wurden vor nicht allzulanger Zeit im Westen eingeklagt, weil die westliche Welt so sehr unter den Verwüstungen des Zweiten Weltkriegs und unter der Verweigerung von Menschenrechten gelitten hatte. Natürlich haben auch wir im Osten unter dem Zweiten Weltkrieg gelitten. Aber Sie dürfen nicht vergessen, daß unsere Leiden uns nicht von einer westlichen, sondern von einer östlichen Macht zugefügt wurden. Die Militärmacht Japans, wie sie vor dem Krieg bestand, hat in Asien ähnlich große Verwüstungen angerichtet wie die Militärgewalt des damaligen Deutschland in Europa. Aber entscheidend und ermutigend ist doch, daß die Völker und Staaten zu der Einsicht gelangt sind, es sei an der Zeit, mit allen Mitteln zu verhindern, daß der Planet jemals wieder von solchen Verwüstungen heimgesucht wird.

Clements: Vor kurzem hat US-Präsident Clinton Ihnen und dem Kampf Birmas um Freiheit und Demokratie seine Unterstützung zugesagt. Dabei hätte er, so denke ich, außer einigen Worten des Beistands wesentlich mehr tun können. Ich habe im vergangenen Jahr sechs Monate im ehemaligen Jugoslawien verbracht, und die überwältigende Mehrheit der Menschen, mit denen ich gesprochen habe, war davon überzeugt, daß Bosnien für den Westen »ohne strategische Bedeutung« sei und deshalb aufgegeben werden könne. Haben Sie gelegentlich den Eindruck, daß Birma von manchen politischen Führern dieser Welt in dieselbe Kategorie eingeordnet wird und dementsprechend kein Interesse an Ihrem Land besteht?

Suu Kyi: Wir sind weder auf den Osten noch auf den Westen angewiesen, um uns durchzuhelfen. Aber wir wissen, daß die Meinung der internationalen Gemeinschaft heutzutage nicht ignoriert werden kann. Kein Land kann aus eigener Kraft überleben. Kein Land kann eine Insel für sich sein. Wir wissen das. Und wir möchten in einer Welt leben, in der jedes Land mit den anderen durch Bande der Humanität verbunden ist. Wir werden uns stets darum bemühen, zur Erreichung eines solchen Zustandes beizutragen.

Und es ist leider wahr, daß die internationale Gemeinschaft im ehemaligen Jugoslawien mehr hätte tun können. Andererseits fragt man sich: Was eigentlich hätte man tun sollen? Bewaffnet einmarschieren? Das wäre natürlich wiederum Gewalt gewesen und hätte nichts am Haß zwischen den Serben, Kroaten und Bosniern geändert. Das ist ein Problem, mit dem sie sich auseinandersetzen müssen.

Clements: Aber eine bewaffnete Intervention durch den Westen hätte auf jeden Fall den Greueln ein Ende gemacht, die von den Soldaten beider Seiten an der Zivilbevölkerung verübt wurden. Verstehe ich Sie richtig, daß Sie unter keinen Umständen eine bewaffnete Intervention oder auch nur den Einsatz von Waffen befürworten würden?

Suu Kyi: So weit möchte ich nicht gehen. Ich habe nie gesagt, daß wir in Birma keine Armee brauchen. Ich akzeptiere, daß die Lage in der Welt so ist, daß man auf Militärstreitkräfte nicht verzichten kann. Sie gehören allerdings auf den Platz, der ihnen zukommt. Und zum ehemaligen Jugoslawien möchte ich sagen, daß die internationale Gemeinschaft natürlich konkretere Maßnahmen hätte ergreifen können. Aber haben Sie nicht eigentlich gemeint, daß Amerika hätte entschlossener reagieren sollen? Dann stellt sich jedoch die Frage, warum ausgerechnet Amerika? Warum nicht Europa? Ich spiele jetzt lediglich den Advocatus Diaboli. Manche Amerikaner sagen nämlich: »Warum haben sich die Europäer nicht selbst um ihren Hinterhof gekümmert? Warum Amerika, obwohl viele europäische Länder durchaus in der Lage waren, im ehemaligen Jugoslawien für Ordnung zu sorgen?« Und diese Fragen wird man nur sehr schwer beantworten können.

Clements: Sind Sie enttäuscht über die Rolle, die die Vereinigten Staaten bei dem Kampf Birmas um Demokratie spielen?

Suu Kyi: Nein. Ich denke, in den letzten Monaten waren die Vereinigten Staaten sehr bestimmt in ihrer Unterstützung für die Demokratie in Birma. Es könnte der Fall eintreten, daß wir uns ein entschlosseneres Vorgehen wünschen – je nachdem, was passiert. Nicht nur von seiten der USA, sondern der internationalen Gemeinschaft insgesamt.

Clements: In welchem Fall zum Beispiel?

Suu Kyi: Sie wissen ja, daß ich niemals über unsere Zukunftspläne rede.

Clements: Vor einiger Zeit übersandte mir Burton Levin, der 1988 Botschafter der Vereinigten Staaten in Birma war, ein Videoband, auf dem einige der Kundgebungen für die Demokratie aufgenommen waren, die vor dem Botschaftsgelände stattfanden. Die Transparente und Plakate, die von den Demonstranten hochgehalten wurden, ließen deutlich erkennen, mit welcher Begeisterung sie eine amerikanische Unterstützung entgegengenommen hätten. Waren die Demonstranten in dieser frühen Phase der Bewegung auf der Suche nach einem demokratischen System als Vorbild, wie es in den Vereinigten Staaten existiert?

Suu Kyi: Auf einige von ihnen traf das anscheinend zu. Ich bin fest davon überzeugt, daß man sich in erster Linie auf sich selbst verlassen sollte. Das ist doch sehr buddhistisch, oder? Anders gesagt: Wen soll man verehren außer sich selbst?

Clements: Eine Flotte von US-Kriegsschiffen befand sich damals direkt vor der birmanischen Küste. Gab es etwas in Ihnen, das auf eine Intervention hoffte?

Suu Kyi: Nein, nein, ich wußte nur zu gut, daß die amerikanischen Kriegsschiffe vor der Küste nichts mit unserer Situation zu tun hatten. So naiv bin ich nicht.

Clements: Die Flotte war also nur da, um im Ernstfall US-Bürger aufzunehmen?

Suu Kyi: Natürlich!

Clements: Ich habe im Fernsehen ein Interview mit einem ruandischen Flüchtling gesehen, der sagte: »Weil es ein Völkermord in Ruanda war, hat es die internationale Gemeinschaft nicht interessiert. Aber wenn wir Gorillas gewesen wären, dann hätte sie Himmel und Hölle in Bewegung gesetzt, um einzugreifen.«

Suu Kyi: Ich bin nicht sicher, daß diese Bemerkung so ganz zutreffend ist. Wären Gorillas abgeschlachtet worden, dann hätten die Tierschutzverbände sicherlich alles darangesetzt, um das Massaker zu beenden. Es ist nur so, daß die Frage eines Genozids dagegen wesentlich komplexer ist, so daß die internationale Gemeinschaft zögert, sich einzumischen.

Clements: Ich weiß, daß es eine komplizierte Angelegenheit ist, aber das ändert nichts daran, daß es zum Genozid gekommen ist und die Welt lediglich zugesehen hat. Das »Zögern« kostete 700 000 Menschenleben. Glauben Sie nicht, daß manchen Führern mächtiger Nationen regelmäßig die Knie zu schlottern anfangen, sobald es darum geht, den Ohnmächtigen in der Not zu Hilfe zu kommen?

Suu Kyi: Es kommt auf das Land an. Es gibt Länder, die immer bereit sind, sich für Menschenrechte einzusetzen, und andere, die sich hier wesentlich stärker zurückhalten.

Clements: Sind Sie von der internationalen Reaktion auf die Lage in Birma enttäuscht?

Suu Kyi: Nein. Natürlich hoffen wir immer, daß es aufwärtsgeht und daß die Grundsätze und Werte, für die wir eintreten, mehr Verständnis und Unterstützung finden. Wir haben jedoch die Tatsache zu berücksichtigen, daß bis 1988 die wenigsten Menschen auf der Welt überhaupt gewußt haben, wo Birma liegt.

Clements: Sind Sie der Meinung, daß es angemessen oder gerechtfertigt für ein Land sein kann, sich in die inneren Angelegenheiten eines anderen Landes einzumischen, dessen Regierung der Bevölkerung das Leben zur Hölle macht? Ist es die Pflicht eines mächtigen Landes, den Schwächeren in solchen Fällen zu Hilfe zu kommen?

Suu Kyi: Ich halte es für besser, wenn dann die internationale Gemeinschaft insgesamt die Verantwortung übernimmt. Es entstehen viel zuviele Komplikationen, wenn einem Land die Verantwortung oder das Recht übertragen wird, sich in die Angelegenheiten eines anderen einzumischen. Aber ich denke, daß die internationale Gemeinschaft insgesamt sich zu der Einsicht durchringen muß, daß sie Verpflichtungen hat. Sie kann schweres Unrecht, das innerhalb der Grenzen eines bestimmten Landes geschieht, nicht einfach ignorieren.

Clements: Kommen wir zurück zu den Auslandsinvestitionen in Birma. Hunderte Millionen von Dollar fließen in Ihr Land, und weitere liegen auf Bankkonten und warten nur darauf, daß sich das nächste lohnende Geschäft anbietet. Ich nehme an, daß die meisten dieser Geschäftsleute die Wahrheit wissen wollen. Etwas salopp ausgedrückt, sie möchten ihr Geld nicht zum Fenster rauswerfen. Welches wäre der geeignetste Weg für diese potentiellen Investoren, um jenseits der Propaganda des SLORC an die Fakten zu kommen, die sagen, was in Ihrem Land wirklich vorgeht?

Suu Kyi: Sie könnten jederzeit damit anfangen, indem sie mit uns reden. Wir könnten ihnen einen guten Einblick geben in das, was vor sich geht ... sofern sie wirklich daran interessiert sind, die Wahrheit zu erfahren. Aber ich glaube, es gibt eine Menge Leute, die es gar nicht so genau wissen wollen.

Clements: Potentielle Investoren sollten also bei Ihnen vorsprechen?

Suu Kyi: Nicht unbedingt bei mir. Sie können auch mit anderen Menschen von unserer Organisation und aus der demokratischen Bewegung reden, die in der Lage wären, ihnen über die wirklichen Verhältnisse in unserem Land die Augen zu öffnen.

Clements: Manche Geschäftsleute und Politiker behaupten, Investitionen in Birma seien zu begrüßen, weil durch sie eine Mittelschicht entstehe und dies der schnellste Weg zur Demokratie sei. Was sagen Sie zu diesem Argument?

Suu Kyi: Die in den letzten sieben Jahren [seit der Machtübernahme des SLORC] in Birma getätigten Investitionen haben nichts zur Schaffung einer starken Mittelschicht beigetragen. Es gibt einige wenige, die sehr reich geworden sind, und eine schnell wachsende Gruppe von völlig Verarmten. Die große Mehrheit der Beamten, dic normalerweise der Mittelschicht zugehören sollten, muß sich unter größten Mühen den Lebensunterhalt verdienen. Ihre Gehälter sind gemessen an den Lebenshaltungskosten so niedrig, daß sie nur die Wahl haben zwischen Bestechlichkeit und Hungertod.

Clements: Der SLORC präsentiert dem eigenen Volk ein grotesk entstelltes Bild der Verhältnisse in Ihrem Land. Niemand glaubt den Berichten in der Zeitung des SLORC oder in seinem Fernsehprogramm. Die große Mehrheit der Bevölkerung verläßt sich in dieser Zeit auf Ihre Gesprächsrunden an den Wochenenden, bei denen die Wahrheit auf den Tisch kommt und die Fakten analysiert werden. Gelangen Tonband- und Videoaufnahmen von Ihren Gesprächen auch in die ländlichen Regionen?

Suu Kyi: Ich glaube ja. Aber die Menschen können die Wahrheit auf vielfältige Weise erfahren. So waren beispielsweise alle sehr dankbar dafür, daß die offiziellen birmanischen Medien die vollständige Rede des birmanischen Botschafters bei den Vereinten Nationen gebracht haben. Auf diese Weise hatten sie die Möglichkeit, den wirklichen Inhalt der Resolution kennenzulernen (lacht). Auf anderen Wegen hätten sie es nie erfahren. Die Wahrheit kommt immer irgendwie heraus.

Clements: Was passiert, wenn jemand von Vertretern der Behörden dabei erwischt wird, wie er eines Ihrer Bänder hört oder eines Ihrer Videos ansieht?

Suu Kyi: In einigen Fällen wurden die Fernseh- und Videogeräte konfisziert. In anderen haben die Behörden die Anweisung erteilt, daß niemand Videobänder über mich ansehen darf.

Clements: Was halten Sie von der Veranstaltung gewaltloser Demonstrationen im heutigen Birma? Befürworten Sie sie? Ziehen Sie sie in Betracht? Raten Sie davon ab?

Suu Kyi: Im Augenblick befürworte ich gar nichts. Ich habe immer gesagt, daß wir uns an die jeweilige Lage anpassen müssen. Sie können sich nicht für immer auf eine bestimmte Politik festlegen.

Clements: Sind Ihnen irgendwelche radikalen, militanten Gruppen aus dem linken Spektrum bekannt, die hier im Land für eine Taktik der Stadtguerilla eintreten, wie wir sie aus Nordirland oder dem Nahen Osten kennen?

Suu Kyi: Mir sind keine bekannt. Aber es gibt wahrscheinlich einzelne, die gerne in ähnlicher Weise operieren würden.

Clements: Gibt es Studenten, die versuchen, Sie dazu zu bewegen, den bewaffneten Kampf gegen den SLORC aufzunehmen?

Suu Kyi: Nicht nur Studenten, es gibt auch Ältere, die sich für einen bewaffneten Kampf ausgesprochen haben. Sie gehen davon aus, daß es dieser Regierung so vollkommen an gutem Willen fehlt, daß die einzige Möglichkeit zur Verwirklichung einer Demokratie darin besteht, sie mit Waffengewalt zu beseitigen. Ich glaube, diese Auffassung resultiert aus einer tiefen Enttäuschung – und aus der Tatsache, daß der Staat eine so extreme Haltung einnimmt. Extremismus erzeugt Extremismus.

Clements: Ich kann diese Einstellung gut verstehen. In Nigeria hat [der Schriftsteller, Menschenrechtler und Umweltschützer] Ken Saro-

Wiwa in einem Brief, der wenige Monate vor seiner Hinrichtung aus seiner Gefängniszelle herausgeschmuggelt wurde, die Verhältnisse auf eine knappe Formel gebracht: »Ob ich glaube, daß ich hingerichtet werde? Ja, ich rechne damit. Wir haben es hier mit einer Gruppe von steinzeitlichen Militärdiktatoren zu tun, die Blut sehen wollen.«

Was hat Ihren Vater dazu gebracht, auf den Einsatz von Waffen zu verzichten, als es darum ging, Faschismus und Imperialismus zu überwinden, und statt dessen einer gewaltlosen politischen Lösung den Vorzug zu geben? Hat er sich eingehend mit den Grundsätzen Gandhis befaßt?

Suu Kyi: Er ist nicht, wie Gandhi es in Indien getan hat, für einen Weg der Gewaltlosigkeit eingetreten, bei dem man auf die Verweigerung jeglicher Mitarbeit baut. Mein Vater verfügte über eine hohe Intelligenz und verstand es auch, sie in sehr geschickter Weise in die Praxis umzusetzen. Außerdem war er stets bereit, seine Fehler zuzugeben. So räumte er beispielsweise ein, daß seine eigene politische Unreife – und ganz generell die der jungen Männer, die in der Unabhängigkeitsbewegung aktiv waren – schuld daran war, daß sie sich damals an eine faschistische Macht [Japan] um Hilfe gewandt hatten. Aber er lernte schnell dazu und kam später auch zu der Einsicht, daß die beste Möglichkeit zur Erlangung der Unabhängigkeit in einer politischen Lösung bestand, die niemandem schadete.

Clements: Sehen Sie sich selbst mehr als eine politische Führerin im Stil Gandhis, oder beruht Ihr Eintreten für eine gewaltlose Politik eher auf Ihrer buddhistischen Grundhaltung?

Suu Kyi: Ich verstehe mich weder als eine Jüngerin Gandhis noch als eine buddhistische Politikerin. Natürlich bin ich Buddhistin und lasse mich von all den buddhistischen Grundsätzen leiten, die ich mir im Lauf meines Lebens zu eigen gemacht habe. Die Tatsache, daß ich für die Männer, die Birmas »erste Unabhängigkeitsbewegung« angeführt haben, Bewunderung hege, bedeutet natürlich auch, daß ich bis zu einem gewissen Grad von ihren Auffassungen und Handlungsweisen beeinflußt wurde. Doch der Hauptgrund, warum ich gegen Gewalt als politisches Mittel bin, liegt in meiner Überzeugung, daß damit nur die Tradition auf Dauer fortgeführt würde, politische Änderungen mit Waffengewalt zu erzwingen.

Clements: Ihre engsten Mitarbeiter – die Mitglieder des Führungsausschusses der NLD – sind allesamt ehemalige Militärs. Zumeist pensionierte oder entlassene Generäle, die sich ein Leben lang in der Rolle des Kämpfers wohl gefühlt haben. Haben Sie bei Ihren gemeinsamen Diskussionen Anzeichen dafür gefunden, daß es diesen Männern möglicherweise nicht leichtfällt, Ihre Überzeugung, daß politische Lösungen allein durch gewaltfreie Mittel erreicht werden sollten, nachzuvollziehen oder gar anzuerkennen?

Suu Kyi: Für mich ist es eine rein praktische Frage. Wenn Sie in diesem Land eine gesicherte demokratische Tradition begründen wollen, dann besteht eine der wesentlichen Voraussetzungen für die Erreichung dieses Ziels darin, eine politische Änderung mit friedlichen Mitteln herbeizuführen – indem Sie das Volk über die Wahlurne um seine Meinung fragen – und nicht durch den Einsatz von Waffengewalt. Wenn Sie eine Demokratie wollen, müssen Sie deren Grundsätze vorleben; Sie müssen als Politiker konsequent sein.

Clements: Können Sie zur Konsequenz in der Politik noch etwas mehr sagen?

Suu Kyi: Wenn Sie erklären, daß Sie ein System, in dem Macht vor Recht geht, ändern wollen, dann müssen Sie unter Beweis stellen, daß Recht vor Macht geht. Sie können nicht die Macht dazu benutzen, um das zu erreichen, was Sie für Recht halten, und anschließend dennoch darauf bestehen, daß Recht vor Macht geht. Die Menschen lassen sich damit nicht zum Narren halten. Ich habe einmal eine Geschichte von einem Mönch gehört, als ich 1989 die Gegend um den Inle See besuchte. Haben Sie schon einmal von U Po Sein gehört? Er war ein sehr bekannter Tänzer in einer birmanischen Theatertruppe. Ein Schauspieler in dieser Truppe sagte einmal vor Beginn der Aufführung zu U Po Sein: »Keiner aus dem Publikum kann so gut tanzen wie du. Aber es gibt auch keinen im Publikum, der nicht merken würde, wenn du eine falsche Bewegung machst.« So ist es auch in der Politik. Die Menschen mögen einen apathischen und gleichgültigen Eindruck machen, aber sie merken sehr wohl, wenn Sie eine falsche Bewegung machen oder inkonsequent sind.

Clements: Fühlen Sie sich gelegentlich, vielleicht in einem Ihrer privaten Augenblicke, in Ihrer Position der Gewaltlosigkeit auf verlorenem

Posten, wenn Sie etwa an das globale Gewaltpotential denken? Fühlen Sie sich, bildlich gesprochen, als einsames Licht in der Finsternis? Die politischen Führer auf der ganzen Welt sind überzeugt davon, daß »Macht vor Recht« geht und daß die größere Macht am Ende darüber entscheidet, wer den Sieg davonträgt.

Suu Kyi: Ich glaube nicht, daß ich als einzige der Überzeugung bin, daß Waffen nicht das richtige Mittel für Veränderungen sind. Allerdings haben Sie gewiß recht: Wenn man, um meinerseits ein Bild zu gebrauchen, alle Waffen dieser Welt aufeinanderschichten würde, so würden sie wohl einen noch höheren Berg als den Mount Everest ergeben.

Clements: Ich erinnere mich an ein anderes Bild, das den Sachverhalt verdeutlicht. Wenn man alle verfügbaren atomaren Sprengköpfe auf der Erde in die entsprechenden Mengen TNT [herkömmlicher Sprengstoff] umrechnet, so könnte man damit eine Kette von Güterwaggons füllen, die achtmal von der Erde zum Mond und zurück reichen würde.

Suu Kyi: Ich frage mich wirklich, warum die Menschen so viel Zeit, Energie und Geld daran verschwenden, dieses Zeug zu produzieren.

Clements: Wissen Sie etwas Näheres über die Herkunft der ganzen Waffen, über die der SLORC verfügt?

Suu Kyi: Ich weiß, daß die Regierung große Mengen Waffen von China bezieht. Aber ich glaube, daß sie auch Rüstungsgüter aus anderen Ländern kauft. Vor einiger Zeit ging das Gerücht, daß einige hohe Funktionsträger des SLORC bei verschiedenen Regierungen – unter anderem auch in Europa – vorgesprochen hätten und Waffen kaufen wollten.

Clements: Welches sind Ihrer Meinung nach die wichtigsten mentalen Qualitäten, die die geistige Grundlage für Ihren Kampf um Demokratie bilden und die Sie bei sich selbst fördern und auch bei anderen gerne stärker ausgeprägt sähen?

Suu Kyi: Um was es uns vor allem geht, ist Einsichtsfähigkeit. Wir wünschen uns, daß die Menschen sehen und verstehen, in welcher Weise ein politisches System mit ihrem alltäglichen Leben zusammenhängt. Und warum wir nicht die Politik ignorieren und uns einfach nur um die Wirtschaft kümmern können, wie der Staat es uns gern einredet. Es wäre schön, wenn sie verstehen könnten, daß es bei unserem Kampf um Demokratie um unser alltägliches Leben geht und es sich nicht um etwas Fernes, Abseitiges handelt. Es ist nichts, was man nebenher tut, wenn man gerade etwas freie Zeit oder Lust dazu hat. Man muß unaufhörlich daran arbeiten, weil es sich ständig auf unser Leben auswirkt. Sie können niemals das politische System eines Landes davon trennen, wie das tägliche Leben aussieht. Das ist es im wesentlichen, was wir uns wünschen - ein Bewußtsein davon, daß das, wofür wir kämpfen, kein fernes Ziel oder Ideal ist. Wir kämpfen für Veränderungen in unserem täglichen Leben. Wir wollen Freiheit von Angst und Not. Es gibt heute Menschen, die ein materiell gesichertes Leben führen, aber niemals gewiß sein können, daß es ihnen nicht wieder genommen wird. Es muß ein Gefühl der Sicherheit vorhanden sein, wir müssen davon ausgehen können, daß uns nichts passieren wird, solange wir anderen keinen Schaden zufügen und solange wir die Gesetze nicht verletzen, die gemacht worden sind, um uns gegenseitig vor Schaden zu bewahren. Es muß gewährleistet sein, daß die Obrigkeit nicht die Möglichkeit hat, Ihnen Ihren Job zu nehmen, Sie aus Ihrem Haus zu vertreiben, ins Gefängnis zu werfen oder Sie gar hinrichten zu lassen, wenn Sie nichts getan haben, das diese Maßnahmen rechtfertigen könnte.

Clements: Der SLORC scheint eine besondere Vorliebe dafür zu haben, Menschen gewaltsam aus ihren Wohnungen zu vertreiben und in stärker »begehrte« Bezirke umzusiedeln. Im Jahr 1990 hat die »New York Times« berichtet, daß die Behörden »allein aus Rangun über 500000 Personen gewaltsam umgesiedelt« und diese Menschen auf Lastwagen in ihre »neuen Städte« gekarrt haben, die sich dann als »malariaverseuchtes Sumpfgebiet« herausstellten. Das passierte offenbar überall im Land, und man hat mir berichtet, daß so etwas auch heute noch vorkommt. Können Sie mir sagen, was hinter den gegenwärtigen Vertreibungen und Konfiszierungen durch den SLORC steckt?

Suu Kyi: Immer wenn sie der Meinung sind, sie benötigten ein bestimmtes Stück Land für ein Bauvorhaben, müssen die Menschen dort weg ...

Clements: Diese Menschen haben keinerlei Rechte?

Suu Kyi: Nein. Die Menschen haben keine Rechte.

Clements: Die Behörden sagen ihnen also einfach, sie müßten dann und dann ihre Wohnungen räumen, und damit hat es sich?

Suu Kyi: So ist es.

Clements: Wohin gehen sie?

Suu Kyi: Die meisten von ihnen werden einfach auf irgendwelchen Feldern abgesetzt, wo sie ihre Hütten errichten sollen.

Clements: Wie verbreitet ist diese Praxis heutzutage?

Suu Kyi: Es passiert überall in Birma.

Clements: Und der Grund?

Suu Kyi: Zwangsumsiedlungen erfolgen zumeist in der Absicht, einen bestimmten Ort für Touristen attraktiver zu machen.

Clements: Ich weiß, daß die Regierung der Vereinigten Staaten ein Kopfgeld in Höhe von zwei Millionen Dollar auf den birmanischen Staatsbürger Khun Sa ausgesetzt hat, der als der berüchtigtste Heroinkönig der Welt gilt – er liefert annähernd 60 Prozent der weltweit produzierten Heroinmenge. Und trotzdem hat der SLORC erst vor kurzem ein Abkommen mit ihm geschlossen, dessen Inhalt weitgehend ein Geheimnis bleibt. Und nun frage ich Sie: Tag für Tag sieht man im SLORC-Fernsehen die 13000 Soldaten Khun Sas, die ihre Waffen abgeben, aber wo ist das, worum es wirklich geht – die Zehntausende Tonnen Heroin?

Suu Kyi: Ich habe absolut keine Ahnung, wo das Heroin ist. Warten wir einfach ab, vielleicht taucht es irgendwo auf …

Clements: Ist es vielleicht ganz einfach so, daß der SLORC ihm eine Amnestie zugesichert hat? Man muß sich das vorstellen, gegenüber einem solchen Mann nimmt sich Noriega [starker Mann Panamas, 1989 wegen Drogengeschäften von den US-Streitkräften festgenommen] ja wie ein kleiner Straßendealer aus.

Suu Kyi: Nun, Sie haben doch Fotos von Khun Sa gesehen. Sieht er aus wie ein Mann, der um seine Zukunft bangt?

Clements: Er wirkt tatsächlich völlig gelassen.

Suu Kyi: Genau. Er scheint kein bißchen nervös zu sein. Mit den [SLORC-] Ministern und Kommandeuren verkehrt er auf gleichem Fuß. Er macht ganz den Eindruck eines Mannes, der sich keine Sorgen zu machen braucht.

Clements: Ich fürchte, daß wieder einmal die Dummheit des SLORC über mein Begriffsvermögen geht. Ich hätte nie gedacht, daß sie damit an die Öffentlichkeit gehen würden.

Suu Kyi: Es läuft einmal mehr auf die alte Frage hinaus, über die wir schon gesprochen haben: Sind sie wirklich so stupide? Oder steht ein tieferer Gedanke dahinter? Können Sie es erklären? Für jedermann ist es ein absolutes Rätsel, warum sie etwas so Dummes getan haben.

Clements: Was würde die NLD tun, um das Opium- und Heroinproblem in Birma in den Griff zu bekommen? Und würden Sie tatsächlich dem Auslieferungsbegehren der Amerikaner stattgeben, die Khun Sa vor Gericht stellen wollen?

Suu Kyi: Reden wir über das Thema Heroin – darüber, was wir tun können, um dieses Problem wirksam zu bekämpfen. Die Bauern, die den Mohn anbauen, verdienen nicht so viel daran. Sie tun es aber, weil sie keine anderen Einkommensmöglichkeiten oder weil sie Angst vor den Drogenschmugglern haben, von denen sie zum Anbau gezwungen werden. Wenn wir ihnen alternative Einkommensquellen verschaffen könnten, würde ihr Interesse am Mohnanbau deutlich nachlassen. Es ist alles eine Frage der Erziehung. Sie müssen einsehen lernen, warum es besser für sie ist, kein Opium mehr anzubauen. Es nützt nichts, den Menschen einfach zu sagen, sie müßten aufhören, das oder jenes zu tun. Wir wollen, daß sie auch verstehen, warum sie es unterlassen sollen. Wir in der NLD glauben fest an die Macht der Erziehung. Wir möchten die Bauern zu der Einsicht bringen, daß sie es nicht nötig haben, Schlafmohn zu kultivieren. Wir würden ihnen also praktische Hilfe zukommen lassen. Und sie so erziehen, daß sie mit der Opiumproduktion gar nicht mehr weitermachen wollen.

Clements: Wir kennen natürlich die Macht der Gewohnheit, es wird einige Zeit dauern …

Suu Kyi: Es wird Zeit brauchen, aber vielleicht doch nicht soviel, wie die meisten glauben. Sie dürfen nicht vergessen, daß Sie heutzutage, im Zeitalter der Revolution im internationalen Kommunikationswesen, die Menschen sehr schnell erreichen können, wenn Sie es ernsthaft versuchen – und wenn Sie es wirklich wollen.

Clements: Und was machen Sie mit Khun Sa?

Suu Kyi: Wir müssen da sehr zurückhaltend sein. Wir sind nicht die Regierung dieses Landes. Wir befinden uns nicht in einer Position, in der wir irgend etwas tun können, was ihn betrifft, und wir halten wenig von voreiligen Kommentaren.

Clements: Wie sähe Ihrer Meinung nach die für Birma am besten geeignete Form der Demokratie aus?

Suu Kyi: Das weiß ich nicht, weil wir mit der Demokratie noch nicht angefangen haben. Aber ich wünsche mir, daß es eine Demokratie sein wird, deren Antlitz mehr Mitgefühl verrät. Eine sanftere Art der Demokratie ... sanfter, weil sie stärker ist.

Clements: Wäre es eine kapitalistische Form der Demokratie?

Suu Kyi: Wir haben nie eine genuin kapitalistische Demokratie im Auge gehabt. Wir sehen auch gar nicht ein, warum man eine Demokratie zu einem Bestandteil des Kapitalismus machen sollte oder umgekehrt. Nach unserer Auffassung bedeutet Demokratie den Willen des Volkes. Sie bedeutet bestimmte grundlegende Freiheiten, zu denen auch elementare wirtschaftliche Freiheiten gehören, die einen Kapitalismus durchaus zulassen. Aber das heißt nicht, daß der Staat nicht die Verantwortung für andere Bereiche wie zum Beispiel das Bildungs- und das Gesundheitswesen hätte.

Clements: Im vergangenen Jahr hat Seine Heiligkeit der Dalai Lama davon gesprochen, daß die Chinesen »eine Art kulturellen Völkermord« an seinem Volk begingen und daß »die Zeit knapp« werde. Wenn die Chinesen so weitermachten, fügte er hinzu, »wird es kein Tibet mehr zu retten geben«. Könnte man dasselbe von Birma sagen? Wird die Zeit knapp? Gibt es eine Frist, bis zu der ...

Suu Kyi: Nein, natürlich nicht. Warum sollte es eine Frist geben?

Clements: Ich weiß nicht, vielleicht nimmt die Verzweiflung der Bevölkerung so weit zu, daß sie größer wird als ihre Angst und die Menschen wieder aufbegehren wie 1988 ...

Suu Kyi: Es gibt immer eine Grenze der Leidensfähigkeit bei den Menschen. Das bedeutet nicht notwendig, daß sie ihre Unzufriedenheit in Demonstrationen zum Ausdruck bringen. Aber ich glaube nicht, daß die Menschen das Unrecht auf ewig hinnehmen werden.

»HEILIGE SIND SÜNDER, DIE SICH OHNE UNTERLASS BEMÜHEN ...«

Alan Clements: Ich glaube, es war Seine Heiligkeit der Dalai Lama, der gesagt hat, wir müßten »eine Wertschätzung, eine echte Liebe für das hegen, was uns alle als menschliche Wesen verbindet«. Diese Vorstellung hat etwas sehr Schönes und Anziehendes für sich. Und doch wirkt sie auch fremd ... Wenn ich an die entsetzlichen Bilder von Auschwitz und den Todeslagern denke, an das Meer von zertrümmerten Totenschädeln auf den Schlachtfeldern Pol Pots, an die zerstückelten Leichname der Hutu in Ruanda oder an die schreienden Frauen in serbischen Vergewaltigungslagern, dann verschließt sich mein Herz. Ich frage mich, ob die Urheber solcher Greuel überhaupt als menschliche Wesen betrachtet werden können. Offen gesagt, erscheinen sie mir als Unmenschen. Daw Suu, Sie nehmen das Leiden Ihres Volkes mit ganzer Seele in sich auf. Wie gelingt es Ihnen, Ihr Herz für all diese Schmerzen offenzuhalten?

Aung San Suu Kyi: Es hängt davon ab, in welchen Kreisen Sie sich bewegen. Ich glaube, ich habe das große Glück, daß die Menschen in meiner Nähe solche offenen Herzen besitzen. Weil wir es uns erlauben können, liebevoll zueinander zu sein, ist es uns auch immer möglich, unsere Herzen zu öffnen. Wenn Sie außerdem wissen, daß es in der Welt Menschen gibt, die der Liebe würdig sind und denen Sie sich gefahrlos öffnen können, dann sind Sie meiner Überzeugung nach auch eher bereit zu akzeptieren, daß es noch weitere Menschen gibt, die Liebe verdienen.

Clements: Lassen Sie mich konkreter fragen. Wie können Sie einem Vertreter des SLORC in die Augen schauen, ohne daß in Ihnen ein Gefühl der Empörung aufsteigt?

Suu Kyi: Es kommen häufig Menschen zu mir und stellen dieselbe Frage: »Wie kommt es, daß Sie überhaupt kein Bedürfnis nach Vergeltung empfinden?« Ich glaube, daß einige der Menschen, die diese Frage stellen, einfach nicht glauben können, daß wir von solchen Gefühlen wirklich frei sind. Es ist sehr schwer zu erklären. Kürzlich haben Onkel U Kyi Maung, Onkel U Tin Oo und ich mit einer Gruppe unserer NLD-Delegierten gesprochen, und wir haben über folgendes lachen müssen. Anscheinend haben Sie Onkel U Kyi Maung gefragt, was er an dem Tag empfunden habe, an dem er erfuhr, daß er inhaftiert werden würde. Und er gab Ihnen zur Antwort, er habe überhaupt nichts empfunden. Und Sie waren erstaunt über diese Antwort ...

Clements: Nicht nur erstaunt, ich war sogar schockiert. Denn er hatte gesagt, ungeachtet der Tatsache, daß bewaffnete Soldaten Ihr Haus umstellt hatten und man Sie wahrscheinlich ins Gefängnis von Insein bringen würde, hätten Sie alle über die brenzlige Situation einfach nur gelacht und angefangen, Witze zu machen.

Suu Kyi: Ja, und wir empfanden überhaupt nichts dabei. So viele Journalisten haben mich gefragt: »Wie haben Sie sich gefühlt, als Sie entlassen wurden?« und ich gab ihnen zur Antwort: »Ich habe überhaupt nichts gefühlt« (lacht). Ich hatte eine vage Vorstellung davon, daß ich etwas empfinden müßte, doch meine eigentliche Sorge galt der Frage, was wir zu jenem Zeitpunkt tun sollten. Dann fragte mich ein Journalist, ob ich mich stolz oder glücklich fühlte. Ich sagte: »Nein ... nichts dergleichen. Ich habe immer gewußt, daß ich eines Tages wieder frei sein würde.« Mich hat eher beschäftigt, was ich als nächstes tun sollte. Aber viele Leute glauben mir das einfach nicht.

Clements: Sie nehmen wohl an, daß es eine Form der Verleugnung oder Verdrängung bei Ihnen ist.

Suu Kyi: Genau (lacht). Es ist schon sehr eigenartig.

Clements: Wenn Sie sagen, Sie hätten nach der Aufhebung Ihres Arrests »überhaupt nichts gefühlt«, meinen Sie damit, die Vergangenheit sei völlig unerheblich?

Suu Kyi: Ich glaube nicht, daß man die Vergangenheit einfach außer acht lassen kann; man sollte die Erfahrungen der Vergangenheit dazu benutzen, eine bessere Gegenwart und Zukunft zu gestalten.

Clements: Was ist mit jenen, die leiden mußten und nicht über dieselbe Widerstandsfähigkeit oder Tiefe des Geistes verfügen wie Sie und Ihre Mitstreiter und sich durch die Grausamkeiten, die an ihnen verübt wurden, geschändet fühlen und einen Groll mit sich herumtragen?

Suu Kyi: Natürlich. Natürlich. Das ist der Grund, warum wir über den Zusammenhang von Wahrheit und Aussöhnung sprechen. Zunächst einmal müssen die Leiden dieser Menschen anerkannt werden. Man kann die Vergangenheit nicht einfach auslöschen. Wenn Sie es dennoch versuchen, dann wird es immer diesen unendlichen nagenden Groll bei denen geben, die wirklich gelitten haben. Sie werden den Eindruck haben, daß ihre Leiden einfach zur Seite geschoben werden, für sie wird es so aussehen, als hätten sie umsonst gelitten; als hätten sie die Folterqualen umsonst erduldet; als wären ihre Männer und Söhne umsonst gestorben. Diesen Menschen muß man die Gewißheit geben, daß ihre Leiden nicht vergeblich waren; allein die Tatsache, daß das ihnen zugefügte Unrecht eingestanden wird, kann einen großen Teil des Grolls wieder zum Verschwinden bringen. Natürlich, die Menschen sind unterschiedlich. Manche werden immer Rache nehmen wollen, selbst dann noch, wenn jedermann sagt: »Ja, wir wissen, wie du gelitten hast; wir erkennen das Unrecht an, das dir oder deinem Vater, deinem Sohne oder deiner Tochter zugefügt wurde.« Es wird immer Menschen geben, die niemals vergeben können. Aber wir müssen uns stets darum bemühen. In Chile wurde eine Kommission für Wahrheit und Aussöhnung gebildet, und jetzt gibt es eine solche Kommission auch in Südafrika unter dem Vorsitz von Bischof Desmond Tutu. Ich begrüße das sehr. Die Anerkennung von begangenem Unrecht wird bis zu einem gewissen Grad verhindern, daß es erneut begangen wird. Die Menschen werden erkennen, daß solche Unrechtstaten eines Tages ans Licht kommen. Man kann sie nicht verborgen halten.

Clements: Ist es für Sie ein elementares Menschenrecht, daß irgendeine Form von Gerechtigkeit zusätzlich ausgeübt wird – über die Anerkennung der Angst und des Leidens hinaus, die ein einzelner oder eine ganze Familie erdulden mußte?

Suu Kyi: Ich möchte es eher als Erfordernis von Genugtuung und nicht von Gerechtigkeit auffassen. Wenn Sie von Gerechtigkeit als einem »Menschenrecht« sprechen, könnte dies als etwas mißverstanden werden, womit einem Gesetz Genüge getan wird. In vielen Ländern, in denen Diktaturen gestürzt und durch ein demokratisches Regime ersetzt wurden, ließ sich beobachten, daß es nicht immer möglich ist, in vollem Umfang mit gesetzlichen Maßnahmen gegen diejenigen vorzugehen, die Unrecht begangen haben. Aus unterschiedlichen Gründen mußten Kompromisse geschlossen werden. Wenn man also von »Gerechtigkeit« spricht, so erweckt dies möglicherweise den falschen Eindruck, daß alles, was geschehen ist, vor Gericht gebracht und Gerechtigkeit im Sinne des Gesetzes wiederhergestellt werden muß. Ich möchte es eher so ausdrücken, daß etwas getan werden muß, um den Opfern und ihren Angehörigen Genugtuung zu verschaffen.

Clements: Ich habe unlängst mit einem meiner birmanischen Freunde gesprochen, und er hielt ein leidenschaftliches Plädoyer für die »achtundachtziger Generation«, wie er sie nannte, also für jene Studenten, die damals an der Spitze der Massendemonstrationen standen. Er sagte: »Wir fühlen uns hoffnungslos, verzweifelt und ohne Ziel. Der SLORC hat unsere Hoffnungen auf Freiheit zunichte gemacht.« Ich möchte die Frage auf die Länder außerhalb Birmas ausdehnen. Welchen Rat haben Sie grundsätzlich den Menschen anzubieten, die unter solchen psychischen Qualen leben müssen?

Suu Kyi: Das einzige Heilmittel ist die Arbeit. Ich glaube, daß diejenigen, die wirklich alles tun, was sie können, was immer es sein mag, weder Verzweiflung noch Hoffnungslosigkeit spüren, weil sie sich mit ganzer Kraft einsetzen. Diejenigen, die von sich sagen, sie wären in einer solchen geistigen Verfassung, muß man fragen: »Tun Sie wirklich alles, was Sie können?« Und ich bin überzeugt, daß jeder, der diese Frage aus vollem Herzen bejahen kann, weder Hoffnungslosigkeit noch Verzweiflung empfindet.

Clements: Die Erfahrung zeigt, daß nach einem erlittenen Trauma häufig erst eine gewisse Zeit verstreicht, bis etwas zu seiner Bewältigung unternommen wird. Es tritt sozusagen eine vorübergehende Lähmung des Geistes ein. Wie kann man die Verzweiflung und die Hoffnungslosigkeit mit positiver Bedeutung füllen? Wie kann man ihnen einen spirituellen Sinn und Wert verleihen und sie so umwandeln, daß sie den Geist aus seiner Lethargie befreien?

Suu Kyi: Ich will versuchen, es an einem ganz konkreten Beispiel zu erläutern. Ich habe immer wieder eine bestimmte Beobachtung gemacht: Wenn es einen ganz alltäglichen Unfall im Haushalt gibt, wenn beispielsweise der Schnellkochtopf explodiert ist und die Decke der Küche über und über mit Suppe bespritzt hat, dann ist meine erste Reaktion: »Schon gut, jetzt ganz ruhig bleiben!« Einfach die Folgen beseitigen. Denn wenn Sie nur dastehen und sich sagen: »Der Schnellkochtopf ist explodiert, und alles ist vollgespritzt«, dann machen Sie sich nur verrückt. Ich sage mir dagegen: »Es ist völlig sinnlos, mich aufzuregen. Ich kann mir die Suppe nicht in den Topf zurückwünschen, wo sie unbeschadet vor sich hin kocht. Ich muß jetzt zusehen, wie ich die Küche wieder sauber kriege.« Also schalte ich den Herd ab, hole Eimer und Scheuerlappen und schaffe wieder Ordnung. Das reicht meistens schon, um mich wieder zu beruhigen. Sie müssen sich einfach an die Arbeit machen. Wenn Sie apathisch sind oder von Verzweiflung und Hoffnungslosigkeit erfüllt, dann müssen Sie unbedingt etwas tun. An der Tatsache, daß die Hälfte der Suppe weg ist, kann ich nichts mehr ändern. Aber ich kann zumindest alle Spuren der Katastrophe beseitigen. Danach werde ich in Ruhe überlegen: »Soll ich jetzt noch etwas mehr Suppe kochen? Oder soll ich zu dem Rest noch etwas anderes machen?« Sie gehen an die Arbeit und stehen nicht einfach händeringend da. Das ist es, was ich allen Menschen sagen würde, die sich hoffnungslos und verzweifelt fühlen: »Sitzt nicht einfach herum! Unternehmt etwas!«

Clements: Mit anderen Worten, das konkrete Handeln selbst ist die Heilung?

Suu Kyi: Ja. Es gibt immer etwas, das Sie tun können, wenn Sie wirklich wollen. Davon bin ich überzeugt.

Clements: Ist es nach Ihrer Auffassung grundsätzlich notwendig, daß die Opfer sich über die häufig traumatisierenden Gefühle der Verzweiflung und des Kummers aussprechen? Auf die Gefahr hin, daß sie darin noch bestärkt werden?

Suu Kyi: Auf jeden Fall. Schließlich ist die Explosion eines Schnellkochtopfs ja nur ein kleines Unglück. Doch bei schweren Schicksalsschlägen, etwa beim Verlust eines geliebten Menschen, muß man Menschen nach meiner Überzeugung die Möglichkeit geben, darüber zu reden und ihre Gefühle zu verarbeiten. Gleichzeitig müssen Sie diese Menschen jedoch ermutigen, ihr Leben weiterzuführen; sie dürfen nicht einfach dasitzen und um die Person, die sie verloren haben, trauern. Deshalb müssen Sie sie mit all Ihren Kräften emotional unterstützen, zugleich jedoch nach etwas suchen, womit sie sich befassen könnten. Zum Beispiel sich denjenigen zuzuwenden, die noch am Leben sind, und etwas für sie tun.

Clements: Wenden wir uns einmal der anderen Seite zu: Stellen Sie, neben all der Aufmerksamkeit und dem Mitgefühl, das Sie den Opfern des Leidens schenken, auch Überlegungen an, wie man sichere Bedingungen für die Vertreter des Staates schaffen kann, wenn der Kampf um die Demokratie eines Tages von Erfolg gekrönt ist? Denn in gewissem Sinne sind auch sie Opfer, nämlich ihrer eigenen Angst und Selbsttäuschung.

Suu Kyi: Es wäre voreilig, jetzt über diese Fragen zu sprechen. Solche Dinge sollten erst erörtert werden, wenn man in einen Dialog eintritt. Aber wir wollen niemanden bestrafen um der Strafe willen. Wir streben eine Gesellschaft an, in der der Heilungsprozeß schnell vonstatten gehen kann, und zu diesem Prozeß gehört auch bis zu einem gewissen Grad die Genugtuung der Opfer.

Clements: Das Bild des Heilens setzt die Vorstellung von einer Wunde voraus – einem psychischen Trauma oder mehreren, die man in der Vergangenheit erlitten hat. Der Buddha hat jedoch immer wieder betont, er könne keinen Anfang des Leidens erkennen und keine erste Ursache für das Entstehen quälender Empfindungen. Deshalb hielt er seine Jünger dazu an, die Befreiung nur in der Gegenwart zu suchen und nicht dadurch, daß man sich in die Vergangenheit versenkt. Um diesen Gedanken zu veranschaulichen, griff er auf das Gleichnis eines Mannes zurück, der von einem vergifteten Pfeil getroffen wurde. Sie kennen es sicher ...

Suu Kyi: Ja.

Clements: Dieser Mann liegt schwerverwundet auf dem Boden und ringt mit dem Tod. Als der Buddha zu ihm tritt und, um sein Leben zu retten, den Pfeil aus seinem Körper herausziehen will, hält der Mann ihn davon ab und sagt: »Bevor du den Pfeil herausziehst, möchte ich wissen, wer den Pfeil abgeschossen hat. Warum hat er auf mich geschossen? Und von welchem Baum stammt der Schaft des Pfeils?« So stellt der Mann immer neue Fragen, bis er stirbt. Meine Frage ist nun:

Wie verträgt sich die Lehre des Buddha vom »Nichtaufschieben« der Erlösung vom Leiden mit Ihrer Vorstellung vom Heilungsprozeß?

Suu Kyi: Es gibt einige Dinge, die sofort getan werden müsssen, und es gibt andere, mit denen man warten kann. Nehmen wir ein ähnliches Beispiel wie die Geschichte mit dem Pfeil; wenn jemand als Notfall ins Krankenhaus kommt, wird er sogleich notärztlich versorgt. Doch später kann es erforderlich sein, etwas über die Ursache seines Leidens zu erfahren, um ihn möglichst wirksam behandeln zu können. Was nun das Gleichnis mit dem vergifteten Pfeil angeht, so müßte man zuerst den Pfeil herausziehen und die Wunde reinigen und verbinden. Natürlich ist das nicht der geeignete Zeitpunkt, herauszufinden, mit was für einer Substanz die Pfeilspitze vergiftet war. Doch danach muß man sich dieser Frage durchaus zuwenden, um das richtige Gegengift verabreichen zu können. Also alles zu seiner Zeit.

Clements: In Ihrem Essay »Freedom of Fear« [»Freiheit von Angst«] haben Sie jemanden zitiert, ich weiß nicht mehr wen, der einmal gesagt hat: »Heilige sind Sünder, die sich ohne Unterlaß bemühen ...«

Suu Kyi: Ja, ich weiß auch nicht mehr, wer es gesagt oder geschrieben hat, aber ich bin schon vor langer Zeit auf diesen Ausspruch gestoßen, und er hat mir immer sehr gut gefallen.

Clements: Mir gefällt er auch. Und damit komme ich zu meiner Frage. Bevor er zu einem Jünger Christi wurde, tötete der heilige Paulus, der zuvor Saulus von Tarsus hieß, viele Menschen, darunter auch Kinder, die sich zum Christentum bekannt hatten. In der buddhistischen Tradition haben wir ebenfalls archetypische Beispiele für Erlösung, etwa Angulimala, den Massenmörder, der eine Wandlung durchmachte, Mönch wurde und später die Erleuchtung erlangte ...

Suu Kyi: Ich frage mich, wie alt sie wohl waren zum Zeitpunkt der Bekehrung. Wissen Sie vielleicht, wie alt Angulimala war, als er vom Buddha bekehrt wurde?

Clements: Auf einigen der Tempelbilder, die ich von ihm gesehen habe, ist er ziemlich jung dargestellt.

Suu Kyi: Er muß wohl noch sehr jung gewesen sein. Immerhin hat er schon früh mit dem Fingersammeln angefangen, oder?

Clements: Wenn er jedem seiner Opfer einen Finger abschnitt und es auf 999 Finger brachte, muß er jedenfalls früh angefangen haben. Doch im Hinblick auf das Zitat von den Heiligen als Sündern, die sich ohne Unterlaß bemühen, sind solche eher dramatischen spirituellen Konversionen ...

Suu Kyi: Meinen Sie die Art von Konversion, bei der der Mensch wie von einem Blitz getroffen wird?

Clements: Nein ... wie soll ich mich nur ausdrücken? Es ist so leicht, das Leben in saubere kleine ethische Schubkästchen mit den Aufschriften gut und böse, richtig und falsch, moralisch und unmoralisch zu stekken, als wäre jemand von uns wirklich allmächtig. Und wenn wir uns nicht einer größeren Idee öffnen, wie etwa in diesen Beispielen einer Erlösung, dann wird die Aussagekraft dieses Zitats drastisch vermindert oder geht sogar vollständig verloren. Ich möchte gerne verstehen, wie man mehr Mitgefühl für die Menschen empfinden kann, die als Bedrohung für die Gesellschaft angesehen werden. Manchmal habe ich gedacht, die Todesstrafe wäre wirklich eine gute Sache ...

Suu Kyi: Meinen Sie das ernst?

Clements: Ob ich mir, als ganz persönliche Meinung, wünsche, daß jemand für sein Verbrechen sterben soll? Soweit ich diese Frage wahrhaftig beantworten kann, lautet die Antwort nein, so denke ich nicht wirklich. Aber ich weiß, wenn ein Mörder mir nahestehende Menschen niedermachen würde, dann könnte es wohl mit mir durchgehen und ich würde auf Rache aussein ...

Suu Kyi: Aber wenn Sie ein guter Buddhist sind, sollten Sie dann nicht eher bemüht sein, sich zu ändern, als sich zu wünschen, über diese Leute möge die Todesstrafe verhängt werden?

Clements: Ich will damit ja nur sagen, daß es manche Menschen gibt, die anscheinend nicht zu erlösen sind. Sie sind »Mörder von Natur aus«, die offenbar einen perversen Drang verspüren, andere leiden zu lassen, und die alles daransetzen, ihm nachgehen zu können.

Suu Kyi: Woher wollen Sie wissen, daß sie nicht erlöst werden können?

Clements: Ich weiß es nicht. Es erscheint lediglich wahrscheinlich aufgrund ihres Verhaltens ... Was meinen Sie?

Suu Kyi: Ich bin nicht in der Lage zu entscheiden, wer erlöst werden kann und wer nicht. Daß ich nicht imstande bin, Menschen zu erlösen, heißt noch lange nicht, daß sie überhaupt nicht erlöst werden können. Es gibt vielleicht andere, denen es gelingt.

Clements: Wohin wir uns auch wenden, fast überall finden wir heute Gewalt. Viele Innenbezirke unserer Großstädte sind Kriegsgebiet. Einem Verbrechen zum Opfer zu fallen ist bei den meisten US-Bürgern die Angst, die an erster Stelle steht. Und im gegenwärtigen Birma nimmt die Unterdrückung von Tag zu Tag zu. Was ist das für eine Kraft, die den Menschen dazu treibt durchzuhalten und weiterzumachen, auch wenn er schlimmsten Repressionen ausgesetzt wird?

Suu Kyi: Meine Mitstreiter und ich haben in der jüngsten Zeit oft über diese Frage debattiert. Ich glaube, es ist schwer, eine Antwort darauf zu finden, aber es gibt sicher etwas in jedem Menschen, das angeboren, ihm wesensmäßig ist. Obwohl man es modifizieren oder verändern oder in eine positivere Richtung lenken kann, sind nun einmal manche Menschen eher dazu disponiert als andere, eine feste Haltung zu zeigen. Natürlich spielt das gesellschaftliche und politische Klima dabei ebenfalls eine wichtige Rolle. Ich finde es erstaunlich, wie groß die Zahl der Menschen ist, die einfach alles tun, was die Obrigkeit ihnen sagt. Man hat sie darauf konditioniert zu gehorchen, ohne die Situation in Frage zu stellen. Deshalb fordere ich sie immer auf, sie sollten stets eine suchende, forschende Haltung einnehmen. Eine solche Geisteshaltung ist eine große Hilfe, wenn es darum geht, Gewalt oder Unterdrückung standzuhalten oder überhaupt in einer Situation zurechtzukommen, die den eigenen Vorstellungen von Recht und Gerechtigkeit zuwiderläuft.

Clements: Wie verhält es sich mit dem Problem, daß Menschen sich angesichts des Leids abwenden, zumal solche, die eigentlich den Drang verspüren, etwas Nützliches zu tun? Ist es Selbsttäuschung, ein weiteres Gesicht der Angst, die sich hier als ein berechtigtes Ausweichen ausgibt, wodurch man im Geist und im Herzen daran gehindert wird, tatsächlich etwas zu tun, das helfen könnte? Ich kenne gute Menschen, die nützlich sein, dem Leben etwas zurückgeben, den Bedrückten helfen möchten, aber die Diskussion endet häufig mit einem Streit darüber, wer was wo wann und wie bekommt. Oder mit solchen Ausflüchten wie: Es sind zu viele Mäuler zu stopfen, zu viele Tränen zu trocknen. Tatsache aber bleibt, daß viele Menschen, die gern einen Beitrag leisten möchten, an dieser Stelle enttäuscht sind und sich wieder dem eigenen Wohlergehen zuwenden.

Suu Kyi: Wenn Ihr Geist daran gewöhnt ist, ständig »auf der Suche«

zu sein, werden Sie die Antworten finden; wenn Sie ständig über Mittel und Wege nachdenken, etwas Nützliches zu leisten, wird Ihnen etwas einfallen. Der »Suchende« pflegt eine Denkhaltung, bei der nicht nur Fragen gestellt, sondern auch ernsthaft Antworten gesucht werden. Das ist der Grund, warum ich von einem »suchenden« [questing] und nicht von einem »fragenden« [questioning] Geist spreche.

Clements: Ich habe beobachtet, daß viele Menschen sich selbst unter Druck setzen, wenn der »suchende Geist« seine Kraft verliert und sich in Schuld- oder Angstgefühle verkehrt. Dann schadet man sozusagen, um zu nützen, und verliert die Liebe zum nützlichen Dienst. Kann man von daher sagen, daß die Menschen sich nicht zu einem Dienst zwingen, sondern einfach in ihrer Suche fortfahren sollten?

Suu Kyi: Es ist ein Anfang. Das Handeln folgt aus dem Denken. Es sollte kein impulsives Handeln sein, dem keine Prinzipien zugrunde liegen. Deshalb glaube ich, der erste Schritt muß der Prozeß der Suche sein, der Suche nach Antworten und nach einem Ausweg aus einem Problem. Der zweite Schritt besteht darin, die Antworten in Handlungen umzusetzen.

Clements: Kehren wir zurück in das Jahr 1988. Als die National League for Democracy gegründet wurde, waren es, soviel ich weiß, drei Gruppierungen, die sich zusammenschlossen. Die Gruppe, an deren Spitze Sie standen, repräsentierte die Intelligenz Birmas – die Künstler, Musiker, Rechtsanwälte …

Suu Kyi: Richtig.

Clements: Ich habe ein Zitat von Václav Havel mitgebracht, in dem er die Rolle der Intellektuellen in der Gesellschaft erklärt. Als ich es zum erstenmal las, mußte ich sofort an Sie denken. Er schreibt: »Der Intellektuelle muß fortwährend Störenfried sein, muß Zeugnis ablegen vom Elend der Welt, muß provozieren, indem er unabhängig ist, muß aufbegehren gegen alle versteckten und offensichtlichen Zwänge und Manipulationen, muß der oberste Zweifler an Systemen sein … und deshalb kann ein Intellektueller keiner Rolle gerecht werden, die man ihm möglicherweise zugedacht hat … sondern er gehört letzten Endes nirgendwo hin: Wo immer er sich befindet, fällt er auf und erregt Ärgernis.«

Suu Kyi: Ich möchte jedem einzelnen der Worte von Václav Havel zustimmen. Ich würde es so ausdrücken: Um ein Intellektueller zu werden, muß man vor allem über eine Denkhaltung verfügen, die alles in Frage stellt. Ich glaube zwar, daß jeder fähig ist, eine solche Geisteshaltung zu entwickeln, aber nicht jeden, der sie hat, kann man als Intellektuellen bezeichnen. Zu einem Intellektuellen gehört auch eine gewisse akademische Ausbildung – das ist unerläßlich. Intellektuelle sind für jede Gesellschaft von großer Wichtigkeit. Denn sie sind diejenigen, die, wie in dem Zitat ausgeführt, den Menschen Denkanstöße geben, sie für neue Ideen öffnen und sie in höhere Regionen führen. Das ist eine von den Tragödien Birmas, daß den Intellektuellen kein Platz in der Gesellschaft eingeräumt wird. Und der wahre Intellektuelle, so wie Václav Havel ihn beschreibt, hätte in Birma keine Überlebenschancen.

Clements: Warum nicht?

Suu Kyi: Er müßte entweder seine Ansprüche als Intellektueller aufgeben oder Birma verlassen oder ins Gefängnis gehen. Er hat nur die Wahl zwischen diesen drei Möglichkeiten.

Clements: Ein totalitäres System wird also aus einer inneren Konsequenz heraus stets versuchen, eine geistlose Gesellschaft ohne ausgeprägte Konturen zu schaffen, indem es die Intellektuellen ausschaltet?

Suu Kyi: Die Intellektuellen mit ihrer skeptischen Einstellung bedrohen das totalitäre Denken, das erwartet, daß Befehle ausgeführt und Dekrete akzeptiert werden, ohne daß jemand Fragen stellt. Es wird immer Konflikte zwischen dem autoritären und dem fragenden Geist geben. Sie vertragen sich einfach nicht.

Clements: Aber das ist natürlich genau das Problem, vor dem Sie stehen, wenn Sie einen echten Dialog und eine potentielle Versöhnung mit dem SLORC anstreben.

Suu Kyi: Damit ist ja nicht gesagt, daß Sie, wenn Sie ein Teil eines autoritären Systems sind, jeglichen Impuls zum Fragen aus Ihrem Denken getilgt haben.

Clements: Welches ist der wichtigste Faktor für die Entwicklung eines fragenden Geistes?

Suu Kyi: Zunächst einmal müssen Sie ein Interesse an der Welt haben, in der Sie leben. Wenn Sie taub und blind dafür sind, werden Sie das, was geschieht, nicht in Frage stellen.

Clements: Hat jenes Denken, das gar nichts in Frage stellt, etwas mit uneingestandener Angst zu tun? Das Vogel-Strauß-Syndrom – wenn ich riskiere, zu sehen und zu hören, was um mich herum vorgeht, werde ich mich ändern müssen?

Suu Kyi: Nein, ich glaube nicht, daß es lediglich Angst ist. Offenbar ist jeder Mensch von Natur aus anders, und die Erziehung tut ein übriges. Man kann mit der Anlage zu einem fragenden Geist auf die Welt kommen, aber wenn sie von außen nicht gefördert wird, stumpft sie möglicherweise ab. Wenn Sie bei jeder kritischen Frage eins draufkriegen, dann lernen Sie, keine Fragen mehr zu stellen. Und im Lauf der Zeit vergessen Sie wahrscheinlich, wie man überhaupt Fragen stellt. Wenn hingegen jemand ohne eine solche Veranlagung geboren wird, ist es trotzdem möglich, ihn durch Erziehung dazu zu bringen, diese Gewohnheit anzunehmen. Meine Mutter hat mich nicht angehalten, Fragen zu stellen, aber sie hat mich ganz gewiß auch nicht davon abgehalten. Sie hat nie gesagt: »Du mußt Fragen stellen.« Aber wenn ich Fragen gestellt habe, hat sie mich immer angehört, auch wenn sie die Antwort nicht wußte.

Außerdem wurden wir natürlich im Geist der Legende von Pauk Kyine erzogen. Eine der Maximen, die wir aus der Legende lernten, lautete, daß jemand, der nicht aufhört, Fragen zu stellen, auch Antworten erhält. Wer immer weitergeht, wird sein Ziel erreichen. Wer wachsam bleibt und wenig schläft, wird ein langes Leben haben. Das hat man uns als Kindern beigebracht. Und die meisten birmanischen Kinder kennen diese Geschichte so gut, daß sie diese Lebensregeln auswendig können. In der Geschichte rettet der Held sein Leben, indem er die ganze Nacht wach bleibt und die Welt um sich herum ständig im Auge behält.

Clements: Es ist sicher schwierig, das selbst zu beurteilen, aber vielleicht können Sie doch sagen, auf welche Weise Sie eine solche Wahrheitsliebe entwickelt haben?

Suu Kyi: Ich bin damit nicht auf die Welt gekommen. Es war eine Sache der Erziehung. Meine Mutter hat mir immer eingeschärft, aufrichtig zu sein. Sie wurde sogar sehr wütend, wenn ich einmal nicht die Wahrheit sagte …

Clements: Hat sie Ihnen eigentlich eine Begründung dafür genannt, warum es besser ist, aufrichtig zu sein als zu lügen?

Suu Kyi: Sie hat nicht jedesmal begründet, warum man aufrichtig sein sollte. Sie betonte einfach immer wieder, daß Wahrhaftigkeit gut und Unwahrhaftigkeit schlecht sei. Es war etwas, was ich schon in sehr frühen Jahren übernommen habe. Meine Mutter war von Natur aus mutig und ehrlich – alles Dinge, die ich mir erst erarbeiten mußte. Aber es war wirklich eine gute Erfahrung für mich, denn dadurch gelangte ich zu der Überzeugung, daß auch andere Menschen in der Lage sind, sich solche Eigenschaften anzueignen.

Clements: Sie verlangen sich ganz offensichtlich sehr viel ab, Woche für Woche kommen Sie mit Hunderten von Menschen zusammen. Darüber hinaus gibt es eine schier endlose Reihe von Journalisten aus dem Ausland, die Sie interviewen möchten. Sie halten an jedem Wochenende Ihre öffentlichen Ansprachen, und Sie nehmen an den Sitzungen des Führungsausschusses der NLD teil, auf denen Entscheidungen getroffen werden, die sich auf das Leben von Millionen auswirken können. Wie halten Sie dieses intensive Programm durch? Müssen Sie nicht zwischendurch innehalten und Ihre innere Ruhe wiederfinden, um weitermachen zu können?

Suu Kyi: Ich nehme mir jeden Abend Zeit für mich, weil ich dann ganz allein bin und weil es eine natürliche, vom Tagesablauf her vorgegebene Möglichkeit ist, Abstand vom aktiven Tun zu gewinnen. Natürlich gibt es Phasen, in denen ich bis spät in die Nacht arbeiten muß. Dann habe ich nicht viel Zeit, um mich hinzusetzen und innerlich Rechenschaft abzulegen. Nachdem ich meine Arbeit beendet habe, gehe ich sofort zu Bett. Doch in der Regel gibt es immer den einen oder anderen Tag in der Woche, an dem abends um sieben Uhr alles ruhig ist und ich im Haus allein bin. Das bringt mir dann zu Bewußtsein, daß sich ständig etwas verändert. Das Leben wird gewissermaßen auf zwei Ebenen gelebt, es gibt die laute, geschäftige Welt da draußen und die Stille Ihres inneren Lebens. Und das erlebe ich praktisch jeden Abend ganz konkret.

Clements: Wenn Sie diese kostbaren Augenblicke am Abend für sich allein haben, was tun Sie dann normalerweise?

Suu Kyi: Es kommt darauf an. Manchmal muß ich die alltäglichsten Dinge erledigen, zum Beispiel meine Kleider oder meinen Schreibtisch in Ordnung bringen. Manchmal setze ich mich hin und lese etwas. Tatsächlich ist es so, daß ich an den zwei oder drei Tagen in der Woche, an denen ich früh am Abend fertig bin, einen Großteil der Zeit damit verbringe, das aufzuräumen, was sich inzwischen angehäuft hat. Aber es geht ganz ruhig vor sich, es ist eine schlichte manuelle Tätigkeit. Ich lege die Dinge einfach an den Platz, wo sie hingehören, mehr nicht. Es läuft fast mechanisch ab.

Clements. Haben Sie einen Ordnungsfimmel?

Suu Kyi: Früher hatte ich einen Ordnungsfimmel. Ich wußte genau, wo jedes Buch stand und jede Zeitschrift hingehörte. Aber ich fürchte, daß ich seit meiner Entlassung aus dem Hausarrest nicht mehr so ordentlich bin. Ich hatte seither einfach nicht mehr die Zeit, alles wieder dort hinzulegen, wo es hingehört.

Clements: Gelangen Sie manchmal an den Punkt, daß Sie sich sagen, was soll das alles, ich bin fertig, es reicht für heute?

Suu Kyi: Manchmal bin ich schon erschöpft. Dann möchte ich am liebsten zwölf Stunden hintereinander schlafen oder ein ganzes Wochenende im Bett bleiben, zwei Tage lang nichts tun außer Bücher zu meinem Vergnügen lesen. Das ist meine Vorstellung von einem richtig schönen Urlaub. Aber ich habe dafür einfach nicht die Zeit.

Clements: Gibt es, seitdem Ihr Hausarrest aufgehoben wurde, etwas, das Sie nur zu Ihrem Vergnügen tun?

Suu Kyi: Es gibt vieles in meinem Alltagsleben, was mir Spaß macht. Die Menschen, mit denen ich zusammenarbeite, sind so liebenswürdig, und sie alle haben viel Sinn für Humor. Gestern haben wir eine gemeinsame Geburtstagsparty für zwei meiner Vettern veranstaltet, für Dr. Sein Win [Ministerpräsident der birmanischen Exilregierung] und Ko Cho. Wir hatten unsere *lugyi* eingeladen – die Älteren, wie wir sie nennen –, U Aung Shwe, U Kyi Maung, U Tin Oo, U Lwin [Mitglieder des Führungsausschusses der NLD] und unsere Tanten, ihre Frauen. Es war eine einfache Party; nur Kuchen, Tee und ein paar Kartoffelchips. Aber wir waren vergnügt und haben es alle sehr genossen. Auch an den anderen Tagen habe ich viel Freude und Spaß – wenn ich mit meinen Weggefährten spreche, mit den Mitarbeitern des Büros zu Mittag esse. Allein das Zusammensein mit diesen guten Menschen, die gemeinsam für eine Sache kämpfen, ist für mich bestärkend und beflügelnd. Ich bin einfach glücklich, mit so großartigen Menschen zusammenzusein.

Clements: Welche Bedeutung haben U Tin Oo und U Kyi Maung für

Sie, einmal abgesehen davon, daß sie zusammen mit Ihnen die NLD führen? Beide sind ja ein ganzes Stück älter als Sie; sind sie für Sie auch Mentoren oder Vaterfiguren?

Suu Kyi: Ich betrachte sie als meine Onkel. Onkel sind Menschen, die die Stelle Ihres Vaters einnehmen. Insofern sind sie in gewisser Hinsicht Vaterfiguren für mich. Doch daneben, in unserer gemeinsamen Arbeit, sind sie hauptsächlich enge Mitarbeiter. Und im alltäglichen Leben sind sie außerdem Freunde. Allerdings spreche ich zu ihnen nicht, wie ich zu Freunden spreche, weil ich sie damit auf meine Ebene stellen würde. Für mich stehen sie höher, weil sie älter sind, und in diesem Sinn blicke ich zu ihnen auf. Andererseits gehören Freunde zum Wertvollsten auf der Welt. Freunde bedeuten mir mehr als alles andere. Ohne respektlos erscheinen zu wollen, könnte ich daher vielleicht sagen, es sind zwei meiner besten Freunde – oder, um die alte Wendung zu gebrauchen, »Führer, Ratgeber und Freunde«. Sie sind ganz verschiedene Charaktere, aber beide in gleichem Maße liebenswert und vertrauenswürdig.

ICH HABE NIE GELERNT, DIE ZU HASSEN, DIE MICH EINGESPERRT HABEN

Alan Clements: Vor Ihrer Rückkehr nach Birma im März 1988 haben Sie ein ziemlich traditionelles Hausfrauendasein in Oxford geführt. Bis Sie dann die Nachricht erhielten, daß Ihre Mutter einen Schlaganfall erlitten hatte, und Sie nach Rangun flogen, um in ihrer Nähe zu sein. Fünf Monate später standen Sie im Mittelpunkt einer landesweiten Revolution, führten Sie sogar an. War es eine dramatische Wende für Sie, oder erfolgte der Übergang eher allmählich?

Aung San Suu Kyi: Ich wurde nach und nach in die Bewegung hineingezogen. Zunächst einmal saß ich im Krankenhaus und kümmerte mich um meine Mutter; währenddessen erfuhr ich einiges von dem, was vor sich ging. Dann kamen Menschen zu mir und berichteten, wie schlecht die politische und die wirtschaftliche Lage war. Ich sagte nicht viel, sondern hörte einfach zu.

Clements: Es gab keinen Augenblick der Offenbarung, in dem Ihnen blitzartig zu Bewußtsein kam: »Jetzt ist die Zeit gekommen, mich dem Kampf meines Volkes um Demokratie anzuschließen«?

Suu Kyi: Nein. An einen solchen Augenblick kann ich mich nicht erinnern. Es ging alles Schritt für Schritt.

Clements: Als Sie nach Birma zurückkehrten, um Ihrer kranken Mutter beizustehen, hatten Sie also noch in keiner Weise daran gedacht, in die Politik einzutreten?

Suu Kyi: Ich hatte ja nicht einmal eine Ahnung davon, daß der Kampf um Demokratie solche Formen annehmen könnte. Ich glaube, niemand hatte damit gerechnet. Ich wußte, daß die Dinge sich in Birma ändern würden, weil die Menschen 1987 extrem unglücklich und unruhig waren. Außerdem äußerten sie ihre Unzufriedenheit mit der Lage im Land sehr viel unverhohlener. Und bevor ich Ende März einreiste, hatte es bereits Studentenunruhen gegeben. Am 13. März wurde Maung Phong Maw [ein Student der Technischen Hochschule Rangun] getötet. Als ich ankam, wußte ich also, daß etwas passieren würde. Insofern war mir, wie vielen anderen auch, klar, daß es in Birma nicht ruhig bleiben würde. Aber ich glaube, ich hatte ebensowenig wie alle anderen eine Vorstellung davon, daß es solche massenhaften Demonstrationen für die Demokratie geben würde.

Clements: Während Ihrer Zeit im Ausland, als Sie genau wußten, unter welchen Bedingungen Ihr Volk lebte, haben Sie da eine beständige Angst gehabt und den Wunsch verspürt, etwas für Ihr Volk zu tun – ohne jedoch zu wissen, wie Sie es anstellen könnten?

Suu Kyi: Nein. Natürlich gefielen mir diese Verhältnisse nicht. Bei meinen Aufenthalten in Rangun verbrachte ich manchmal drei bis vier Monate bei meiner Mutter, und wenn gelegentlich Freunde zu Besuch dawaren, kamen wir zwangsläufig auf die Lage im Land zu sprechen.

Clements: Wenn Sie auf diese Zeit zurückblicken und sich die damalige Krise in Ihrem Land vor Augen führen, konnten Sie sich damals überhaupt vorstellen, daß es zu politischen Veränderungen kommen könnte? Immerhin herrschte seit mehr als drei Jahrzehnten eine Diktatur, die sehr fest im Sattel saß.

Suu Kyi: In all diesen Jahren war ich mir durchaus der Tatsache bewußt, daß die Mehrheit der Birmanen immer unzufriedener mit der Lage wurde. Deshalb waren viele von uns der Meinung, daß es eine Veränderung geben müsse.

Clements: Hatten Sie eine Ahnung, wie oder wann eine solche Veränderung eintreten würde?

Suu Kyi: Nein.

Clements: Als die Demonstrationen begannen, waren die Menschen da auf eine derart heftige militärische Reaktion, wie sie dann erfolgte, gefaßt? Hat irgend jemand damit gerechnet? Andererseits, wenn ich darüber nachdenke, hatte Ne Win schon immer Kritik an seinem Regime mit Gewalt niedergeschlagen.

Suu Kyi: Es waren bereits einige Studenten erschossen worden. Deshalb glaube ich nicht, daß die Reaktion völlig unerwartet kam.

Clements: Haben Sie an den Demonstrationen teilgenommen?

Suu Kyi: Nein.

Clements: Hatten Sie dafür politische Gründe?

Suu Kyi: Nein. Zum Teil lag es daran, daß ich mich ständig im Krankenhaus aufhielt und mich um meine Mutter kümmerte, als die Demonstrationen stattfanden. Aber ich glaube, ich hätte dabei sowieso nicht mitgemacht. Wenn Sie fragen warum, so muß ich Ihnen sagen, daß ich einfach jemand bin, der ganz grundsätzlich nicht gern bei einer Demonstration mitgeht. Auch wenn ich der Meinung gewesen wäre, ich hätte eigentlich mitgehen müssen, wäre ich wahrscheinlich nicht gegangen.

Clements: Aber Sie haben offenbar Ihre Hochachtung für den Weitblick, den Mut und die Entschlossenheit der Studenten, die die Demonstrationen organisiert und angeführt haben, zum Ausdruck gebracht.

Suu Kyi: O ja. Ich habe sie wegen ihrer Aktionen bewundert. Ich stand voll hinter dem, was sie taten.

Clements: Auch wenn Sie an den Demonstrationen selbst nicht teilgenommen hatten, waren Sie in irgendeiner Weise an deren Organisation beteiligt?

Suu Kyi: Nein. Ich war lediglich eine aus der schweigenden großen Mehrheit, die gebilligt hat, was die Studenten taten.

Clements: Wann wurde Ihr Haus zur zentralen Koordinierungsstelle des Kampfes?

Suu Kyi: Das war viel später – erst ab etwa Mitte August.

Clements: Ihre erste öffentliche Rede hielten Sie im August 1988 vor der Shwedagon Pagode; darin gaben Sie bekannt, daß Sie in die Politik gehen würden. Wie es heißt, sprachen Sie vor einer Menge von etwa 500 000 Menschen. Haben Sie angesichts dieser großen Zahl von Anhängern, die dorthin gekommen waren, um Sie zu erleben, gedacht, daß ein Übergang von der Diktatur zur Demokratie kurz bevorstehe? Oder haben Sie schon damals vorausgesehen, daß es einen langen, mühsamen Kampf geben werde?

Suu Kyi: Ich glaube, zu dieser Zeit war für niemanden absehbar, wie lange es dauern würde. Viele hatten tatsächlich damit gerechnet, daß es sehr schnell gehen würde, sie dachten, es wäre nur eine Frage von wenigen Monaten, bis wir eine Demokratie hätten.

Clements: Hatten Sie auf irgendeine Weise schon vorher etwas von der Machtergreifung durch den SLORC am 18. September 1988 erfahren?

Suu Kyi: Es gab eine Menge Gerüchte über einen bevorstehenden Militärputsch.

Clements: Hat das etwas an Ihren Vorstellungen darüber geändert, in welcher Weise Sie Ihren gewaltfreien Kampf am besten führen sollten? Und haben Sie in Erwartung eines Putschs irgendwelche Vorbereitungen getroffen?

Suu Kyi: Welche Vorbereitungen hätten wir denn treffen sollen? Wir waren gerade dabei, die Kräfte für die Demokratiebewegung zu bündeln und zu organisieren, und damit sind wir heute noch beschäftigt.

Clements: Am 19. Juli 1989 haben Sie einen Marsch abgesagt, der am folgenden Tag, dem Tag der Märtyrer, stattfinden sollte, und zwar mit der Begründung: »Wir wollen unser Volk nicht geradewegs zur Schlachtbank führen.« Wenn Sie an diesen Tag zurückdenken – es war der Tag vor der Verhängung des Hausarrests und der Todestag Ihres Vaters –, was geht Ihnen dabei durch den Kopf? Welche Gefühle kommen in Ihnen auf, fast sieben Jahre später und nach mehreren Monaten, die Sie wieder in Freiheit sind?

Suu Kyi: Nun, die Entscheidung ist mir nicht leichtgefallen. Ich war zu dem Schluß gekommen, daß ich nichts zu befürchten hatte ... andere jedoch sehr wohl. Den Marsch durchzuführen wäre unverantwortlich gewesen. Wenn andere verletzt worden wären, mir dagegen hätte man nichts getan, so wäre dies eine Belastung gewesen, mit der ich nicht hätte leben können.

Clements: Wußten Sie damals, daß jeden Tag mit Ihrer Verhaftung zu rechnen war?

Suu Kyi: Wir hatten einige Zeit vorher gehört, daß man mich nach dem 19. Juli verhaften wollte.

Clements: Wie haben Sie das erfahren?

Suu Kyi: Einfach Gerüchte, eine Menge Gerüchte.

Clements: Könnten Sie bitte einmal schildern, was am Tag Ihrer Verhaftung eigentlich genau passiert ist?

Suu Kyi: Nun, am Morgen ... Ich versuche gerade, mir den genauen Ablauf zu vergegenwärtigen. Einer meiner Cousins kam irgendwann zu mir und sagte, in der Nähe des Hauses wären überall Soldaten, und es liege etwas in der Luft. Dann kam der Sohn von Onkel U Tin Oo und berichtete, daß man seinem Vater an diesem Morgen, als er spazierengehen wollte, verboten habe, sein Anwesen zu verlassen. Er war davon überzeugt, daß man uns alle verhaften werde. Deshalb rechneten auch wir alle fest damit.

Clements: Wie war Ihre Gefühlslage in diesem dramatischen Moment?

Suu Kyi: Ich glaube, gefühlsmäßig ist gar nichts in mir vorgegangen. Ich habe einfach eine Tasche mit den Sachen gepackt, die ich ins Gefängnis mitnehmen wollte. Wir gingen davon aus, daß man uns ins Gefängnis von Insein bringen würde.

Clements: War Ihr Mann zu dieser Zeit bei Ihnen?

Suu Kyi: Nein, nur Kim und Alexander.

Clements: Befanden sich Ihre Kinder in einer Art Schock- oder Panikzustand?

Suu Kyi: Nein, überhaupt nicht. Ich habe ihnen einfach erklärt, wenn ihr Vater nicht kommen würde – Michael sollte ja in wenigen Tagen eintreffen –, weil man ihm das Einreisevisum verweigerte oder aus sonstigen Gründen, dann würde sich schon jemand darum kümmern, daß sie wieder ausreisen könnten. Ich sagte einigen Verwandten, falls die Behörden Michael die Einreise nicht gestatteten, sollten sie dafür sorgen, daß die Kinder zurückreisten. Das war alles. Sie wußten Bescheid.

Clements: Nachdem feststand, daß man Sie nicht ins Gefängnis nach Insein bringen, sondern Sie unter Hausarrest stellen würde, traten Sie in einen Hungerstreik. Waren Sie entschlossen, notfalls bis zum Äußersten zu gehen?

Suu Kyi: Ich sage niemals, daß ich dies oder jenes tun werde. Das habe ich noch nie getan, weil ich weiß, daß man in der Politik flexibel sein muß. Ich gehöre bestimmt nicht zu denen, die jemals sagen würden: »Hungerstreik bis zum Tod.« Das wäre meiner Meinung nach eine Lösung, von der niemand etwas hätte.

Clements: Offensichtlich haben Sie damit eine ganz bestimmte Absicht verfolgt.

Suu Kyi: Ja, natürlich tut man so etwas im Hinblick auf ein festes Ziel.

Clements: Hat irgend jemand Ihnen geholfen? Sich um Sie gekümmert?

Suu Kyi: Meine Söhne waren bei mir. Einige Tage später traf dann Michael ein.

Clements: Das muß eine ziemlich dramatische Erfahrung gewesen sein, mitzuerleben, wie die eigene Ehefrau oder die eigene Mutter in den Hungerstreik tritt.

Suu Kyi: Na ja, wissen Sie, wir in unserer Familie haben für Melodramatik nicht viel übrig. Wir denken lediglich an die praktische Seite der Dinge. Ich mache nicht gern ein Melodrama daraus. Das gefällt mir nicht.

Clements: Sie sind in dieser Hinsicht extrem rational ...

Suu Kyi: Nein, ich meine lediglich, daß Melodramen ziemlich dumm sind. Man darf im Leben die Dinge nicht übertreiben.

Clements: Aber was ist mit schlichten Empfindungen ohne jede Melodramatik?

Suu Kyi: Ich glaube, es gibt nichts, worüber man in Gefühle ausbrechen müßte. Und was hilft es denn, wenn man emotional wird? Es verbraucht lediglich mehr Energie.

Clements: Wie lange hat Ihr Hungerstreik gedauert?

Suu Kyi: Elf Tage.

Clements: Was hat Sie veranlaßt, ihn abzubrechen?

Suu Kyi: Die Behörden und ich sind zu einer Übereinkunft im Hinblick auf die jungen Leute [jugendliche Mitarbeiter der NLD] gekommen, die man aus dem Haus geholt hatte.

Clements: Haben die Vertreter der Obrigkeit sich an die Abmachungen gehalten?

Suu Kyi: Ja, ich muß zugeben, daß sie sich daran gehalten haben. Sie sagten, sie würden diese jungen Leute gut behandeln, und das taten sie auch. Sie wurden nicht gefoltert. Wenigstens nicht diejenigen, die sie hier verhaftet hatten.

Clements: Was bedeutete der Hausarrest letztlich – wurden alle Ihre Kontakte zur Außenwelt abgebrochen? Hat man die Telefonleitung gekappt?

Suu Kyi: Für uns hatte das Kappen der Telefonleitung etwas Komisches. Ich hatte nämlich immer gedacht, sie würden sie irgendwo in der Hauptvermittlung unterbrechen. Das taten sie jedoch nicht, sondern sie kamen mit einer Schere hierher, schnitten die Telefonleitung durch und nahmen den Apparat mit. Wir fanden das sehr komisch (lacht).

Clements: Ihr Hausarrest war, wenn man so will, ein Opfer im klassischen Sinn. Auf der einen Seite war Ihre Familie, und auf der anderen standen Ihre Prinzipien. Der SLORC bot Ihnen an, Sie könnten das Land ungehindert verlassen, freilich unter der Bedingung, daß Sie für immer im Exil bleiben würden, aber Sie haben sich dafür entschieden, in Birma zu bleiben und den Kampf um die Freiheit fortzusetzen.

Suu Kyi: Für mich als Mutter bestand das größere Opfer darin, meine Söhne aufzugeben, aber ich war mir immer der Tatsache bewußt, daß andere auf mehr verzichtet hatten als ich. Ich vergesse nie, daß meine Kampfgefährten, die im Gefängnis sitzen, nicht nur körperlich, sondern auch seelisch leiden, bei dem Gedanken an ihre Angehörigen, die draußen nicht sicher sind – in dem großen, unter einem autoritären Regime stehenden Gefängnis Birma. Die Häftlinge wissen, wie prekär die Situation ihrer Angehörigen ist. Die Behörden können jederzeit Maßnahmen gegen ihre Familien ergreifen. Da ihre Opfer soviel größer sind als das meinige, kann ich es gar nicht als Opfer sehen. Ich begreife es als eine Entscheidung. Natürlich ist es keine Entscheidung, die ich begeistert getroffen habe, aber immerhin eine Entscheidung, die ich ohne Zögern oder Vorbehalt gefällt habe. Es wäre mir natürlich lieber gewesen, wenn mir diese Jahre im Leben meiner Kinder nicht entgangen wären. Ich hätte viel lieber mit ihnen zusammengelebt.

Clements: Hat Ihre Familie Sie unterstützt?

Suu Kyi: Meine Familie hat mich sehr unterstützt, und das macht eine Menge aus. Und außerdem war ich natürlich nicht vollständig von ihr abgeschnitten. Wir waren zwar voneinander getrennt, aber die Trennung erfolgte nicht radikal von einem Tag auf den anderen. Denn als ich zum erstenmal die politische Bühne betrat, waren meine nächsten Angehörigen hier und kümmerten sich mit mir um meine Mutter. Insofern kann keine Rede davon sein, daß ich sie oder sie mich plötzlich verlassen hätten. Es war ein allmählicher Übergang, der uns die Möglichkeit gab, uns an die Trennung zu gewöhnen. Abgesehen von den zwei Jahren und vier Monaten während meines Hausarrests, in denen ich ohne Kontakt zu ihnen war, hat es keinen scharfen Bruch gegeben.

Clements: Denken sie daran, hierherzuziehen und mit Ihnen zusammenzuleben?

Suu Kyi: Nein, jedenfalls nicht im Augenblick. Und ich ermutige sie auch nicht dazu, weil ich nicht glaube, daß die Behörden sich besonders darum bemühen würden, ihnen das Leben hier angenehm zu machen.

Clements: Haben Sie die Möglichkeit, die Verbindung zu ihnen aufrechtzuerhalten?

Suu Kyi: Ja, sie rufen mich einmal in der Woche an und schreiben, sooft sie können.

Clements: Daw Suu, mit Ihrer Erlaubnis möchte ich Ihnen eine persönliche Frage stellen. In welcher Weise hat sich all das, was Sie in den letzten Jahren durchgemacht haben, auf Ihre Ehe ausgewirkt?

Suu Kyi: Ich möchte grundsätzlich nicht über meine persönlichen Beziehungen zu den Mitgliedern meiner Familie sprechen. Die Wahrung einer Privatsphäre bedeutet mir sehr viel.

Clements: Das respektiere ich natürlich, aber um auch darüber größere Klarheit zu schaffen, wüßte ich gern, welche Auffassungen Ihrem Bedürfnis nach Privatsphäre zugrunde liegen.

Suu Kyi: Ich halte es für unerläßlich, daß Menschen ein Recht auf ihre eigenen Entscheidungen haben. Und ein Recht auf ihre eigene Privatsphäre. Es liegt an ihnen, zu entscheiden, wieviel sie von ihrem Privatleben enthüllen möchten. Es ist ihre Entscheidungsfreiheit. Es gibt Menschen, die gern über ihr Privatleben sprechen – sie genießen es geradezu. Solchen Menschen habe ich nichts zu sagen. Es ist nicht die Art und Weise, wie ich die Dinge handhabe, aber es ist natürlich ihre Entscheidung.

Clements: Aber wo verläuft die Trennlinie zwischen dem, was für die Öffentlichkeit bestimmt und dem, was privat ist?

Suu Kyi: Alles, was keinen Bezug zu meiner politischen Arbeit hat, ist privat, und ich spreche nur über Dinge, die die Öffentlichkeit betreffen. Wie gesagt, die persönliche Privatsphäre muß unangetastet bleiben, gleichgültig, ob es die eigene oder die von anderen ist. Ich glaube, daß meine Mitarbeiter das genauso sehen. Das ist auch der Grund, warum wir grundsätzlich keinen unserer politischen Gegner persönlich angreifen oder etwas über sein Privatleben oder gar seine charakterlichen Schwächen sagen.

Clements: Es ist also eine Frage der Integrität für Sie, daß Sie es generell vermeiden, sich negativ über Personen zu äußern?

Suu Kyi: Was persönliche Dinge angeht, ja. Natürlich mußten wir über Menschen reden, sobald es um politische Maßnahmen ging.

Clements: Sie haben an den Wänden des Foyers im Parterre Auszüge aus den Reden Ihres Vaters angebracht. Zu welchem Zweck?

Suu Kyi: Ich dachte, sie könnten einen erzieherischen Effekt auf die Sicherheitsleute [des SLORC] haben, die hier waren.

Clements: Haben Sie jemals mit ihnen gesprochen? Waren sie freundlich?

Suu Kyi: Natürlich habe ich mit ihnen gesprochen. Sie waren stets sehr höflich, und einige waren sehr freundlich.

Clements: In einem unserer früheren Gespräche haben Sie gesagt: »Ich habe nie gelernt, die zu hassen, die mich eingesperrt haben, deshalb habe ich nie Angst gehabt.« War diese Einsicht das Ergebnis eines längeren Denkprozesses, oder war es eine plötzliche Eingebung, die Sie eines Tages hatten, als Sie ihnen ins Gesicht sahen?

Suu Kyi: Ich glaube, auch das hat wieder zum Teil mit meiner Erziehung zu tun. Ich habe Ihnen gegenüber vielleicht erwähnt, daß meine Mutter mir niemals beigebracht hat, andere zu hassen, nicht einmal die Leute, die meinen Vater getötet hatten. Ich habe nicht ein einziges Mal gehört, daß meine Mutter haßerfüllt von den Mördern meines Vaters gesprochen hätte.

Clements: Niemals?

Suu Kyi: Nein ... und ganz sicherlich hat sie nie etwas zu mir gesagt, was in mir einen Groll geweckt oder mich gar mit Haß erfüllt hätte. Bevor ich hier in Birma in die Politik ging, glaubte ich natürlich, ich sei wie jeder andere auch zum Haß fähig. Später begriff ich jedoch, daß ich das Gefühl eines echten Hasses gar nicht kannte, sondern lediglich an denen beobachten konnte, die mich verfolgten.

Clements: Sie konnten wirklich den Haß in den Augen derer sehen, die Sie einsperrten?

Suu Kyi: Ja, echten Haß und Bösartigkeit.

Clements: Darf ich Sie fragen, welcher Art dann Ihre Gefühle gegenüber Ihren Kerkermeistern waren?

Suu Kyi: Die meisten von ihnen mochte ich als Menschen – ich konnte nicht anders, als die menschliche Seite an ihnen zu sehen, das, was liebenswert an ihnen war. Das heißt nicht, daß mir das, was sie taten, gefiel. Es gibt zahlreiche Dinge, die sie getan haben und auch jetzt noch tun, die mir überhaupt nicht gefallen. Und Sie sollen auch nicht denken, daß ich die ganze Zeit wie ein Engel war und nie wütend wurde. Natürlich bin ich auch wütend geworden. Aber ich habe nie die Tatsache aus den Augen verloren, daß sie menschliche Wesen waren. Und wie bei jedem Menschenwesen gab es auch bei ihnen eine Seite, die liebenswert sein mußte.

Clements: Haben Sie Ihren Hausarrest zu einer Art klösterlichen Lebens umgestaltet?

Suu Kyi: Am Anfang bin ich davon ausgegangen, daß ich sehr diszipliniert sein und ein striktes Tagesprogramm einhalten müßte. Ich dachte, ich dürfe keine Zeit verschwenden und mich nicht gehenlassen (lacht). Tatsächlich fand ich es dann überhaupt nicht schwierig. Es fiel mir sehr leicht, mich an eine regelmäßige Zeiteinteilung zu gewöhnen, und ich hatte genug zu tun, um meine Tage auszufüllen.

Clements: Wie sah Ihr Tagesablauf aus?

Suu Kyi: Ich stand um halb fünf Uhr auf und meditierte eine Stunde. Dann hörte ich etwa anderthalb Stunden lang Radio. Anschließend kamen die Morgengymnastik, ein bißchen Lektüre und schließlich die Morgentoilette. Darauf folgte das tägliche Programm mit Lesen, Saubermachen, Flicken oder was immer ich mir für den jeweiligen Tag vorgenommen hatte.

Clements: Wie haben Sie es geschafft, nicht deprimiert zu werden, während Sie unter Hausarrest standen?

Suu Kyi: Ich hatte eine Menge Dinge zu erledigen. Es ist nicht wie das untätige Herumsitzen in einer Gefängniszelle. Ich lebte in einem Haus, das sauber und in Ordnung gehalten werden mußte. Ich konnte Radio hören und lesen. Ich konnte nähen. Ich konnte all die normalen Dinge tun, von denen ich mir vorstelle, daß viele Leute sie Tag für Tag tun, nur daß ich eben das Haus nicht verlassen und keinen Besuch von Freunden haben durfte.

Clements: Somit war Ihr Leben in der Gefangenschaft eine große Stille, ausgefüllt mit privaten Verrichtungen – Erledigung häuslicher Pflichten, Lesen, Radiohören und Nähen?

Suu Kyi: Nein, ich habe es ganz und gar nicht als eine große Stille empfunden. Es waren ganz gewöhnliche Tage. Wissen Sie, die Menschen neigen dazu, die Dinge zu dramatisieren. So dramatisch ist es überhaupt nicht. Ich bin sicher, daß es wesentlich dramatischer ist, wenn Menschen plötzlich aus ihrer vertrauten Umgebung herausgerissen und in eine Gefängniszelle gesperrt werden. Aber ich blieb einfach weiter in dem Haus wohnen, in dem ich bereits vor dem Hausarrest gewohnt hatte.

Clements: Hatten Sie irgendeine Vorstellung davon, wie lange Sie unter Hausarrest gehalten werden sollten?

Suu Kyi: Im ersten Haftbeschluß stand ein Jahr, aber wir wußten, daß er verlängert werden konnte.

Clements: Haben Sie mal den Gedanken gehabt, Ihr Arrest könnte endlos fortdauern, möglicherweise Ihr ganzes Leben lang?

Suu Kyi: Ja. Nach der ersten Verlängerung wurde mir schon sehr deutlich, daß das etwas war, das sie unbegrenzt fortsetzen konnten. Vor allem, weil sie inzwischen das Gesetz geändert hatten.

Clements: Haben die Behörden Ihnen eigentlich jemals klar und unmißverständlich gesagt, daß man Sie freilassen würde, wenn Sie bereit wären, das Land zu verlassen, und sind jemals Mitglieder des SLORC direkt zu Ihnen gekommen, um ein Abkommen auszuhandeln?

Suu Kyi: Nein, nur einmal haben sie zu erkennen gegeben, daß sie das für eine gute Idee hielten. Aber sie haben es mir gegenüber nie so formuliert wie gegenüber anderen Personen: »Wenn sie das Land verlassen will … kann der Arrest aufgehoben werden.« Aber sie wußten, daß ich es wußte, weil es von der BBC gesendet wurde.

Clements: Kamen Sic durch dieses Angebot einer Freilassung nie in Versuchung?

Suu Kyi: Nein.

Clements: Wie haben Sie auf das Angebot reagiert?

Suu Kyi: In der Hauptsache war ich überrascht, daß ihnen überhaupt der Gedanke gekommen war, ich könnte ein solches Angebot annehmen. Und bis zu einem gewissen Grad zeigte es, daß sie mich überhaupt nicht kannten. Das gilt sicher nicht nur für mich. Sie verraten auch sonst keine wirkliche Menschenkenntnis. Ich glaube, daß Leute, die daran gewöhnt sind, ihre Macht zu mißbrauchen, um andere einzuschüchtern und zu unterdrücken, generell nur sehr selten in eine Lage kommen, in der sie Menschen wirklich gut kennenlernen könnten. Sie wissen einfach nicht, wie sie es anstellen sollten, Menschen näher kennenzulernen. Vielleicht haben sie sich einfach an die Vorstellung gewöhnt, daß alle Menschen entweder eingeschüchtert oder gekauft werden könnten.

Clements: Wir alle haben wohl unsere finsteren Momente, in denen wir mit unseren inneren Dämonen ringen müssen. Waren Sie manchmal so deprimiert, daß Sie am liebsten mit den Fäusten gegen die Wand geschlagen hätten?

Suu Kyi: Ich habe auf den Tasten meines Klaviers herumgehämmert, als ich erfuhr, daß man Onkel U Tin Oo zu vier Jahren Zwangsarbeit verurteilt hatte. Das hat bei mir einen Wutanfall ausgelöst. Für mich war es eine schreiende Ungerechtigkeit. Ich hatte einen regelrechten Zornesausbruch.

Clements: Hat es während Ihres Hausarrests eine Phase gegeben, in der Sie Ihre Meditationsübungen intensiviert haben? Für ein paar Wochen, Monate oder vielleicht noch länger?

Suu Kyi: Nein. Aber es gab Zeiten, in denen ich länger meditiert habe, weil es mir besser gelang. Ich glaube, es geht allen so, die meditieren. Wenn Sie einmal die Freuden der Meditation, um es so zu formulieren, für sich entdeckt haben, ist man geneigt, länger bei den Übungen zu verweilen.

Clements: Darf ich fragen, worin die Freuden bestanden, die Sie entdeckt haben?

Suu Kyi: Die einzelnen Phasen, die ich durchlief, waren dieselben, die Sayadaw U Pandita in seinem Buch »In This Very Life« beschreibt. Mir ging es dabei wie allen anderen, die meditieren – es war nichts Außergewöhnliches.

Clements: Ihr Radio war Ihre Verbindung zur Welt. Welche Sendungen haben Sie gehört?

Suu Kyi: Die Nachrichten. Meistens den »BBC World Service«, die Programme von BBC und VOA für Birma und »The Democratic Voice of Burma« [Sender der Opposition]. Außerdem habe ich französische Programme gehört, aber das war eher, um meine Französischkenntnisse aufzupolieren. Manchmal habe ich auch den japanischen Rundfunk gehört, aber es hat zeitlich nicht immer gepaßt, es gab Sendungen des »BBC World Service«, die für mich wichtiger waren. Deshalb habe ich nach einiger Zeit keine japanischen Sendungen mehr gehört. Sie kamen einfach zu einer ungünstigen Zeit.

Clements: Ihr Hausarrest fiel offenbar in eine Periode zahlreicher dramatischer Umwälzungen und Ereignisse, die das politische Gesicht der Welt veränderten. Natürlich sind es zu viele, um sie alle aufzuführen, aber an welchen davon haben Sie den größten Anteil genommen?

Suu Kyi: Alles, was mit demokratischen Entwicklungen zusammenhing, hat mich brennend interessiert. Die Ereignisse in Osteuropa, in der Sowjetunion, in Südafrika, auf den Philippinen, in Bangladesh, in Pakistan, in Lateinamerika – alles, was mit der Entwicklung eines demokratischen Regierungssystems oder einer demokratischeren Lebensweise zu tun hatte, fand bei mir ein starkes Interesse.

Clements: Hatten Sie einen Fernseher?

Suu Kyi: Ich hatte ein Fernsehgerät mit einem Videodeck, das ich mir eigentlich ausgeliehen hatte, um einigen Studenten ein englisches Sprachprogramm vorzuspielen. Das blieb dann die ganzen sechs Jahre bei mir (lacht).

Clements: Durften Sie Briefe abschicken und empfangen?

Suu Kyi: Während des ersten Jahres habe ich mit meinen Angehörigen einen Briefwechsel geführt. Allerdings nur bis Mai 1990. Das war jedoch meine eigene Entscheidung.

Clements: Was war der Grund dafür?

Suu Kyi: Es gab zwei Gründe. Der eine war, daß sie [die Mitglieder des SLORC] anscheinend dachten, sie gewährten mir eine besondere Gunst, wenn sie mir erlaubten, mit meinen Angehörigen zu korrespondieren. In Wirklichkeit war es mein Recht. Ich habe noch nie etwas als eine Gunst angenommen; deshalb habe ich auch keinerlei Vergünstigungen von ihnen akzeptiert. Außerdem war ich der Meinung, sie hätten nicht das Recht, mich länger als ein Jahr unter Hausarrest zu stellen. Genausowenig hatten sie das Recht, all jene Vertreter der NLD zu verhaften, die bei den Wahlen erfolgreich abgeschnitten hatten. Es war also eine Form des Protests gegen die Ungerechtigkeiten, die sie begingen, und ein Zeichen dafür, daß ich von ihnen keine Vergünstigungen anzunehmen bereit war.

Clements: Sie haben also nichts von den Behörden angenommen, nicht einen Penny?

Suu Kyi: Nein.
Clements: Wie haben Sie sich über Wasser gehalten?
Suu Kyi: Ich habe einen Teil meiner Einrichtung verkauft.
Clements: Wie haben Sie es geschafft, sie zu verkaufen?
Suu Kyi: Die Sicherheitsleute haben es für mich getan. Na ja, sie haben sie nicht verkauft, sondern in einem Lagerhaus aufbewahrt. Sie gaben mir das Geld, und am Tag meiner Freilassung brachten sie mir alles wieder zurück. Sie wollten es mir aushändigen, aber ich sagte, das könne ich nicht akzeptieren, solange ich dafür nicht bezahlt habe. Also bat ich sie, die Sachen wieder mitzunehmen und aufzubewahren, bis ich wieder genügend Geld hätte.
Clements: Und was haben Sie gegessen? Wer hat Ihre Einkäufe gemacht?
Suu Kyi: Ich hatte ein Mädchen, das unter der Woche hierherkam, immer morgens, und sie hat die Einkäufe erledigt. Sie hat sich um die Lebensmittel und alles weitere gekümmert.
Clements: Ich habe gehört, daß Ihre Geldmittel so knapp waren, daß Sie kaum genug zum Essen hatten, daß Ihnen die Haare auszufallen begannen und daß es Zeiten gab, in denen Sie so schwach waren, daß Sie nicht einmal das Bett verlassen konnten.
Suu Kyi: Ja, das kam vor.
Clements: Wie weit ist das gegangen? Mußten Sie befürchten zu verhungern?
Suu Kyi: Ich bin immer davon ausgegangen, daß ich, wenn überhaupt, wohl eher an einem Herzversagen aus Schwäche als an Hunger sterben würde.
Clements: Hatten Sie Probleme mit dem Herzen?
Suu Kyi: Nein, aber mit so etwas muß man immer rechnen, wenn man unterernährt ist.
Clements: Können Sie sagen, in welcher Weise dieser Hausarrest Sie verändert hat? Haben Sie den Eindruck, daß er Sie in mancher Hinsicht reifer gemacht hat?
Suu Kyi: Man könnte schon sagen, daß ich dadurch reifer geworden bin, aber andererseits wäre ich wohl auch sonst reifer geworden. Man wird reifer, wenn man älter wird, auch wenn man nicht unter Hausarrest steht.

Clements: Gab es Bücher, die Sie in dieser Zeit besonders gerne gelesen haben?

Suu Kyi: Es gab einige Bücher, die mir viel Freude gemacht haben. Die Autobiographie Nehrus hat mir sehr gefallen. Ich besaß noch eine alte Ausgabe von »Pride and Prejudice« [Roman von Jane Austen: »Stolz und Vorurteil«], und das habe ich mit Vergnügen noch einmal gelesen, aber hauptsächlich wegen der Sprache. Daneben gab es sehr viele Bücher, die einfach thematisch zu meiner Arbeit paßten – politische, philosophische Werke und so weiter.

Clements: Haben Sie während Ihres Hausarrests geschrieben?

Suu Kyi: Nein. Ich sah keinen Sinn darin, zu schreiben, wenn ich es doch nicht veröffentlichen konnte.

Clements: Offensichtlich konnte einiges aber erscheinen – zum Beispiel Ihr Essay »Towards a True Refuge« [»Auf dem Weg zu einer wahrhaften Zuflucht«].

Suu Kyi: Das stimmt. Ich schrieb, wenn Michael hierherkam und ich bestimmte Reden verschicken wollte oder wenn eine Verabredung getroffen wurde, daß ich Reden über die Behörden verbreiten konnte, was zweimal der Fall war. Die übrigen Reden habe ich einfach über Michael hinausgeschmuggelt.

Clements: Wie haben Sie von Ihrer Freilassung erfahren?

Suu Kyi: Der Polizeichef und zwei weitere Leute von der Sicherheitspolizei kamen gegen vier Uhr nachmittags hierher und teilten es mir mit.

Clements: Wurden Sie schon vorher benachrichtigt?

Suu Kyi: Gegen ein Uhr sagte man mir, daß sie gegen vier Uhr kommen würden.

Clements: Wie haben Sie reagiert, als man Ihnen das mitteilte?

Suu Kyi: Ja, meine erste Reaktion, ich nehme an, es war der Gedanke, die kommen wegen meiner Freilassung. Daraufhin überlegte ich, was ich als erstes tun würde …

Clements: Und wozu haben Sie sich entschieden?

Suu Kyi: Ich beschloß, Onkel U Kyi Maung und Tante Kyi Kyi zu bitten, zu mir zu kommen; mit beiden verbindet mich ein sehr freundschaftliches Verhältnis. Und natürlich war Onkel U Kyi Maung der Führer der NLD, der unsere Partei in den Wahlen geführt hatte.

Clements: Haben Sie sich sofort wieder mit ganzem Einsatz der Konsolidierung der NLD und der Fortsetzung des Kampfes gewidmet?

Suu Kyi: Natürlich. Ich bat Onkel U Kyi Maung, zu mir zu kommen, weil ich fest entschlossen war weiterzumachen.

Clements: Wann haben Sie nach Ihrer Freilassung Ihre erste öffentliche Rede gehalten?

Suu Kyi: Schon am nächsten Tag. Aber ich ging nur hinaus, um der Menge ein paar Grußworte zu sagen.

Clements: Hat sich Ihr Hausarrest in irgendeiner Weise positiv ausgewirkt?

Suu Kyi: Nun, ich nehme an, wenn der SLORC mich nicht unter Hausarrest gestellt hätte, dann wäre unserer Bewegung nicht soviel Aufmerksamkeit geschenkt worden. Es ist immer ein Fehler, jemanden Repressionen auszusetzen, den man als seinen Feind ansieht und der wehrlos ist. Gerade dadurch, daß der SLORC in der Behandlung der Opposition so hart und unbarmherzig vorgegangen ist, hat er uns eine Menge Sympathie im Land selbst sowie in der übrigen Welt eingebracht.

GEWALT IST NICHT DER RICHTIGE WEG

Alan Clements: Ich habe den Eindruck, daß bei der Beurteilung der Führer von gewaltfreien politischen Bewegungen eine wesentliche Unterscheidung zu treffen ist. Offenbar gibt es zwei fundamentale Paradigmen der Gewaltlosigkeit. Die eine Version ist in dem Glauben an Gott verankert; das bedeutet, daß sie ihre Kraft und ihre Inspiration aus einem theistischen oder monotheistischen Verständnis vom Universum, dem Leben und der Menschheit bezieht. Beispiele dafür sind die Bewegungen, die angeführt wurden von Martin Luther King, Mahatma Gandhi und Václav Havel; auch Nelson Mandela ist vor seiner Gründung des Umkonto [militärischer Flügel des »African National Congress« (ANC)] dazu zu zählen. Jeder dieser Führer bekannte sich in mehr oder weniger deutlicher Weise zu einer christlichen oder hinduistischen Auffassung von Existenz. Demgegenüber gründet die zweite Version in dem Glauben an das *anatta* – an die buddhistische Lehre von der Nichtigkeit oder den bloßen Bedingungszusammenhängen, nach der ein ewiger Gott, eine zugrundeliegende Substanz oder ein »Ding an sich« hinter dem Schleier nicht vorausgesetzt wird. Seine Heiligkeit der Dalai Lama von Tibet ist ein Beispiel hierfür. Ein weiteres ist der vietnamesische buddhistische Mönch Thich Nhat Hahn, der, wie Sie wahrscheinlich wissen, während des Vietnamkriegs eine gewaltfreie Friedensbewegung angeführt hat und 1968 von Martin Luther King für den Friedensnobelpreis vorgeschlagen wurde. Und dann gibt es natürlich Sie, Aung San Suu Kyi, eine überzeugte Buddhistin.

Wenn man sich diese Beispiele ansieht, stellt man fest, daß alle theistischen Ausdrucksformen von Gewaltlosigkeit in ihren Kämpfen erfolgreich waren, während es den Buddhisten nicht gelungen ist, eine politische Änderung herbeizuführen – Thich Nhat Hahn räumt dies in seinen Schriften ein, und der Dalai Lama erklärt: »Die Zeit läuft bald ab in Tibet.« Und bei Ihrem eigenen Kampf hier in Birma ist der Ausgang noch offen, wobei die Repression durch den SLORC täglich zunimmt. Was halten Sie von dieser Unterscheidung, die ich getroffen habe?

Aung San Suu Kyi: Aber in Vietnam, vor allem in Südvietnam, gibt es sehr viele Christen, und viele von ihnen haben während des Krieges Schlüsselpositionen besetzt. Ngo Dinh Diem war Katholik. Ich glaube, einer der Gründe für das Scheitern der buddhistischen Bewegung liegt darin, daß so viele Nichtbuddhisten in Machtpositionen saßen. Die buddhistische Bewegung konnte kaum jemanden, der entscheidenden Einfluß hatte, für sich gewinnen.

Clements: Um noch einmal auf meine Frage zurückzukommen: Wie bedeutsam ist der Unterschied zwischen der inneren Überzeugung derjenigen, die Gott in ihrer Seele haben, und dem Glauben derer, die das *anatta* als ihre ewige Wahrheit ansehen?

Suu Kyi: Ich frage mich, ob es hierbei nicht um eine viel praktischere Frage geht. Für das Christentum sind organisierte Bewegungen unverzichtbar. Ihre Kirchen sind nach diesem Muster aufgebaut. Im Gegensatz dazu sind die Buddhisten nicht in einer Organisation zusammengefaßt, in deren Zentrum ihre Klöster stehen. Es mag zwar sein, daß sie das lokale Kloster besuchen oder zu einem von ihnen bevorzugten Kloster gehen, um dort ihre Andacht zu verrichten, aber sie sind nicht auf dieses eine Kloster festgelegt. Es ist nicht wie bei den Christen, die jahraus, jahrein immer dieselbe Kirche besuchen und auf diese Weise innerhalb einer Gemeinde Beziehungen aufbauen. Vielleicht sind auch schon Ihre Eltern immer in diese Kirche gegangen, und Sie kennen allein durch sie eine Menge Leute. Außerdem wissen Sie, wer wiederum deren Eltern waren und welchen Umgang sie hatten. Ich glaube, so funktioniert es, wenn eine Grundlage für eine organisierte Bewegung geschaffen wird. Ich habe mir immer wieder gedacht, daß das wahrscheinlich einer der Gründe dafür ist, warum die christlich fundierten politischen Bewegungen so schnell in Gang kommen und so effizient sind. Die Organisation ist bereits vorhanden. Schauen Sie sich Lateinamerika an, Sie werden feststellen, daß viele der dortigen politischen

Protestbewegungen gegen die Diktaturen, auch wenn sie nicht Gewaltfreiheit propagierten, doch in der Kirche verankert waren, so daß sie sehr schnell an Schlagkraft gewannen. Selbst in islamischen Ländern haben sie die Moschee, die das formelle Zentrum der Gemeinde bildet und wo regelmäßige wöchentliche Zusammenkünfte stattfinden. Diese Art einer formellen Organisation gibt es in buddhistischen Ländern nicht.

Clements: Sie glauben also nicht, daß der Erfolg dieser Bewegungen etwas mit ihrem Glauben an Gott zu tun hat?

Suu Kyi: Meiner Meinung nach liegt es einfach daran, daß sie regelmäßig zusammenkommen können. Selbst in Indien kann die Regierung nicht sagen, Muslime dürfen nicht in die Moschee gehen. Es würde einen ziemlichen Aufruhr geben. Sie muß ihnen erlauben, in die Moschee zu gehen; damit haben sie die Möglichkeit, sich mindestens einmal in der Woche zu versammeln. Aber wo sollten die Buddhisten zusammenkommen? Wenn die Buddhisten anfingen, sich einmal in der Woche in einem bestimmten Kloster zu treffen, säße ihnen gleich der Geheimdienst im Nacken, um herauszufinden, was dort vorgeht. Aber Sie können Menschen nicht davon abhalten, die Kirche zu besuchen. In den osteuropäischen Ländern haben sie es versucht, doch sobald die westlichen Medien aufmerksam geworden waren und die Regierungen westliche Kredite benötigten, konnten sie den Leuten nicht mehr sagen: »Bleibt aus der Kirche weg!« So war es in Polen: Ein Großteil der politischen Aktivität hatte seine Basis in den Kirchen.

Nehmen wir dagegen ein Beispiel aus Birma. Im vergangenen Juni lud Onkel U Kyi Maung ein paar alte Freunde ein, die sich jeden Donnerstag bei ihm zum Tee und zu einem guten Gespräch zusammensetzen sollten. Was passierte? Sie wurden vom Geheimdienst abgeholt, ins Gefängnis gesperrt und tagelang verhört. Wenn jemand auf den Gedanken käme, sich mit hundert oder zweihundert anderen regelmäßig in einem Kloster zu treffen, so hätte dies sehr unangenehme Konsequenzen. In christlichen Ländern dagegen können die Regierungen zwar Spitzel in die Kirchengemeinden einschleusen, aber sie müßten den Gemeindemitgliedern immer noch erlauben, sich regelmäßig zu versammeln. Das ist für jede Bewegung aus dem Volk ein großer Vorteil.

Clements: Präsident Nelson Mandela schreibt in seiner Autobiographie »Long Walk to Freedom« [»Der lange Weg zur Freiheit«]: Im Jahr 1961 »waren die Tage des gewaltlosen Kampfs vorüber ... Wir hatten keine andere Wahl mehr, als zur Gewalt zu greifen.« Um seine Abkehr von der Gewaltlosigkeit hin zur Gewalt zu begründen, berief er sich auf ein altes afrikanisches Sprichwort: »Die Angriffe wilder Tiere kann man nicht mit bloßen Händen abwehren.« Trotzdem gab es innerhalb des ANC einige, die Einwände erhoben: »Gewaltlosigkeit war ein unverletzliches Prinzip und keine Taktik, die aufgegeben werden sollte, wenn sie sich als unbrauchbar erwiesen hat.« Darauf erwiderte Mandela: »[Ich] war der genau entgegengesetzten Meinung ... Gewaltlosigkeit war eine Taktik, die aufgegeben werden mußte, wenn sie nicht mehr weiterführte ... Und es war falsch und unmoralisch, unsere Leute bewaffneten Angriffen des Staates auszusetzen, ohne ihnen irgendeine Alternative anzubieten.« Wenn ich richtig sehe, ist für Sie ein gewaltloser politischer Aktivismus ein moralischer und spiritueller Grundsatz und keine reine politische Taktik?

Suu Kyi: Nein, nicht ganz. Es ist auch eine politische Taktik. Militärputsche, die sich in Birma immer wieder ereignet haben, sind gewaltsame Methoden zur Änderung einer Situation, und ich möchte nicht dazu beitragen, daß diese Tradition, politische Änderungen mit Gewalt herbeizuführen, bis in alle Ewigkeit fortgesetzt wird. Denn ich befürchte, wenn wir die Demokratie mit diesen Mitteln verwirklichen, dann werden wir uns nie von der Vorstellung befreien können, daß notwendige Änderungen nur durch Gewalt zu erreichen seien. Allein schon die Methode würde zu einer ständigen Bedrohung für uns werden. Denn es gibt immer Menschen, die mit der Demokratie nicht einverstanden sind. Und wenn wir sie mit gewaltsamen Mitteln erringen, dann wird es den harten Kern derjenigen geben, die schon immer gegen die Demokratiebewegung waren und sich sagen: »Sie haben das System gewaltsam geändert, und wenn wir unsere eigenen Methoden der Gewalt entwickeln, die ihren überlegen sind, können wir die Macht zurückerobern.« Und wir werden weiter in diesem Teufelskreis gefangen sein. Für mich ist es ebenso eine politische Taktik wie eine spirituelle Überzeugung, daß Gewalt nicht der richtige Weg ist. Sie wäre einfach nicht hilfreich, wenn wir eine starke Demokratie aufbauen wollen.

Clements: Aber wenn Sie feststellen sollten, daß gewaltfreie Methoden nicht mehr wirkungsvoll sind, haben Sie als politische Führerin dann nicht die Pflicht, von Ihrer Taktik der Gewaltlosigkeit abzugehen, um nicht Ihrem Kampf sozusagen die Spitze zu nehmen, oder halten Sie, komme was da mag, aus moralischen Gründen am Prinzip der Gewaltlosigkeit fest?

Suu Kyi: Sie wissen, daß wir alle unsere Entscheidungen gemeinsam treffen …

Clements: Ja, das weiß ich.

Suu Kyi: Und solange ich einer demokratischen Organisation angehöre, werde ich mich an gemeinsam gefaßte Beschlüsse halten müssen.

Clements: Dann lassen Sie mich die Frage anders stellen. Daw Suu, ich möchte Sie gern richtig verstehen: Ist für Sie Gewaltlosigkeit ein unwandelbares ethisches und spirituelles Prinzip, das Sie in Ihrer Führung des Kampfes niemals aufgeben werden?

Suu Kyi: Wir haben immer gesagt, daß wir uns niemals von den Studenten und anderen distanzieren werden, die zu Mitteln der Gewalt gegriffen haben. Wir wissen, daß sie dasselbe Ziel anstreben wie wir. Sie wollen eine Demokratie, und in ihren Augen besteht die beste Möglichkeit, zu ihrer Verwirklichung zu kommen, in einem bewaffneten Kampf. Und wir behaupten nicht, das Monopol auf die richtigen Methoden zur Erreichung unseres Ziels zu besitzen. Außerdem können wir nicht für ihre Sicherheit garantieren. Wir können nicht sagen: »Folgt uns auf unserem Weg der Gewaltlosigkeit, dann werdet ihr geschützt sein«, und genausowenig können wir sagen, daß wir unser Ziel ganz ohne Tote und Verletzte erreichen werden. Ein solches Versprechen können wir nicht geben. Wir haben uns für den Weg der Gewaltlosigkeit einfach deshalb entschieden, weil wir der Meinung sind, daß es auf lange Sicht politisch für das Land besser ist, unter Beweis zu stellen, daß man einen Wandel auch ohne Anwendung von Waffengewalt herbeiführen kann. Das war von Anfang an eine klare politische Richtlinie der NLD. In diesem Punkt spielen spirituelle Fragen für uns überhaupt keine Rolle. Vielleicht unterscheiden wir uns in dieser Hinsicht ja von Mahatma Gandhi, der wahrscheinlich alle Bewegungen verurteilt hätte, die nicht gewaltfrei sind. Aber ich bin mir da nicht sicher. Er hat einmal gesagt, wenn er nur die Wahl hätte zwischen Gewalt und Feigheit, würde er die Gewalt vorziehen. So hat also selbst Gandhi, der als der größte Anhänger von Gewaltlosigkeit gilt, die Möglichkeit von Ausnahmen eingeräumt.

Clements: Aber wie ist es, wenn man sich eher aus Mitgefühl, um es einmal so zu nennen, für die Gewalt entscheidet, und nicht so sehr deshalb, weil sie eine Alternative zur Feigheit ist? Nelson Mandela schreibt: »Die Führung begeht ein Verbrechen gegen ihre eigenen Leute, wenn sie zögert, ihre politischen Waffen zu schärfen, sobald diese an Wirkung verloren haben.« Heißt das nicht, daß die Verpflichtung zur Gewaltlosigkeit in Wirklichkeit zu einem Akt der Gewalt gegen das eigene Volk wird, wenn der gewaltfreie Kampf keinen Erfolg mehr verspricht?

Suu Kyi: Es hängt von der Situation ab, und ich glaube, daß unter den Bedingungen, die im heutigen Birma herrschen, gewaltfreie Mittel die beste Methode darstellen, unser Ziel zu erreichen. Aber auf keinen Fall verurteile ich jene, die sozusagen »den gerechten Kampf« führen. Mein Vater hat es getan, und dafür bewundere ich ihn sehr.

Clements: Man könnte also sagen, daß Sie sich mehrere Optionen offenhalten und sich nicht auf eine bestimmte Methode festlegen?

Suu Kyi: Wir halten uns alle Optionen offen. Es ist sehr wichtig, flexibel zu sein. Wir haben uns für die Gewaltlosigkeit entschieden, weil sie der beste Weg ist, das Volk zu schützen und, langfristig gesehen, die Stabilität einer künftigen Demokratie zu gewährleisten. Das war der Grund, warum mein Vater sich von der Gewalt abkehrte und der Gewaltlosigkeit zuwandte. Er wußte, daß es für die Zukunft des Landes weitaus besser war, einen demokratischen Staat durch politische Mittel und Verhandlungen als durch Militärgewalt aufzubauen. Es war dasselbe wie bei Nelson Mandela. Er wandte sich wieder der Gewaltlosigkeit zu, sobald es möglich war. Natürlich gebrauchte er vorher Gewalt, weil die Gewaltlosigkeit sich nicht auszahlte und weil man darin ein Zeichen der Schwäche und nicht der Stärke sah. Aber damals lagen die Dinge noch anders. Als Nelson Mandela und die übrigen Südafrikaner es zunächst mit der Gewaltfreiheit probierten, war die Welt so sehr in den ideologischen Kampf zwischen Ost und West verstrickt, daß sie kein Interesse an Menschenrechten hatte. In einer grausamen Welt gelangten Nelson Mandela und andere Südafrikaner zu der Überzeugung, daß sie Mittel anzuwenden hatten, die wirkungsvoll waren und ihrer Sache weiterhelfen würden. In der heutigen Zeit können wir gewaltfreie

Methoden einsetzen, um unsere Ziele zu erreichen. Aber wenn Sie eine Wahl haben und überzeugt davon sind, daß Sie auf beiden Wegen zum selben Erfolg kommen können, dann würden auch Sie zweifellos den der Gewaltlosigkeit wählen, weil er bedeutet, daß eine geringere Zahl von Verletzten zu beklagen sein wird.

Clements: Ich glaube nicht, daß Gewalt und Gewaltlosigkeit sich wirklich so klar voneinander abgrenzen lassen. Natürlich gibt es viele, die beides säuberlich trennen und in schwarze und weiße Schubladen packen möchten, aber ist es nicht doch möglich, eine bewaffnete Streitmacht zu haben, die dem Prinzip der Gewaltlosigkeit anhängt, oder ist das ein Widerspruch in sich? Können Sie auf einer philosophischen Ebene ein gewaltfreier Aktivist sein, auch wenn Sie vielleicht Kombattant sind und Gewalt anwenden, wenn man Sie dazu auffordert?

Suu Kyi: Wir müssen uns darüber einigen, was mit Gewalt gemeint ist. Wenn wir Gewalt als jede Handlung definieren, die anderen Schmerz zufügt, dehnt das den Begriff so weit aus, daß keiner von uns mehr zu wirklicher Gewaltlosigkeit imstande wäre. Selbst wenn es Ihre Absicht ist, einem anderen zu helfen, können Sie dem Betreffenden Schmerzen zufügen, indem Sie ihm etwa eine schmerzliche Wahrheit mitteilen. Im Ausgang von dieser Definition wäre es also sehr schwierig, von reiner Gewaltlosigkeit zu sprechen.

Was wir heute ganz allgemein unter Gewalt verstehen, ist körperliche Gewalt. Solange Ihre Gedanken, Gefühle und Worte nicht in physisches Handeln umgesetzt werden, sind die Menschen mehr oder weniger bereit zu akzeptieren, daß Ihre Methoden gewaltfrei sind. Das läßt sich nach meiner Auffassung durchaus in die Praxis umsetzen. Sie können sich tatsächlich aller Handlungen enthalten, mit denen anderen körperliche Schmerzen zugefügt werden. Dann aber gibt es natürlich auch jene, die behaupten, seelischer Schmerz sei schlimmer als körperlicher Schmerz …

Clements: Ja, der Buddha hat das gesagt …

Suu Kyi: Dann müssen Sie sich darüber auseinandersetzen, ob eine physische Handlung, die einem anderen Schmerz zufügt, tatsächlich schlimmer ist als ein Wort oder ein Verhalten, das seelischen Schmerz hervorruft.

Clements: Ich kann sagen, daß es sich viele von uns in den westlichen Ländern sehr leicht damit gemacht haben, den Militärapparat als ein System anzusehen, das für gewalttätige Aggression steht. Damit verbunden ist häufig eine strikte Abgrenzung zwischen diesem Apparat und uns selbst; wir betrachten das Militär als die Antithese zur Gewaltlosigkeit, zur Haltung des *ahimsa*. Aber ich frage mich, ob es eine Möglichkeit gibt, die Trennlinie zwischen denjenigen, die »zu Recht« von der Waffe Gebrauch machen, und denen, die unter keinen Umständen zum Mittel der Gewalt greifen würden, weniger scharf zu ziehen.

Suu Kyi: Nehmen Sie als Beispiel Birma in der Zeit des Widerstands gegen die Japaner. Die birmanische Armee entstand aus dem Volk und war ein Teil von ihm. Und während des Kampfes gegen die Japaner hat das Volk ganz bestimmt nicht die Armee als »sie« und sich selbst als »wir« verstanden. Wir waren alle eins. Selbst nach der Unabhängigkeit, solange Birma ein demokratisches Land war, gab es diese Unterscheidung zwischen Soldaten und Zivilisten nicht. Die kam erst, als das Militär die Macht übernahm und sich als Elite etablierte. Die Privilegierten und die Nichtprivilegierten. Darauf läuft es letztlich hinaus. Privilegiert, weil sie die Gewehre, das Geld oder die Macht haben und die anderen nicht.

Clements: Um auf Nelson Mandela zurückzukommen: Besonders interessant fand ich seine Schilderung einer wenig erfreulichen Begegnung mit amerikanischen Journalisten von der »Washington Post«, die ihn im Gefängnis auf Robben Island interviewen wollten. Anscheinend hatten sie versucht, ihm das Etikett eines Kommunisten und Terroristen anzuheften, und ihn als einen Nichtchristen bezeichnet. Sie hielten ihm vor, daß Martin Luther King niemals zur Gewalt gegriffen habe. Er entgegnete, er sei sehr wohl ein Christ, und selbst Christus, der Friedensstifter, habe einmal, als er keine andere Möglichkeit mehr sah, zur Gewalt gegriffen und die Geldverleiher aus dem Tempel gejagt.

Suu Kyi: Ja. Er holte sogar seine Peitsche heraus, oder? Ich glaube, man kann es sich nicht leisten, in der Politik dogmatisch zu sein. Dogmatismus ist eine der größten Gefahren in der Politik.

Clements: Ein weiteres Motiv in seinem Buch, das mich beeindruckt hat, war die Macht des Liedes; er erzählt auf bewegende Weise, wie er vor Gericht stand und der Gerichtssaal gefüllt war mit seinen ANC-Anhängern, die Lieder sangen und Sprechchöre anstimmten. Und dasselbe, als sie in den frühen Tagen der Bewegung ins Gefängnis gesperrt wurden. Er schildert, wie sie die ganze Nacht hindurch ihre Lieder und Choräle sangen.

Suu Kyi: Das ist aber typisch afrikanisch, oder nicht?

Clements: Das stimmt. Aber können Sie sich vorstellen, wie es wäre, wenn die Scharen Ihrer Anhänger, die zu Ihren wöchentlichen Ansprachen kommen, Freiheitslieder singen würden? Gibt es überhaupt eine Tradition des Tanzens und Singens in der Bewegung als ein Mittel, die Verbundenheit und Entschlossenheit der Mitglieder zu stärken?

Suu Kyi: Nein, wir haben keine solche Tradition des gemeinschaftlichen Singens oder Tanzens. Es ist auch nicht ganz dasselbe …

Clements: Selbst bei den von Martin Luther King angeführten Märschen war das Singen ein wichtiger verbindender Aspekt für die Menschen in der Bewegung. Und in Hanoi, während der Bombardierung der Stadt durch die Amerikaner, sangen die Zehntausende von Männern, Frauen und Kindern, die in Bunkern tief in der Erde Schutz suchten. Ich will damit sagen, daß Musik und Lieder der Bewegung ein festes Fundament geben, sie sozusagen aus dem Kopf, aus dem Bereich der Parolen herausholen und in die Seele einpflanzen.

Suu Kyi: Sicher … einige von den Jüngeren haben 1988 und 1989 demokratische Lieder gesungen, und das hatte eine sehr anfeuernde Wirkung. Und vor dem Krieg, während der Unabhängigkeitsbewegung, hat unser Volk ebenfalls beflügelnde patriotische Lieder gesungen. Aber ich glaube nicht, daß man es mit der afrikanischen Tradition vergleichen kann, wo die Menschen sich einfach die Hände reichen und zu singen anfangen. Das gemeinsame Singen als ein Ausdruck des Zusammengehörigkeitsgefühls ist bei den Birmanen unbekannt, selbst wenn es sich um politische Lieder handelt. Vielleicht ist das bei den übrigen ethnischen Gruppen in Birma anders. Die Karen gelten bei uns als besonders gute Sänger. Und es kann gut sein, daß dieses gemeinschaftliche Singen und Tanzen bei ihnen häufiger anzutreffen ist.

Clements: Als ich Sie und Ihre Mitstreiter bei den Ansprachen an den Wochenenden beobachtet habe, kam mir der Gedanke, daß bei Ihnen vielleicht der Humor die Funktion übernimmt, die bei anderen Völkern das Singen hat. Die dort versammelten Menschen brachen immer wieder in Lachen aus …

Suu Kyi: Ja, das ist vielleicht typisch birmanisch. Sie haben wirklich einen Sinn für Humor, und sie kapieren sehr schnell. Zum Beispiel die Witze dieser Schauspieler, die im vergangenen Monat kurz nach ihrer Aufführung auf meinem Gelände verhaftet wurden. Ihre Späße richteten sich nicht direkt gegen den SLORC, aber trotzdem wußte jeder sofort, was gemeint war.

Clements: Ich sehe Sie im Gespräch mit Ihren engsten Mitarbeitern häufig lachen, und sie haben mir alle erzählt, wie komisch Sie sind …

Suu Kyi: Also, ich muß zugeben, daß ich schon immer einen Sinn für Humor gehabt habe. Ich kann den Dingen immer ihre lächerliche Seite abgewinnen, und das ist für mich eine große Hilfe, weil ich dann auch über meine eigene Situation lachen kann. Ich habe mich ja, wie Sie wissen, in Situationen befunden, die in den Augen einiger Leute sehr unerfreulich waren. Natürlich, wenn Sie die Nase sehr hoch tragen, werden Sie solche Situationen als unerfreulich empfinden. Aber ich habe sie sehr oft einfach als ziemlich komisch angesehen. Und ich glaube, ich habe Ihnen bereits gesagt, daß es keine einzige Zusammenkunft [mit den Führungsmitgliedern der NLD] gegeben hat, auf der wir nicht wenigstens ein paarmal herzlich gelacht haben. Unsere Lage ist zweifellos alles andere als beneidenswert, doch der Ernst der Lage ist etwas, über das wir alle immer wieder Witze machen können. Überhaupt gibt es viele Birmanen, die darüber Witze reißen, auch über Zwangsarbeit und Gefängnis. Das ist ein wesentlicher Bestandteil unserer birmanischen Kultur.

Clements: Ja, das ist mir auch aufgefallen. Erst kürzlich haben wir zu mehreren U Win Htein [Assistent von Aung San Suu Kyi] zugehört, der sein letztes Verhör durch den Geheimdienst schilderte, das 27 Stunden ohne Unterbrechung dauerte. Während er die Geschichte erzählte, fingen angesichts der Absurdität der Vorgehensweise des SLORC alle an zu lachen, bis ihnen die Tränen kamen. Auf sein eigenes Leiden ist er dabei überhaupt nicht eingegangen. Ich glaube, er hat gesagt, »es war ziemlich ungemütlich«, aber mehr auch nicht …

Suu Kyi: Tatsächlich, ja, es war die Art und Weise, wie sie [die Leute vom Geheimdienst] mit ihm geredet haben, ihre Fragen und Ansichten wirken auf uns höchst grotesk. Weil sie so aberwitzig sind, im Ernst. Sie haben jede Verbindung mit der Realität verloren. Was sie denken, hat so wenig mit dem zu tun, was wirklich passiert, daß es absurd wird.

Clements: Als Václav Havel einmal die Frage nach dem Zusammenhang zwischen Leiden und Absurdität gestellt wurde, gab er folgende Antwort: »Wenn man jemanden auffordern würde, er solle in seinem Gesicht den Ausdruck der Besorgnis in dem gleichen Tempo steigern, in dem die Probleme, mit denen er sich herumzuschlagen hat, zunehmen, so müßte er sogleich versteinern und zu seiner eigenen Statue werden.«

Suu Kyi: Ja, ich glaube, der Sinn für Humor erfordert ein bestimmtes Maß an Objektivität, und deshalb ist er ja auch so hilfreich. Wenn Sie die Dinge umfassend betrachten, können Sie ihnen immer auch eine humorvolle Seite abgewinnen. Darum lachen wir auch über Situationen, an denen andere überhaupt nichts zum Lachen finden. Ich meine, wenn U Win Htein und andere über seine Schilderung des Verhörs lachen mußten, dann deshalb, weil sie es in einem größeren Zusammenhang gesehen haben, und dann war es auch wirklich lächerlich. Wenn Sie es jedoch nur unter einer bestimmten Perspektive sehen, dann kann es auf manche empörend, demütigend oder auch furchteinflößend wirken.

Clements: Daw Suu, eine einfache Frage: Was bedeutet Liebe für Sie?

Suu Kyi: Davon habe ich eigentlich überhaupt keine abstrakte Vorstellung. Wenn ich sie zunächst einmal als *metta*, als Güte auffasse, spüre ich, daß sie in unserer Bewegung, vor allem zwischen meinen Mitarbeitern und mir, da ist. Wir arbeiten zusammen wie eine Familie – wir sind nicht einfach nur Kollegen. Wir sind gegenseitig voller Anteilnahme und empfinden echte Zuneigung füreinander. Das ist die Grundlage unserer Beziehungen. Ich glaube, das hat viel mit der Tatsache zu tun, daß wir unter derart schwierigen Bedingungen arbeiten müssen. Nur *metta* ist stark genug, um Menschen miteinander zu verbinden, die sich einer solchen Unterdrückung ausgesetzt sehen und ständig darauf gefaßt sein müssen, ins Gefängnis geworfen zu werden. Und je länger wir zusammenarbeiten, desto stärker und umfassender wird das Band des *metta*. Freundschaft und Zuneigung schließen auch die Angehörigen meiner Mitarbeiter mit ein. Je stärker diese Bande werden, desto intensiver wird das Gefühl, daß wir eine große Familie sind. Eine Familie mit einer Liebe zur Gerechtigkeit, einer Liebe zur Freiheit, einer Liebe zu Frieden und Gleichheit.

Aber kehren wir zurück zu der prosaischeren Frage des Humors. Wenn Sie daran gewöhnt sind, über viele Dinge zu lachen, dann lachen Sie eines Tages auch über Ihre eigenen Probleme. Sie gewöhnen sich daran, die absurde und komische Seite der Dinge zu sehen, und Sie nehmen dann Ihre Probleme nicht mehr ganz so ernst. Ganz ähnlich ist es mit Freundschaft und Zuneigung: Wenn Sie sich daran gewöhnt haben, freigebig damit zu sein, fällt es Ihnen viel leichter, sie sogar solchen Menschen zu geben, die sich möglicherweise als Ihre Feinde betrachten.

Clements: Wie ist es möglich, daß Sie selbst Tyrannen gegenüber Zuneigung empfinden können?

Suu Kyi: Es passiert einfach. Ich denke mir nie in meiner Phantasie Szenen aus, in denen ich sie tyrannisiere, mich räche oder sie schlecht behandle und unglücklich mache. Solche Vorstellungen verschaffen mir weder eine Befriedigung, noch sind es Bilder, die ich als besonders angenehm und wünschenswert empfinden könnte. Was ich mir dagegen vorstelle, ist, daß wir eines Tages diese Feindschaft überwunden haben werden und wir Freunde sein können.

Clements: Wir haben schon einmal darüber gesprochen, daß man, psychologisch betrachtet, Unsicherheit als Grundlage autoritärer Regime voraussetzen kann – ein Mangel an Vertrauen in die eigene Würde und den eigenen Selbstwert und damit ein mangelndes Vertrauen in andere Menschen. In bezug darauf möchte ich Sie bitten, etwas darüber zu sagen, wie man in Verletzlichkeit Kraft finden kann, statt in ihr lediglich eine Schwäche zu sehen. Heute gibt es ja Millionen Frauen auf der ganzen Welt, die uns nach Jahrtausenden der Unterdrückung durch den Mann auffordern, endlich aufzuwachen und Verletzlichkeit als einen Vorzug und eine Stärke anzusehen, als eine Möglichkeit, zu der eigenen Kraft zu finden und nicht als ein Hindernis auf diesem Weg. Wie denken Sie über dieses Problem, und, konkreter gefragt, woher kommt eigentlich wahre Macht?

Suu Kyi: Die »Macht der Machtlosen«, wie Václav Havel gesagt hat. Ich glaube, die Macht kommt aus unserem Innern. Wenn Sie Vertrauen haben in das, was Sie tun, und wenn Sie von der Überzeugung getragen werden, daß das, was Sie tun, richtig ist, so resultiert schon allein daraus Stärke und Macht, und diese Macht ist sehr wichtig, wenn Sie etwas erreichen wollen. Wenn Sie nicht an das glauben, was Sie tun, so wird Ihrem Handeln die Überzeugungskraft fehlen. Sie können sich noch so sehr anstrengen, es werden Ungereimtheiten auftreten.

Clements: Und wie verhält es sich im Hinblick auf das von mir angesprochene Frauenthema?

Suu Kyi: Natürlich werden Frauen bewußt und unbewußt diskriminiert. Sie werden sehr wenige Frauen in höheren Verwaltungspositionen finden, und das liegt offensichtlich nicht daran, daß sie weniger Fähigkeiten hätten als Männer.

Clements: Wie steht es mit den Frauenrechten in Birma?

Suu Kyi: Die Leute haben mich immer wieder nach den Rechten der Frauen in Birma gefragt, und ich habe jedesmal sehr deutlich gesagt: »Männer haben in Birma ebenfalls keine Rechte.« Ich weiß natürlich, daß Männer in Birma ebenso wie in vielen anderen Teilen der Welt das privilegierte Geschlecht sind, doch gegenwärtig sind sie nicht weniger dem Unrecht und der Unterdrückung ausgesetzt. Deshalb geht es zunächst einmal darum, allen ihre Grundrechte zu geben. Wir müssen der Praxis ein Ende bereiten, daß Männer ins Gefängnis geworfen werden. Das heißt nicht, daß man nicht auch Frauen ins Gefängnis werfen würde. Aber es gibt wahrscheinlich hundert- oder vielleicht tausendmal mehr männliche als weibliche politische Gefangene. Deshalb fällt es mir im gegenwärtigen Augenblick sehr schwer, Frauen in Birma völlig getrennt von der Bewegung zu betrachten, in der auch Männer engagiert sind. Aber ich bin sicher, daß die Frage der Frauenrechte zur Sprache kommen wird, sobald wir die Demokratie erkämpft und alle Menschen ihre grundlegenden politischen Rechte erworben haben.

Clements: Dann lassen Sie mich auf einer allgemeineren Ebene eine Frage zur Frauenbewegung stellen. Können Sie positive Auswirkungen dieser Bewegung erkennen?

Suu Kyi: Es steht außer Zweifel, daß die Frauen dank der Frauenbewegung am Arbeitsplatz mehr Gleichheit erreicht haben und in leitenden Stellungen stärker als bisher vertreten sind. Und das gesellschaftliche Bewußtsein für ihre Probleme hat beträchtlich zugenommen. Selbst in Entwicklungsländern, wo Frauenfragen nicht gerade im Vordergrund stehen, dämmert den Männern die Einsicht, daß sie etwas tun müssen, um ihren Frauen zu helfen und ihnen zumindest das Leben physisch zu erleichtern. Schließlich ist es kein Naturgesetz, daß Frauen sich abplagen müssen, nur weil sie Frauen sind. In vielen ländlichen Gemeinden müssen sie körperlich schwerer arbeiten als die Männer. Die Aufgabe der Männer besteht lediglich darin, sie bei der Feldarbeit zu beschützen, falls sich ein Löwe oder ein Tiger zeigt oder sich ein militärischer Überfall ereignet, obwohl solche Vorkommnisse immer seltener werden.

Clements: Es ist an der Zeit, daß die Männer bei sich mit der Vorstellung aufräumen, die Frauen wollten von ihnen beschützt werden oder seien überhaupt auf einen solchen Schutz angewiesen.

Suu Kyi: So ist es. Meiner Meinung nach gibt das den Männern in manchen Gemeinwesen lediglich die Möglichkeit, miteinander zu plaudern, während sie ihre Pfeile und ihren Bogen polieren.

Clements: Sehen Sie sich als Feministin?

Suu Kyi: Nein, das nicht.

Clements: Sie haben geschrieben: »Es genügt nicht, die Armen materiell zu unterstützen. Man muß ihnen die Fähigkeit vermitteln, ihre Auffassung von sich selbst – daß sie nur hilflose und unnütze Wesen in einer gleichgültigen Welt seien – zu ändern.« Was bedeutet die Vermittlung dieser Haltung im Kern für Sie?

Suu Kyi: Ich glaube, daß man den Menschen in angemessener Weise Macht über ihr eigenes Schicksal einräumen muß. Sie müssen spüren, daß sie einen gewissen Einfluß darauf haben, was mit ihnen geschieht. Dazu muß man sie befähigen. Natürlich hat keiner von uns die letzte Entscheidung darüber, was mit uns geschehen wird. Dabei wirken zu viele äußere Faktoren mit.

Clements: Nelson Mandela schreibt in seinen Lebenserinnerungen, eines der Themen, über die er und seine Mitstreiter vom ANC in den langen Jahren der Haft immer wieder gesprochen hätten, sei die Frage gewesen, wie man im Bewußtsein der Bevölkerung die Bereitschaft zum Kampf wachhalten könne. Ich würde Sie gerne fragen, in welcher Weise Sie und Ihre Mitarbeiter von der NLD versuchen, die Sehnsucht des Volkes nach Freiheit so anzufachen, daß daraus wie in Südafrika eine mitreißende Bewegung entsteht, die sich nicht mehr aufhalten läßt.

Suu Kyi: Vor allem müssen wir ihnen vermitteln, daß es in diesem Kampf um sie selbst geht. Das ist es, was wir der Bevölkerung immer wieder klarmachen: Beim Kampf um die Demokratie geht es um euren

Arbeitsplatz und die Ausbildung eurer Kinder; es geht um das Haus, in dem ihr lebt, und die Nahrung, die ihr eßt; er geht darum, ob ihr erst eine behördliche Genehmigung braucht, bevor ihr eure Verwandten im nächsten Dorf besuchen könnt, oder nicht; ob ihr eure Ernte selbst einbringen und selbst entscheiden könnt, ob und an wen ihr sie verkaufen wollt. Der Kampf geht um ihr tagtägliches Leben. Es nützt nichts, wenn man zu einem Bauern sagt, daß es beim Kampf um Demokratie um bessere Richtlinien für Investitionen geht. Damit kann er überhaupt nichts anfangen. Für ihn ist wichtig, daß die Demokratie ihm das Recht sichert, über seine Aussaat selbst zu bestimmen und seine Feldfrüchte dann zu ernten, wenn er es für richtig hält, und sie an den zu verkaufen, der ihm den besten Preis dafür bezahlt. Das ist für ihn Demokratie. Für einen Geschäftsmann ist Demokratie ein System mit vernünftigen Wirtschaftsgesetzen, die von den Institutionen des Staates geschützt werden. In diesem System kennt er seine Rechte und weiß, was er tun darf und was nicht. Er weiß, wie er sich verteidigen kann, falls jemand diese Rechte verletzt. Für einen Schüler bedeutet Demokratie das Recht, gute Schulen besuchen und in Frieden lernen zu können und nicht ins Gefängnis abgeführt zu werden, nur weil er mit ein paar Freunden über einen komischen Charakterzug eines Ministers gelacht hat. Demokratie bedeutet das Recht, mit Freunden die eigenen politischen Ansichten zu diskutieren und in der Teestube auf dem Campus zu sitzen und über alles zu sprechen, worüber man sprechen möchte, ohne sich vorher umzusehen, ob auch keine Spitzel des Geheimdiensts in der Nähe sind.

Als Onkel U Kyi Maung im Gefängnis saß, fragte ihn einer der Geheimdienstoffiziere beim Verhör: »Warum sind Sie Mitglied in der NLD geworden?« Und er antwortete: »Um Ihre Interessen zu vertreten.« Darum geht es in unserem Kampf: um das alltägliche Leben aller, auch der Offiziere des Geheimdienstes.

»NIEMAND KANN MICH DEMÜTIGEN AUSSER MIR SELBST«

Alan Clements: Daw Suu, was hat Sie bewogen, für Ihr Volk zu kämpfen?

Aung San Suu Kyi: Als ich beschloß, mich an der Demokratiebewegung zu beteiligen, geschah dies in erster Linie aus einem Pflichtgefühl heraus. Dieses Pflichtgefühl war allerdings auch eng verknüpft mit der Liebe zu meinem Vater. Ich konnte sie nicht von der Liebe zu meinem Land und damit von einem Verantwortungsgefühl gegenüber meinem Volk trennen. Doch im Lauf der Zeit habe ich ebenso wie viele andere, die eingesperrt waren, den Wert menschlicher Güte kennengelernt. Wir haben festgestellt, daß es die eigenen feindseligen Gefühle sind, die in uns Angst erzeugen. Ich habe früher schon einmal gesagt, daß ich nie Angst empfunden habe, wenn ich von all diesen feindlich gesinnten Soldaten umringt war. Das liegt daran, daß ich nie Feindseligkeit ihnen gegenüber empfunden habe. Das hat mich zu der Erkenntnis geführt, daß es eine Reihe fundamentaler Prinzipien gibt, die vielen Religionen gemeinsam sind. Wir birmanischen Buddhisten legen ein besonderes Gewicht auf *metta*. Das aber ist derselbe Gedanke wie im Neuen Testament, wo es heißt: »Die vollkommene Liebe vertreibt die Furcht.« Ich kann zwar nicht behaupten, die »völlige Liebe« erreicht zu haben, aber für mich ist es eine Grunderfahrung, daß man keine Angst vor Menschen hat, die man nicht haßt. Natürlich wurde ich manchmal wütend über das, was sie taten, aber Wut als vorübergehende Gefühlsaufwallung ist etwas ganz anderes als beständig genährter Haß oder Feindseligkeit.

Clements: Die Möglichkeit, daß die Wut in Haß umschlägt, erhöht sich natürlich, wenn Gewalt in psychischer oder physischer Form unmittelbar gegen eine bestimmte Person gerichtet wird. Die Gefängnisse Ihres Landes sind voll von politischen Gefangenen; wie ich gehört habe, werden einige von ihnen regelmäßig von Angehörigen des Militärs gefoltert.

Suu Kyi: Ich nehme keine außergewöhnliche Tugendhaftigkeit für mich in Anspruch, wenn ich sage, daß ich gegenüber Soldaten keine Feindseligkeit empfinde. Auch das ist ein Teil meines Erbes, denn ich wurde dazu erzogen, Soldaten als Angehörige unserer Familie – als die Söhne meines Vaters – anzusehen. Wenn man diese Betrachtungsweise von Kindesbeinen an eingeprägt bekommt, kann man sich nicht ohne weiteres davon lösen. Dennoch war es für mich nicht schwer zu verstehen, warum andere, die man so schwer mißhandelt hat, nicht imstande waren, eine Haltung zu entwickeln, die nicht feindselig ist.

Clements: Zu Ihrer Vision eines demokratischen Birma gehört zweifellos eine echte Aussöhnung mit Ihren Unterdrückern – dem SLORC. Wie kann Ihrer Meinung nach der einzelne dazu kommen, daß er auf den Wunsch verzichtet, seinen Gegner zu besiegen, daß er auf ihn zugeht und möglicherweise seine Freundschaft und sein Verständnis gewinnt?

Suu Kyi: Es muß meiner Meinung nach bei jedem selbst anfangen. Sie müssen eine innere spirituelle Stärke entwickeln; diejenigen, die darüber verfügen, empfinden keinen Haß und keine Feindseligkeit, weil sie nicht so leicht Furcht empfinden. Es hängt alles miteinander zusammen. Wenn Sie eine andere Person mit Gelassenheit betrachten können, sind Sie eher imstande, mit Ihren Haßgefühlen fertigzuwerden. Aber wo Furcht herrscht, kann es keine Gelassenheit geben. Ich möchte jedoch hinzufügen, daß gewöhnliche Menschen wie wir in der NLD noch lange nicht den Punkt erreicht haben, an dem wir allen Menschen mit vollkommenem Wohlwollen und heiterer Gelassenheit begegnen könnten. Aber ich glaube, daß viele von uns in der Organisation die Möglichkeit erhalten haben, eine spirituelle Stärke zu entwickeln, weil wir gezwungen waren, lange Jahre allein unter Hausarrest oder im Gefängnis zu verbringen. In gewisser Hinsicht verdanken wir dies den Menschen, die uns dorthin verbannt haben.

Clements: Welches ist die wichtigste Eigenschaft, die im Zentrum Ihrer Bewegung steht?

Suu Kyi: Innere Stärke. Es ist eine spirituelle Standhaftigkeit, die aus der Überzeugung erwächst, daß das, was Sie tun, richtig ist, auch wenn es Ihnen keinen unmittelbaren konkreten Nutzen bringt. Aber es ist etwas, das dazu beiträgt, Ihre spirituellen Kräfte zu stärken. Und das ist sehr wirkungsvoll.

Clements: Martin Luther King hat die Wendung von der »göttlichen Unzufriedenheit« gebraucht. Er ermutigte die Schwarzen, die Ungerechtigkeit nicht mehr einfach passiv hinzunehmen, sondern sich dem rassistischen System, von dem sie unterdrückt wurden, »fehlanzupassen«, wie er es nannte. Nun sprechen Sie auf der einen Seite von echter Aussöhnung, doch auf der anderen betonen Sie die Notwendigkeit, daß die Bevölkerung zunehmend unruhig wird und ihre Unzufriedenheit mit dem SLORC immer schmerzhafter empfindet.

Suu Kyi: Es ist nicht eigentlich die Notwendigkeit, zunehmend »unruhig« zu werden. Und wir versuchen auch nicht, die Menschen immer unzufriedener zu machen. Unsere Hauptaufgabe besteht darin, den Menschen zur Einsicht in die Notwendigkeit zu verhelfen, daß sie die Verhältnisse in Frage stellen und nicht alles widerspruchslos hinnehmen. Eine solche Hinnahme ist ja nicht dasselbe wie Gelassenheit. Manche Menschen denken anscheinend, beides gehe Hand in Hand. Weit gefehlt. Manchmal zerstört allein die bloße Tatsache, daß Sie etwas hinnehmen, das Sie eigentlich gar nicht hinnehmen wollen und von dem Sie wissen, daß Sie es auch nicht hinnehmen sollten, jenes Gefühl der Gelassenheit und des inneren Friedens, weil Sie in einen Konflikt mit sich selbst geraten.

Clements: Demnach ist die Überwindung der Selbstzufriedenheit das Hauptziel?

Suu Kyi: Ja, denn Selbstzufriedenheit ist sehr gefährlich. Uns geht es darum, die Bevölkerung in ihrer selbstzufriedenen Haltung zu erschüttern. Dabei liegt bei vielen Menschen nicht einmal eine solche Haltung vor. Ich glaube, viele akzeptieren die Dinge einfach aus Furcht oder Trägheit. Diese Bereitschaft, alles zu dulden, ohne Fragen zu stellen, muß aufgehoben werden. Sie ist außerdem ganz unbuddhistisch. Schließlich hat auch der Buddha die bestehenden Verhältnisse nicht fraglos hingenommen.

Clements: Ja, er war ein radikaler Zweifler. Es ist das Fundament seiner Lehre.

Suu Kyi: Absolut. Im Buddhismus gibt es bekanntlich vier Bedingungen für einen Erfolg oder Sieg: *chanda*, den Wunsch oder Willen, *citta*, die richtige Einstellung, *viriya* oder Ausdauer und *panna*, die Weisheit. Wir sind der Überzeugung, daß die Menschen diese vier Eigenschaften pflegen müssen, um zum Erfolg zu gelangen. Und der Schritt, der getan werden muß, noch bevor diese vier Eigenschaften wirksam werden können, besteht darin, die Dinge in Frage zu stellen. Erst dadurch lernen Sie Ihre echten Bedürfnisse kennen. Danach müssen Sie *chanda* entwickeln. *chanda* läßt sich übrigens nicht genau als Bedürfnis oder Wunsch wiedergeben. Wie würden Sie es beschreiben?

Clements: *chanda* wird normalerweise mit »Wunsch, etwas zu tun« oder »Absicht« übersetzt. Alles Handeln setzt damit ein. Wo ein Wille ist, da ist auch ein Weg.

Suu Kyi: Ja. Sie müssen sich vornehmen, etwas an den Verhältnissen zu ändern. Danach müssen Sie die richtige Einstellung gewinnen und anschließend mit Weisheit unbeirrt Ihr Ziel verfolgen. Erst dann werden Sie in Ihrem Bemühen Erfolg haben. Natürlich sind dabei die fünf moralischen Grundprinzipien unverzichtbar; sie gewährleisten, daß Sie auf Ihrem Weg nicht abirren. Mit ihrer Hilfe werden wir das erreichen, was wir anstreben. Etwas anderes brauchen wir nicht.

Clements: Sie bemühen sich also, in den Menschen den Mut zu wekken, Dinge in Frage zu stellen, zu analysieren …

Suu Kyi: Und den Mut zum Handeln. Ich erinnere die Menschen daran, daß das *karma* eigentlich ein Tun ist. Es bedeutet nicht, sich einfach zurückzulehnen. Manche Menschen stellen sich unter dem *karma* ein Schicksal oder Fatum vor, das unabänderlich über sie verhängt ist. Ihre Taten in einem früheren Leben bestimmen, was jetzt geschieht. So wird das *karma* bei uns in Birma häufig interpretiert. Doch das hat mit *karma* nichts zu tun. Es ist Tun, aktives Handeln. Auf diese Weise arbeiten Sie fortwährend an Ihrem eigenen *karma*. Der Buddhismus ist eine sehr dynamische Lebensanschauung, und es ist sehr zu bedauern, daß viele Menschen diesen Aspekt unserer Religion außer acht lassen.

Clements: An der buddhistischen Kultur Birmas ist mir immer wieder aufgefallen, daß Menschen das Leiden, dem sie in ihrer gegenwärtigen Lebenslage unterworfen sind, einfach als die bittere Frucht früherer unheilvoller Handlungen oder Einstellungen auffassen. Diese Menschen sagen zum Beispiel: »Ich habe dieses Leiden durch meine eigene frühere Unwissenheit auf mich gezogen, und deshalb muß ich es in der Gegenwart ertragen.«

Suu Kyi: Ich glaube, es ist ein Vorwand, um nichts tun zu müssen, und es steht unseren buddhistischen Anschauungen völlig entgegen. Wenn das, was heute geschieht, das Ergebnis dessen ist, was früher geschehen ist, dann ist das erst recht ein Grund, sich in der Gegenwart noch mehr anzustrengen, um die Verhältnisse zu ändern ...

Clements: Es kommt noch hinzu – bitte korrigieren Sie mich, wenn ich mich irre –, daß solche Menschen häufig glauben, die beste Methode zur Veränderung ihrer unbefriedigenden gegenwärtigen Lage bestehe darin, *kusala* [heilbringende, nützliche Taten] zu verrichten. Dazu zählen Spenden für die Klöster, die Darbringung von Opfergaben in einer Pagode, der Bau eines Schreins und so weiter. All dies geschieht in der Absicht, gutes *karma* zu schaffen, durch das ihre Lage in einem künftigen Leben hoffentlich besser sein wird. Und das trägt natürlich in keiner Weise dazu bei, an der unmittelbareren Ursache ihres Leidens, dem SLORC, etwas zu ändern.

Suu Kyi: Das ist eine sehr verbreitete Einstellung. Wenn etwas schiefgeht, neigen die Menschen dazu, sich einfach nur noch um ihr eigenes Wohlergehen zu kümmern. Aber meiner Meinung nach könnten sie ebensogut fortfahren, sich für andere einzusetzen. Vielleicht müssen wir ihnen gerade diese Vorstellung näherbringen, daß man sich ebensoviele Verdienste erwerben kann, wenn man etwas für andere tut, wie wenn es für einen selbst geschieht. Ich würde es wirklich sehr begrüßen, wenn unsere Buddhisten hier in Birma diesen Punkt besser begreifen könnten.

Clements: Bis zu welchem Grade geht es in Ihrem Kampf eigentlich um den Erwerb von Selbstvertrauen und in welchem Maße um die Tatsache, daß unsere Befreiung untrennbar mit der anderer Menschenwesen verknüpft ist?

Suu Kyi: In unserer Bewegung gebrauche ich immer ein sehr einfaches, einsehbares Argument. Ich sage: »Allein kann ich es nicht schaffen. Wenn ihr die Demokratie wollt, ist es unsinnig, euch allein auf mich oder auf die NLD zu verlassen. Demokratie bedeutet eine Regierung des Volkes durch das Volk und für das Volk. Wenn ihr eine Demokratie wollt, müßt ihr etwas dafür tun. Ihr müßt euch ihr anschließen. Je mehr Leute mitmachen, desto schneller werden wir unser Ziel erreichen.«

Clements: Sie sprechen häufig von der Macht der Einigkeit und der Notwendigkeit, sie herzustellen. Doch der SLORC läßt Ihnen kaum noch einen Bewegungsspielraum. Ist es für Sie entmutigend zu erleben, daß Sie die Bevölkerung immer noch nicht organisieren und vereinigen können?

Suu Kyi: Es ist deshalb nicht entmutigend, weil wir schon viele zusammengebracht haben. Es ist noch keine überragende Zahl, aber wir haben in dieser Hinsicht schon einiges geschafft. Und es gelingt uns, viele Probleme innerhalb unserer Organisation zu lösen. Tatsächlich besteht im innersten Kern der NLD bereits eine große Einigkeit. Und das gibt Kraft. Wir haben niemals Schwierigkeiten untereinander. Die Tatsache, daß U Aung Shwe und U Lwin draußen [nicht verhaftet] und U Tin Oo, U Win Htein, U Kyi Maung und ich drin waren, hat unsere Einheit in keiner Weise beeinträchtigt. Das ist etwas, was die Behörden sich kaum vorstellen können. Ich glaube nicht, daß der SLORC wirklich davon ausgeht, daß unter uns absolute Einigkeit herrscht und wir gemeinsame Entscheidungen treffen. Sie glauben, daß einer von uns die übrigen dominiert. Entweder dominiere ich sie, oder U Kyi Maung oder U Tin Oo beeinflussen mich, irgend etwas in dieser Art. Aber in Wirklichkeit ist alles ganz anders. Ich vermute, sie sehen alles vom militärischen Standpunkt aus, wo der Kommandeur Befehle nach unten erteilt und alle anderen sagen: »Jawohl!« Für sie ist es wahrscheinlich unvorstellbar, daß es so etwas wie eine kollektive Entscheidung gibt.

Clements: Sie haben in einem früheren Interview gesagt: »Jedermann muß gegen die grausamen Ungerechtigkeiten des SLORC aufstehen.« Das erinnert mich an die Worte von Martin Luther King: »Für jeden Schwarzen, der verletzt wird, haben wir tausend weitere Schwarze, die bereit sind, sich verletzen zu lassen. Für jeden Lehrer, der aus seiner Stellung entlassen wird, haben wir viertausend andere Lehrer, die darauf warten, sich um diese Stelle zu bewerben. Für jedes Haus eines Schwarzen, in das eine Bombe geworfen wird, haben wir fünfzigtausend andere Häuser, die bereitstehen, um in die Luft gesprengt zu werden, für unsere Vision und für die Zukunft, die wir wollen.« Sind Ihre Anhänger bereit, sich zu erheben und zu sagen: »Wir werden die Gefängnisse füllen, um unsere Ziele, Gerechtigkeit und Freiheit, zu erreichen«?

Suu Kyi: Ich glaube nicht, daß unsere Bewegung schon soweit ist. Daß die Bewegung der Schwarzen in den USA diesen Stand erreicht hatte, lag unter anderem daran, daß sie sichtbar der einen Seite zugehörten, während wir kein äußeres Zeichen an uns haben, an dem sich erkennen ließe, auf welcher Seite wir stehen. Ich glaube, es ist immer schwieriger, wenn der Kampf zwischen den Angehörigen derselben Rasse und derselben Religion geführt wird. Es gibt nichts außer Ihren Grundsätzen und Zielen, was Sie unterscheidet.

Clements: Die Apartheid der Grundsätze ...

Suu Kyi: Damit meine ich folgendes: Wenn Martin Luther King sagt: »Für jedes Haus eines Schwarzen, in das eine Bombe geworfen wird, haben wir fünfzigtausend andere Häuser, die bereitstehen, um in die Luft gesprengt zu werden«, dann weiß ich nicht, ob damit eine echte Bereitschaft gemeint ist. Es geht wahrscheinlich eher darum, daß es fünfzigtausend weitere Häuser von Schwarzen gibt, deren Bewohner wissen, daß es genausogut ihr Heim hätte sein können, in das man eine Bombe warf.

Clements: Aber, Daw Suu, ich glaube doch, daß es diese »Bereitschaft« gegeben hat. Und gerade das machte die Stärke des Kampfes aus – es gab eine dynamische Einheit. Wie weit geht Ihr Wille, denselben Geist einer dynamischen Einheit, den King bei den Schwarzen geweckt hat, bei Ihrem eigenen Volk zu wecken – die Bereitschaft, sich gegen das Unrecht zu erheben?

Suu Kyi: Natürlich wünscht man sich, es wäre schon Einigkeit erzielt worden. Aber das ist etwas, für das wir noch unablässig arbeiten müssen. Es ist auch keine Aufgabe, die jemals ganz zu Ende geführt werden könnte. Ich glaube nicht, daß Einheit vollständig herzustellen ist – zumindest nicht in der menschlichen Welt. Und auch wenn ich mir darüber im klaren bin und es akzeptiere, daß unsere Einheit keine vollkommene ist, so treibt mich das nicht zur Verzweiflung. Man muß sich eben unermüdlich weiter darum bemühen.

Clements: Eine der Stärken von Kings Bewegung bestand in seiner Überzeugung, die er mit vielen anderen Schwarzen teilte, daß letzten Endes die Gerechtigkeit und Güte auf ihrer Seite waren, mochten die

Weißen gegen sie bei ihren gewaltfreien Märschen, Demonstrationen, Sit-ins und Boykotts auch noch so grausam und gewalttätig vorgehen. Gerechtigkeit und Güte – das waren für King »kosmische Gefährten«, dem Universum innewohnende Eigenschaften, geboren aus ihrem christlichen Glauben. Er sagte, dieses »Wissen« um die Gegenwart Gottes, der bei ihnen war, während sie sich den Brutalitäten der Weißen ausgesetzt sahen, habe wesentlich zu der Einigkeit unter den Schwarzen beigetragen. Mochte die Finsternis noch so tief sein, sie wußten immer, daß sie »kosmische Gefährten« hatten. Im Buddhismus gibt es das, glaube ich, nicht. Das Universum ergreift nicht Partei, sondern hat immer recht, wegen des Gesetzes von Ursache und Wirkung.

Suu Kyi: Ja. Im Buddhismus glauben wir bekanntlich, daß Sie für alles Schlechte, das Sie getan haben, bezahlen müssen und für alle Ihre guten Taten belohnt werden. Und ich nehme an, daß viele Buddhisten deshalb der Meinung sind, wenn die Vertreter des Staates sich grausam und ungerecht verhalten, brauche man dagegen gar nichts zu unternehmen, sie würden ihrer Strafe schon nicht entgehen. Das akzeptiere ich nicht. Ich halte nichts davon, sich einfach zurückzulehnen und abzuwarten, bis die anderen von ihrem *karma* ereilt werden. Dagegen bin ich mir sicher, daß es diese tiefe Überzeugung gibt, nicht nur im Christentum oder im Buddhismus, sondern bei allen Völkern der Welt, daß am Ende das Recht die Oberhand behalten, daß das Licht unweigerlich kommen wird. Damit will ich nicht sagen, daß jeder dieser Vorstellung anhängt, aber doch die Mehrheit der Bevölkerung.

Clements: Gewiß, es ist ein schöner Glaube, daß »am Ende das Recht die Oberhand behalten wird«. Aber was berechtigt uns eigentlich zu der Aussage: »Das Licht wird unweigerlich kommen«? Für viele Millionen Menschen auf der Erde scheint es doch so zu sein, als wäre genau das Gegenteil der Fall.

Suu Kyi: Sie können sagen, was Sie wollen, aber die Welt ist besser. Sie können heutzutage niemanden mehr auf einen öffentlichen Platz schleppen und ihm dort den Kopf abschlagen, ohne daß jemand ein Wort darüber verliert. Welcher Herrscher kann heute noch glauben, man ließe es ihm durchgehen, wenn er jemanden vor den Augen der Öffentlichkeit hängen, zu Tode schleifen oder vierteilen läßt? Was Sie auch sagen mögen, wir sind weniger barbarisch, die Menschen insgesamt sind zivilisierter geworden. Das heißt nicht, daß nicht auch heute noch grausam gefoltert wird. Aber das geschieht hinter den Kulissen. Und zumindest beginnen die Menschen zu lernen, daß sie das nicht hinnehmen müssen. Nehmen Sie ein Land wie England, das als die Wiege der Demokratie gilt. Ich bin sicher, daß es vieles gibt, was man an England kritisieren kann, aber wenn sie Kim Philby, der für die Sowjets spioniert hat, erwischt und öffentlich gehängt, geschleift und gevierteilt hätten, glauben Sie, die englische Bevölkerung hätte das hingenommen? Selbst wenn er ein Verräter war, diese Zeiten sind längst vorbei. Die Menschen haben Fortschritte gemacht und nicht nur in den demokratischen Ländern, sondern auch in der ehemaligen Sowjetunion. Natürlich haben sie Verräter hingerichtet, aber sie hätten sie nicht auf dem Roten Platz in aller Öffentlichkeit enthaupten lassen können. Das ist ein Fortschritt. Es zeigt, daß die Menschen anfangen zu begreifen, daß Barbarei nicht mehr zu akzeptieren ist, daß es sich um etwas handelt, für das man sich schämen muß, das wir nach Möglichkeit ausrotten sollten. Sie können nicht bestreiten, daß es ständig stärker werdende Bemühungen gibt, die ungezähmten Instinkte des Menschen zu kontrollieren.

Clements: Ich würde gern direkt etwas dazu sagen ...

Suu Kyi: Nur zu!

Clements: Im 20. Jahrhundert gab es mehr Kriege und mörderische Gewalttaten als in allen vorherigen Jahrhunderten zusammen. Und Ken Saro-Wiwa, der nigerianische Schriftsteller und Umweltaktivist, wurde erst vor einem Jahr vor den Augen der ganzen Welt gehängt. Die Fernsehsender CNN und BBC haben rund um die Uhr über den bosnischen Alptraum berichtet, eine 43 Monate dauernde »ethnische Säuberung« vor Publikum. Ich kann Ihnen vorläufig leider nicht zustimmen.

Suu Kyi: Lassen Sie es mich so sagen: Die Werte der Zivilisation haben stärkeres Gewicht erhalten.

Clements: Wie ich schon in einem unserer früheren Gespräche sagte, haben die Europäer an den meisten Orten, wohin sie ihre Zivilisation brachten, eine Politik betrieben, die auf die Vernichtung der eingeborenen Völker hinauslief. Unter diesem Blickwinkel mag es schon sein, daß heute die Werte der Zivilisation stärker im Vordergrund stehen. Aber mich überzeugt das alles nicht.

Suu Kyi: Nehmen Sie Birma unter den birmanischen Königen. Wer bei ihnen in Ungnade gefallen war, wurde auf grausamste Weise getötet. Heute werden dem birmanischen Staat zahlreiche Menschenrechtsverletzungen vorgeworfen. Aber geben die Verantwortlichen das jemals zu? Das tun sie nicht. Sie werden sagen: »Nein, diese Taten haben wir nicht begangen.« Die birmanischen Könige dagegen kamen gar nicht erst in die Verlegenheit, etwas abzustreiten. Sie machten lediglich von ihrem Privileg Gebrauch, und niemand hätte gewagt, es in Frage zu stellen. Und es wäre für sie nie in Betracht gekommen, auch nur so zu tun, als hätten sie diese Taten nicht begangen. Also gibt es hier einen Fortschritt.

Clements: Sie wollen also damit sagen, daß Ihr Land zivilisierter geworden ist?

Suu Kyi: Ja. Es ist zivilisierter geworden. Wie gesagt, denken Sie an die Tage der birmanischen Könige, die wirklich noch die Macht über Leben und Tod ihrer Untertanen hatten. Ich behaupte nicht, daß ein autoritäres Regime keine Macht über Leben und Tod seiner Bürger hätte, aber es weiß zumindest, daß es nicht richtig wäre, dies zuzugeben. Darin liegt ein Fortschritt.

Clements: Das ist kalkulierte Doppelzüngigkeit ...

Suu Kyi: Das ist ein Fortschritt. Sie schämen sich immerhin, Grausamkeiten zuzugeben, auch wenn sie sie noch begehen. Zumindest wissen sie, daß es im Grunde genommen nicht zu akzeptieren ist, wenn Menschen willkürlich gefoltert und getötet werden. Und sie bestreiten immer, daß sie dies tun. Das ist ein erster Schritt; eine Einsicht, daß das, was sie tun, nicht hinnehmbar ist. Der zweite Schritt besteht in der Erkenntnis, daß es unrecht ist.

Clements: Sie halten denen wirklich eine Menge zugute ...

Suu Kyi: Nein. Ich behaupte nicht, daß sie in ihren Instinkten besser oder schlechter als die alten Könige sind. Aber die Könige haben keine Notwendigkeit gesehen, ihre Ausbrüche von Rachsucht oder Grausamkeit zu zügeln. Sie waren der Meinung, sie seien völlig im Recht, wenn sie sich solchen Gefühlen hingaben. Immerhin ist die Obrigkeit hier nicht der Meinung, sie habe das Recht, zu foltern und zu töten. Sie haben die Macht, es zu tun, und sie tun es auch. Aber sie werden es nicht zugeben. Wenn sie sich dessen nicht schämten und der Auffassung wären, es sei ganz in Ordnung, warum sagen sie dann nicht einfach: »Ja, wir foltern. Na und?« Aber hat bis jetzt irgendein Mitglied des SLORC Folterungen zugegeben? Sie streiten es jedesmal ab. Sie sagen: »Nein, es gibt keine Folterungen in Birma.« Sie streiten es in einer so übertriebenen Weise ab, daß es schon fast lächerlich wirkt. Vor kurzem sagte der Vertreter [des SLORC] vor der UN-Generalversammlung: »Es gibt keine Menschenrechtsverletzungen in Birma.« Warum sagen sie das? Wenn sie glauben, die Dinge, die sie tun, seien in Ordnung, dann brauchen sie doch nur zu sagen: »Ja, das tun wir. Na und? Was ist daran unrecht?« Warum sagen sie das nicht?

Clements: Es ist entweder reine Feigheit, pathologisches Leugnen oder der außergewöhnlichste Fall von Selbsttäuschung, der je beobachtet wurde. Oder vielleicht, aber nur vielleicht sehen sie auch ein, daß es unrecht ist und geben es nicht zu, wie Sie gesagt haben. Gestern wurde in der Zeitung des SLORC der Handelsminister zitiert, der in einer öffentlichen Rede geäußert hatte: »Was die Anschuldigungen betrifft, in Myanmar gebe es Verletzungen von Menschenrechten, Zwangsarbeit und so weiter, [so erklären wir ausdrücklich, daß unser] ... Myanmar sich fest und unverbrüchlich zur Allgemeinen Erklärung der Menschenrechte der Vereinten Nationen bekennt und sie achtet. Und wir, die Regierung, wenden uns entschieden gegen die Verletzung von Menschenrechten.«

Suu Kyi: Aber das ist doch genau das, was ich meine ...

Clements: Und dann sagte er noch: »Aber ich lege Wert auf die Feststellung, daß das östliche Verständnis von Menschenrechten sich von dem westlichen Verständnis unterscheidet.«

Suu Kyi: Gut, aber er widerspricht sich selbst, weil er sagt, die Regierung achte in vollem Maße die Menschenrechtserklärung der Vereinten Nationen. Aber diese Leute verwickeln sich andauernd in solche Widersprüche.

Clements: Was steckt hinter der Äußerung, das östliche Verständnis von Menschenrechten entspreche nicht dem westlichen Verständnis?

Suu Kyi: Gar nichts. Das sagen sie nur, weil sie wissen, daß sie Menschenrechte verletzen, es ist eine Art, sich zu verteidigen. Das ist alles.

Clements: Ein törichtes Argument?

Suu Kyi: Vollkommen töricht! Ich erinnere mich noch, wie in der ersten Zeit ein Mitglied des SLORC sagte: »Ach, diese Leute, die die Einhaltung von Menschenrechten fordern, als nächstes kommen sie und fordern Nudistencamps!« Es war offensichtlich, daß er keinerlei Ahnung hatte, was das Wort »Menschenrechte« bedeutet.

Clements: Sie meinen also wirklich, daß sie völlig realitätsfremd sind?

Suu Kyi: Das ist eine sehr interessante Frage. Wir haben selbst immer wieder darüber gerätselt. Ich habe Ihnen gegenüber schon einmal Karl Popper zitiert, der gesagt hat, es gebe zwar nicht das Böse im Menschen, wohl aber die Dummheit. Diese Bemerkung hat wirklich viel für sich.

Clements: Der Handelsminister des SLORC beendete seine Ausführungen mit den Worten: »Und die Menschen in Myanmar führen ein glückliches Leben in Freiheit, sie haben Menschenrechte und eine Demokratie … [sie sind] frei von jeglicher Unterdrückung.« Daw Suu, Sie haben doch recht, Birma ist heute zivilisierter als in der Vergangenheit.

Suu Kyi: Hören Sie sich das an, es ist nicht zu fassen. Was soll man dazu sagen! Davon kann einem ja schwindlig werden.

Clements: Warum geben sie Geld aus, um das auch noch auf englisch drucken zu lassen? Wer außer mir ist so verrückt, das zu lesen?

Suu Kyi: Vielleicht glauben sie, wir müßten ab und zu auch etwas zum Lachen haben.

Clements: Andererseits haben sie letzte Woche in ihrer Zeitung ganz dreist erklärt, daß sie tatsächlich eine »Diktatur« seien. Offenbar schämen sie sich doch nicht oder haben es nicht nötig, diese Tatsache zu verschleiern.

Suu Kyi: Ja, sie sind eine der ganz wenigen Regierungen auf der Welt, die jemals offiziell zugegeben haben, daß sie die Regierungsgewalt nicht von Rechts wegen haben.

Clements: Als ich heute noch einmal über die Frage einer Aussöhnung zwischen der NLD und dem SLORC nachgedacht habe, kam ich zu dem Schluß, daß die Vertreter der Staatsmacht schon sehr tief in sich gehen müssen, um den Mut zu finden, ihre Angst zu überwinden und ihre Fehler zuzugeben. Sie fordern sie praktisch auf, sich als wirkliche Menschen zu erweisen. Und wenn es einen echten Dialog und eine wirkliche Versöhnung geben soll, dann können sie das nicht einfach aus dem Hut zaubern. Dazu braucht es eine echte innere Umkehr. Und zum erstenmal verspüre ich tatsächlich ein gewisses Mitleid mit ihnen. Das wird ein enormes Problem für sie werden.

Suu Kyi: Ich glaube auch. Irgendwo habe ich gelesen, daß es für den Täter immer schwieriger ist, dem Opfer zu vergeben, als für das Opfer, seinem Peiniger Vergebung zu gewähren. Als ich das zum erstenmal las, fand ich das sehr befremdlich, aber ich glaube, es stimmt. Das Opfer kann vergeben, weil es gleichsam eine moralisch höhere Position einnimmt. Es hat keinen Grund, sich zu schämen. Natürlich könnte es sich dafür schämen, daß es sich unwürdig verhalten hat oder vor seinem Peiniger auf dem Boden gekrochen ist. Dann mag es diesem gegenüber sogar einen Haß empfinden, der im Grunde nicht auf das zurückgeht, was der Täter ihm angetan, sondern was er sich selbst angetan hat.

Ich glaube, es war Scharanskij, der gesagt hat, während seiner Zeit im Gefängnis habe er sich ständig den Satz eingehämmert: »Niemand kann mich demütigen außer mir selbst; niemand kann mich demütigen außer mir selbst.« Ich glaube, wenn Sie nichts Schimpfliches getan haben, dann können Sie Ihrem Peiniger vergeben. Für diesen dagegen ist es schwierig, weil er genau weiß, daß er etwas Schändliches getan hat. Und immer, wenn er seinem Opfer begegnet, wird er an seine Schandtat erinnert. Das macht es ihm schwer, zu vergeben. Ich glaube, etwas ganz Ähnliches liegt bei dem Opfer vor, das seinem Peiniger nur schwer verzeihen kann. Dagegen ist es für ein Opfer, das sich nicht entwürdigt hat, wesentlich leichter, dem Peiniger zu vergeben. Denn jedesmal, wenn es diesem begegnet, fühlt es sich gestärkt durch die Erinnerung an sein eigenes würdevolles Verhalten – seinen Mut. Es hat die Möglichkeit, sich zu sagen: »Ich habe den Folterungen dieses Mannes mit meiner Würde die Stirn geboten.« Und das macht es ihm in gewisser Weise leichter, seinem Folterer zu vergeben.

Clements: Können Sie sich im Ernst vorstellen, daß der SLORC hier in dieses Haus kommt, sich mit Ihnen an einen Tisch setzt und sagt: »Daw Suu, wir werden das gemeinsam anpacken«?

Suu Kyi: (lächelt) Ja, so ungefähr. Ich habe keine Probleme, mir so etwas vorzustellen. In den Augen mancher Leute ist das wahrscheinlich Wunschdenken, aber eines Tages wird es so kommen müssen. Ich weiß nicht, wer dann daran beteiligt sein wird, aber es wird geschehen.

Clements: Da sind Sie sich ganz sicher?

Suu Kyi: Absolut. Es ist der einzige gangbare Weg für dieses Land. Und je eher sie sich in Bewegung setzen, desto weniger *dukkha* [Leiden] gibt es für alle Betroffenen. Nehmen Sie das ehemalige Jugoslawien: Am Ende haben sie sich doch an einen Tisch gesetzt. Aber wie viele Menschen mußten vorher leiden. Deshalb sagen wir: »Irgendwann sitzen wir alle zusammen an einem Tisch.« Es ist nur so, daß die Vernünftigen als erstes ihr Heil im Gespräch suchen, und die weniger Vernünftigen suchen es zunächst in den Waffen.

Clements: In Ihrem Essay »In Quest of Democracy« [»Auf der Suche nach Demokratie«] haben Sie geschrieben: »Güte ist in gewissem Sinn der Mut zur Anteilnahme.« Könnten Sie das etwas näher erläutern?

Suu Kyi: Der Gedanke selbst stammt gar nicht von mir. Ich habe mich vor langer Zeit mit einem befreundeten Arzt darüber unterhalten. Ich sagte zu ihm, ich hätte eine ziemlich idealistische Vorstellung von Ärzten und Krankenschwestern, weil meine Mutter eine sehr engagierte und mitfühlende Krankenschwester gewesen war. Sie wurde von all ihren Patienten sehr geliebt, weil sie ihre Arbeit so gut verrichtete und gleichzeitig aber auch sehr freundlich und fürsorglich war. Dieser Arzt erwiderte mir damals: »Im allgemeinen sind Ärzte und Krankenschwestern nicht so, weil die wenigsten von ihnen den Mut haben, aufrichtigen Anteil an allen ihren Patienten zu zeigen. Sie müssen eine ziemlich gefühllose Haltung einnehmen, weil sie sonst nicht zurechtkämen mit den Menschen, die zu leiden haben.« Und er fügte hinzu: »Natürlich gibt es einige, die wirklich mitfühlend sind und für ihre Patienten alles tun, was in ihren Kräften steht. Aber sie sind in der Minderheit, weil nur wenige Menschen den Mut aufbringen, Mitgefühl mit ihren Patienten zu haben. Es ist zu aufreibend, sofern Sie nicht sehr stark und widerstandsfähig sind.«

Clements: Den Mut, Mitgefühl zu haben?

Suu Kyi: Ja, und fürsorglich zu sein. Sie benötigen ein ungeheures Reservoir an Mitgefühl und Stärke, weil Sie die ganze Zeit davon an andere abgeben. Und wenn Sie nicht sehr viel davon haben, dann wird es Ihnen sehr schnell ausgehen. Dann schaffen Sie es nicht.

Clements: Daw Suu, wenn es wirklich hart auf hart kommt, wie werden Sie es schaffen?

Suu Kyi: Ich denke, was uns wirklich aufrecht hält ist das Gefühl, auf der Seite des Rechts zu stehen, um eine sehr altmodische Wendung zu gebrauchen. Und das *metta*, das wir untereinander spüren, gibt uns Kraft zum Weitermachen.

Clements: Sind Sie altmodisch?

Suu Kyi: Na ja, wer über Moral, Recht und Unrecht, Liebe und Güte redet, gilt heutzutage doch als ziemlich altmodisch, oder? Aber schließlich ist die Erde rund. Vielleicht dreht sich alles im Kreis, und eines Tages bin ich der Zeit voraus.

»WIR KÖNNEN NUR AUF UNS SELBST VERTRAUEN«

Alan Clements: Wenn Sie sich ein demokratisches Birma vorstellen, was schwebt Ihnen dann im wesentlichen vor?

Aung San Suu Kyi: Wenn wir uns ein demokratisches Birma vorstellen, dann jedenfalls nicht eines, in dem es weitreichende Machtbefugnisse und Privilegien für die NLD gibt. Für uns kommt es darauf an, daß das Volk weniger zu leiden hat. Wir geben uns keinen blauäugigen Illusionen hin. Wir denken bei Demokratie auch weniger an abstrakte Institutionen als vielmehr daran, in welcher Weise sie zum Glück und Wohlergehen der Bevölkerung beitragen kann. Wir wollen ein Land, in dem die Grundsätze des Rechtsstaats gelten. In dem die Menschen so sicher sind, wie es in dieser Welt nur möglich ist. Wo man sie dazu anhält und darin unterstützt, eine Ausbildung zu machen und ihren Horizont zu erweitern. Wo Bedingungen hergestellt werden, die dem körperlichen und geistigen Wohlbefinden der Menschen dienen. Deshalb betone ich auch immer wieder, daß *metta* im Zentrum unserer Bewegung steht – der Wunsch, anderen Menschen das Leben leichter zu machen.

Clements: In welcher Weise bringen Sie in sich selbst die Demokratie als Vision, als Prozeß und als Bewußtseinszustand miteinander in Einklang? Ich frage Sie das, weil ich immer wieder erlebe, wie die intensive gefühlsmäßige Ausrichtung auf ein Ziel Menschen kompromittiert oder sogar dessen Verwirklichung verhindert.

Suu Kyi: Nun, alle drei Aspekte müssen gleichzeitig anwesend sein. Zuerst und vor allem muß es ein Bewußtseinszustand sein. Sie müssen demokratisch handeln. Und dann müssen Sie den Prozeß in Gang setzen, der zur Verwirklichung Ihrer Vision führt. Man kann die drei Dinge nicht wirklich voneinander trennen. Sie gehen miteinander Hand in Hand. Und das ist sehr buddhistisch, nicht wahr? Arbeit, aktives Tun und Selbstvertrauen. Arbeit und aktives Tun – damit sind wir beim *karma*: Werke und Taten. Und das Vertrauen in sich selbst ist natürlich ebenfalls ganz buddhistisch. Wir sagen »atta hi attano natho« – »wir können nur auf uns selbst vertrauen«.

Clements: In Ihrer Forderung nach einem Dialog und einer Aussöhnung mit dem SLORC spielt offenbar bis zu einem gewissen Grad Vergebung eine Rolle, und zwar in einem ausgewogenen Verhältnis mit einem gewissen Maß an Gerechtigkeit. Was ist Ihrer Meinung nach die wichtigste Eigenschaft, die es Menschen überhaupt ermöglicht, ihren Unterdrückern aufrichtig zu verzeihen?

Suu Kyi: Vergeben bedeutet meiner Meinung nach letztlich die Fähigkeit, einen Täter unabhängig von seiner Tat zu sehen und zu erkennen, daß er trotz der Tat, die er begangen hat, nicht unrettbar verloren ist. Er hat auch bestimmte Seiten an sich, die durchaus annehmbar sind. Wer eine Person vollständig mit ihrer Tat gleichsetzt, ist im Grunde zu einer echten Vergebung nicht imstande. Wenn Sie beispielsweise einen Mörder ausschließlich in Verbindung mit seinem Mord sehen, werden Sie nie dazu fähig sein, ihm zu vergeben. Aber wenn Sie den Mörder objektiv sehen können, als eine Person, die zwar einen Mord begangen hat, aber außerdem noch unter anderen Aspekten zu betrachten ist, dann sind Sie auch in der Lage, ihm zu verzeihen.

Clements: Aber über welche geistigen Fähigkeiten muß man verfügen, um seinen Feind ansehen und die grausamen Taten, die er begangen hat, von den übrigen Aspekten seiner Existenz trennen zu können?

Suu Kyi: Es ist einfach die Weite des Blicks. Jeder, der ein weites Herz hat, weiß, daß ein Mörder nicht einfach durch den Mord vollständig definiert ist. Er ist eine Person, die einen Mord begangen hat, aber man muß unterscheiden zwischen dem Mörder und seiner Tat. Nun gibt es natürlich Mörder, die schon so oft Menschen umgebracht haben, daß man an ihnen fast nur noch das Morden sieht. Aber ich glaube, von solchen Menschen gibt es nur sehr wenige. Letztlich geht es um die Fähigkeit, die Dinge von allen Seiten, also ganzheitlich zu betrachten, indem man den eigenen Blick ständig erweitert.

Clements: Ihre Weggefährten haben überzeugend dargelegt, daß das Desinteresse des SLORC an Gesprächen mit Ihnen und der NLD eindeutig auf Angst zurückgeht. Sie haben mir erklärt, es sei ihre Angst vor einem Machtverlust, die sich auch als die Angst beschreiben ließe, sie könnten »ihre Sicherheit verlieren – Eigentum, Reichtum, Privilegien und Rang«. Hinzu käme, daß »sie um die Sicherheit ihrer Angehörigen fürchten«. Und auf dem Grund all dessen liege die »Angst vor Vergeltung«. Sie ermuntern die Machtlosen in Ihrem Land ständig, sich gegen das Unrecht zu erheben, aber glauben Sie, daß die Leute des SLORC den Mut finden, ihre Ängste zu überwinden?

Suu Kyi: Um die eigenen Ängste zu überwinden, muß man zunächst Mitgefühl für die anderen zeigen. Wenn Sie erst einmal angefangen haben, den Menschen Mitgefühl, Güte und Verständnis entgegenzubringen, werden sich Ihre Ängste bald zerstreuen. So einfach ist das.

Clements: Was verleiht den Menschen den Mut, den Abgrund der Angst zu überwinden?

Suu Kyi: Das weiß ich nicht. Es gibt Menschen, die sich von den Lehren großer Meister inspirieren lassen. Dann gibt es welche, die sich geändert haben, weil jemand ihnen vorgeführt hat, was es bedeutet, ohne Angst zu leben. Und bei manchen Menschen ist es keine einzelne Ursache, sondern das Zusammenwirken vieler Erfahrungen, was sie zu der Einsicht geführt hat, daß sie sich ändern müssen. Ich glaube nicht, daß es eine einzige, für alle gültige Lösung gibt. Jeder Mensch ist anders.

Clements: Wie kann man das Mitgefühl, von dem Sie sprechen, bei den Menschen wecken?

Suu Kyi: Es ist natürlich nicht immer so, daß die Menschen sich ändern, weil man in ihnen Mitgefühl geweckt hat. Manchmal ändern sie sich, weil sie feststellen, daß es, um ihre eigenen Interessen zu wahren, die einzige Möglichkeit ist. Nehmen Sie die frühere Regierung in Südafrika, die lateinamerikanischen Diktaturen und andere autoritäre Regime in Osteuropa: Ich denke, sie alle haben eine Änderung akzeptiert, weil sie einsehen mußten, daß sie unausweichlich und es für sie selbst am besten war, sich ihr anzuschließen. Aber davon spreche ich nicht, sondern von einer wirklichen Änderung, die von innen heraus kommt und durch die man den Wert des Mitgefühls, der Gerechtigkeit und der Liebe schätzenlernt.

Clements: Es ist nur traurig, daß wirkliche Änderungen mit soviel Blut und Leid bezahlt werden müssen.

Suu Kyi: Ja, das ist sehr traurig. Ich frage mich, warum manche Menschen nur das sehen, was sie sehen möchten. Es ist, als trügen sie Scheuklappen. Warum betrachten sie nicht das ganze Bild? Nehmen wir als Beispiel die Wahlen in Birma. Die Behörden haben ganz offensichtlich nicht damit gerechnet, daß es für die NLD eine derart überwältigende Mehrheit geben würde. Soweit ich sehe, gab es eine Menge Menschen – darunter auch ausländische Beobachter und Journalisten –, die davon ausgingen, daß die NLD zwar die meisten Sitze erobern, nicht aber die absolute Mehrheit erringen würde. Wie sind sie zu dieser Meinung gelangt? Ich kann noch verstehen, daß die Journalisten aus dem Ausland einen falschen Eindruck von dem bekommen hatten, was im Land vorging. Sie durften immer nur für kurze Zeit einreisen und erhielten nie die Erlaubnis, mit den Menschen, die Bescheid wußten, frei zu sprechen. Aber es ist doch erstaunlich, daß die Herrschenden, denen der gesamte Regierungsapparat zur Verfügung stand, die ihre Leute aus den Geheimdiensten überall hinschickten, um andere zu bespitzeln, nicht vorausgesehen haben, daß die Wahl mit einem überwältigenden Sieg für die NLD enden würde.

Clements: Ganz so verwunderlich ist es allerdings nicht, wenn Sie daran denken, daß Sie selber häufig den SLORC als dumm bezeichnet haben. Aber die Frage ist, ob sie wirklich so dumm sein konnten. War es vielleicht eine List von Verrückten? Am Ende wurden ja die meisten der gewählten Abgeordneten ins Gefängnis gesteckt.

Suu Kyi: Ich glaube nicht, daß es so verrückt war. Und ich denke, es hat mehr mit Unwissenheit als mit Dummheit zu tun. Die Menschen haben immer Angst davor, eine Wahrheit auszusprechen, mit der sie den Zorn der Diktatoren auf sich ziehen würden. Und es ist sehr wahrscheinlich, daß ihre Leute an der Basis Bescheid wußten, wie die Wahlen ausgehen würden, aber nicht den Mut fanden, ihren Vorgesetzten die Wahrheit zu sagen.

Clements: Daß der SLORC überhaupt die Wahlen abhalten ließ, nur um sich dann über deren Ergebnis hinwegzusetzen, scheint mir einer seiner kapitaleren Fehler zu sein. Und nun weiß der SLORC offenbar nicht, wie er mit dieser Fehleinschätzung umgehen soll. Es ist sozusagen der schwerste Mühlstein, den er sich um den Hals gehängt hat.

Suu Kyi: Ich habe den Eindruck, daß sie tatsächlich nicht wissen, wie sie die Situation in den Griff bekommen sollen. Sie sind freilich nicht die einzigen – ich glaube, die wenigsten Diktatoren wissen wirklich, wie man ein Land auf die Dauer regiert. Sie legen sich Scheuklappen an. Es liegt in der Natur von autoritären Regierungen und von Diktaturen, daß sie sich letztlich selbst daran hindern, die Wahrheit zu erfahren, denn die Menschen, die unter solchen Regimen leben, pflegen die Wahrheit vor ihnen und voreinander zu verbergen. Selbst die Menschen, deren Aufgabe es ist, für die Diktatoren herauszufinden, was im Land vorgeht, nehmen rasch die Gewohnheit an, gegenüber ihren Vorgesetzten nicht mit der Wahrheit herauszurücken. Auf diese Weise kommt der Brauch, die Wahrheit zu sagen, ganz außer Mode, und einige verlernen sogar, sie überhaupt zu sehen. Sie sehen das, was sie sehen wollen, oder das, was ihrer Meinung nach ihre Vorgesetzten von ihnen erwarten, daß sie sehen. Und wenn sie sich das erst einmal angewöhnt haben, dann entwickeln sie im Lauf der Zeit auch die Gewohnheit, das, was sie nicht hören wollen, gar nicht an ihre Ohren dringen zu lassen. Am Ende sind sie nicht mehr in der Lage, die Wahrheit zu sehen, zu hören oder zu sagen. Und das schadet auf Dauer ihrer Intelligenz.

Clements: Eine völlige Verzerrung der Persönlichkeit und eine Verkümmerung der Kreativität?

Suu Kyi: Ja. Unter autoritären Regimen, die Ihnen lediglich erlauben, bestimmte Dinge zu äußern, können Begabungen sich nicht frei entwickeln. Sie können nicht zum Blühen gebracht werden. Wie bei einem Baum, der ganz krumm wird, weil man ihn nur in eine Richtung wachsen läßt – die Richtung, die für den Staat wünschenswert ist. Deshalb können sich Begabung und Kreativität unter solchen Umständen nie entfalten.

Clements: Warum ist Vielfältigkeit dem SLORC ein solcher Greuel?

Suu Kyi: Angst. Die Angst vor einem Machtverlust. Die Angst, der Wahrheit ins Gesicht zu blicken. Die Angst davor, dann zugeben zu müssen, daß sie eine Menge Dinge getan haben, die sie nicht hätten tun sollen.

Clements: In einem Brief, den er einige Jahre vor der Revolution an den tschechoslowakischen Präsidenten schrieb, charakterisierte Václav Havel das Regime mit dem Begriff »Entropie: Eine Kraft, die allmählich den Betrag an Energie und Vielfalt in der Gesellschaft auf einen Zustand teilnahmsloser, träger Gleichförmigkeit reduziert hat.« Am Schluß dieses Briefes prophezeite Havel, früher oder später werde das Regime seinem eigenen »tödlichen Prinzip« zum Opfer fallen; und er fügte hinzu: »Das Leben läßt sich nicht für immer vernichten.« Welches Element in der menschlichen Psyche – in der Logik des Totalitarismus – ist es, das alles daransetzt, die Freiheit einzuschränken oder zu erdrücken?

Suu Kyi: Ich glaube, es liegt daran, daß ein despotisches Regime alle Meinungen und Einstellungen fürchtet, die von seinen eigenen abweichen, und deshalb nicht zuläßt, daß sie geäußert oder gar in die Tat umgesetzt werden. Das ist wahrer Despotismus.

Clements: Aber warum haben Menschen eine solche Angst voreinander, daß sie keine Unterschiede im Denken zulassen können? Was liegt dem zugrunde?

Suu Kyi: Ich vermute, ihre eigene Engstirnigkeit und ihre eigenen Beschränkungen bringen sie dazu, die gesamte Breite dessen, was möglich ist, zu fürchten.

Clements: Sie gebrauchen häufig die Wendung »Freiheit von Angst«. Wenn wir sie umkehren zu »Angst vor der Freiheit«, ergibt das für Sie einen Sinn?

Suu Kyi: Natürlich, es gibt einen »Schock der Freiheit«, wie Václav Havel es ausgedrückt hat. Er bezog sich dabei auf die Probleme, die in der tschechoslowakischen Republik auftraten, nachdem die Demokratie eingeführt worden war. Sie müssen sich erst an die Freiheit gewöhnen, wenn Sie vorher in einem System der Unterdrückung gelebt haben. Manche Menschen haben keine Probleme, sich umzustellen, andere schon. Das gilt genauso für ehemalige Gefängnisinsassen. Denn im Gefängnis haben sie sich daran gewöhnt, bestimmte Dinge aufgrund einer täglichen Routine zu tun.

Clements: Ich möchte Sie um Ihre Meinung zu einem Ausspruch von Martin Luther King bitten. Er hat gesagt: »Die wahre Bedeutung und der Wert des Mitgefühls und der Gewaltlosigkeit erweist sich dann, wenn sie dazu beitragen, den Standpunkt des Feindes zu sehen, seine Fragen zu hören, zu wissen, welche Meinung er von uns hat. Denn von seinem Standpunkt aus können wir ja die wesentlichen Schwächen unserer eigenen Position erkennen, und wenn wir reif sind, können wir aus der Weisheit unserer Brüder, die man als unsere Gegner bezeichnet, unseren Nutzen ziehen und daran wachsen.«

Suu Kyi: Nun, es läuft alles auf die Tatsache hinaus, daß Sie von einer Kritik profitieren können, wenn Sie sie nur richtig auffassen. Es gibt zwei Möglichkeiten, Kritik aufzunehmen. Ist sie nicht gerechtfertigt, dann erfährt der Kritisierte zumindest etwas über die Person, die kritisiert. Wenn Ihre Feinde beispielsweise eine völlig ungerechtfertigte Kritik üben, dann lernen Sie etwas über ihre Werte, ihre Einstellungen, ihre Maßstäbe. Ist die Kritik dagegen gerechtfertigt, um so besser. Dann können Sie dies zum Anlaß nehmen, an sich zu arbeiten.

Clements: Wenn Sie zurückblickend die Jahre von etwa 1988 – als Sie in die Politik eingetreten sind und eine Führungsrolle im Kampf Birmas um Demokratie übernommen haben – bis heute betrachten, können Sie dann irgendwelche Fehler erkennen, die Sie vielleicht gemacht haben?

Suu Kyi: Diese Frage habe ich mir selbst auch schon gestellt. Ich bin sicher, daß ich Fehler gemacht habe, nur weiß ich heute noch nicht, welche es waren. In der Politik entscheidet allein die Zeit darüber, ob ein bestimmter Schritt ein Fehler war oder nicht. Manches, was Sie eher unabsichtlich getan haben, kann sich nachträglich als äußerst hilfreich für die eigene Sache herausstellen. Andererseits kann es sein, daß etwas, das Sie in bester Absicht und ganz bewußt getan haben, langfristig Ihrer Sache eher Schaden zufügt. Das läßt sich schwer beurteilen. Was habe ich gemacht? Wenn ich auf meine politische Laufbahn zurückschaue, kann ich sagen: Ich habe immer zum Dialog aufgerufen. Ich glaube nicht, daß man das jemals als einen Fehler bezeichnen wird. Dann gab es Leute, die meinten, ich hätte die Regierung zu freimütig kritisiert. War das ein Fehler oder nicht? Manche würden vielleicht sagen, wenn ich sie nicht so heftig kritisiert hätte, dann wären sie zu einem Dialog mit mir bereit gewesen. Aber sie haben ja nicht einmal mit dem Gedanken gespielt, mit U Aung Shwe zu sprechen [dem gegenwärtigen Vorsitzenden der NLD], der sie nie kritisiert, sondern im Gegenteil alles versucht hat, mit ihnen zusammenzuarbeiten. Und was war das Resultat? Das Resultat war, daß viele Menschen das Vertrauen zu U Aung Shwe verloren hatten, bis wir entlassen wurden und wieder unsere Zusammenarbeit aufnahmen. Und manche haben daraufhin gesagt, er wäre zu versöhnlich gewesen und damit wäre der Sache der NLD kein Dienst erwiesen worden. Was ist nun richtig, und was ist falsch? Wir wissen es erst, wenn wir diese Zeit überwunden und die Demokratie verwirklicht haben. Und selbst dann werden manche Fragen noch immer unbeantwortet bleiben.

Clements: Was bedeutet im Kern für Sie Macht?

Suu Kyi: Macht bedeutet Verantwortung gegenüber allen, die Ihnen diese Macht anvertraut haben, und sie bedeutet, sein Bestes für diese Menschen zu geben. Das ist eine große Verantwortung. Und wenn das Beste nicht gut genug ist, dann wird die Verantwortung wirklich sehr groß. Und ich bin entschieden der Meinung, daß jeder vernünftige Mensch in einer solchen Situation eingestehen sollte: »Ich bin nicht gut genug« und zurücktreten sollte. Leider ist es nicht das, was Macht für viele Menschen bedeutet, die sie innehaben oder anstreben. Für sie ist Macht gleichbedeutend mit Privilegien. Wenn man aber von vornherein davon ausginge, daß Macht zunächst einmal Verantwortung bedeutet, dann wäre man weit weniger verliebt in die Macht.

Clements: Als ich mich mit den Biographien anderer Freiheitskämpfer wie Mandela, Gandhi und King beschäftigte, war ich besonders berührt von der Tatsache, daß sie alle fortwährend innere Kämpfe zu bestehen hatten, die aus der besonderen Verantwortung resultierten, die sie mit ihrem Handeln übernahmen: Sie wollten einerseits die eigenen Überzeugungen nicht verraten, wußten aber gleichzeitig, daß von Ihren Entscheidungen Millionen Menschenleben betroffen waren. Daw Suu, wie empfinden Sie selbst das Gewicht einer solchen Verantwortung, wie halten Sie die Anspannung aus?

Suu Kyi: Es ist ganz einfach Arbeit für uns. Tagtägliche Arbeit. Sie lehnen sich nicht im Stuhl zurück und sagen sich: »Da trage ich nun diese schwere Last der Verantwortung!« Dafür haben Sie einfach keine Zeit.

Clements: Sie empfinden diese Verantwortung nie als eine Last?

Suu Kyi: Nein, nicht besonders. Würde ich einfach dasitzen und mir Gedanken darüber machen, eine wie große Verantwortung ich zu tragen habe, weil sich alle Hoffnungen der Bevölkerung auf mich richten, dann könnte es vermutlich eine schwere Bürde werden. Aber ich habe keine Zeit, mich hinzusetzen und groß darüber nachzudenken. Man arbeitet einfach und tut sein Bestes.

Clements: Man hat Sie als »Birmas Schicksalsfrau« bezeichnet …

Suu Kyi: Was meinen die Leute damit?

Clements: Das wollte ich Sie gerade fragen.

Suu Kyi: Ich bin ja nun, wie Sie wissen, Buddhistin, deshalb ist »Schicksal« ein Begriff, mit dem ich nicht viel anfangen kann, weil ich an das *karma* glaube. Und das bedeutet aktives Tun. Sie schaffen sich Ihr eigenes *karma*. In gewisser Hinsicht glaube ich schon an ein Schicksal, nämlich an das Schicksal, das ich mir selbst bereite. Das ist die buddhistische Version.

Clements: Haben Sie manchmal das Gefühl, daß Ihr jetziges Dasein gar nichts mehr mit dem Leben zu tun hat, wie Sie es sich eigentlich vorgestellt haben?

Suu Kyi: Nein, ich glaube, das Leben, das ich jetzt führe, unterscheidet sich nicht wesentlich von dem, das ich gern führen möchte. Natürlich wäre es mir lieber, meine Angehörigen in der Nähe zu haben, vor allem hätte ich gern meine Söhne großgezogen – mitverfolgt, wie sie aufwachsen. Doch das ist nur ein Teil meines Lebens, ein anderer ist nun mal mein Land. Für mich ist das Leben etwas sehr Weites und Offenes. Und es gibt viele Dinge, die da hineinpassen. Insofern kommt es mir nicht so vor, als führte ich nicht das richtige Leben. Außerdem weiß ich, daß man im Leben Entscheidungen treffen und manche Dinge aufgeben muß. Nur unreife Menschen glauben, sie könnten im Leben alles bekommen, was sie sich wünschen.

Clements: Hat das Wort Hoffnung für Sie eine Bedeutung?

Suu Kyi: Aber ja, nur meine ich, daß zur Hoffnung das Bemühen kommen muß. Hoffnung ist nicht dasselbe wie bloßes Wunschdenken – einfach dazusitzen und zu sagen: »O wenn doch jetzt dies und jenes passieren würde!« Eine solche Einstellung ist viel zu lasch, um die Bezeichnung Hoffnung zu verdienen. Wenn Sie sich für etwas einsetzen, haben Sie das Recht, darauf zu hoffen, Erfolg zu haben. Aber wenn Sie nur die Hände in den Schoß legen, dann haben Sie meiner Meinung nach kein Recht, etwa zu sagen: »Ich hoffe auf die Demokratie.« Das wäre für mich reines Wunschdenken.

Clements: Sehr viele Ihrer Landsleute sehen Sie als das Symbol ihrer Hoffnung, als die Person, die ihnen die Freiheit bringen wird. Wie bringen Sie sie von dieser Vorstellung ab?

Suu Kyi: Indem ich sie davon überzeuge, daß auch sie etwas tun können. Viele Menschen haben sich daran gewöhnt zu sagen: »Ach, wir können gar nichts tun« oder: »Wir würden ja schon, wenn wir könnten, aber …« Das ist dummes Zeug. Jeder kann etwas tun, um uns zu unterstützen, ob viel oder wenig, er muß es nur wollen. Jeder kann sich nützlich machen. Gelegenheiten, um der Sache der Demokratie weiterzuhelfen, ergeben sich täglich aufs neue. Sie können beispielsweise nein sagen, wenn jemand versucht, Sie zu etwas zu zwingen, das Sie nicht tun sollten. Oder Sie helfen einem anderen, der etwas für die Demokratie tut. Die Menschen können sich für Gerechtigkeit und Menschenrechte einsetzen. Wenn sie die grobe Verletzung von Menschenrechten beobachten, können sie einen Stift zur Hand nehmen, einen Bericht darüber machen und versuchen, ihn an eine Person zu schicken, die etwas in dieser Sache unternehmen kann.

Clements: Wie kommt es, daß einige der größten Führer unserer Zeit, auch solche, die für ihre noble moralische Grundhaltung bekannt sind, sich die Zuneigung, die sie brauchen, auf eine Weise verschaffen, die man als Selbsttäuschung bezeichnen muß? Genauer gesagt, wie kann man sich als großer Führer oder große Führerin am besten davor schützen, einer potentiellen Selbsttäuschung zu erliegen?

Suu Kyi: Können Sie etwas konkreter werden?

Clements: Jeder von uns trägt eine mehr oder weniger große Unwissenheit in sich, durch die unser Blick auf die Realität verschleiert wird. Meine Frage lautet nun, welche Schutzmechanismen selbst von den herausragendsten und angesehensten Führern entwickelt werden müßten, damit sie der Gefahr des unbewußten Selbstbetrugs entgehen können und sich tatsächlich allein von ihren moralischen Vorstellungen leiten lassen.

Suu Kyi: Ich weiß nicht, ob es solche Schutzmechanismen gibt. Wie ich bereits gesagt habe, können wir meiner Meinung nach nichts anderes tun, als uns immer wieder neu anzustrengen. Ich glaube, niemand kann es sich leisten, sich zurückzulehnen und zu sagen: »Das war's, ich bin vollkommen; ich brauche mir keine Mühe mehr zu geben.« Es ist ganz einfach. Gefordert ist eine ständige Selbstbeobachtung. Das ist gut buddhistisch und hat nichts Geheimnisvolles an sich. Womit ich nicht sagen will, daß alle, die sich um eine geschärfte Selbstwahrnehmung bemühen, den Erfolg haben, den sie sich davon versprechen. Ich glaube, selbst Mönche müssen ständig daran arbeiten. Ohne unermüdliches Bemühen geht es nicht.

Clements: Da ich selbst Meditationsübungen mache, weiß ich, wie wichtig die Selbstbeobachtung ist. Aber es gibt auch den sehr feinen und heimtückischen Schleier der Selbsttäuschung. Die Korrumpierung des Bewußtseins kann in Sekundenschnelle erfolgen. Wie soll man etwas an sich selber erkennen, das man gar nicht sieht?

Suu Kyi: Ich glaube, diese Selbsttäuschung ist etwas, dem jeder unterliegt, nicht nur diejenigen, die die Macht haben. Manche sagen: »An dieser Situation gibt es für uns nichts zu ändern, wir müssen sie einfach so hinnehmen.« Das ist an sich schon ein Selbstbetrug. Wenn sich jemand wirklich engagieren will, gibt es immer etwas für ihn zu tun. Ich glaube also nicht, daß Selbsttäuschungen das Vorrecht der Mächtigen sind. Es ist einfach eine menschliche Schwäche, die wir alle haben. Und der beste Schutz dagegen besteht in der bewußten Wahrnehmung des eigenen Tuns, selbst wenn es der Versuch ist, sich zu betrügen. Wenn Sie sich wirklich eine bewußte Wahrnehmung antrainiert haben, dann wissen Sie auch, daß Sie versuchen, sich selbst zu betrügen, oder Sie sollten es jedenfalls wissen.

Clements: Warum fällt es uns so schwer, die eigenen Grenzen und Fehler einzugestehen?

Suu Kyi: Ich glaube, es liegt daran, daß die Menschen sich angreifbar fühlen – sie fürchten, daß man sie auslacht oder zurechtweist. Niemand hat es gern, wenn er kritisiert wird. Das ist sehr menschlich. Menschen wollen anerkannt werden, sie möchten sich gern wohl fühlen. Und es ist anzunehmen, daß sie sich nach einer Kritik meistens schlecht fühlen. Vielleicht liegt es aber auch daran, wie die Kritik vorgebracht wird. Es gibt Menschen, die ihre Kritik so vortragen können, daß der Kritisierte sich dabei nicht herabgewürdigt fühlt. Ich glaube, das ist eine große Begabung, die sich nur bei ganz wenigen Menschen findet.

Clements: In Ihren wöchentlichen Ansprachen kritisieren Sie häufig Maßnahmen des SLORC, ohne jemals einen seiner Vertreter persönlich anzugreifen. Ich weiß, daß die eigentliche Absicht Ihrer Kritik darin besteht, das System zu ändern, aber wo verläuft die Trennlinie zwischen einem politisch verständnisvollen Verhalten gegenüber dem Gegner als Mittel der Änderung und einer Kritik an bestimmten Maßnahmen?

Suu Kyi: Politisch kritisieren Sie die Handlungen ganz unabhängig von dem, der sie begangen hat. Dieser muß nicht einmal Ihr Gegner sein. Es kommt vor, daß wir innerhalb der NLD das Vorgehen bestimmter Mitglieder kritisieren müssen, weil es die Arbeit unserer Partei beeinträchtigt. Kritik ist somit nichts, was wir allein gegenüber dem SLORC äußern. Aber als die Leute vom SLORC gerade die Macht übernommen hatten, erklärten sie, sie würden eine neutrale Position einnehmen und nicht Partei ergreifen. Sie wollten lediglich dafür sorgen, daß es freie und faire Wahlen geben würde. Doch nach einiger Zeit wurde immer deutlicher, daß das nicht stimmte. Sie versuchten, die NLD auszuschalten. Sie griffen uns mit allen verfügbaren Mitteln an. Daraufhin begannen wir die Politik des SLORC zu kritisieren. Es war einfach nötig. Insofern übe ich selbstverständlich Kritik an der Politik des SLORC, wenn ich samstags und sonntags meine Ansprachen halte. Ich lese ja laut die Briefe der Menschen vor, die sich über das beschweren, was sie als Unrecht empfinden.

Clements: Verzeihen Sie, wenn ich hartnäckig bleibe. Aber ich bemühe mich mit meinen Fragen, Sie in Ihrer Rolle als Führerin genauer zu verstehen. Versuchen Sie, Ihren Feind durch Ihre Liebe oder durch Ihre Kritik zu einer Umkehr zu bewegen?

Suu Kyi: Ich habe Ihnen schon gesagt, daß ich noch nicht soweit bin, von mir behaupten zu können, daß ich allen Menschen *metta* entgegenbringe. Und ich kann ganz gewiß noch nicht von mir sagen, daß von meiner Person gewaltige Ströme von *metta* in Richtung des SLORC fließen. Aber es ist tatsächlich so, daß ich gegen keinen von ihnen feindselige Gefühle hege. Ich wäre sogar sehr froh, wenn wir einen freundschaftlichen Umgang miteinander hätten. Und ich darf von mir behaupten, daß ich niemals schlecht über sie geredet habe. Ich meine nicht nur in der Öffentlichkeit, sondern auch im privaten Kreis. Im schlimmsten Fall habe ich über sie gesagt, daß sie sehr dumm sind oder daß sie sich wie Narren verhalten.

Clements: Stellen Sie jemals Ihr Vorgehen bei Ihrem Kampf in Frage?

Suu Kyi: Natürlich tue ich das. Wenn Sie an *metta* glauben, heißt das ja noch nicht, daß Sie auf eine Kritik verzichten, obwohl sie nötig ist.

Clements: Da stimme ich Ihnen zu. Aber hier geht es doch letztlich darum, welche die effektivste Methode ist, einen Wandel herbeizuführen, nämlich die Herzen der Unterdrücker zu erweichen und die gesamte Bevölkerung von ihren Leiden zu erlösen.

Suu Kyi: Die Erfahrung hat uns gezeigt, daß unsere Vorgehensweise auf der Grundlage von *metta* von der Obrigkeit falsch verstanden wird. Sie sieht darin eine Schwäche.

Clements: Wie können sie Güte als Schwäche auslegen?

Suu Kyi: Nun, betrachten wir die Sache in ihrem politischen Kontext. In den sechs Jahren, in denen ich unter Hausarrest stand, und während Onkel U Kyi Maung und Onkel U Tin Oo im Gefängnis saßen, hatte Onkel U Aung Shwe [der Vorsitzende der NLD] alle Hände voll zu tun, die NLD zusammenzuhalten und nach Möglichkeit eine konfliktfreie Beziehung zum SLORC herzustellen. Er sagte nie etwas, woran dessen Mitglieder hätten Anstoß nehmen können. In diesen sechs Jahren verhielt sich die NLD so rücksichtsvoll, daß manche ihr pure Feigheit und mangelnden Handlungswillen vorwarfen. Und was war das Ergebnis? Sie [der SLORC] verschärften ihre Schikanen gegen die NLD immer mehr.

Clements: Somit haben Sie in Ihrem Kampf einen Punkt erreicht, an dem Sie zu dem Schluß gelangt sind, das Vorgehen auf Grundlage des *metta* sei nicht so effektiv wie Ihre gegenwärtige Strategie?

Suu Kyi: Wir haben den Weg des *metta* nicht aufgegeben. Im Grunde genommen sind wir noch immer bereit, mit ihnen auf der Basis gegenseitigen Verständnisses und guten Willens zusammenzuarbeiten. Aber das bedeutet nicht, daß wir stillsitzen und abwarten. Wir setzen auf aktives Handeln. Das ist aktives *metta*, an bestimmten Punkten das zu tun, was notwendig ist.

Clements: Vor kurzem haben Sie auf Ihrem Anwesen eine dreitägige Konferenz mit den gewählten Parlamentsabgeordneten abgehalten. Worin bestand das Hauptziel dieser Konferenz?

Suu Kyi: Es ist Ihnen bekannt, daß wir am 27. Mai den sechsten Jahrestag der Wahlen von 1990 hatten. Obwohl deren Ergebnisse unmißverständlich zu erkennen gaben, daß das Volk von Birma eine demokratische Regierung wollte, weigerte sich der SLORC, sie zu akzeptieren. Wir sind allerdings der festen Überzeugung, daß gewählte Volksvertreter eine Verantwortung gegenüber den Menschen haben, von denen sie gewählt wurden. Deshalb beschlossen wir, eine Konferenz einzuberufen, um über künftige politische Schritte zu diskutieren und um festzustellen, was wir tun können, um den Menschen im Land zu helfen. Natürlich kamen nur die Abgeordneten hierher, die nicht im Gefängnis saßen, sich im Exil aufhielten oder getötet worden waren.

Clements: Welche Entscheidungen wurden auf der Konferenz getroffen?

Suu Kyi: Zum einen wurde beschlossen, den Kampf für die Demokratie zu verstärken und für Birma ein ziviles Parlament zu fordern, wie es 1990 gewählt worden war, zum anderen beauftragte die Konferenz den Exekutivausschuß der NLD, einen Entwurf zu einer neuen Verfassung auszuarbeiten.

Clements: Was sagen Sie zur Reaktion des SLORC auf die Konferenz?

Suu Kyi: Sie gerieten in Panik und dachten, wir würden ein Parlament einberufen und Unruhe stiften. Eigentlich ist es ganz interessant, weil sie ja ständig behaupten, die Mitglieder der NLD wären nicht ernst zu nehmen, aber jetzt hat sie die Tatsache, daß diese Leute zusammenkommen und eine Versammlung abhalten, offenbar extrem nervös gemacht. In gewisser Hinsicht war demnach die Reaktion des SLORC das Eingeständnis, daß wir bei der Öffentlichkeit Zustimmung finden.

Clements: Eine Menge Leute sind verhaftet worden. Wissen Sie, wie viele sich noch immer in Haft befinden, und haben Sie nähere Informationen darüber, in welcher Lage sich Ihr persönlicher Assistent, U Win Htein, und Ihr Referent für die internationalen Medien, U Aye Win, befinden?

Suu Kyi: Wir wissen, daß sich 150 der Verhafteten inzwischen wieder in Freiheit befinden. Inoffiziell haben wir erfahren, daß etwa 300 Personen verhaftet wurden. Wir wissen nichts Näheres über das Schicksal der übrigen 100 bis 150 Personen. Wir wissen dagegen sicher, daß mindestens vier gewählte Abgeordnete noch in Rangun festgehalten werden. Hinzu kommen 13 nicht gewählte Delegierte, die schon vor Beginn der Konferenz abgeführt wurden. Somit sitzen allein in Rangun etwa 20 bis 25 Personen ein, die vor Beginn der Konferenz verhaftet wurden und von denen wir seitdem nichts mehr gehört haben. U Win Htein und U Aye Win befinden sich in der Hand des militärischen Geheimdiensts. Und all diesen Menschen wird jede Möglichkeit verwehrt, sich zu verteidigen. Ihnen ist ja bekannt, daß der SLORC sich nicht an die bestehenden Gesetze gebunden fühlt und in seinem Handeln ständig dagegen verstößt. Aktionen gegen uns rechtfertigen sie immer damit, sie würden keine Verstöße gegen die geltenden Gesetze dulden. Aber in Wahrheit sind sie diejenigen, die ständig das Gesetz verletzen.

Clements: Warum läßt der SLORC es Ihrer Meinung nach zu, daß Sie Ihre Ansprachen an den Wochenenden fortsetzen, obwohl er Sie unmißverständlich aufgefordert hat, damit aufzuhören? Werden Sie diese Veranstaltungen unter allen Umständen weiterführen, sofern man Sie nicht erneut verhaftet oder Ihre Straße sperren läßt, so wie sie es schon einmal am Neujahrstag getan haben?

Suu Kyi: Der Staat hat bisher nie die Absicht gehabt, die Veranstaltungen zu unterbinden. Letztes Jahr im August haben einige Journalisten einen wichtigen Mann in der Regierung gefragt, warum sie es zuließen, daß die Ansprachen fortgesetzt würden, und zur Antwort bekommen: »Wir wollen mal sehen, wie lange die Menschen noch dorthin gehen!« Anscheinend stand es für sie fest, daß die Leute sehr bald das Interesse verlieren und die Scharen wegbleiben würden. Tatsächlich passierte aber etwas anderes. Nachdem wir im November aus dem Nationalkonvent ausgezogen waren, nahmen die Besucherzahlen zu. Und nach unserem eigenen Nationalkonvent in der letzten Woche und den Verhaftungen wuchs die Menge trotz der Gefahren noch mehr an [10 000], und man sah viele neue Gesichter. Damit haben sie ihre Zustimmung dafür bekundet, daß wir unsere Arbeit trotz der Repressalien und der Einschüchterung, denen wir ausgesetzt sind, fortführen. Es ist eine Demonstration öffentlicher Unterstützung. Die Behörden haben erst jetzt zu verstehen gegeben, daß sie etwas gegen die Fortsetzung dieser Ansprachen haben, und möglicherweise wird es morgen auch Probleme geben, aber nach unserer Auffassung haben sie kein Recht, sie zu verbieten, und schon gar nicht, wenn sie selbst etwas veranstalten, das sie als »spontane Kundgebungen der Bevölkerung zur Unterstützung des SLORC« bezeichnen und was in aller Öffentlichkeit stattfinden darf. Die Tatsache, daß zu unseren Ansprachen noch mehr Menschen gekommen sind, nachdem wir aus dem Nationalkonvent ausgetreten waren, zeigt zweierlei: Zum einen wird deutlich, daß die Bevölkerung allgemein nichts vom Nationalkonvent hält und die Position der NLD akzeptiert, sich an diesem Konvent erst dann wieder beteiligen zu wollen, wenn sinnvolle Gespräche aufgenommen werden. Zum zweiten erweist sich, daß die Menschen sich in schwierigen Zeiten um uns scharen. Sie nahmen an, daß wir nach dem Austritt aus dem Nationalkonvent in Schwierigkeiten kommen würden, und sie wollten uns zeigen, daß sie hinter uns stehen. Dasselbe passierte, als wir den Parteitag einberiefen, aus dem dann eher eine Konferenz wurde: Bis auf 18 hatte man alle gewählten NLD-Abgeordneten verhaftet.

Clements: Gibt es im Augenblick irgendwelche Gespräche zwischen dem SLORC und der NLD hinter den Kulissen?

Suu Kyi: Absolut keine.

Clements: Warum setzt der SLORC Sie nicht einfach in ein Flugzeug und weist Sie aus Birma aus? Was hindert ihn Ihrer Meinung nach daran, zu einer so einfachen Maßnahme zu greifen, anstatt Ihnen die Möglichkeit zu lassen, Ihre Aktivitäten fortzusetzen?

Suu Kyi: Sie können mich nicht ausweisen! Ich bin birmanische Staatsbürgerin, und kein Land würde mich aufnehmen, solange ich nicht um politisches Asyl bitte, was ich auf keinen Fall tun würde.

Clements: Falls der SLORC tatsächlich zulassen sollte, daß ein Parlament auf der Grundlage der Wahlergebnisse von 1990 einberufen wird, wie würden Sie sich dann verhalten?

Suu Kyi: Was immer wir tun würden, unser Ziel wäre dabei eine nationale Aussöhnung. Sollte der SLORC ein Parlament auf der Grundlage der Wahlergebnisse von 1990 einberufen, so würden wir diese Geste zweifellos anerkennen und den SLORC in jedem Fall in den Prozeß einer nationalen Aussöhnung einbeziehen.

Clements: Wir haben dieses Thema schon vor einigen Monaten erörtert, aber ich will noch einmal fragen: Glauben Sie wirklich, daß es möglich ist, ohne internationale Wirtschaftssanktionen in Birma eine Demokratie durchzusetzen? Und wenn nicht, warum rufen Sie dann nicht zu Sanktionen gegen den SLORC auf?

Suu Kyi: Wir glauben nicht, daß Wirtschaftssanktionen die einzige Möglichkeit darstellen, Birma die Demokratie zu bringen. Dabei spielen viele Faktoren eine Rolle, und man kann vorher nie wissen, was am Ende den Ausschlag gibt. Ich glaube, daß eine gemeinsame Anstrengung der internationalen Gemeinschaft sehr nützlich wäre. Wir messen der internationalen Gemeinschaft eine große Bedeutung zu. Wie Sie wissen, finden wir die größte Unterstützung hier in Birma selbst. Wir sind bei der Verwirklichung der Demokratie auf die Unterstützung unserer Bevölkerung angewiesen. Aber wir sehen auch, wie wichtig die internationale Gemeinschaft ist. Der SLORC behauptet, die Meinung anderer Länder sei ihm gleichgültig und er könne tun, was er für richtig halte. Aber natürlich bemüht sich der SLORC, wie Sie auch wissen, massiv um ökonomische Zusammenarbeit mit anderen Ländern und um Wirtschaftshilfe. In der heutigen Zeit kann es niemandem mehr gleichgültig sein, was die übrige Welt denkt. Deshalb nehmen auch wir mit großem Interesse die Meinung der Welt zur Kenntnis. Aber wir möchten nicht vorschnell Wirtschaftssanktionen in Erwägung ziehen, und bei jeder einzelnen Maßnahme wollen wir uns vorher vergewissern, daß sie wirklich dazu taugt, unser Land der Demokratie einen Schritt näherzubringen. Es wird nicht auszuschließen sein, daß bestimmte Maßnahmen kurzfristig mit Einschränkungen verbunden sind. Andererseits glaube ich nicht, daß die Menschen in Birma unter Wirtschaftssanktionen besonders zu leiden hätten, da die Mehrheit der Bevölkerung, die breite Masse, ohnehin fast gar nicht von den wirtschaftlichen Möglichkeiten, die sich seit der Machtübernahme durch den SLORC ergeben haben, profitieren kann.

Clements: Haben Sie vor, an diesem kritischen Punkt, der jetzt erreicht ist, vor allem angesichts der dramatisch eskalierenden Repressionsmaßnahmen von seiten des SLORC, alle ausländischen Investoren aufzufordern, sich mit ihrem kommerziellen Engagement so schnell wie möglich aus Birma zurückzuziehen?

Suu Kyi: Nein, das tun wir noch nicht. Wir sagen jedoch, daß es keine weiteren Investitionen in Birma geben sollte, bis echte Fortschritte im Hinblick auf eine Verwirklichung der Demokratie zu beobachten sind. Außerdem fordern wir die bisherigen Investoren in Birma auf, eine erneute Lagebeurteilung vorzunehmen und ihr bisheriges Engagement zu überprüfen.

Clements: Wenn die Demokratie eines Tages erreicht ist, was geschieht dann mit den Investitionen, hinter denen Auslandsgesellschaften und der SLORC gemeinsam stehen? Werden sie in einem demokratischen Birma verstaatlicht? Oder werden sie umgewandelt, wobei zu fragen wäre, ob der Investor das Kapital verlieren oder ob er eine Entschädigung erhalten würde?

Suu Kyi: Wir würden jeden Fall individuell behandeln und dafür Sorge tragen, daß alles im Rahmen der gesetzlichen Bestimmungen bleibt und der jeweilige Nutzen für die Bevölkerung berücksichtigt wird. Wir möchten nicht, daß Investoren unnötig zu leiden haben. Wir möchten nicht, daß der SLORC unnötig zu leiden hat. Wir halten nichts davon, anderen etwas aufzuzwingen, nur um damit in Worten oder Taten zu demonstrieren, daß wir dazu in der Lage sind.

DAS BIRMANISCHE VOLK WILL DEMOKRATIE

Alan Clements: Eine der einfachsten und zugleich grundlegendsten Fragen: Was bedeutet Mensch zu sein für Sie?

Aung San Suu Kyi: Für einen Buddhisten, der ernsthaft danach fragt, wozu wir als menschliche Wesen auf der Erde sind, ist die Antwort ganz einfach: Wir bemühen uns darum, Erleuchtung zu erlangen und die damit verbundene Weisheit für andere nutzbar zu machen, so daß auch sie vom Leiden erlöst werden. Obwohl wir nicht alle Buddhas [Erleuchtete] sein können, spüre ich doch die Verpflichtung in mir, mich mit all meinen Kräften dafür einzusetzen, in höchstmöglichem Maße Erleuchtung zu finden und mit ihrer Hilfe das Leiden von anderen zu verringern.

Clements: Überall auf der Welt blicken Menschen mit Hochachtung auf das große Opfer, das Sie gebracht haben, indem Sie den Hausarrest auf sich genommen und von Ihren Angehörigen getrennt gelebt haben, statt das Angebot des SLORC anzunehmen, das Land zu verlassen und ins Exil zu gehen. Aber Sie haben darauf hingewiesen, daß es »kein Opfer« war dazubleiben, sondern Ihre »Entscheidung«. Könnte man sagen, daß Ihre Entscheidung, in Birma auszuharren, zu einem Teil auf einem erweiterten Verständnis des Begriffs Familie beruhte, der dann auch Ihre Mitstreiter von der NLD und schließlich alle Menschen in Ihrem Lande umfaßte?

Suu Kyi: Ja und nein. Ich muß dazu sagen, daß ich nicht bewußt den Versuch gemacht habe, meinen Begriff von Familie zu erweitern. Es ist einfach so, daß meine engsten Mitarbeiter zu meinen Familienangehörigen wurden, weil sie warmherzig und liebevoll sind. Wir verfolgen alle dasselbe Ziel, vertrauen einander und fühlen uns einig. Daraus hat sich ein Gefühl ergeben, wie es Familienmitglieder füreinander empfinden. Es mag noch hinzukommen, daß sie aus dem Bewußtsein heraus, daß ich allein bin, für mich in einer Weise sorgen, wie es sonst nur Familienangehörige tun würden.

Clements: Sie haben gesagt, daß Sie die Menschen in Ihrem Land dazu erziehen wollen, sich selbst zu helfen und ihre Interessen zu artikulieren; sie fordern sie dazu auf, den Mut zu finden, gegen Unrecht anzugehen, Ungerechtigkeit und eine repressive Obrigkeit in Frage zu stellen und zu kritisieren. Ich möchte Sie ganz allgemein, nicht nur in bezug auf die Verhältnisse in Birma, als Mutter fragen, in welcher Weise Eltern bei ihren Kindern die Eigenschaft einer freien und unbefangenen Neugier fördern können.

Suu Kyi: Was mich selbst angeht, so habe ich meine Kinder einfach dadurch zum unbefangenen Fragen und Nachfragen ermuntert, daß ich möglichst viele ihrer Fragen beantwortet habe. Vor allem Alexander [der ältere der beiden Söhne] hat mir als Kind eine Menge Fragen gestellt. Und ich habe mich bemüht, jede einzelne zu beantworten. Ich habe sie nie als dumme Fragen übergangen. Und wenn seine Fragen sich auf etwas bezogen, das ich nicht wußte oder nicht beantworten konnte, dann schlug ich es in einem Buch nach und versuchte, ihm anschließend eine Antwort zu geben. Meine Mutter war mir dabei ein Vorbild. Sie hat mir nie gesagt, ich solle nicht soviel fragen. Jeden Abend, wenn sie von der Arbeit heimkam, ruhte sie sich zunächst etwas aus, weil sie sehr müde war. Und ich ging dann immer um ihr Bett herum, und jedesmal, wenn ich am Fußende angelangt war, stellte ich ihr eine Frage. Sie können sich ja vorstellen, daß man nicht sehr lange brauchte, um einmal um ein Bett herumzugehen. Aber niemals sagte sie: »Ich bin zu müde, hör auf, mir Löcher in den Bauch zu fragen!« Natürlich gab es vieles, was sie nicht beantworten konnte. Einmal habe ich sie gefragt: »Warum heißt das Wasser eigentlich Wasser?« Nun, darauf läßt sich ja wirklich nicht leicht eine Antwort finden. Aber sie sagte nicht: »Frag mich nicht so sinnlose Sachen!« Sie versuchte, eine Antwort zu finden, oder sie sagte einfach: »Ich weiß es nicht.« Das rechne ich ihr heute noch hoch an.

Clements: Wie kann man in einem jungen Menschen das Gefühl von Liebe und einen hohen Anspruch wecken und hegen, so daß dieser danach streben wird, etwas für die Menschheit zu tun?

Suu Kyi: Zunächst einmal muß man unterscheiden zwischen dem Ehrgeiz und dem Wunsch, etwas für die Welt zu tun, in der man lebt. Viele junge Menschen von heute sind ehrgeizig oder wollen etwas Großartiges sein, ohne zu wissen, was es wirklich bedeutet. Viele von ihnen möchten gern berühmt, privilegiert und gefeiert sein wie ein Star. Das ist nicht dasselbe wie der Wunsch, der Welt zu dienen. Andererseits kann man nur schwer sagen, wie man einen hohen Anspruch bei jungen Menschen fördern soll. Ich glaube, man muß frühzeitig damit beginnen. Und es genügt auch nicht, wenn Eltern versuchen, ihren Kindern diese Werte einzuimpfen; sie müssen in einer Umgebung aufwachsen, in der solche Werte auch geachtet werden. Für meine Mutter war es hauptsächlich deshalb so leicht, mir die Idee vom Dienst an anderen nahezubringen, weil ich wußte, daß meine Eltern wegen des Dienstes, den sie dem Land erwiesen hatten, allgemein geachtet waren. Ich spürte, daß diese Art zu dienen ein erstrebenswertes Ziel war. Doch in vielen Gesellschaften von heute, im Westen und leider zunehmend wohl auch im Osten, herrscht eher die Tendenz, materiellen Erfolg anzustreben. In einer solchen Umgebung haben es die Eltern schwer, in ihren Kindern einen Sinn für das Dienen zu wecken, da sie die einzigen sind, die einen solchen Wert hochschätzen. Dennoch müssen sie sich unermüdlich darum bemühen. Natürlich muß man darauf achten, mit den Kindern nicht zu streng zu sein, weil sie sich gegen zu strenge Erziehungsmaßnahmen in der Regel sperren.

Clements: Daw Suu, was sind Ihrer Meinung nach die wesentlichsten Eigenschaften der Bevölkerung Birmas – die ja eine erstaunlich mannigfaltige Kultur mit etwa 64 Stämmen und 200 verschiedenen Sprachen und Dialekten darstellt?

Suu Kyi: Ich kann nicht für die verschiedenen ethnischen Bevölkerungsgruppen sprechen, das wäre eine Anmaßung. Ich kann nur etwas über die Birmanen sagen, weil ich selber zu ihnen gehöre. Es gibt eine Vielzahl ethnischer Gruppen in Birma, und die Birmanen sind nur eine von ihnen, die größte; wir sind tibeto-birmanischer Herkunft. Mit der Kultur der übrigen Völker Birmas habe ich mich nicht eingehend genug befaßt, um mich darüber äußern zu können. Meine Mutter hat mich immer angehalten, sie als nahe Verwandte von uns zu sehen, und immer wieder betont, wie loyal sie seien. Sie sprach von ihnen stets mit großer Hochachtung und Wärme.

Was die Birmanen in Birma angeht, so ist zunächst einmal zu sagen, daß sie Buddhisten sind – natürlich mit der Einschränkung, daß nicht jeder Birmane ein guter Buddhist ist. Ein weiterer Aspekt der Birmanen ist, daß sie ein sehr farbenfrohes Volk sind. Ich sehe sie sozusagen in Technicolor. Ich glaube, die Birmanen begeistern sich nicht nur an farbigen Gewändern, sondern auch an farbigen Gefühlen.

Clements: Vierzehn der fünfzehn bewaffneten ethnischen Minderheiten in Birma, die gegen den SLORC gekämpft haben, haben mit ihm zeitlich befristete Waffenstillstandsabkommen getroffen. Zwei Fragen dazu: Wie beurteilen Sie diese Vereinbarungen, und in welcher Weise gedenkt die NLD mit diesen Gruppen im Fall einer Verwirklichung der Demokratie zusammenzuarbeiten, um sie in ein einiges, demokratisches Land zu integrieren?

Suu Kyi: Es sind keine wirklichen Waffenstillstandsabkommen. Diese Gruppen behalten auch weiterhin ihre Waffen. Damit steht außer Zweifel, daß es sich hier nicht um dauerhafte Friedensabkommen handelt. Was wir gern erreichen würden, ist eine dauerhafte Friedensvereinbarung, die das ganze Land einbezieht. Und die einzige Möglichkeit, sie zustande zu bringen, besteht darin, einen Rahmen zu schaffen, innerhalb dessen alle ethnischen Minderheiten ihre Hoffnungen, Ziele und ihre Unzufriedenheiten ohne Angst zum Ausdruck bringen können. Sie müssen die Möglichkeit erhalten, innerhalb eines gesetzlichen Rahmens alle ihre Überzeugungen zu vertreten. Auf diese Weise werden wir zu einer Verständigung gelangen. Wir glauben nicht, daß dieser Bund von den Birmanen allein aufgebaut werden kann – alle ethnischen Gruppen müssen sich daran beteiligen. Wir wollen, daß sie alle am Aufbau der Union mitwirken. Wir wollen eine echte Nationalversammlung, die es allen ethnischen Gruppen ermöglicht, sich frei und uneingeschränkt zu beteiligen, und aus dieser Nationalversammlung soll nach unseren Vorstellungen eine Verfassung hervorgehen, die dem birmanischen Volk wirklich gerecht wird. Auf diesem soliden Fundament möchten wir eine gute Beziehung zu den verschiedenen ethnischen Gruppen Birmas herstellen.

Clements: Viele Menschen in den westeuropäischen Ländern und den Vereinigten Staaten haben im Hinblick auf die Länder Südostasiens lediglich bestimmte Klischeevorstellungen; vor allem die weniger entwickelten Länder wie Laos, Kambodscha, Vietnam und Birma sind für sie geheimnisvolle, fremdartige Nationen, 15000 Kilometer von den eigenen Landesgrenzen entfernt. Für andere wiederum zählt bei diesen Ländern häufig nur ihre jahrzehntelange Geschichte von Blut und Tränen; die Kriege in Vietnam und Laos, der Völkermord Pol Pots in Kambodscha, die brutale, mehr als dreißig Jahre währende Diktatur Ne Wins in Ihrem eigenen Land und natürlich die anhaltende Unterdrükkung durch den SLORC. Wie ist das für Sie als Birmanin, die 28 Jahre lang in westlichen Ländern gelebt hat, welche Gemeinsamkeiten bestehen Ihrer Meinung nach zwischen Birma und dem Westen?

Suu Kyi: Zunächst einmal läßt sich unser koloniales Erbe nicht verleugnen, ob uns das gefällt oder nicht. Die allermeisten der bestehenden Gesetze in Birma sowie unser Bildungssystem wurden von der Kolonialregierung eingeführt und nachhaltig geprägt. Die Bildungsstätten, Krankenhäuser und Eisenbahnen, alle diese äußeren Zeichen des Kolonialismus sind durch eine westliche Macht nach Birma gekommen. Davon abgesehen glaube ich, daß die Birmanen insgesamt von Natur aus ein tolerantes Volk sind und anderen Kulturen und Ideen aufgeschlossen gegenüberstehen. Aber das autoritäre System, das uns aufgezwungen wurde, hat uns intolerant werden lassen.

Clements: Einige Monate vor Ihrer Hochzeit am 1. Januar 1972 haben Sie an Ihren Mann Michael geschrieben: »Ich bitte dich nur um eines: Wenn mein Volk mich eines Tages brauchen sollte, möchte ich, daß du mir hilfst, ihm gegenüber meine Pflicht zu tun. Wie wahrscheinlich das ist, weiß ich nicht, aber die Möglichkeit besteht.« Sie haben offenbar schon damals mit 26 Jahren oder vielleicht noch früher ein sehr ausgeprägtes Pflichtgefühl gegenüber Ihrem Volk empfunden. Könnten Sie etwas darüber sagen, in welcher Weise sich dieses Pflichtgefühl bei Ihnen im Lauf der Jahre entwickelt hat, bis es schließlich nach Ihrer Rückkehr nach Birma 1988 zum Dreh- und Angelpunkt Ihres Lebens geworden ist?

Suu Kyi: Ich weiß nicht, ob man dabei von einem Entwicklungsprozeß reden kann. Ich denke, es ist mir bereits als Kind eingeimpft worden. Es war immer da, und es zeigte sich in dem Augenblick, als es wirklich gebraucht wurde.

Clements: Ein seit früher Kindheit gehegtes Samenkorn, das austrieb, als die äußeren Bedingungen stimmten? Oder war es Ihnen schon in die Wiege gelegt worden?

Suu Kyi: Ich bin davon überzeugt, daß ein Pflichtgefühl angeboren sein kann. Manche haben ein stärkeres Pflichtgefühl als andere. Und natürlich entscheidet die Erziehung darüber, auf welchen Bereich sich dieses Pflichtgefühl richtet. Meine Mutter hat mir beigebracht, daß ich diese Pflicht meinem Volke schuldete.

Clements: Und warum?

Suu Kyi: Es war bedingt durch das, was sie mir über meinen Vater erzählte, und natürlich muß es etwas in meinen Genen geben, das meiner Bereitschaft zur Pflichterfüllung zugrunde liegt.

Clements: In einem früheren Gespräch haben Sie gesagt: »Die Wahrheit ist eine Macht. Die Macht der Wahrheit ist sogar sehr groß. Und ich glaube, daß diese Tatsache für manche Menschen beängstigend ist.« Auf meine Frage, was unter Wahrheit zu verstehen ist, haben Sie geantwortet, letztlich sei es »Aufrichtigkeit«. Aber was ist es, das die Aufrichtigkeit – die Unverfälschtheit des Geistes – für manche Menschen zu etwas so Bedrohlichem macht?

Suu Kyi: Einfach ausgedrückt ist Aufrichtigkeit das Bedürfnis, niemanden zu belügen. Deshalb ist Aufrichtigkeit auch Wahrheit, denn Aufrichtigkeit bedeutet, daß man nicht versucht, andere Menschen zu täuschen. Ausgenommen natürlich, man täuscht sich selbst. Wenn das so ist, dann muß man sich erst darum bemühen, sich selbst gegenüber aufrichtig zu sein, bevor man es gegenüber anderen sein kann. Es gibt jedoch Menschen, die glauben, es sei für sie notwendig, andere und vielleicht sogar sich selbst zu belügen, um bei dem, was sie tun, kein unangenehmes Gefühl zu haben.

Clements: In gewisser Hinsicht wäre demnach die Aufrichtigkeit wie ein heller, klarer Spiegel, bei dem sich ein Mensch mit unlauterer Gesinnung, wenn er hineinschaut, unangenehm berührt fühlt?

Suu Kyi: Ja. Ein heller, klarer Spiegel kann eine Menge Dinge sichtbar machen, die der Betreffende lieber nicht sehen würde.

Clements: Wie würde sich der Begriff der Aufrichtigkeit in den Kodex der buddhistischen Moralgebote einfügen?

Suu Kyi: Vermutlich würde man es dort unter das Vermeiden von *musavada* fassen, das Meiden dessen, was nicht wahr ist, das Nichtlügen. Und Aufrichtigkeit bedeutet auch nicht einfach das Bemühen, nicht zu belügen, sondern auch das Bemühen, auf andere zuzugehen.

Clements: Aktive Aufrichtigkeit ist demnach die Sorge um das Wohlergehen anderer?

Suu Kyi: Ja. Natürlich gibt es Menschen, die auf andere zugehen möchten, um sie für sich einzunehmen, allerdings nicht auf lautere Weise. Sie verstellen sich oder sagen die Unwahrheit, um das Wohlwollen oder die Unterstützung von anderen zu gewinnen. Aufrichtigkeit ist mit dem Bedürfnis verknüpft, offen und ehrlich auf Menschen zuzugehen.

Clements: Über den falschen Gebrauch oder Mißbrauch von Macht ist seit jeher diskutiert worden. Mit welchen Mitteln kann man sich Ihrer Meinung nach am besten davor schützen, durch den Erwerb von Macht korrumpiert zu werden?

Suu Kyi: Ich glaube, man muß einfach den Mut haben, sich selbst ins Gesicht zu sehen. Ich halte das für den wirksamsten Schutz gegen Korrumpierbarkeit. Wenn Sie mutig genug sind, sich ins Gesicht zu sehen, ich meine, wirklich in den Spiegel zu blicken und sich mit allen Fehlern und Schwächen zu sehen, dann sind Sie nicht mehr so leicht zu korrumpieren. Als Buddhistin bin ich davon überzeugt, daß jemand, der die Bedeutung von *anicca* [Vergänglichkeit] wirklich erfaßt hat, nicht bereit ist, um den Preis seiner moralischen Existenz der Macht und dem Geld nachzujagen.

Clements: Wollen Sie damit sagen, daß unser moralisches Urteil ohne ein wahrhaftes Verständnis von *anicca* verzerrt ist? Können Sie diesen Zusammenhang etwas erläutern?

Suu Kyi: Zum Teil ist es wohl meiner buddhistischen Erziehung zu verdanken, wenn ich der Vorstellung anhänge, daß alles vergehen wird und mir nur meine Taten und deren Auswirkungen bleiben. Das heißt, während alle äußeren Attribute von Reichtum und Macht vergehen, werden die Wirkungen meines Handelns mich so lange begleiten, bis sie sich voll entfaltet haben.

Clements: Ich bleibe noch beim Problem des Mißbrauchs der Macht: Offenbar haben viele politische Führer die schwarze Kunst der Massenmanipulation ausgeübt, eine Art charismatischer Dichtung zur Verherrlichung ihrer Person oder eine bestimmte faszinierende Ästhetik zur Glorifizierung ihrer Kraft. Hitler ist hierfür ein Beispiel.

Suu Kyi: Soviel ich weiß, bedeutet Charisma ursprünglich »Gnade«. Wie können Sie dann Hitler als charismatisch bezeichnen?

Clements: Nur insofern, als er über die Fähigkeit verfügte, sein Volk zu einem solchen Grad von entsetzlicher Perversität zu treiben. Vielleicht gebrauche ich das Wort nicht richtig, aber ich frage Sie, wie es kommt, daß einzelne Individuen die Fähigkeit haben, andere Menschen so stark zu bewegen?

Suu Kyi: Ich glaube, man muß unterscheiden zwischen dem Charisma einer einzelnen Person und der Faszination, die von ihrer Macht ausgeht. Sie werden immer wieder feststellen, daß von Menschen in Machtpositionen stets eine Faszination ausgeht, was immer sie auch tun mögen. Das liegt daran, daß Menschen von der Macht beeindruckt, eingeschüchtert oder in Angst versetzt werden.

Clements: So eingeschüchtert, daß sie so entsetzliche Taten begehen wie die Anhänger der Aum-Sekte in Japan, die in der Tokyoter U-Bahn Giftgas freigesetzt haben?

Suu Kyi: Ja, aber was sind das für Menschen?

Clements: Das ist die Frage. Was kann man tun, um jenseits aller betörenden Verheißungen und Selbstverbiegungen, die auf seelischen Projektionen beruhen, zu den wahren Absichten einer anderen Person vorzudringen?

Suu Kyi: Ich bin eben der Meinung, daß man daran gewöhnt sein muß, der Wahrheit ins Gesicht zu sehen. Es läuft immer wieder darauf hinaus. Die wenigsten Menschen gehen herum und geben ihre Fehler preis. Kein normaler Mensch würde das tun. Das heißt freilich nicht, daß es nicht einige Menschen gibt, die sich ihrer eigenen Fehler und Schwächen durchaus bewußt sind. Und das gehört nun einmal dazu, wenn man den Mut zur Wahrheit aufbringen will. Aber es gibt manche Menschen, die der Wahrheit einfach nicht ins Gesicht sehen können, nicht nur bei sich selbst, sondern auch in bezug auf die Menschen, die ihnen sehr nahestehen. Ich habe mich kürzlich mit einigen Freunden darüber unterhalten: Es gibt Menschen, die immer denken, ihre Kinder seien großartig und hätten keine Fehler, während doch jeder sehen kann, daß ihre Kinder in Wirklichkeit ganz anders sind. Wenn diese Menschen nicht einmal imstande sind, die Fehler an ihren eigenen Kindern zu sehen, wie sollten sie dann ihre eigenen Fehler erkennen können?

Dann wiederum gibt es Menschen, die ihre eigenen Fehler und Schwächen ebenso deutlich wahrnehmen wie die der Menschen, die ihnen nahestehen. Das heißt nicht, daß sie ihre Angehörigen oder sich selbst auf Schritt und Tritt kritisieren. Aber sie haben einen Blick dafür. Und wenn Sie eine Wahrnehmung für Ihre eigenen Fehler haben, dann nehmen Sie auch die von anderen wahr. Sie müssen deshalb nicht schroff zu diesen Menschen sein. Ich glaube, daß diejenigen, die sich der eigenen Schwächen bewußt sind, in der Regel anderen gegenüber duldsamer sind als diejenigen, die ihre eigenen Fehler nicht erkennen können.

Clements: Demnach kommt es also im wesentlichen auf eine bewußte Selbstwahrnehmung und auf die Entwicklung der Fähigkeit an, die eigene Ehrfurcht gegenüber solchen Personen, die in Machtpositionen sind, kritisch zu überprüfen. Dann wird man den Mut finden können, die Obrigkeit in Frage zu stellen?

Suu Kyi: Na ja, manchmal liegt es auch nur an der eigenen Trägheit. Viele Menschen geraten aus purer Bequemlichkeit in bestimmte Gewohnheiten.

Clements: Die Selbstbefragung ist zu lästig?

Suu Kyi: Ja. Teils intellektuell, teils auch moralisch. Manchmal haben Sie einfach keine Lust, sich zusammenzunehmen und zu fragen: »Ist es richtig für mich, eine solche Person zu unterstützen?« Das Leben führt uns immer wieder vor ein moralisches Dilemma. Nur glaube ich, daß manche Menschen sich einem solchen Dilemma lieber gar nicht erst stellen, weil es einfach zu anstrengend ist.

Clements: Das Unausweichliche der menschlichen Existenz ...

Suu Kyi: Das ganze Leben ist ein moralisches Dilemma, und in manchen Fällen mehr als in anderen. Das ist mir besonders bewußt geworden, als ich von Japan nach Indien kam. Als ich in Japan lebte, das ja ein sehr reiches Land ist, hatte ich keine Probleme damit, gut zu essen und mich gut anzuziehen. Ich dachte nicht darüber nach, daß ich einen warmen Mantel trug, weil alle anderen ebenfalls warme Mäntel trugen. Und es machte mir nichts aus, mich ordentlich satt zu essen, weil alle anderen ebenfalls ausreichend zu essen hatten. Der einzige Mensch, den ich in Japan gesehen habe, den man vielleicht als arm bezeichnen konnte, war ein Betrunkener, aber vielleicht war nicht einmal er arm. Er sah möglicherweise nur deshalb schäbig und heruntergekommen aus, weil er betrunken war. Von Japan aus bin ich direkt nach Indien gekommen. Und dort geriet ich in diesen moralischen Zwiespalt, in einer Gesellschaft zu leben, in der eine viel größere Ungleichheit herrschte. Und ich nehme an, daß das moralische Dilemma um so stärker zu spüren ist, je größer die Ungleichheit in einer Gesellschaft ist.

Immer wenn ich in Indien zum Einkaufen in die Stadt ging, in der wir wohnten, sah ich am Straßenrand Bettler sitzen. Und immer war es derselbe Zwiespalt: Gebe ich ihnen etwas oder nicht? Es ging mir gar nicht um das Geld, aber ich hatte immer wieder gehört, daß es auch reiche Bettler gab, die das Betteln als ihren Beruf ansahen. In gewisser Weise waren sie einfach Betrüger. Also fragte ich mich zunächst: Gebe ich diesen Bettlern etwas oder nicht? Und wenn ich ihnen etwas gebe, helfe ich ihnen dann, oder unterstütze ich sie lediglich bei ihrem Betrug? Am Ende gelangte ich zu dem Schluß, daß ich ihnen nur dann etwas geben sollte, wenn es aus einem reinen Gefühl von Freigebigkeit heraus geschah, sonst nicht. So stellt einen das Leben immer wieder vor moralische Entscheidungen. Und in Gesellschaften, in denen ein hohes Maß an Ungerechtigkeit herrscht, kann man auch in Situationen geraten, die einen vor ein moralisches Dilemma stellen. Manchmal sage ich mir jedoch, daß die Entscheidung dann leichter fällt, weil man sich einfach für die Seite entscheidet, die für Gerechtigkeit steht, auch wenn man sich damit selbst gefährdet.

Clements: Welches war die schwierigste moralische Zwangslage, in der Sie sich in Ihrem ganzen Leben befunden haben?

Suu Kyi: (lange Pause) Ich könnte nicht sagen, daß es einen solchen herausragenden moralischen Zwiespalt gegeben hat. Meiner Meinung nach muß man sich fortwährend moralischen Dilemmata stellen, vor allem wenn man in der Politik engagiert ist. Man darf nie vergessen, daß es in der Politik um Menschen geht. Wenn Sie anfangen, das zu vergessen, gehen Sie den Weg Hitlers oder Stalins und manipulieren die Menschen nur noch. Doch sobald Sie einsehen, daß es in der Politik um die Menschen geht, müssen Sie auch deren Schwächen und Empfindungen berücksichtigen. Manchmal beeinträchtigt das natürlich die Effektivität Ihrer Arbeit. Und das ist ein immer wiederkehrendes Dilemma.

Clements: Welches war die schwierigste Entscheidung, die Sie seit 1988, als Sie in die Politik gingen, treffen mußten?

Suu Kyi: Es gibt eine, an die ich mich erinnern kann. Wir waren bei den Vorbereitungen zur Gründung einer Nationalen Partei für die Demokratie. Es gab sehr viele unterschiedliche Meinungen darüber, wer in der Liste vertreten sein sollte und wer nicht. Und zunächst war das für mich sehr quälend, denn wenn ich mich für einen bestimmten Kandidaten für die Liste entschied, so bedeutete das, andere Kandidaten enttäuschen zu müssen. Eigentlich hätte mir die Lösung gleich einfallen müssen, aber manchmal sieht man eben das Nächstliegende nicht. Plötzlich wurde es mir klar: »Um was geht es eigentlich bei dem Problem?« Ich hätte einfach die Kandidaten befürworten müssen, die meiner Meinung nach am besten geeignet waren. Das war das einzig Ehrliche und Richtige. Und so entschied ich dann auch. Wie sich herausstellte, wurden die von mir vorgeschlagenen Kandidaten meistens auch von den anderen als die am besten geeigneten angesehen. Es gab kein Problem. Aber es sollte eine Lehre für mich sein. Manchmal denke ich, wir machen uns das Leben unnötig schwer. Es ist wie bei der Geschichte mit den Bettlern. Am Ende entschied ich, daß meine eigene Freigebigkeit den Ausschlag geben sollte, eine echte Großzügigkeit, die aufrichtig war und von Herzen kam.

Clements: Empfinden Sie manchmal ein Dilemma angesichts der Pflicht gegenüber Ihrem Volk, Millionen von Menschen, die sich nach Sicherheit sehnen, vielfach an Unterernährung leiden und mehr oder weniger stark in Furcht und vielleicht gar Schrecken leben? Haben Sie manchmal das Gefühl, einfach nicht genug geben zu können?

Suu Kyi: Nein. Ich kann immer nur so viel geben, wie ich habe. Ich bin auch frei von der größenwahnsinnigen Vorstellung, daß ich jedem gebe, der es braucht. Ich habe immer ganz offen gesagt, daß meine Möglichkeiten eine Grenze haben. Ich tue mein Bestes, aber mehr als das ist nicht möglich. Das bedeutet nicht, daß ich mich zurücklehne und sage: »Schön, das war's dann.« Ich bemühe mich darum, die Norm für das, was mein Bestes ist, so hoch wie möglich zu schrauben.

Clements: Wenn Sie an die Leiden Ihres Volkes denken, was fällt Ihnen dann als erstes ein und bewegt Sie besonders?

Suu Kyi: Daß wir alles dagegen unternehmen müßten, was in unseren Kräften steht. So reagiere ich immer, wenn ich etwas sehe, das nicht sein darf. Es hat keinen Sinn, die Hände zu ringen und zu sagen: »Ach du lieber Himmel, ist das schrecklich!« Sie müssen Ihre ganze Kraft einsetzen. Nur aktives Handeln bringt uns weiter.

Clements: Ich würde gern von Ihnen hören, wie Sie über die Frage der Redefreiheit und der freien Meinungsäußerung denken und wo Sie möglicherweise Grenzen sehen, die nicht überschritten werden sollten.

Suu Kyi: Ich halte es für wichtig, das Recht auf freie Meinungsäußerung und die Achtung vor anderen Menschen gegeneinander abzuwägen. Sie können nicht einfach hingehen und über bestimmte Personen alles sagen, was Ihnen gerade einfällt. Andere Menschen haben ein Recht auf Rücksichtnahme. Damit meine ich natürlich nicht, daß die freie Meinungsäußerung schon dort aufhören sollte, wo eine Person oder ein Sachverhalt kritisiert wird. Das wäre nicht richtig. Andererseits aber bedeutet Redefreiheit auch nicht, daß Sie sich mitten auf die Straße stellen und die Passanten mit obszönen Schimpfwörtern überschütten können. Das wäre ein Mißbrauch Ihres Rechts auf Redefreiheit.

Clements: Wie verhält es sich mit der Freiheit in Kunst und Musik, sagen wir in den westlichen Ländern, wo es so viele unterschiedliche Ausdrucksformen gibt – vom Gangster Rap in der Musik über die äußerst provozierenden Fotografien von Robert Mapplethorpes bis zu Oliver Stones umstrittenem Film »Natural Born Killers«. Sind Sie der Meinung, daß dem künstlerischen Ausdruck Grenzen gezogen werden sollten?

Suu Kyi: Ich muß zugeben, daß ich nicht besonders musikalisch bin, und deshalb ist auch mein Verständnis für die Bedürfnisse musikalischer Menschen beschränkt. Und ich habe mich nicht ernsthaft mit den Argumenten derjenigen auseinandergesetzt, die der Meinung sind, es sei alles erlaubt, solange es ihr musikalisches und künstlerisches Ausdrucksbedürfnis befriedigt. Deshalb frage ich Sie: Wie begründen es diese Leute, daß sie ihrer Meinung nach in ihren Liedtexten alles aussprechen dürfen, was sie wollen? Dem kann ich nicht ganz folgen. Können sie in einem Lied alles das sagen, was sie beispielsweise in einer öffentlichen Rede nicht sagen dürfen?

Clements: Es mag sein, daß es dann nicht veröffentlicht oder produziert wird, und falls doch, so wird es vielleicht nicht gesendet, aber warum soll man kein Recht auf eine eigene Wahrheit haben?

Suu Kyi: Na ja, ich glaube nicht, daß das wünschenswert ist.

Clements: Warum nicht?

Suu Kyi: Es ist nicht nur in der westlichen Welt so. Ich glaube, überall versuchen Menschen, sich einen Vorteil zu verschaffen und ihre Rechte zu mißbrauchen. Ich habe immer gesagt, sobald wir die Demokratie haben, wird es Menschen geben, die ihre demokratischen Rechte einfach zu ihrem eigenen Vergnügen oder zu ihrem persönlichen Gewinn mißbrauchen. Es wird wahrscheinlich Menschen geben, die das Recht auf Versammlungsfreiheit dazu benutzen, eine Organisation zu gründen, mit der die Demokratie selbst angegriffen wird. Das geschieht fortwährend. Eine Demokratie ist alles andere als vollkommen. Es gibt immer etwas, das in Frage gestellt werden muß. Auch hier begegnen wir wieder der fragenden, in Zweifel ziehenden Geisteshaltung. Ein solches Denken hat seine Vor- und Nachteile. Wenn Sie eine bestimmte Rede, ein Lied oder einen Film verbieten, müssen Sie sich jedesmal fragen, ob Sie damit in demokratische Rechte eingreifen oder ob Sie diejenigen schützen, die geschützt werden müssen. Deshalb habe ich gesagt, daß das Leben ein moralisches Dilemma darstellt. Aber ich bin nicht mit allem einverstanden, was im Westen passiert, und deshalb sage ich, daß ich mir für uns eine bessere Demokratie wünsche, in der es mehr Mitgefühl und Fürsorge gibt. Das heißt nicht, daß wir weniger Freiheiten haben, sondern daß wir von diesen Freiheiten einen verantwortungsbewußteren Gebrauch machen und stets auch das Wohlergehen der anderen berücksichtigen wollen.

Clements: Und welcher Aspekt der westlichen Demokratien beunruhigt Sie ganz besonders?

Suu Kyi: Es geht immer wieder um Gewalt. Die Lieder, die Musik und die Filme, von denen Sie sprechen, haben alle in dieser oder jener Form die Gewalt zum Thema. Es gibt einen Hang zur Gewalt in der menschlichen Natur allgemein, er ist nicht nur für den Westen typisch. Vielleicht liegt es ja daran, daß in den Wohlstandsgesellschaften die Menschen nicht mehr recht wissen, wie sie mit diesen gewalttätigen Neigungen fertig werden sollen. Kommt das möglicherweise daher, daß diese Gesellschaften ihre Mitglieder bestimmten Bedingungen unterwerfen, die keine Ausweichmöglichkeiten mehr vorsehen?

Clements: Wie zum Beispiel echte spirituelle Werte? Aber die Gewalt ist überall.

Suu Kyi: Ja, die Gewalt ist überall. In den Vereinigten Staaten gibt es Gewalt auf der Straße, Gewalt in Filmen, in Liedern, in der Musik und so weiter. Und wenn Sie an Ruanda denken, da gab es die Gewalt auf dem Schlachtfeld. Die Gewalt tobt sich auf der Straße in Form von rassistischen Kämpfen aus. Und wie war es im ehemaligen Jugoslawien? Dort war die Gewalt überall. Es gibt Gewalt in Birma; Gewalt, die von der Regierung gegen die Bevölkerung geübt wird. In anderen autoritären Staaten ist es genauso. Ja, überall auf der Welt existiert Gewalt. Irgend etwas in der menschlichen Natur zwingt die Menschen anscheinend von Zeit zu Zeit, gewalttätig zu werden.

Clements: Wie kommt es Ihrer Meinung nach dazu, daß Menschen Vergnügen darin finden, Gewalt in der Kunst, im Film oder im Fernsehen anzusehen, daß Gewalt einen Unterhaltungswert hat?

Suu Kyi: Ich weiß es nicht, weil ich mir solche Filme nie angesehen habe. Ich mag Filme, die interessant und schön gemacht sind. Ich glaube, auch das hängt mit meiner Erziehung zusammen. Meine Mutter pflegte zu sagen: »Was habe ich denn davon, dafür zu bezahlen, daß ich in eine schlechte Stimmung versetzt werde?« Und dieser Ansicht kann ich nur beipflichten.

Clements: Was halten Sie von dem Ausspruch Václav Havels, der Intellektuelle sei im Grunde genommen ein Provokateur, jemand, der ständig Unruhe stiftet? Finden Sie entsprechende Formen der bildenden Kunst, der Musik und des Films interessant?

Suu Kyi: Ja, provozierend zu wirken, das halte ich durchaus für akzeptabel – sofern es in der Provokation darum geht, eine Veränderung oder eine Reaktion auszulösen. Aber es hängt davon ab, zu was Sie die Zuschauer provozieren möchten.

Clements: Es ist also eine Frage der Absicht, die man damit verfolgt?

Suu Kyi: Allerdings!

Clements: Sie haben in einem unserer früheren Gespräche gesagt, unter allen negativen menschlichen Charaktereigenschaften könne die »Heuchelei« Sie am meisten in Rage versetzen. Hat die Heuchelei des SLORC Sie zynisch gemacht? Kämpfen Sie gegen diese Tendenz an?

Suu Kyi: Ich verstehe nicht ganz, was Zynismus bedeutet. Man muß es als eine Tatsache hinnehmen, daß Menschen nicht immer so handeln, wie sie reden. Das ist schon immer so gewesen. Aber das bedeutet nicht, daß jeder so ist. Es gibt Menschen, die tun, was sie sagen, und die sagen, was sie denken.

Clements: Ich will es etwas konkreter ausdrücken. Die westlichen Länder, vor allem die Vereinigten Staaten, sind geradezu obsessiv damit beschäftigt, Waffen der unterschiedlichsten Art zu produzieren. Im Namen der »freien Marktwirtschaft« verkaufen wir diese Waffen in alle Länder der Erde. Selbst hier in Rangun habe ich SLORC-Generäle in Autokolonnen vorbeifahren sehen, eingerahmt von Soldaten mit dem Finger am Abzug ihrer Uzis. Wäre es nicht an der Zeit, einen Appell an die Rüstungsindustrie im Westen und natürlich auch im Osten zu richten? Die Entwicklung in China gibt Anlaß zur Sorge.

Suu Kyi: Verkäufer gibt es nur dort, wo es auch Käufer gibt. Das Problem liegt nicht nur bei den Ländern, in denen die Waffen hergestellt werden. Auch die Länder, die an diesen Waffen ein Interesse haben, spielen mit. Daran wird einmal mehr deutlich, daß das Menschengeschlecht noch lange nicht gelernt hat, ohne Gewalt zu leben.

Clements: Wären Sie als eine politische Führerin, die sich der Gewaltlosigkeit verschrieben hat, für die Abschaffung aller Massenvernichtungswaffen?

Suu Kyi: Zum gegenwärtigen Zeitpunkt wäre es idealistisch, darauf zu setzen, aber ich frage mich, ob überhaupt jemals eine Zeit kommen wird, in der das keine utopische Forderung mehr ist, sondern etwas, das man in die Praxis umsetzen kann. Ich habe so meine Zweifel, ob es uns gelingen würde, alle gewalttätigen Instinkte bei der menschlichen Spezies auszumerzen.

Clements: Können Sie sich vorstellen, als Führerin eines freien und demokratischen Birma vor der Entscheidung zu stehen, Gewalt gegen Menschen einzusetzen, sich einer Gewalt zu bedienen, von der Sie wissen, daß sie Menschen töten wird?

Suu Kyi: Alle Mitglieder von Regierungen können in die Lage kommen, eine solche Entscheidung treffen zu müssen.

Clements: Demnach liegt der »wohlüberlegte« Einsatz von Waffen und Gewalt für einen Politiker also im Bereich des Möglichen?

Suu Kyi: Es ist ein Berufsrisiko.

DIE MACHT DER MACHTLOSEN ERFAHREN

Alan Clements: Während meiner Studentenzeit verspürte ich eine wachsende Angst in mir, ich könnte keine Identität finden außer in einem höchst äußerlichen Sinne. Ich dachte, wenn ich dem vorgezeichneten Weg folgen sollte, würde ich höchstwahrscheinlich vom »amerikanischen Traum« verschluckt werden, eines Tages ein Haus, zwei Autos und eine Familie haben und mich dabei womöglich auch noch glücklich fühlen. Diese Aussicht erschreckte mich so sehr, daß sie mich aus der Bahn warf, die mir bis dahin für ein erfolgreiches Leben als die richtige erschien, und mir statt dessen eine Richtung wies, die durch meine Vorlieben und natürlichen Neigungen bestimmt war. Das hat mich schließlich in Ihr Land geführt und dazu bewogen, ein buddhistischer Mönch zu werden. In diesem Zusammenhang möchte ich Ihnen zwei Fragen stellen. Erstens, was bedeutet Mittelmäßigkeit für Sie? Und zweitens, wie würden Sie Größe definieren?

Aung San Suu Kyi: Ich glaube nicht, daß mit Menschen, die ihr Glück in einem Haus, zwei Autos und einer Familie gefunden haben, etwas nicht stimmt. Wenn es eine wirklich glückliche Familie ist, dann werden sie eine Atmosphäre des Glücks um sich herum verbreiten, und daran ist nichts verkehrt. Und ich denke, Bescheidenheit in den eigenen Zielsetzungen ist weder ein Vergehen noch etwas, dessen man sich schämen müßte. Ich habe sogar eher Bewunderung übrig für Menschen, die in ihren Wünschen bescheiden bleiben und ihnen nicht ständig nachgeben. Das entspricht weitgehend dem buddhistischen Denken.

Wenn ein eigenes Haus mit zwei Autos allerdings das Nonplusultra Ihres Daseins sein sollte und Sie alles tun, um dieses Ziel zu erreichen, und sich auch nicht scheuen, rücksichtslos gegen andere Menschen vorzugehen, dann ist das natürlich nicht richtig. Wenn Sie sich dagegen zum Ziel gesetzt haben, besonnen und ohne anderen zu schaden auf diese bescheidene Existenz hinzuarbeiten, dann kann ich daran nichts Unrechtes finden. Sehr viele Menschen, die äußerlich einen ganz durchschnittlichen Eindruck vermitteln, besitzen eine große Seelenstärke und spirituelle Werte, von denen wir nichts ahnen.

Was die Frage der Größe angeht, so gibt es davon die unterschiedlichsten Arten. Ich meine, was macht beispielsweise die Größe eines Komponisten aus? Seine Musik. Vielleicht hat er keine besonders ansprechende oder anregende Persönlichkeit, aber wenn er schöne Musik schreibt, ist er ein großer Komponist. Und jemand, der schön musiziert, ist vielleicht ein großer Musiker. Deshalb fällt es mir sehr schwer, den Begriff »Größe« zu definieren.

Ich habe irgendwo gelesen, daß in der Politik Größe als die Fähigkeit definiert wird, andere Menschen dazu zu bewegen, sich an einer großen Sache zu beteiligen. Und ich nehme an, daß es bei religiösen Führern bis zu einem gewissen Grad genauso ist. Von einem großen religiösen Führer spricht man, wenn er viele Menschen dafür gewonnen hat, ihm in seiner spirituellen Suche nachzufolgen. Die Frage für mich ist, ob man überhaupt von der Größe eines Menschen sprechen kann, wenn man nicht zugleich die Beziehung dieses Menschen zu anderen in seinem Umfeld betrachtet. Ich meine, können Sie eine Person, die sich allein auf einer einsamen Insel befindet, ohne Kontakt zu anderen, als einen großen Menschen bezeichnen? Im allgemeinen sprechen Sie von Größe im Kontext der Beziehung zu anderen; was der »Große« für andere tut; was er bei anderen auslöst. Wenn es niemanden gibt, der der Musik eines Musikers zuhört, wird niemand ihn als groß bezeichnen – bis zu dem Tag, an dem seine Musik auf irgendeinem Wege an die Ohren von Menschen dringt, die sich dadurch beglückt oder beseelt fühlen. Ähnlich ist es mit einem Buch. Ein großes Buch ist immer ein großes Buch, gleichgültig, ob sein Autor noch am Leben ist oder nicht. Aber niemand wird den Autor als groß bezeichnen, solange keiner seine Werke gelesen hat. So wird dieser große Geist ganz für sich allein existieren, unabhängig davon, ob er von anderen gewürdigt wird oder nicht. Deshalb denke ich, wenn jemand den Keim der Größe in sich trägt, dann spielt es keine Rolle, ob es andere gibt, die diese Größe anerkennen oder nicht. Aber ob dieser Keim zum Wachsen und Blühen gebracht werden kann, so daß die Welt ihn richtig einschätzen kann, ist eine andere Frage. Das ist meiner Meinung nach nur im Hinblick der Beziehung dieser Person zur übrigen Gesellschaft möglich.

Clements: Für viele Menschen sind Sie eine Stimme, die für die Sprachlosen spricht, eine Macht, die sich für die Ohnmächtigen erhebt – für das einfache Volk, die kleinen Leute, für diejenigen, die man ihrer bürgerlichen Rechte beraubt hat. Das aber ist die große Mehrheit der Menschen – nicht nur in Ihrem Land, sondern überall auf der Welt. Welchen Sinn könnte der Begriff der Größe im Leben solcher Menschen – eines Bettlers, eines Flüchtlings oder eines politischen Gefangenen – haben?

Suu Kyi: Die Ziele der einzelnen Individuen sind höchst unterschiedlich. Aber ich nehme an, daß Menschen allgemein nach Größe streben, indem sie ihre Begierden zügeln. Es gibt ja dieses Sprichwort: »Sich selbst bekriegen ist der schwerste Krieg, sich selbst besiegen ist der schönste Sieg.« Nach dem buddhistischen Denken ist das Zähmen der eigenen Begierden der eigentliche Weg zur Größe, ganz unabhängig von den äußeren Umständen. So meditieren zum Beispiel viele unserer Leute, wenn sie [als politische Gefangene] im Gefängnis sitzen, zum Teil, weil sie die Zeit dazu haben, und zum Teil, weil es eine sehr vernünftige Tätigkeit ist. Damit will ich sagen, wenn Sie keinen Kontakt zur Außenwelt haben und auch nichts daran ändern können, dann sollten Sie sich mit all ihren Kräften Ihrer Innenwelt zuwenden und sich bemühen, sie unter die erforderliche Kontrolle zu bringen.

Clements: Wenn ich den Kampf Ihres Volkes und die gesamtgesellschaftliche Krise in Birma auf eine kurze Formel bringen müßte, würde ich sagen, hier geht es um den »Mut, echte Gefühle zu empfinden«. Für die Menschen, die für die Verwirklichung der Demokratie kämpfen, ist es der Mut, Selbstachtung, Selbstwert und Würde zu empfinden – der Mut zum Handeln. Und für die Männer an der Spitze des Staates ist es der Mut, Scham und Gewissensbisse zu empfinden, der Mut zu lieben und der Mut, den Menschen in Demut zu begegnen. Aber was ist es, das alle diese Menschen davon abhält, sozusagen die richtigen Gefühle zu empfinden? Ist es einfach nur die Angst vor Empfindungen?

Suu Kyi: Ich glaube, es hat auch sehr viel damit zu tun, wieweit man dazu erzogen wurde, objektiv zu sein. Und es ist die bewußte Wahrnehmung, die zur Objektivität führt. Je bewußter Sie leben, desto objektiver werden Sie. Das ist doch sehr buddhistisch gedacht, oder nicht? Und ich glaube, daß allen, die kein Bewußtsein davon haben, was um sie herum und in ihrem Innern vorgeht, der Zugang zu diesen Gefühlen versperrt ist, die so wichtig dafür sind, daß wir in dieser Welt das Richtige tun. Wenn Sie sich nicht dessen bewußt sind, daß das, was Sie tun, unrecht ist, dann werden Sie auch keine Scham darüber empfinden. Solche Menschen leben in einer reinen Phantasiewelt – es ist eine Art Verrücktheit und ein völliger Mangel an Objektivität. Das alles zusammen führt zu der Unfähigkeit, sich der Wahrheit zu stellen. Wenn Sie in einer Welt leben, in der alles, was Sie tun, stets mit Begriffen wie »Patriotismus« oder »Wohl des Landes« gerechtfertigt wird, dann werden Sie auch nicht imstande sein, den nächsten Schritt zu machen – nämlich sich zu schämen und den Wunsch zu verspüren, Ihre Fehler zu korrigieren.

Clements: Glauben Sie, daß es allein an der Erziehung liegt? Oder an einer so kümmerlichen Erziehung, daß irregeleitete Phantasien zu einer schlechten Gewohnheit, einer Lebensweise werden?

Suu Kyi: Ja, es ist eine Frage der Erziehung. Ich bin vielen Eltern begegnet, die grundsätzlich auf der Seite ihrer Kinder stehen, gleichgültig, ob diese im Recht sind oder nicht. Ich glaube nicht, daß dies den Kindern hilft, wirklich erwachsen und dabei objektiv und unparteiisch zu werden. Als wir in Simla [in Indien] lebten, habe ich die folgende Szene beobachtet: Ein kleiner Junge war ziemlich ungebärdig, er rannte auf einem belebten Platz herum und hätte leicht einen Verkehrsunfall verursachen können. Ein Passant hielt ihn an, brachte ihn zur Ruhe und sagte ihm, er solle am Rand der Straße stehenbleiben. Als dann die Mutter des Jungen auftauchte, erklärte er ihr, der Junge sei außer Rand und Band gewesen, und er habe ihn zurechtweisen müssen, weil er sonst vielleicht von einem Auto überfahren worden wäre oder einen Unfall verursacht hätte. Man sollte meinen, die Mutter wäre ihm dankbar gewesen, aber im Gegenteil, sie wurde wütend! Ich war völlig perplex. Ich an ihrer Stelle hätte mich zunächst einmal bei dem Mann für sein Eingreifen bedankt. Und zweitens hätte ich mich aufrichtig entschuldigt. Ich hätte gesagt: »Es tut mir leid, daß mein Sohn Ihnen diese Mühe gemacht hat, und ich bin Ihnen sehr dankbar dafür, daß Sie ihn zur Ordnung gerufen haben.« Diese Mutter dagegen war außerordentlich wütend auf den Mann, weil er ihr vorgehalten hatte, ihr Sohn sei ungezogen gewesen. Solche Dinge passieren immer wieder und überall. Und wenn Sie in einer Familie aufwachsen, in der alles, was Sie tun, gerechtfertigt wird, auch wenn außenstehende Menschen das ganz anders beurteilen, dann werden Sie als Erwachsener nicht objektiv sein können. Sie werden stets in der Vorstellung leben, alles, was Sie tun, sei recht und billig, während das, was andere tun, grundsätzlich unrecht ist, wenn es Ihren eigenen Wünschen entgegensteht. Es kommt also sehr auf die Erziehung an. Aber natürlich spielen auch Erbfaktoren eine wesentliche Rolle. Ich denke, daß die Menschen bereits mit bestimmten Charaktermerkmalen geboren werden, heute würde man sagen, es gibt genetische Festlegungen. Außerdem kommt es darauf an, wie gut Sie ernährt wurden. Demnach kann die Erziehung zwar gute Dienste leisten, aber nur bis zu einem gewissen Grad.

Clements: Wie ist es zu erklären, daß aus einer alten buddhistischen Kultur mit ihren mystischen Werten eine solche Bande von Generälen, die die Menschen unterdrücken – der SLORC –, hervorgegangen ist?

Suu Kyi: Ebensogut könnte man die Frage stellen, wieso die Roten Khmer in Kambodscha aufgekommen sind. Es ist ja nicht so, daß eine gute, fürsorgliche Religion auch von jedermann praktiziert wird. Für viele Menschen ist ihre Religion nur ein Lippenbekenntnis. Sie können die Gebete hersagen, an den Zeremonien teilnehmen und die Riten vollziehen, ohne deshalb etwas davon wirklich in ihr Herz aufzunehmen. Ihnen müssen doch auch viele Menschen begegnet sein, die nicht nur tage-, sondern monate- oder gar jahrelang meditiert haben, ohne daß sich ihre Einstellungen zur Welt wesentlich oder überhaupt geändert hätten. Sie haben sicher viele solcher Menschen kennengelernt, oder?

Clements: Ja, in beiden Fällen erfolgt eine Wandlung, wenn überhaupt, anscheinend nur langsam. Aber lassen Sie mich Ihnen eine weitere Frage stellen. Manche Menschen drängt es offenbar zur Ganzheit, während andere sich von der Finsternis angezogen fühlen. Um jedoch ein Ganzes zu werden oder sich in diese Richtung zu bewegen, muß man sich der Finsternis voll bewußt werden und sie in sich aufnehmen. Vielleicht irre ich mich, aber ich habe den Eindruck, daß Sie im Verlauf Ihres eigenen inneren Prozesses der Bewußtwerdung gezwungen waren, sich vielen äußeren Ereignissen zu stellen, die man wohl als düster bezeichnen kann. Könnten Sie sagen, was Sie aus diesen Begegnungen mit der Finsternis für sich gelernt haben?

Suu Kyi: Zunächst einmal muß ich sagen, daß mir noch nie der Gedanke gekommen ist, ich hätte mich in die Finsternis begeben. Ich glaube, von außen sieht manches viel dramatischer aus als für die Beteiligten selbst. Richtig dramatisch ist es, wenn man aus der eigenen Wohnung abgeholt und in eine Gefängniszelle gesperrt wird, wo die Tür hinter einem krachend ins Schloß fällt. Aber so war es bei mir nicht. An dem Tag, an dem ich unter Hausarrest gestellt wurde, kamen viele Leute her, stellten alles auf den Kopf und nahmen eine Menge Sachen mit. Und nach diesem Tumult, der die ganze Nacht hindurch andauerte, blieb ich einfach weiter unter Hausarrest, und das war gar nicht so dramatisch.

Clements: Gut, aber Tag für Tag kamen viele Menschen zu Ihnen und erzählten von ihrer Not und Bedrängnis. Einige enge Mitarbeiter von Ihnen befinden sich im Gefängnis, manche wurden sogar gefoltert. Und auch Sie haben viel durchgemacht. Was haben Sie aus den täglichen Begegnungen mit diesen Schwierigkeiten gelernt?

Suu Kyi: Sie erfahren etwas über die besten wie über die schlimmsten Seiten der menschlichen Natur. Das Schlimmste lernen Sie natürlich von denen, die die Folterqualen und die Leiden zufügen. Und das Beste lernen Sie von denen, die imstande sind, diese Leiden zu ertragen, ohne daß ihr Geist gebrochen wird.

Clements: Ich glaube, man kann durchaus sagen, daß viele Menschen auf der Welt einen Impuls verspüren, für andere dazusein – eine Berufung, dem Leben etwas zurückzugeben und nicht einfach nur zu nehmen. Wie kann man dieses Bedürfnis, anderen etwas zu geben, fördern? Bei einigen flammt es kurz auf, dann flackert es und erlischt nach kurzer Zeit wieder.

Suu Kyi: Manche Menschen werden mit dem Bedürfnis geboren, etwas von sich herzugeben, und andere nicht. Das sieht man schon bei kleinen Kindern; manche teilen ihre Süßigkeiten gern mit ihren Spielkameraden, andere dagegen nicht. Das ist ihre Anlage. Natürlich gibt es außerdem die Eltern, die ihre Kinder in ihrem egoistischen Verhalten gewähren lassen, und es gibt andere Eltern, die ihre Kinder dazu anhalten, von ihren Bonbons abzugeben. Meine Mutter zum Beispiel hat mir immer gesagt, ich müsse mit den anderen teilen. Und in ihren Augen war Selbstsüchtigkeit eine der schlimmsten Sünden, die man begehen konnte. Ich hörte oft von ihr: »Der und der ist egoistisch!« Für mich klang das wie eine ungeheure Anklage. Ich würde also sagen, daß ich in dieser Hinsicht viel von meiner Mutter gelernt habe. Ihr war es ein Bedürfnis, für andere etwas zu tun, und Zufriedenheit und Glück kam für sie aus dem Geben, nicht aus dem Nehmen.

Clements: Welche weiteren wichtigen Werte hat sie Ihnen vermittelt?

Suu Kyi: Sie hat mir beigebracht, die Werte, für die mein Vater stand, hochzuschätzen und zu achten. Sie verlangte, daß man etwas gegen die eigene Furcht unternahm. Sie wurde sogar immer sehr wütend auf mich, wenn ich Angst zeigte. Für Feigheit hatte sie absolut nichts übrig. Und sie regte sich immer sehr darüber auf, daß ich Angst vor der Dunkelheit hatte. Solche Anzeichen von Verzärtelung fanden bei ihr keinerlei Verständnis. Mut, Verantwortung, spirituelle Hingabe und Altruismus galten ihr sehr viel. Meine Mutter war eine überaus ehrenwerte Frau.

Clements: Das hervorstechendste Element in den Lehren des Buddha ist die Bewußtheit; das bewußte Wahrnehmen des Augenblicks, des Hier und Jetzt; die Fähigkeit, lebendig und gegenwärtig zu sein. Welche Rolle spielt für Sie dieser zentrale Gedanke, man müsse in der Gegenwart leben, statt in der Vergangenheit zu schwelgen oder die Zukunft vorwegzunehmen?

Suu Kyi: Nun, ich glaube, daß Menschen, die keine Beschäftigung haben, die sie richtig interessiert und die ihr Gemüt und ihr Denken wirklich in Anspruch nimmt, nicht imstande sind, die Gegenwart wahrzunehmen. Zu U Win Htein kam vor einiger Zeit ein Mann und sagte zu ihm: »Ach, ich fühle mich so verzweifelt. Geht es Ihnen auch so?« Und er gab zur Antwort: »Ich bin viel zu beschäftigt, um verzweifelt zu sein.« Ich glaube, genau das ist es! Wenn Sie eine Menge Arbeit zu erledigen haben und die Arbeit, die Sie verrichten, Ihnen etwas bedeutet, dann leben Sie in der Gegenwart. Es ist nicht so, daß man erst noch lernen müßte, in der Gegenwart zu leben, man tut es einfach. Sie haben keine Zeit, sich um die Vergangenheit zu kümmern, und Sie wissen, daß die Zukunft aus dem erwächst, was in der Gegenwart geschieht. Die Menschen, die ihren Verrichtungen gern nachgehen, sind fröhlich, diejenigen, denen eine solche innere Einstellung fehlt, sind dagegen enttäuscht, gelangweilt oder mürrisch.

Clements: Von Journalisten sind Ihnen immer wieder Fragen zu Ihrer persönlichen Sicherheit und zur Möglichkeit eines Attentats auf Sie gestellt worden. Es gibt in der Geschichte eine stattliche Reihe von Menschen, die sich mutig gegen ihre Zeit gestellt haben, sich für Wahrheit, Freiheit und Gerechtigkeit ausgesprochen haben und dann ermordet wurden; King, Gandhi, die Brüder Kennedy und natürlich Ihr Vater, um nur einige wenige zu nennen. Eine Antwort darauf zu finden ist wohl schwierig, ich möchte Ihnen trotzdem die Frage stellen, wieso die Gesellschaft jemanden, der die bestehenden Normen in Frage stellt und auch eine gewisse Macht hinter sich versammelt, zu Fall bringen, demütigen oder gar töten will.

Suu Kyi: Ich glaube, es gibt etwas, das in Menschen sehr starke Emotionen gegenüber berühmten Menschen auslöst. John Lennon wurde nicht getötet, weil er sich für die Menschenrechte oder für die Demokratie eingesetzt hätte. Es existiert offensichtlich etwas in der Natur des Menschen, das ihn zu berühmten Personen hinzieht, und diese Anziehung ist nicht immer harmloser Art. Sie kann mit dem Wunsch zu vernichten und zu töten gepaart sein. Deshalb glaube ich nicht, daß es speziell etwas damit zu tun hat, daß jemand sozusagen als Verkünder der Wahrheit auftritt. Andererseits kann es natürlich gerade in der Politik geschehen, daß man, wenn man die Wahrheit ausspricht, einige Zuhörer damit sehr schmerzhaft trifft. Mein Vater hat einmal in einer Rede gesagt, einer seiner Mitarbeiter habe ihm ein besonderes Talent bescheinigt, schmerzhafte Wahrheiten auszusprechen. Für manche ist die Wahrheit schmerzhaft. Und wenn Menschen einen Schmerz verspüren, können sie leicht um sich schlagen. Es kommt auf ihr Naturell an. Es gibt Menschen, die, wenn sie unter Schmerzen leiden, sich bemühen, die Ursache der Schmerzen zu ergründen. Sie gehen auf eine rationale, intelligente Art damit um. Andere dagegen schlagen einfach um sich und treffen jeden, der gerade in der Nähe ist, gleichgültig, ob der Schmerz von diesen oder von anderen verursacht wurde.

Clements: Ihr Kampf in Birma wird häufig mit der Anti-Apartheidbewegung unter der Führung Nelson Mandelas verglichen. In welcher Weise hat der Kampf in Südafrika Ihre eigenen Ideen und Wertmaßstäbe beeinflußt? Und können Sie außerdem etwas darüber sagen, ob Nelson Mandela Sie möglicherweise als Person in Ihrem Verständnis von Politik und in Ihrer Vorstellung von Demokratie beeinflußt hat?

Suu Kyi: Nicht nur Südafrika und Nelson Mandela haben auf meine Vorstellungen vom Kampf um Demokratie in Birma Einfluß gehabt. Natürlich denken wir an Südafrika, weil es das hervorstechendste Beispiel einer Nation ist, die einem offensichtlich ungerechten System den Rücken gekehrt hat. Das heißt nicht, daß in Südafrika alles glattgeht, und damit hat wohl auch niemand gerechnet. Jeder wußte, daß Südafrika selbst unter einer demokratischen, gemischten Regierung mit vielen Problemen zu kämpfen haben würde, die sich in den Jahrzehnten unter dem Apartheidregime angehäuft haben. Südafrika ist ein Beispiel dafür, daß die Vernunft über das Vorurteil gesiegt hat; immerhin war das gesamte Apartheidsystem allein auf einem Vorurteil aufgebaut, auf der Ansicht, daß Schwarze den Status als Menschen in geringerem Maße beanspruchen dürften als Weiße. Dieselben Verhältnisse herrschen in Birma. Die Ansichten, die die Demokratiegegner gegenüber den Befürwortern einer Demokratie haben, beruhen auf reinen Vorurteilen. Wir möchten, daß die Vernunft das Vorurteil überwindet. Und die Ungerechtigkeit eines Systems, das es den Menschen einer bestimmten Hautfarbe erlaubt, Menschen einer anderen Hautfarbe zu beherrschen, ist nicht schlimmer als jene Ungerechtigkeit, die es den Mitgliedern einer Organisation erlaubt, das gesamte übrige Land zu beherrschen. Das sind offensichtliche Parallelen, und deshalb beschäftigen wir uns mit der Situation in Südafrika.

Doch es gibt auch viele Unterschiede. Innerhalb der weißen Bevölkerung verhielt sich die südafrikanische Regierung demokratisch, das unterscheidet sie von dem Militärregime hier. Ihre Einstellung gegenüber den Schwarzen war vollkommen ablehnend und ungerecht, aber unter sich, innerhalb ihres beschränkten Kreises, hielten sie die demokratischen Regeln ein. Falls Sie einmal etwas über Helen Sulzman gelesen haben, dann wissen Sie, daß sie trotz ihrer oppositionellen Haltung zum Regime ihre vollen Rechte als gewählte Vertreterin im Parlament hatte. Das ist ein Beweis, daß das parlamentarische System respektiert wurde.

Den Schwarzen traten die Weißen jedoch mit dem selbstgerechten

Anspruch auf Überlegenheit entgegen. Die Weißen – natürlich nicht alle, aber doch sehr viele – waren wirklich davon überzeugt, daß sie den Schwarzen aufgrund ihres Erbgutes überlegen seien. Daran hätten auch Erziehung oder Umwelteinflüsse nichts Wesentliches ändern können. Ich glaube nicht, daß das Militärregime in Birma eine solche Einstellung vertritt, obwohl es den Eindruck erwecken will, daß es sich an Patriotismus von keinem übertreffen läßt. Doch gelegentlich hat man das Gefühl, daß sie etwas zu dick auftragen, und man ist sich ziemlich sicher, daß das alles nur leeres Gerede ist.

Clements: Ich weiß, daß Sie dem tschechischen Präsidenten Václav Havel eine hohe Wertschätzung entgegenbringen. In welcher Weise hat er Sie in Ihrer Haltung als politische Führerin beeinflußt?

Suu Kyi: Nun, ich habe natürlich seine Schriften gelesen. Er, oder genauer gesagt, das, was er über die Verhältnisse in der ehemaligen Tschechoslowakei geschrieben hat, hat mich tatsächlich indirekt beeinflußt. Und dann natürlich solche Gedanken wie jener von der »Macht der Machtlosen« und ähnliches. Doch was mich an der Entwicklung in der Tschechoslowakei am meisten beeindruckt hat, war die intellektuelle Redlichkeit, die einige ihrer besten Bürger unter Beweis gestellt haben. Sie wollten lieber Klempner, Straßenbauarbeiter, Straßenfeger und Maurer sein, als ihre intellektuelle Integrität preiszugeben und einen Universitäts- oder Regierungsposten anzunehmen. Sie verschafften der These von der Überlegenheit des Geistes über den Körper wirklich Geltung und stellten die intellektuelle Redlichkeit weit über die materielle Bequemlichkeit. Das hat mich sehr beflügelt, und ich glaube, es ist ein schönes Beispiel dafür, was man erreichen kann, wenn man sich darum bemüht, die eigene spirituelle und intellektuelle Integrität zu wahren.

Clements: Wie der mittlerweile sattsam bekannte Slogan »Visit Myanmar Year 1996« deutlich macht, ist es den Generälen des SLORC ein besonderes Anliegen, in diesem Jahr so viele Besucher wie möglich nach Birma zu locken. Würden Sie potentiell interessierten Reisenden und Touristen empfehlen, Ihr Land nicht zu besuchen?

Suu Kyi: Nein, so etwas tun wir nicht. Allerdings haben wir zu einem Boykott der Werbeaktion »Visit Myanmar Year 1996« aufgerufen. Diese beginnt im November 1996 und dauert meines Wissens bis Ende April 1997, da dieser Monat als Höhepunkt der Tourismussaison gilt. Wenn wir zu diesem Boykott aufrufen, dann bitten wir damit vor allem um eine Demonstration der Solidarität mit der Demokratiebewegung in Birma. Wir erwarten nicht, daß die Touristen Birma dauerhaft als Reiseland meiden. Und überhaupt haben wir grundsätzlich nichts gegen Besucher aus dem Ausland. Es ist nur so, daß der SLORC diese Aktion als Propagandamittel einsetzt, um zu beweisen, daß er sein selbstgestecktes Ziel erreicht hat, obwohl dies in Wirklichkeit gar nicht der Fall ist. Der Sinn eines Boykotts wäre folgender: Wenn die Touristen unser Land in diesen sechs Monaten nicht besuchen, geben sie auf diese Weise deutlich zu erkennen, daß ihnen durchaus bewußt ist, daß ein großer Teil der touristischen Infrastruktur wie Straßen, Hotels und Sehenswürdigkeiten auf dem Rücken des birmanischen Volkes errichtet wurde. Die Menschen in Birma haben viel gelitten. Ihnen ist ja bekannt, daß man sie dazu gezwungen hat, beim Bau von Straßen und Brücken mitzuarbeiten. Menschen sind aus ihren Häusern vertrieben worden, ganze Dörfer wurden zerstört, um Flächen für den Tourismus zu gewinnen. Deshalb möchten wir, daß diejenigen, die einen Besuch in Birma planen, durch ihr Wegbleiben zum Ausdruck bringen, daß sie ihre Annehmlichkeiten bei einem Aufenthalt in unserem Land nicht mit dem Leiden der einfachen Bevölkerung erkaufen wollen.

Clements: Überall in Rangun wie auch in anderen Teilen des Landes schießen Hotels aus dem Boden. Touristen werden ins Land strömen, über ihre Zahl läßt sich jetzt zwar noch nichts Bestimmtes sagen, aber sie werden kommen. Welchen Rat können Sie den Touristen geben, vor allem denen, die bereit sind, Ihrem Aufruf zu folgen?

Suu Kyi: Zunächst einmal sollten sie sich fragen, warum sie hierherkommen. Es ist unmöglich, jedem einen Rat zu geben, ich weiß ja nicht, weshalb sie nach Birma kommen. Es werden Pauschalreisende darunter sein, die lediglich ihre Fotos machen wollen, um dann zu Hause sagen zu können: »Ich war da«. Andere besuchen uns, weil sie ein echtes Interesse an der Kultur haben. Nun, was soll ich den Touristen sagen, die nach Birma kommen? Am ehesten dies: »Bitte, stellen Sie sich selbst die Frage: Warum möchten Sie in dieses Land reisen? Glauben Sie, auf diese Weise etwas Gutes für unser Land tun zu können? Oder wollen Sie damit lediglich eine persönliche Eitelkeit oder Neugier befriedigen?«

Clements: Möglicherweise würden viele, die Ihre Worte lesen, gerne wissen, wie sie Ihnen und Ihrem Volk in ihrem Kampf um die Demokratie helfen können. In welcher Form wäre eine solche Hilfe möglich?

Suu Kyi: Es ist wie mit der Apartheid in Südafrika. Wenn nur einige wenige Menschen auf der Welt sich geweigert hätten, südafrikanische Produkte zu kaufen, so hätte dies so gut wie keine Auswirkungen gehabt. Aber es gab viele, viele Menschen, die sich an dem Boykott südafrikanischer Waren beteiligt haben. Auch ich selbst habe nichts gekauft, was aus Südafrika kam, wegen des dortigen Apartheidregimes. Wie viele andere war ich der Meinung, daß man aus moralischen Gründen das Vorgehen der südafrikanischen Regierung nicht unterstützen durfte.

Wer Birma in seinem Kampf um die Demokratie helfen möchte, hat viele Möglichkeiten. Er kann sich beispielsweise weigern, Unternehmen zu unterstützen, die mit ihren Geschäften das Unrechtsregime in Birma stabilisieren.

Clements: Also jeder auf der Welt, dem an der Freiheit gelegen ist …

Suu Kyi: … kann seinen Beitrag leisten. Jeder kann dies tun, wenn er wirklich daran interessiert ist. Jeder in Birma. Jeder in den anderen Ländern dieser Welt.

Clements: Können Ausländer, die mit Ihrer Bewegung sympathisieren, Sie und die NLD finanziell unterstützen?

Suu Kyi: Das ist nicht möglich. Nach den gegenwärtigen Bestimmungen ist es uns nicht erlaubt, Spenden von ausländischen Geldgebern anzunehmen, und wir achten sehr darauf, nicht dagegen zu verstoßen. In diesem Punkt nehmen wir es sehr genau.

Clements: Durften Sie die mit dem Nobelpreis verbundene Geldsumme entgegennehmen?

Suu Kyi: Weder das Geld von diesem noch von einem anderen Preis habe ich für mich selbst genommen. Ich habe statt dessen einen »Burma Trust for Education« [»Birmanische Stiftung für Erziehung«] ins Leben gerufen, der seinen Sitz im Ausland hat. Wir verwenden das Geld für die Ausbildung junger Birmanen, die in Thailand und anderen Ländern leben. Ausländer, die uns unterstützen möchten und dies nicht direkt tun können, haben die Möglichkeit, dieser Stiftung etwas zukommen zu lassen, wofür wir sehr dankbar sind.

Clements: Wie kann erreicht werden, daß dem Kampf Ihres Volkes um Freiheit und Demokratie weltweit mehr Aufmerksamkeit geschenkt wird? Muß Ihr Volk dazu erst noch mehr leiden?

Suu Kyi: Ich glaube, darauf gibt es keine einfache Antwort. Es hängt vom einzelnen Land ab. Die Menschen dürfen nicht vergessen, daß es lange Jahre gedauert hat, bevor die Welt anfing, Anteil am Schicksal Nelson Mandelas zu nehmen, und das hing nicht nur damit zusammen, daß er so lange Zeit im Gefängnis war, sondern auch damit, daß die Welt selbst mehr Anteil an Problemen wie der Menschenrechtsfrage genommen hat. Es sieht so aus, als würden die Menschen mit der Entwicklung der Kommunikationstechnik immer größeres Interesse dafür aufbringen, was in der übrigen Welt vorgeht. Und ich denke, daraus kann man auch etwas über die menschliche Psyche lernen. Die Tatsache, daß die Schwarzen in Südafrika länger als 25 Jahre auf grausamste Weise unterdrückt wurden, hat die Menschen anscheinend nicht so aufgerüttelt wie der Sachverhalt, daß eine bestimmte Person, Nelson Mandela, 25 Jahre im Gefängnis schmachten mußte. Er war natürlich keineswegs der einzige. Es gab auch noch andere. Doch so ist die menschliche Natur: Menschen möchten sich gern mit anderen Menschen identifizieren können. Es hatte etwas damit zu tun, daß viele Menschen sich mit Nelson Mandela als Ehemann und Vater identifizieren konnten. Damals war er, glaube ich, Großvater, ein Mann, der völlig von seinen nächsten Angehörigen getrennt war und eine fünfundzwanzigjährige Haftstrafe in Kauf nahm, um seine Prinzipien nicht zu verraten. Das hat die Menschen sehr bewegt. Demnach muß erst etwas passieren, das den Menschen eine Identifikationsmöglichkeit bietet, so daß sie an den Leiden des birmanischen Volkes Anteil nehmen können. Aber was es sein wird, kann man vorher nicht wissen.

Clements: Eine dreiteilige Frage: Erstens, wie zuversichtlich sind Sie, daß die Demokratie in Birma verwirklicht wird? Zweitens, welche sind die entscheidenden Faktoren, die erforderlich sind, um dieses Ziel zu erreichen? Und drittens, können Sie eine Prognose darüber abgeben, innerhalb welchen Zeitraums dieses Ziel erreicht sein wird?

Suu Kyi: Ich kann Ihnen die letzte Frage zuerst beantworten: Nein, ich halte nichts davon, mich an einer Prognose zu versuchen. Und ich finde ich es sogar gefährlich, darüber zu spekulieren, solange wir überhaupt nichts Genaueres wissen. Zur ersten Frage, ja, ich bin zuversichtlich, daß wir die Demokratie herbeiführen werden. Und zur zweiten Frage kann ich sagen, daß die Menschen vor allem erkennen müssen, daß sie nicht machtlos sind. Sie müssen die Macht der Machtlosen erfahren. Es gibt sehr viel, was sie tun können, um das zu erreichen, was sie sich wünschen. Sie dürfen sich nicht als hilflos und den herrschenden Mächten völlig ausgeliefert ansehen.

Clements: Es sind etwa elf Monate vergangen, seit man den über Sie verhängten Hausarrest aufgehoben hat. Wie beurteilen Sie den Stand Ihrer Bemühungen zum gegenwärtigen Zeitpunkt?

Suu Kyi: Die Mitglieder unserer Partei werden wesentlich aktiver und nehmen die Arbeit wieder auf. Wie Sie wissen, haben wir einen Rechtshilfeausschuß gegründet, der unseren Mitgliedern und Anhängern praktische Hilfestellung leistet und ihnen zeigt, daß es Mittel und Wege gibt, wie wir uns und unsere Rechte schützen können. Wir sagen nicht einfach: »Ihr könnt eure Rechte schützen«, sondern: »Auf diese oder jene Weise könnt ihr eure Rechte verteidigen. Wir werden kommen und sie für euch gemäß den geltenden Gesetzen verteidigen. Ihr könnt denen, die euch gesetzwidrig verhaften wollen, entgegnen, daß sie dazu kein Recht haben, weil ihr gegen keines der bestehenden Gesetze verstoßen habt.« Ich glaube, das muß man in der Praxis demonstrieren. Wir müssen ihnen zeigen, wie man das konkret handhaben kann. Manche Menschen haben solche Angst, daß sie nicht einmal wagen, die Hilfe, die ihnen angeboten wird, anzunehmen. Aber es gibt auch andere, die unsere Hilfe akzeptieren. Wenn die weniger Mutigen sehen, daß andere von unserem Hilfsangebot Gebrauch machen, kann ihnen das die Angst etwas nehmen. So sieht unsere Arbeit aus.

Wir leisten praktische Unterstützung. Wir gehen nicht einfach zu den Menschen und sagen ihnen: »Na los, tut etwas für euch!« Wir tun selbst etwas. Sie sehen, daß wir unsere eigenen Leute schützen – wir beauftragen unsere Anwälte, sie vor Gericht zu verteidigen. Wir haben diesen Rechtshilfeausschuß gegründet, und wir arbeiten damit. Dann sehen sie ein, daß diese Dinge möglich sind und tatsächlich geschehen.

Wir sind zur Zeit dabei, unsere Projekte zur Unterstützung der Angehörigen von politischen Gefangenen zu erweitern. Wir geben ihnen nicht nur Geld, wir wollen Hilfe zur Selbsthilfe leisten. Unser Beschluß, zum sechsten Jahrestag der Wahlen von 1990 eine Konferenz mit unseren gewählten Abgeordneten zu veranstalten, war ein äußeres Zeichen für den Fortschritt, den wir bei der Neuorganisierung und Neuformierung der NLD erreicht haben. Wie sich inzwischen herumgesprochen hat, fand dieser Beschluß ein breites Echo, das beweist, einen wie starken Rückhalt die NLD in der Öffentlichkeit mittlerweile hat.

Clements: Der kalte Krieg ist zwar beendet, dafür gibt es eine Fülle weiterer Probleme, die wir unserem Planeten aufgebürdet haben: Atombomben und atomaren Müll, Umweltverschmutzung aller Art, Übervölkerung, Raubbau an den Ressourcen, globale Erwärmung und Vernichtung der Wälder. Was erwarten Sie für die Zukunft unseres Planeten, und haben Sie noch eine Hoffnung für das Überleben der Menschheit?

Suu Kyi: Ja, ich hege noch Hoffnung, weil ich etwas tue. Ich versuche meinen Beitrag zu leisten, um die Welt zu einem besseren Ort zu machen, also muß ich noch Hoffnung haben. Diejenigen hingegen, die nichts tun, um die Welt zu verbessern, haben nichts, worauf sie hoffen könnten. Warum sollten sie auch? Sie tun ja auch überhaupt nichts, um irgend etwas in ihr zum Guten zu verändern. Ich glaube allerdings, daß es sehr, sehr viele Menschen gibt, die sich mit all ihren Kräften bemühen, die Lage zu verbessern. Ich rede nicht von den Politikern oder den Führern sozialer oder religiöser Bewegungen. Ich meine einfache Menschen, die noch ein mittlerweile aus der Mode gekommenes Pflichtgefühl gegenüber der menschlichen Umgebung spüren, in der sie leben, auch wenn es nur die Bewohner ihrer Straße oder ihres Mietshauses sind. Und die Menschen, die daran arbeiten, die Dinge positiv zu verändern, sind immer stärker als jene, die die Hände in den Schoß legen und den Dingen ihren Lauf lassen.

Clements: Ich möchte gern die letzten Zeilen aus Ihrem Essay »Towards a True Refuge« [»Auf dem Weg zu einer wahrhaften Zuflucht«] vorlesen: »… ›die Finsternis war schon immer da, aber das Licht war etwas Neues.‹ Weil es etwas Neues ist, muß es achtsam und fürsorglich behandelt werden. Nicht einmal der kleinste Lichtschimmer kann von all der Dunkelheit der Welt verschluckt werden, weil Dunkelheit nur die Abwesenheit von Licht ist. Aber ein kleines Licht kann die weite Glocke der Düsterkeit um uns nicht erhellen. Es muß stärker werden, und die Menschen müssen ihre Augen an das Licht gewöhnen, um es als eine Wohltat und nicht als etwas Schmerzendes wahrzunehmen. Wir bedürfen dringend einer lichteren Welt, die all ihren Bewohnern eine ausreichende Zuflucht bietet.« Was meinen Sie mit dem »Licht« in diesen Sätzen?

Suu Kyi: Licht bedeutet, daß Sie eine Menge Dinge sehen, die Sie sehen wollen, aber auch andere, die Sie nicht sehen wollen. Wenn es hell ist, sehen Sie natürlich alles und stehen einer Menge Dingen gegenüber, die für Sie erfreulich oder auch unerfreulich sein können. Sie müssen lernen, mit dem Licht zu leben und mit der Tatsache umzugehen, daß Sie tatsächlich sehen, statt nicht zu sehen. Viele Leute, die Ungerechtigkeiten begehen, wollen bestimmte Dinge einfach nicht sehen. Sie sind blind für die Ungerechtigkeit ihres eigenen Tuns. Sie sehen nur das, was ihre Taten rechtfertigt, und weigern sich, das zu sehen, was ein schlechtes Licht auf sie selbst zurückwirft. Es ist die Geschichte des SLORC, der nicht den Mut hat, die Gesamtheit der Dinge zu sehen, der nicht wahrhaben will, daß die Menschen genug haben von den herrschenden Verhältnissen, genug von der Armut, der Korruption, der Ziellosigkeit und Dummheit. Aber die Leute an der Spitze des Staates wollen die Wahrheit nicht sehen.

Clements: Auf die Gefahr hin, daß man Sie erneut unter Hausarrest stellt und von der Außenwelt isoliert, bitte ich Sie, zu denen auf dieser Welt zu sprechen, die Sie und die Hoffnung Ihres Volkes auf Demokratie und Freiheit unterstützen möchten.

Suu Kyi: Es ist ganz einfach. Sie sollen nie vergessen, daß das Volk von Birma die Demokratie will. Was immer die Staatsmacht sagen mag, es ist eine Tatsache, daß die Menschen die Demokratie wollen und kein autoritäres Regime, das sie ihrer fundamentalen Menschenrechte beraubt. Die Welt sollte alles nur Mögliche unternehmen, damit wir in Birma das politische System bekommen, das die Mehrheit der Bevölkerung des Landes will und für das so viele Menschen ihr Leben geopfert haben.

Birma muß in einer Zeit, da es Hilfe dringend nötig hat, geholfen werden. Und eines Tages werden wir dann hoffentlich selbst in der Lage sein, anderen zu helfen, die in Not sind.

GESPRÄCH MIT U KYI MAUNG

Stellvertretender Vorsitzender der National League for Democracy

Alan Clements: Wie haben Sie Aung San Suu Kyi kennengelernt, und welchen Eindruck hatten Sie von ihr?

U Kyi Maung: Wir haben uns zufällig getroffen, im Haus eines gemeinsamen Freundes hier in Rangun. Das war im Jahr 1986. Aber ich muß Ihnen sagen, daß es eine völlig belanglose Begegnung war. Wir haben nur wenige Minuten miteinander gesprochen. Am stärksten hat sich mir eingeprägt, wie schüchtern und zurückhaltend sie war. Sie machte den Eindruck eines wohlerzogenen jungen Mädchens, das keinerlei Interesse an oberflächlichen Gesprächen oder Klatsch hatte. Ich kann mich sogar erinnern, daß ich es damals merkwürdig fand, daß sie überhaupt nicht gelacht hat; möglicherweise wollte sie auch nicht mit einem Fremden reden (lacht). Wie auch immer, auf jeden Fall hat sie damals keinen besonderen Eindruck auf mich gemacht. Abgesehen davon, daß sie sehr jung aussah. Sie muß damals etwa 42 Jahre alt gewesen sein, aber man hätte sie für ein Mädchen von 17 halten können.

Clements: Und wie ging es weiter?

Kyi Maung: Etwa ein Jahr später kam mein Freund U Htwe Myint zu mir zu Besuch. Heute sitzt er im Gefängnis. Damals war er ein enger Mitarbeiter von Suu. Er sagte: »Aung San Suu Kyi trägt sich mit dem Gedanken, in die Politik zu gehen. Sie möchte wissen, ob du bereit bist, sie zu einem Gespräch zu empfangen.« Ich erwiderte, ich hätte keinerlei Interesse. Nicht das geringste. Ich hätte nicht die Absicht, in die Politik zu gehen. Zweimal kam er zu mir mit derselben Bitte, und zweimal gab ich ihm dieselbe Antwort. Damit war das Thema vorläufig beendet.

Clements: Haben Sie so reagiert, weil eine Rückkehr in die Politik mit Sicherheit einen erneuten Gefängnisaufenthalt bedeutet hätte?

Kyi Maung: Nein, überhaupt nicht. Unter einem totalitären Regime spielt es keine Rolle, ob man sich politisch engagiert oder nicht, man muß immer mit einer Verhaftung rechnen. Sie können es als Berufsrisiko bezeichnen. Hier gibt es kein Gesetz. Wenn die Staatsmacht schlecht gefrühstückt hat, dann greift sie sich einen, einfach so. Deshalb mache ich meine Entscheidungen nicht davon abhängig, ob ich möglicherweise erneut verhaftet werde oder nicht. Es ist mir völlig gleichgültig. Ich gehe davon aus, daß sie mich jeden Augenblick wieder schnappen können. So ist das Leben unter dem SLORC. Trotzdem betrachte ich mich immer als einen freien Menschen. Ich war viermal für insgesamt elf Jahre im Gefängnis, und ich halte es nicht für etwas so Besonderes, daß es sich darüber zu reden lohnt.

Clements: Hat es Sie überrascht, daß Daw Suu damals die Absicht hatte, sich in den Hexenkessel der birmanischen Politik zu begeben?

Kyi Maung: Na ja, sie hatte viele Pluspunkte auf ihrer Seite. Zunächst einmal war sie natürlich die Tochter von Bogyoke Aung San – einem »Krieger-Staatsmann«, wie sie es vielleicht ausdrücken würde –, unserem Nationalhelden. Außerdem war Suu birmanische Staatsbürgerin. Wenn sie die Absicht hatte, in die Politik zu gehen, so mochte sie das tun, es war ihr Recht. Was mich wirklich überraschte, war ihr Interesse an meiner Person. Ich meine, wir kannten einander überhaupt nicht. Weder kannte ich sie, noch wußte ich etwas von ihren Fähigkeiten. Doch etwa ein Jahr später, Ende Juli 1988, wurde ich zum drittenmal abgeholt und ins Gefängnis gesperrt. Ich wurde zusammen mit neun anderen 28 Tage lang festgehalten, weil ich eine langjährige Verbindung zu Aung Gyi hatte, einem altgedienten Politiker, der einen langen Brief an Ne Win, unseren »ewigen« Diktator, geschrieben und darin den alten Mann aufgefordert hatte zurückzutreten. Keine zwei Stunden nach meiner Entlassung suchte mich U Htwe Myint erneut auf und sagte: »Aung San Suu Kyi möchte gern mit dir sprechen.« Nun gut, dachte ich, wir wollen mal sehen, was die Dame vorhat. Jetzt ist die Zeit gekommen, eine Revolution kündigt sich an. Also fuhr ich zu ihr. Das Ergebnis unseres Gesprächs läßt sich in wenigen Worten zusammenfassen. Ich sagte zu ihr: »Suu, wenn Sie vorhaben, in die birmanische Politik zu gehen und sich dort zu behaupten, müssen Sie viel einstecken können und sich auf das Schlimmste vorbereiten.« Sie hörte mir aufmerksam zu.

Clements: Was hat Daw Suu an Ihrer Person so interessiert?

Kyi Maung: Ich war ein alter Knastbruder (lacht) und mehr als 20 Jahre älter als sie. Später erfuhr ich, daß sie die Menschen genau beobachtete und in alle Richtungen Ausschau nach Leuten hielt, denen man vertrauen konnte – eben mögliche Mitstreiter für den Kampf. Sie war mit der Revolution im Blut zur Welt gekommen, aber sie brauchte jede erdenkliche Hilfe, um die Sache auch durchstehen zu können. Von da an kamen wir häufig zusammen, bis wir später im selben Jahr die National League for Democracy gründeten. Das sind knapp zusammengefaßt die Fakten. Natürlich gibt es noch viele Geschichten über Intrigen und falsche Beschuldigungen und dergleichen. Aber das waren wirklich Belanglosigkeiten, mit denen ich Sie nicht langweilen will. Es liegt sowieso alles schriftlich vor. Also lassen Sie uns weitermachen.

Clements: Daw Suu hat Ihnen also als einem Veteranen der Opposition vertraut?

Kyi Maung: Sie behandelte mich respektvoll und mochte mich vermutlich. Sie vertraute darauf, daß ich zuverlässig war. Sehen Sie, ich wurde beauftragt, das Programm der NLD abzufassen, und nachdem ich es der Partei vorgelegt hatte, wurde es angenommen. Außerdem ging Suu davon aus, daß ich verständnisvoll sein und geschickt reden konnte. Was sie auch immer für Gedanken, Eindrücke und Einstellungen haben mochte, sie konnte sie mit meinen eigenen in Einklang bringen. Mit anderen Worten, es war eine gute Arbeitsbeziehung.

Sie müssen bedenken, das Konzept, das wir als Gründer der NLD hatten, war ziemlich einfach. In Birma mit seinem Einparteiensystem herrschte ein großes Machtvakuum, und wir füllten lediglich dieses Loch aus. Nach einigen anfänglichen Umbesetzungen wurde U Tin Oo schließlich unser Vorsitzender, Suu unsere Generalsekretärin, und ich übernahm den Bereich der Informationsbeschaffung. Doch nachdem man U Tin Oo und Suu am 20. Juli 1989 verhaftet hatte, wurde ich der Sprecher der NLD; ich gab ausländischen Journalisten Interviews und machte die Pressearbeit und ähnliches. Wirklich nichts Besonderes.

Clements: Es ist merkwürdig, daß ausgerechnet Sie nicht zusammen mit Aung San Suu Kyi und U Tin Oo verhaftet wurden. Sie waren der

Mann, der der Welt das Programm der NLD vermittelt hat, die Stimme des birmanischen Kampfes.

Kyi Maung: Ja, ja, sie haben einen Fehler gemacht. Sie haben meine Fähigkeit unterschätzt, ihnen lästig zu fallen. Dann wurde ich faktisch Vorsitzender der NLD und blieb es bis zu den Wahlen am 27. Mai 1990. Am 6. September haben sie mich abgeholt und ins Gefängnis gesperrt.

Clements: Aber wie haben Sie es geschafft, nach der Verhaftung von Aung San Suu Kyi und U Tin Oo fast 14 Monate lang unbehelligt zu bleiben?

Kyi Maung: Schauen Sie, ich wurde ständig verfolgt und schikaniert. Aber ich habe keine scharfen Reden gehalten. Vor allem habe ich die Menschen nicht offen angestachelt. Es liegt mir nicht, mich aufzublasen, ich bin ganz glücklich damit, in der Anonymität zu leben. Ich rufe mir ständig selbst in Erinnerung, daß ich ein Niemand bin. Vielleicht ist das mein Kapital, denke ich mir, vielleicht mein einziges (lacht).

Clements: Es muß noch andere Vorzüge geben. Sie haben anscheinend keine politischen Ambitionen.

Kyi Maung: Stimmt, ich bin bereit, jederzeit aus der Politik auszuscheiden – von einem Tag auf den anderen. Ich habe immer gesagt, wenn irgendein Mitglied unserer Partei mit meiner Arbeit unzufrieden ist, bin ich bereit, ohne irgendwelche Bedingungen aufzuhören. Ich habe zu meinen Mitstreitern gesagt: »Es ist ein Spiel, und wir sind die Spieler. Wir wollen es ohne Profilierungssucht spielen – ohne Mätzchen. Wenn euch meine Entscheidung so, wie ich sie begründet habe, nicht gefällt und ihr nicht dafür seid, wenn ihr unzufrieden damit seid, wenn ihr wollt, daß ich gehe, na gut, dann verlasse ich die Liga. Ich bin bereit, euch alles zu überlassen.« Ich glaube, davon sind meine Kollegen auch überzeugt. Und da mein Haus nur wenige Minuten zu Fuß vom Haus Suus entfernt ist, gehe ich einfach ohne große Aufregung nach Hause. Darin sehe ich einen Vorteil. Außerdem ist es wesentlich einfacher. Das hält einen gesund und bei Laune. Man gibt sein Bestes, mehr ist dazu nicht zu sagen.

Clements: Eine einfache Frage: Warum hat der SLORC freie und faire Wahlen mit mehreren Parteien zur Etablierung eines parlamentarischen Systems abgehalten, wenn er dann nach Bekanntwerden der Ergebnisse die Mehrheit der gewählten Abgeordneten hat verhaften, einige zu Tode foltern und andere mit Gewalt zum Schweigen bringen lassen?

Kyi Maung: Sie haben gedacht, sie würden die Wahlen gewinnen.

Clements: Das ist ja unglaublich. Der SLORC hatte gerade Tausende von unbewaffneten prodemokratischen Demonstranten erschießen lassen und ein »Terrorregime« errichtet und sich dabei solcher Mittel wie institutionalisierter Folterungen bedient, um die Bevölkerung gefügig zu machen, und Sie sagen, diese Leute hätten tatsächlich damit gerechnet, die Wahlen zu gewinnen?

Kyi Maung: Der SLORC dachte, wir als Partei seien am Ende. Sie gingen sogar so weit, daß sie sagten: »Jetzt, wo das Haupt abgeschlagen ist, sind die Glieder nutzlos.« Daraus können Sie sich selbst ein Bild machen, mit was für Leuten wir es hier zu tun haben.

Clements: Sie meinen, sie haben sich verrechnet? Könnte es nicht auch möglich sein, daß die eigentliche Absicht des SLORC darin bestand, alle Personen mit einer gewissen Popularität und mit politischen Fähigkeiten auszusieben und alle demokratischen Elemente in Birma ein für allemal auszumerzen? Ist es nicht denkbar, daß Ne Win persönlich diese ganze Wahlveranstaltung als teuflische List ausgeheckt hat, um seine Diktatur abzusichern? Um der Demokratiebewegung, wenn ich das von Ihnen verwendete Bild weiterführen darf, nicht nur den Kopf abzuschlagen, sondern sie in lauter kleine Stücke zu zerhacken?

Kyi Maung: Na ja, sie waren schockiert und wütend, als ihnen klar wurde, daß sie selbst in ihren Hochburgen – in allen Militärzonen – verloren hatten. Sie waren sich so absolut sicher gewesen, daß zumindest ihre eigenen Leute für sie stimmen würden. Sehen Sie, wir haben erfahren, daß der militärische Geheimdienst des SLORC eine grobe geheime Umfrage gemacht hat, um zu ermitteln, wie die Stimmenverteilung ungefähr aussehen würde, und sie merkten erst, als es schon zu spät war, daß die Mehrheit der Wähler für die NLD stimmen würde. Sie waren wirklich geschockt, als sich herausstellte, wie wenig die Wahlergebnisse ihren eigenen Erwartungen entsprachen.

Clements: Aber irgend etwas stimmt an dieser ganzen Sache nicht …

Kyi Maung: Da mögen Sie vielleicht sogar recht haben, aber ich habe Berichte gehört, daß einige hohe Funktionäre der ehemaligen BSPP [Burma Socialist Programme Party] einen regelrechten Zusammenbruch erlitten und zu weinen begannen, als sie die Ergebnisse hörten. Wir haben erfahren, daß man in manchen Städten sogar Festessen vorbereitet hatte, mit denen der Sieg gefeiert werden sollte. Sie waren sich ihres Sieges so sicher, daß sie bereits Feiern organisiert hatten. Und an dem Abend, an dem die Stimmen ausgezählt wurden, haben angeblich mehrere Familienmitglieder hochrangiger Personen in der Öffentlichkeit geweint, weil sie Angst vor einer Vergeltung hatten. Wir haben das von verschiedenen Seiten gehört. Sie sind keine besonders guten Schauspieler, wir können also davon ausgehen, daß diese Berichte glaubhaft sind.

Clements: Das mag sein, aber nach allem, was ich von Ne Win gehört habe, verrät er seine Absichten nur ganz wenigen Leuten. Wie auch immer, als die Wahlergebnisse bekanntgegeben und die gewählten Abgeordneten verhaftet wurden, da müssen Sie doch geglaubt haben, Ihre Stunden wären gezählt?

Kyi Maung: Ich war auf alles vorbereitet, da die Leute vom Geheimdienst mich auf Schritt und Tritt verfolgten. Aber ich habe ohnehin niemals angenommen, sie wären diejenigen, die mir die Freiheit zu geben oder zu verweigern hätten. In diesem Bewußtsein tue ich einfach meine Arbeit, schon immer.

Clements: Dann, am 6. September 1990, kamen sie und nahmen Sie mit. Darf ich Sie bitten, mir einige Ihrer Eindrücke von dieser Szene zu schildern?

Kyi Maung: Es war nach Mitternacht. Sie kommen immer erst nach Mitternacht zu mir. Sie kamen ans Tor und riefen, ich solle aufmachen oder etwas Ähnliches. Ich stand auf und zog mich an, und dabei wußte ich die ganze Zeit: »Jetzt kommst du ins Gefängnis nach Insein.« Ich hatte schon mehrere Gefängnisstrafen hinter mir, ich bin so eine Art Gewohnheitsverbrecher (lacht). Meine Frau und ich blickten aus dem Fenster und sahen, daß sie über den Zaun geklettert waren. Vielleicht ein Zug bewaffneter Soldaten oder mehr hatte das Haus umzingelt. Dann stand ein Major vom militärischen Geheimdienst an der Tür, der einen auf mich ausgestellten Haftbefehl dabeihatte. Bis dahin waren alle sehr freundlich. Anschließend begannen sie, unsere sämtlichen Schränke und Schubladen auszuräumen. Sie durchsuchten das ganze Haus und stellten alles auf den Kopf, genau wie in den Filmen. Das nahm einige

Zeit in Anspruch, vielleicht suchten sie nach Waffen und Heroin oder vielleicht nach Pornofilmen …

Clements: Haben sie sich die Mühe gemacht, Sie vor Gericht zu stellen?

Kyi Maung: Aber natürlich. Damit geht das Ganze doch überhaupt erst richtig los. Jeder wurde dem Richter vorgeführt, unter Anklage gestellt und verurteilt. Denken Sie ja nicht, die hätten nur so getan. Sie nehmen ihr Unrechtswesen sehr ernst. Zusammen mit 17 anderen, die alle außer mir aneinandergekettet waren und obendrein Handschellen tragen mußten, führten sie mich vor ein paar hohe Tiere. Unter den Angeklagten waren Ingenieure, Anwälte, Künstler – Demokratiefreunde. Dann erhob sich ein Superstar-Zeuge des SLORC und sagte: »Wir haben vor einiger Zeit eine Razzia in der NLD-Zentrale durchgeführt und dabei dieses Dokument sichergestellt.« Ironischerweise war es ein Exzerpt aus einer kleinen Broschüre, in der es um die richtige Verhandlungstaktik geht, um zwischen gegnerischen Parteien zu einer Einigung zu gelangen. Sie ließen eine lange Reihe von Zeugen aufmarschieren – Polizisten und andere Schläger vom Geheimdienst, alles zuverlässige Leute. Inzwischen fühlte ich mich ziemlich gelangweilt, und deshalb bat ich den Richter: »Würden Sie erlauben, daß ich die Zeugen ins Kreuzverhör nehme?« Der Richter fand das überhaupt nicht komisch. Er fuhr mich an, als hätte ich ihn angespuckt. Also setzte ich mich wieder hin und lächelte. Er fragte mich: »Schuldig oder nicht schuldig?« »Nicht schuldig«, antwortete ich. Einer nach dem anderen plädierten wir auf nicht schuldig. Einer nach dem anderen wurden wir aufgefordert, uns zu erheben, um das Urteil entgegenzunehmen. Einem nach dem anderen gab der SLORC-Richter zehn Jahre für die in der vorderen und sieben Jahre für die in der hinteren Reihe Stehenden. Dann wurde ich in meine Einzelzelle abgeführt, um den Kampf von dort heraus fortzusetzen.

Clements: Man fragt sich, wie diese Leute nachts schlafen können.

Kyi Maung: Ach, da muß ich Ihnen eine kleine Geschichte erzählen. Heute morgen waren einige Besucher in Suus Haus, die aus dem Karen-Staat [im südöstlichen Birma] hierhergekommen waren. Der Karen-Älteste erzählte uns etwas über die näheren Umstände seiner Inhaftierung. Während seines Prozesses wegen eines nicht begangenen Verbrechens rief ihn der Richter zu sich und sagte zu ihm: »Bruder, Sie haben nichts getan. Sie sind vollkommen unschuldig. Aber meine Vorgesetzten haben mir befohlen, Sie zu sieben Jahren zu verurteilen. Ich werde Ihr Strafmaß jedoch auf drei Jahre herabsetzen.« Der Karen-Älteste war darüber natürlich hoch erfreut, vor allem, weil er bereits seit über einem Jahr in Untersuchungshaft gesessen hatte. Er sagte sich, jetzt habe ich nur noch zwei Jahre Gefängnis vor mir. Nachdem die Urteile gesprochen waren und er in die Zelle abgeführt wurde, ging der Richter zu ihm und sagte: »Es tut mir leid, was ich getan habe. Sie haben mich gerade entlassen und ebenfalls verurteilt.« »Weswegen?« fragte der Älteste und erhielt zur Antwort: »Weil ich Ihnen drei Jahre gegeben habe statt sieben, wie man mir befohlen hatte.« Als Suu diese Geschichte gehört hatte, bat sie den Ältesten: »Könnten Sie uns bitte den Namen dieses abgesetzten Richters geben? Wir müssen diesen Mann finden und uns um ihn kümmern. Wir müssen ihn als eine ganz besondere Person behandeln.«

Clements: Sie kennen Aung San Suu Kyi besser als jeder andere. Wie würden Sie sie charakterisieren?

Kyi Maung: Eine der großartigsten Seiten an Suu ist, daß sie überhaupt nichts von sich hermacht. Sie ist immer sie selbst, sie spielt nie Theater. Sie täuscht nichts vor. Sie spricht offen aus, was sie denkt. Eine weitere wunderbare Eigenschaft an Suu ist, daß sie die Menschen wirklich liebt. Wenn sie mit Menschen zu tun hat, blüht sie richtig auf. Sie hört ihnen zu, lernt von ihnen, und sie hat Geduld. Wenn Sie sie an den Wochenenden sehen, dann achten Sie einmal darauf, was für einen Draht sie zum Publikum hat. Diese Menschen sind ihre Familie. Außerdem ist Suu komisch. Sie hat einen unglaublichen Sinn für Humor. Wenn wir in einer Gruppe zusammen sind, beispielsweise bei unseren Versammlungen, dann erzählt sie ständig Witze. Ständig. Das tun wir alle. Unter uns herrscht ein konstantes Gefühl der Zuneigung, wir sind alle eine Familie. Das ist die Atmosphäre, in der wir arbeiten.

Und Suu ist immer Suu, privat wie in der Öffentlichkeit. Aber eines gibt es, was sie nicht ertragen kann: Dummköpfe. Sie haben Sie bei mehreren großen Pressekonferenzen erlebt. Wenn ein Journalist ihr eine grobe oder sinnlose Frage stellt, bekommt er das sofort zu spüren. Suu schätzt Aufrichtigkeit, und ob jemand intelligent oder eher begriffsstutzig ist, spielt für sie keine Rolle.

Darüber hinaus ist sie fast fanatisch in der Pflichterfüllung gegenüber ihrem Land. Sehen Sie sich mal ihren Tagesablauf an. Um acht oder halb neun Uhr geht es los, und oft arbeitet sie durch bis sieben Uhr abends. Es ist eine einzige lange Anhörung. Menschen aus dem ganzen Land suchen sie auf, sie kommen aus allen Schichten der Bevölkerung – Bauern, Studenten, Hilfsarbeiter, Rikschafahrer –, Suu will alles von ihnen wissen. Sie will die Wahrheit, die Tatsachen. Sie möchte hören, was die Menschen empfinden, will wissen, was passiert – ihr alltägliches Leben, ihre Hoffnungen und Sorgen, ihre Kämpfe, die Grausamkeiten, das unmenschliche Verhalten des SLORC. Wir alle wissen, daß es in der Politik um Menschen geht, und wenn man immer daran denkt, ist es eigentlich ganz einfach – für Suu stehen die Menschen an oberster Stelle. Allerdings setzt sie sich in einem Ausmaß für sie ein, das schon an Fanatismus grenzt und meiner Meinung nach sogar falsch ist. Sie ist ein richtiger Workaholic. Nun habe ich in diesen Dingen einen gewissen Einfluß auf sie, und wenn ich es ihr sage, wird sie es sogleich zugeben. Sie wissen ja, daß aus allen Ländern der Erde ein fast endloser Strom von Journalisten hierherkommt, um mit ihr zu sprechen. Bei einer dieser Pressekonferenzen richteten sich zahlreiche Kameras auf sie, und ständig wurden ihre Augen durch die Blitzlichter geblendet. Dann kamen die Fragen, die wie ein Sperrfeuer alle gleichzeitig auf sie einprasselten. Sie konterte sie so schnell, wie sie abgefeuert wurden. Ich empfand Mitleid mit ihr. Es war eine Strafe. Es war eine Inquisition, kein Interview. Ich stand einfach daneben und beobachtete alles. Doch am Ende der Konferenz habe ich ihr gesagt, ein zweites Mal würde ich ihr eine solche Veranstaltung nicht mehr erlauben. Verstehen Sie, Suu ist für mich wie eine Tochter. Ich habe mir diese Rolle nicht angemaßt. Sie empfindet eine große Achtung für meine Frau, und für sie und mich ist das eine Ehre.

Clements: Es ist wirklich anrührend, zu spüren, wie Sie sich ihrer annehmen …

Kyi Maung: Suu braucht jede nur erdenkliche Hilfe. Zum Beispiel, als Suu unter Hausarrest stand, nahm sie keinerlei Lebensmittel vom Staat an. Sie verkaufte einen Großteil ihrer Möbel, nur um zu überleben. Wir haben erfahren, daß es bei ihr Zeiten gab, in denen sie nicht genug zu essen hatte und so schwach war, daß sie kaum gehen oder ihr Bett verlassen konnte. Die Haare fielen ihr aus. Und sie lehnt es ab, darüber zu reden – das ist einfach nicht ihre Art. Und ich respektiere das – wir alle respektieren die Art und Weise, wie sie sich unter solch schwierigen Umständen verhält.

Als der Hausarrest aufgehoben wurde, gab es keine ärztliche Betreuung für sie, in keiner Weise. Also haben wir jemanden organisiert, dem wir vertrauen konnten. Andere haben ebenfalls Hilfe geleistet. Kurzum, Suu hat eine Menge Hilfe nötig.

Clements: Seit sieben Jahren nun kritisiert und verleumdet der SLORC Aung San Suu Kyi in jeder nur denkbaren Weise. Die beiden immer wieder vorgebrachten Vorwürfe lauten, sie verstehe ihr eigenes Volk nicht, weil sie länger als 20 Jahre im Ausland gelebt hat, und sie sei mit einem britischen Staatsbürger verheiratet. Was meinen Sie von einer objektiveren Warte aus zu diesen Einwänden?

Kyi Maung: Das ist wirklich dumm, nein, es ist geradezu lächerlich. Die Kritik der SLORC-Generäle an Suu entspringt einem von insgesamt fünf Motiven, je nachdem, wie groß die Angst und die Unsicherheit ist, die sie morgens beim Aufwachen verspüren: Es sind Eifersucht, Neid, Wut, Habgier oder kindische Dummheit. Im SLORC-Jargon heißen sie die fünf Moralgebote Buddhas. Suu ist intelligent und beherrscht ihre Muttersprache Birmanisch ausgezeichnet. Sie hat die klassische birmanische Literatur und Dichtung studiert. Wenn ihre Feinde Suu also vorwerfen, sie sei eine nicht im Land ansässige Staatsbürgerin, die sich von außen in die birmanische Politik dränge, dann tun sie mir leid. Natürlich war sie lange Zeit aus Birma abwesend, aber sehen Sie sich die Leute an, die in all den Jahren des Zerfalls unter der Diktatur hier waren. Was haben sie für das Land getan? Diese Frage müssen sie wirklich an sich selbst richten. Die Jahre, die Suu im Ausland verbracht hat, waren für sie ebenso wie für das Land ein wertvoller Gewinn. Es war ihre Zeit der Ausbildung. Eine Zeit, um Demokratie zu erleben, zu lernen und in sich aufzunehmen. Eine Zeit, in der ihr die Freiheit sozusagen in Fleisch und Blut überging. Sie hatte das seltene und wunderbare Glück, bei den Vereinten Nationen unter einem der großen Staatsmänner Birmas, Generalsekretär U Thant, zu dienen. Sie hat in so vielen verschiedenen Kulturen gelebt – in den USA, in England, Nepal, Bhutan, Indien und Japan; sie ist viel herumgekommen. Suus Abwesenheit von Birma war überhaupt keine Abwesenheit. In dieser Zeit ist sie politisch und menschlich gereift, sie ist eine erwachsene Frau geworden, so daß sie zurückkommen und ihrem Volk dienen konnte, ihm Hilfe zur Selbsthilfe leisten konnte im Kampf gegen die mörderische Grausamkeit eines autoritären Regimes. So sehe ich es wenigstens. Vielleicht versuche ich, etwas in ihr Schicksal hineinzudeuten. Aber die Situation spricht für sich. Selbst ihre Kritiker sind verblüfft darüber, wie gut sie ihre Sache macht, ohne dabei über die Köpfe der Zuhörer hinwegzusprechen. In dieser Hinsicht habe ich von ihr gelernt. Suu bedient sich der gewöhnlichen Sprache des Alltags. Ich habe erlebt, wie sie mit den Bauern im Delta gesprochen hat, mit Rikschafahrern, Hilfsarbeitern, den einfachen Leuten – und sie sind von ihr begeistert. Suu gewinnt überall Freunde. Das ist das, was sie beseelt, ihre Macht – sie liebt die Menschen.

Andererseits spielt sie keineswegs die Rolle einer Heiligen (lacht). An Suu ist nichts Heiliges. Sie gibt bereitwillig zu, daß sie als Kind Angst vor der Dunkelheit und bösen Geistern hatte und nicht übermäßig mutig ist, sondern allein von ihrem Pflichtgefühl angetrieben wird. »Auch wenn man Angst hat«, sagt sie, »man muß sich ihr stellen, sie überwinden und an die Arbeit gehen.« Das ist die schlichte Botschaft Suus, die sie überall verbreitet. Und was den Vorwurf angeht, daß sie mit einem Ausländer verheiratet ist – er ist ein sehr sympathischer Mann.

Clements: Am 16. Juli 1989 hat der SLORC Bestimmungen erlassen, die es Offizieren erlauben, »politische Demonstranten nach Gutdünken zu verhaften« und an Ort und Stelle eines von drei möglichen Urteilen zu verhängen: drei Jahre Zwangsarbeit, lebenslange Haft oder Hinrichtung. Vier Tage später, am 20. Juli, »verhaftete« der SLORC Aung San Suu Kyi. Können Sie uns die Umstände schildern?

Kyi Maung: Ach, das war wirklich nichts Besonderes. Nur eine von den vielen Absurditäten des SLORC. Aber wir haben mit Suus Festnahme gerechnet. Sie wußte es, wir alle wußten es. Und auch ihre Demonstration der Macht kam kein bißchen überraschend. Die Gefängnisse wurden sehr schnell zu klein. Der SLORC befand sich auf der Jagd, und die Stimme der Freiheit war seine Beute.

Nun zur Verhaftung Suus. Gegen halb sieben Uhr an diesem Morgen umstellte eine große Anzahl bewaffneter SLORC-Soldaten das Anwesen Suus. Als ich eintraf, bot sich mir ein seltsamer Anblick – alle diese Soldaten, deren Gewehre auf das Haus gerichtet waren. Sie standen schweigend da, erstarrt wie bei einer Belagerung. Und wozu das alles? Wegen einer einzigen Frau! Die Verhaftung stand offensichtlich kurz bevor. Seltsamerweise ließ mich der Kommandeur, ein SLORC-Offizier, in das Anwesen hinein. Als ich kam, waren bereits sämtliche Mitglieder des NLD-Exekutivausschusses außer U Tin Oo dort. Soldaten hatten auch sein Anwesen umstellt. Und einen Augenblick lang dachte ich, sie wollten uns alle verhaften. Aber wir ließen uns nicht stören, setzten uns zwanglos zum Essen zusammen und machten dauernd unsere Witze. Verstehen Sie, keiner von uns war durch den SLORC im geringsten besorgt oder eingeschüchtert. Also lachten wir die ganze Zeit über.

Clements: Ein zwangloses Essen mit Gelächter und Scherzen? Das klingt mehr nach einer Party als nach einem Belagerungszustand. Sie alle konnten jeden Augenblick ins Gefängnis abtransportiert werden. Wie war es möglich, daß Sie unter diesen bedrückenden Verhältnissen noch so vergnügt sein konnten?

Kyi Maung: Ach, daran ist nichts Geheimnisvolles. Ich kann mir vorstellen, daß es Ihnen merkwürdig erscheint, daß wir Witze machten und unseren Spaß hatten, während draußen die Soldaten das Anwesen umzingelt hatten, aber Sie müssen bedenken, daß Suu wirklich sehr komisch ist. Fragen Sie U Aung Shwe und U Lwin [Mitglieder des NLD-Exekutivausschusses], die werden Ihnen das bestätigen. Wir rissen die ganze Zeit über Witze. Natürlich haben wir auch einige praktische Dinge erledigt, zum Beispiel beschlossen, wer die freigewordenen Plätze im Exekutivausschuß besetzen soll, und ein kurzes Programm aufgestellt, wie es zukünftig weitergehen sollte.

Clements: Es ist wirklich erfrischend, das pulsierende Leben an einem Mythos zu spüren; auf diese Weise wird das Heiligenbild von seinem Sockel geholt.

Kyi Maung: Ja, das ist wirklich gut. Bei Idealen kann es passieren, daß die Menschen in einer reinen Erwartungshaltung verharren. Sie können zwar ganz von Hoffnung erfüllt sein, aber das reine Hoffen hat mit unserer Politik des Handelns nichts zu tun. Wir sind in diesen Dingen wesentlich realistischer. In der Politik geht es um harte Arbeit und Pragmatismus. Die Demokratie ist ein höchst irdisches Unternehmen. Alle diese Ideale und Hoffnungen müssen schließlich in konkretes Handeln umgesetzt werden. Aber zurück zur Verhaftung von Suu. Es war zweifellos ein sehr unangenehmer Augenblick. Aber er war unvermeidlich, und wir haben ihn akzeptiert, das wollte ich sagen. Es war nicht so tragisch oder ernst, wie viele sich das vielleicht vorstellen – wir haben, mit anderen Worten, kein Melodrama daraus gemacht.

Clements: Sie selbst hatten zu diesem Zeitpunkt drei Haftstrafen von insgesamt sieben Jahren hinter sich. Sie kannten bereits das berüchtigte Gefängnis von Insein, in dem gefoltert wurde und unmenschliche Bedingungen herrschten. Aung San Suu Kyi dagegen war nie ins Gefängnis gesperrt worden. Haben Sie ihr irgendwelche Ratschläge gegeben, wie sie mit dem Leben im Gefängnis oder unter Hausarrest zurechtkommen könnte? Die Festnahme stand kurz bevor, und niemand konnte sagen, wie lange die Haft dauern würde …

Kyi Maung: Na ja, im Ernst, natürlich drehte sich ein Großteil unserer Diskussion um die Verhaftung Suus. Ich dachte tatsächlich, man würde sie nach Insein bringen – einen Hausarrest hatte ich nicht in Betracht gezogen. Aber darüber, wie sie mit dem Leben im Gefängnis zurechtkommen könnte, haben wir, soweit ich mich erinnere, nicht gesprochen. Verstehen Sie, Suu ist eine energische Frau, sie kann selbst auf sich aufpassen. Natürlich rechneten wir damit, daß die Soldaten jeden Augenblick ins Haus eindringen würden. Man darf nicht vergessen, daß wir damals schon seit Monaten von Soldaten beobachtet wurden. Wenn sie also jetzt vor Suus Anwesen standen, so war dies nur der nächste folgerichtige Schritt des SLORC. Deshalb sagten wir uns gegen halb drei Uhr nachmittags: »Na gut, draußen werden sie wohl ungeduldig darauf warten, daß wir die Sitzung schließen.« Also verabschiedeten wir uns und verließen allesamt das Haus. Das war's.

Clements: Und wie ging dann die Festnahme selbst vonstatten?

Kyi Maung: Merkwürdigerweise betraten die Soldaten das Anwesen Suus erst nachmittags um halb fünf. Zehn Stunden hatten sie wie Statuen dagestanden. Vielleicht haben sie so lange gewartet, weil sich viele unserer jugendlichen Aktivisten von der NLD – so an die zwanzig –, die sich um Suus Sicherheit kümmerten, auf dem Anwesen aufhielten. Den ganzen Tag ließen sie über Lautsprecher Kassetten mit Liedern der Demokratiebewegung und Suus Reden laufen. Ich muß hier einfügen, daß wir in politischer Hinsicht eine gewaltlose Bildung und Aufklärung als die wirksamste Waffe im Kampf gegen Unwissenheit und Unterdrükkung ansehen. So erteilten unsere NLD-Jugendlichen den Soldaten einen ganzen Tag lang eine Lektion mit Freiheitsliedern und den Worten Suus über Mut und menschliche Würde. Alle diese Dinge, die sie so gern hören.

Als sie dann schließlich auf das Gelände und ins Haus stürmten, das ja gleichzeitig die NLD-Zentrale war, stellten sie Suu unter Arrest. Außerdem konfiszierten sie unsere Schreibmaschinen, Fotoapparate, Videokameras, Tonbandgeräte und unsere gesamte NLD-Mitgliederkartei – Akten, in denen die Namen und Adressen aller NLD-Mitglieder aus ganz Birma samt Fotos enthalten waren. Wenn Sie bedenken, daß all dies zur selben Zeit passierte, als der SLORC seine »Kampagne für freie und faire demokratische Wahlen zu einem Mehrparteiensystem« veranstaltete, dann wird Ihnen die ganze Absurdität des Unternehmens deutlich. Nachdem Suu unter Hausarrest gestellt war und U Tin Oo im Gefängnis saß, machten U Aung Shwe und ich mit der Arbeit weiter.

Clements: Sie waren der letzte, der Daw Suu am ersten Tag ihres Hausarrests gesehen hat, und soviel ich gehört habe auch der erste, den sie am Tag der Aufhebung des Arrests zu sich gebeten hat. Es muß ein ganz besonderer Augenblick gewesen sein, als Sie Ihre liebe Freundin und Mitstreiterin nach so langer Trennung wiedergesehen haben. Danach wurde der Kampf wiederaufgenommen?

Kyi Maung: Wissen Sie, eigentlich hatte er nie aufgehört. Aber natürlich waren auch wir glücklich, daß Suu sich wieder in Freiheit befand. Es war Montag, der 10. Juli 1995. Da gab es einen Sicherheitsbeamten des SLORC – einen Mann, der jahrelang das Tor zu Suus Anwesen bewacht hatte. Dieser Mann kam nun am Nachmittag zu meinem Haus. Meine beiden Hunde schlugen an. Ich saß gerade in meinem Arbeitszimmer und betrieb irgendwelche politische Studien; ich las in einem zerfledderten alten Buch über den Zusammenbruch eines faschistischen Regimes oder so, als meine Frau leise hereinkam und sagte: »Draußen an der Tür steht ein Mann vom Geheimdienst.« Wir blickten uns in dieser etwas betretenen Form des Schweigens an. Ich legte mein Buch auf den Tisch, ging zum Tor und fragte den Besucher einfach: »Was gibt es?« Ohne das Gesicht zu verziehen, antwortete er: »Daw Aung San Suu Kyi bittet Sie um Ihren Besuch.« Mein erster Gedanke war natürlich, daß ihr etwas zugestoßen war. »Ist sie schwer erkrankt?« fragte ich. »Nein, sie ist nicht krank.« Mehr sagte er nicht. Der Gedanke, daß man den Hausarrest aufgehoben haben könnte, kam mir noch immer nicht. Also fügte ich mich dieser freundlichen Einladung: »Sind Sie hier, um mich mitzunehmen?« »Nein«, antwortete er, »kommen Sie mit Ihrem eigenen Wagen«. Da erst wußte ich, daß es keine erneute Verhaftung war. Dann sagte er noch: »Daw Aung San Suu Kyi möchte gern, daß Ihre Frau mitkommt.«

Wir trafen gegen fünf Uhr dort ein. Die SLORC-Wachen ließen uns durch, und als wir bei Suu vorfuhren, die uns an der Türschwelle erwartete, sagte sie scherzhaft: »Onkel, was hast du so lange gebraucht, sechs Jahre für die kurze Strecke!« Erst jetzt wußten wir, daß Suu frei war, daß man den Hausarrest aufgehoben hatte. Dann gingen wir drei ins Haus. Wir erstatteten uns gegenseitig Bericht und füllten sozusagen die Lücken aus. Suu war unversehrt, unverändert, ihr Geist so frei wie ein Vogel. Ich hatte nie daran gezweifelt, und unser Wiedersehen nach sechs Jahren bestätigte nur meine Erwartung. Wir lachten und machten Witze über die Absurdität der ganzen Geschichte. Ich weiß von meiner eigenen Inhaftierung, daß das Gefängnis meinen Geist nicht geschwächt, sondern im Gegenteil meine Entschlossenheit gestärkt hat. So war es auch bei Suu. Ihre Überzeugungen waren schon immer stark gewesen, doch so wie an diesem Tag hatte ich sie noch nie erlebt. Es war Suu mit einem freien Herzen, eisernen Willen und einem blitzenden Verstand.

Gerade als wir wieder gehen wollten, trafen U Tin Oo und seine Frau ein. Jetzt kam Leben in die Gesellschaft. Die Nachricht hatte sich wie ein Lauffeuer verbreitet. Er sagte, vor dem Tor zu Suus Anwesen warte bereits ein Schwarm von Journalisten und Kameraleuten. Dann fand sich noch unser gegenwärtiger NLD-Vorsitzender U Aung Shwe ein. Wir kamen immer mehr in Stimmung und hatten Tränen in den Augen vor lauter Lachen. Um neun Uhr abends war das vordere Eingangstor von ausländischen Fotografen und Reportern belagert. Ich will besonders betonen, daß der Kampf für uns alle niemals aufgehört hatte. Er war auch nicht eingeschlafen. Wir alle hatten viel Zeit zum Nachdenken während unserer Haft, und jetzt, da wir alle wieder vereint waren, erfüllte uns die gemeinsame Energie stärker denn je. Aber es war an der Zeit, uns wieder an die praktische Arbeit zu machen. Die eine Party war vorbei, und die nächste stand vor der Tür.

Clements: Wie ist es möglich, im Gefängnis seine Freiheit zu bewahren und nicht in Zorn, Bitterkeit und Rachegedanken zu verfallen?

Kyi Maung: Freiheit bedeutet unter anderem das Fehlen von Fesseln, die den Menschen in körperlicher und geistiger Hinsicht einschränken. Ein Mensch, der ins Gefängnis geworfen wird, verspürt schlagartig das Gefühl von Verlust. Dieses bezieht sich nicht auf eine einzige Sache, hier sind mehrere Faktoren im Spiel: der Verlust des Kontakts zu den nächsten Angehörigen und Freunden; die Beendigung der normalen Tagesabläufe, an die man gewöhnt ist; der versperrte Zugang zu Büchern und Radio; die fehlende Gesellschaft mit den Menschen, die zur persönlichen Umgebung gehören; der Kampf mit Problemen, die sich schon bei der Verrichtung der einfachsten Tätigkeiten stellen, und anderes mehr.

Zum erstenmal wurde ich Ende Mai 1965 ins Gefängnis gesteckt. Am dritten Tag meiner Inhaftierung konnte ich des Gefühl des Verlustes ebenso plötzlich wie unerwartet überwinden. Es war, als hätte mir jemand den Rat gegeben, ich solle aufhören, über alles mögliche nachzugrübeln.

Später habe ich diese Devise in der einen oder anderen Form immer wieder dazu benutzt, mir während der insgesamt elf Jahre meines Lebens im Gefängnis selbst den Weg zu weisen. Sie lautete folgendermaßen: »In deinem augenblicklichen Zustand der Isolation werden dir alle Informationen vorenthalten, die die Grundlage deines Denkens bilden und dir ermöglichen könnten, deine Schlüsse zu ziehen. Fahre also ruhig fort, über alles nachzugrübeln, wenn du entschlossen bist, ein elendes Leben zu führen.« Ich glaube, seit damals ist es mir gelungen, mein Leben wirklich in den Griff zu bekommen und mit einem gewissen Erfolg einen Weg zu gehen, auf dem es weder übermäßige Wut noch übermäßige Enttäuschung gibt.

Clements: Ich weiß, daß willkürliche Verhaftungen in Birma an der Tagesordnung sind. Wie beurteilen Sie diese Taktik des SLORC?

Kyi Maung: Willkürliche Verhaftungen sind niederträchtige, unverantwortliche Maßnahmen mit dem Ziel, die politische Opposition zu vernichten, und deshalb sehr zu mißbilligen. Diese Verhaftungen sind eine Katastrophe für alle politischen Organisationen, die sich auf unterschiedliche Weise für einen demokratischen Wandel einsetzen. In einem

Einparteienstaat, wie wir ihn seit nunmehr drei Jahrzehnten in unserem Land erleben, schlägt die Verhaftung politischer Aktivisten in den Großstädten Wellen im ganzen Land. Rangniedere Sicherheitsleute in den Kreisstädten, die sich durch ihren Übereifer hervortun, können auf eigene Faust Verhaftungen vornehmen, ohne daß hierzu bestimmte Instruktionen der Zentrale vorliegen. Die Angehörigen politischer Gefangener sind am schlimmsten betroffen, da sie in den meisten Fällen den Ernährer der Familie verlieren. Die Verhängung extrem harter Strafen durch die Pseudogerichte war in all den Jahren an der Tagesordnung, und es ist bekannt, daß seit der Machtübernahme durch den SLORC politische Gefangene einer besonders brutalen Behandlung ausgesetzt sind.

Clements: Die Anzahl der Besucher, die zu Ihren Wochenendgesprächen kommen, nimmt von Woche zu Woche beträchtlich zu. Haben Sie schon an die Möglichkeit gedacht, daß bewaffnete Soldaten des SLORC gegen die Leute vorgehen und die gesamte Menge auf einen Schlag verhaften könnten?

Kyi Maung: Hier sind mehrere Dinge zu bedenken. Das eine ist, daß es möglicherweise jeden Tag zu einer Aussöhnung kommen kann. Aus irgendeinem Grund, über den wir nur Vermutungen anstellen können, lassen sie die Wochenendgespräche zu. Suu, U Tin Oo und ich, wir alle in der NLD, hegen die aufrichtige Hoffnung, ich meine, wir möchten ernsthaft daran glauben, daß es hier eine gewisse Öffnung gibt. Wenn sie zulassen, daß diese Gespräche auch weiterhin stattfinden können, so ist das vielleicht ein Zeichen dafür, daß sich bei ihnen wirklich etwas bewegt. Wenn ja, dann ist es ein Anfang. Vielleicht lernen sie etwas aus unseren Worten. Möglicherweise liegt es daran, daß sie das *metta* bei den Menschen spüren. Vielleicht wünschen sie sich, daß diese das *metta* von sich aus auf sie richten, so daß sie es von ihnen nicht erzwingen müssen. Es kann sein, daß dieses *metta*, das zwischen den Menschen entsteht, eine Wirkung auf sie ausübt. *metta* bringt so etwas zustande, wissen Sie. Vielleicht eröffnet es ihnen die Möglichkeit, die Menschen anders zu behandeln, in ihnen menschliche Wesen zu sehen, die man achten und denen man helfen muß, statt sie zu unterdrücken und zu berauben. Es kann auch sein, daß sie durch den Mut der Menschen beeindruckt werden. Menschen, die nicht nur bereit sind, ihnen die Stirn zu bieten, sondern die auch bereit sind und darauf warten, ihnen zu verzeihen. Es ist alles möglich.

Zweitens wünschen wir uns, wir könnten unseren Besuchern ordentliche Sitzgelegenheiten bieten. Gegenwärtig sind sie genötigt, auf Zeitungen oder Plastiktüten oder unmittelbar auf dem schmutzigen Asphalt zu sitzen. Und sie sind der Sonne ausgesetzt, es gibt keinen Schatten. Wir wissen um das Risiko, das sie auf sich nehmen, und wir sind besorgt deswegen. Jeden Augenblick können Soldaten auftauchen, das Gelände abriegeln und rufen: »Alles auf den Plätzen bleiben!« Doch die Menschen folgen ihrem Gewissen. Sie haben sich der Freiheit verschrieben. Das ist etwas Besonderes, wirklich etwas Besonderes. Sie können es als gelebte Würde bezeichnen. Es ist der Mut, in Freiheit zu leben, ohne darauf zu warten, daß sie gewährt wird. Deshalb mache ich mir keine Sorgen. Ich mache mir auch keine Sorgen wegen der Leute. Wir kämpfen diesen Kampf gemeinsam.

Eines Tages, vielleicht ja schon bald, ich weiß es nicht – wer weiß das schon? –, werde ich nicht mehr imstande sein, die paar Schritte vor die Tür zu gehen. Ich werde krank und schwach sein. Dann werde ich mich einfach in mein Bett legen und sterben. Ich mache mir keine Illusionen über meinen Wert, wissen Sie. Irgendein Jüngerer und Stärkerer wird meinen Platz einnehmen. Ich finde das richtig so. Doch vorläufig ist diese Arbeit noch meine Pflicht, und niemand hat sie mir auferlegt. Auch ich folge meinem eigenen Gewissen. Solange man mich braucht, werde ich aufrecht stehen und den Mund aufmachen. Ich habe keine Angst und keine Sorgen, kein bißchen.

Drittens, und damit komme ich zur Beantwortung Ihrer Frage. Ich glaube nicht, daß der SLORC zum gegenwärtigen Zeitpunkt daran denkt, die Menschen, die zu den Wochenendreden kommen, festzunehmen. Seine Vertreter achten sehr auf ihr Image in den internationalen Medien, und ein solches untragbares Vorgehen würde sich zweifellos gegen seine Urheber selbst richten. All die Journalisten aus dem Ausland würden natürlich voller Begeisterung mit ihren Videokameras die SLORC-Soldaten für die Nachwelt festhalten. Das traurige Schauspiel könnte anschließend weltweit in den Sendungen des CNN und der BBC verfolgt werden. Dadurch würde in aller Deutlichkeit dokumentiert werden, mit was für Leuten wir es hier zu tun haben.

Clements: Noch einige Monate, und die Zahl der Teilnehmer an Ihren Wochenendgesprächen könnte die Zehntausend erreichen. Wie würde der SLORC Ihrer Meinung nach darauf reagieren?

Kyi Maung: Wie wir inzwischen wissen, fühlt sich die Staatsmacht ziemlich belästigt durch unsere Veranstaltung. Aber einige von ihnen scheinen sie doch zu genießen, sonst könnte sie nicht stattfinden. Wie auch immer, jedenfalls wollen sie, daß wir uns wie Untertanen in den alten Zeiten der Monarchen und der birmanischen Könige verhalten. Sie erwarten einen Kotau von uns. Das ist ihre Mentalität. Vielleicht sehen sie uns als Bettler, die ihren allmächtigen Thron, auf dem sie sich so überlegen fühlen, verhöhnen, oder als eine »Sache«, die man je nach Laune gebrauchen oder mit Füßen treten kann. Sie können es nicht ertragen, daß wir zufrieden sind – zumindest die Menschen, die das Zentrum der NLD bilden. Dennoch sind sie natürlich jederzeit eingeladen, bei der Party mitzumachen.*

Clements: In welchem Umfang wird heutzutage in Birma die Redefreiheit eingeschränkt?

Kyi Maung: Die Antwort auf diese Frage können Sie selbst herausfinden. Ganz praktisch. Ich schlage Ihnen vor, die Probe aufs Exempel zu machen, falls Sie den Mut dazu haben. Gehen Sie in die Innenstadt vor eine Teestube an irgendeiner Ecke, stellen Sie sich auf eine Kiste und sagen Sie ein paar Worte über die Demokratie. Dann warten Sie ab, was passiert. Kaum hätten Sie das Wort »Gerechtigkeit« über die Lippen bekommen, würde man Sie schon am Kragen packen und ins nächste Flugzeug stecken, das Sie ins Ausland bringt. Und wären Sie ein Birmane, so hätten Sie damit eine Fahrkarte nach Insein – einfach, ohne Rückfahrt – gelöst. Deshalb sage ich ja, daß das Anwesen von Suu das einzige befreite Gebiet in ganz Birma ist. Dort können wir alles sagen. Wir machen Witze über den SLORC und sagen ihnen, wie glücklich wir alle wären, sie selbst eingeschlossen, wenn sie einfach mit uns reden würden. Suu hat der Menge am letzten Wochenende gesagt: »Eines Tages, wenn ihr auf diese lange Zeit des Kampfs und der Furcht zurückblicken werdet, wenn ihr euch die Situation vergegenwärtigen werdet –

* Unübersetzbares Wortspiel. Im Original steht »to join the party« mit der Doppelbedeutung »sich unserer Partei anzuschließen« (A. d. Ü.).

wir alle, die wir uns gemeinsam hier versammelt haben, ihr hinter dem Stacheldraht und wir, die wir über das Tor zu euch hinüberschauen –, dann werdet ihr über die Absurdität von alldem lachen. Ja, es ist wirklich eine große Mühsal, aber eines Tages – dieser Tag kann kommen, dieser Tag muß kommen. Das ist ein Privileg, das alle Dissidenten auf der ganzen Welt bis heute in Anspruch nehmen konnten: Wenn sie sich an die Furchtlosigkeit zurückerinnern, mit der sie den Kampf geführt haben, erfüllt es sie mit Stolz. Und auch ihr, ihr alle werdet eines Tages dasselbe empfinden. Die Zeit ist nahe, sie wird kommen.«

Clements: Aber warum läßt die Staatsmacht diese wöchentlichen Gespräche zu, obwohl sie sie verboten hat?

Kyi Maung: Nennen Sie es, wie Sie wollen, eine Konzession oder ein taktisches Manöver, wir glauben, daß dieses Verhalten des SLORC auch für ihn gewisse Vorteile hat. Um nur einige zu erwähnen: Innerhalb kurzer Zeit ist aus diesen Wochenendveranstaltungen eine Touristenattraktion geworden. Das ist gut für die Kampagne »Visit Myanmar Year 1996«. Außerdem kann es dazu beitragen, das schlechte Image des SLORC, der in den westlichen Medien als brutales und repressives Regime dargestellt wird, etwas abzumildern. Ferner profitiert der SLORC von den Briefen, die Suu von ihren Anhängern erhält und in denen Beschwerden vorgebracht werden, um die er sich kümmern muß. Und schließlich verschaffen diese Gespräche dem SLORC die Möglichkeit, über die Meinung der NLD-Führung, die für ihn ja der Gegenspieler ist, stets auf dem laufenden zu bleiben.

Clements: Und die Vorteile für die NLD?

Kyi Maung: Aus unserer Sicht bieten diese wöchentlichen Gespräche der NLD-Führung die Möglichkeit, ihre Ansichten über die aktuelle politische Lage ihren Anhängern mitzuteilen, die wir mit gedrucktem Material ja nicht erreichen können [seit Juli 1990 wurde der NLD keine Druckerlaubnis mehr erteilt]. Unter den gegenwärtigen Bedingungen ist dies hier der einzige Ort im ganzen Land, an dem die Dissidenten bis zu einem gewissen Grad die Möglichkeit haben, ohne Angst vor Bestrafung Rat zu suchen, sich zu besprechen, sich zu äußern und ihre Meinungen untereinander auszutauschen. Bei der ganzen Angelegenheit muß man berücksichtigen, daß hier noch eine dritte Kraft eine Rolle spielt. Damit meine ich die Zuschauermenge, die sich den Anweisungen des SLORC zum Trotz immer wieder vor den Mauern von Suus Anwesen versammelt, um ihr zuzuhören. Die Polizei- und Sicherheitskommandos suchen regelmäßig abends die Wohnungen der Besucher auf, um die Besucherlisten zu überprüfen. [Wenn jemand in einer anderen Wohnung übernachtet, ist der Gastgeber gesetzlich verpflichtet, bereits am späten Nachmittag der lokalen Behörde für Recht und Ordnung darüber eine Meldung zu machen; andernfalls droht ihm eine Geldbuße oder gar eine Haftstrafe.] Die Sicherheitsbeamten des Bezirks fordern die Leute vorher schon auf, nicht zu den Wochenendgesprächen zu gehen, um sich nicht in Schwierigkeiten zu bringen. Ein halbes Dutzend Fotografen [des SLORC] machen Fotos von den Teilnehmern, um sie später zu identifizieren. Dennoch kommen die Menschen unerschrokken Woche für Woche wieder.

Clements: Sind Sie ein religiöser Mensch?

Kyi Maung: Diese Frage ist für mich schwer zu beantworten. Ich lebe nach einer Reihe von Geboten, wie der Buddha sie gelehrt hat. Wenn ich Ihnen erläutern würde, worin diese Gebote bestehen, würde Sie das wahrscheinlich nur verwirren, deshalb verzichte ich besser darauf. Ich will mich mit dem Hinweis begnügen, daß diese fünf Gebote mir bisher sehr gut durchs Leben geholfen haben.

Sie waren zum Beispiel sehr überrascht darüber, daß wir an dem Tag, als Suu unter Hausarrest gestellt wurde, oder bei anderen Gelegenheiten, als wir uns gegenseitig unsere schlimmen Erlebnisse erzählt haben, so viel lachen mußten. Was soll ich groß dabei erklären? Man könnte dazu lediglich sagen, daß der Erzähler keinerlei Groll wegen der Geschehnisse in der Vergangenheit empfand. Das »Ich« der Vergangenheit ist tot und vergangen. Ebensowenig macht sich der Erzähler der Gegenwart Gedanken um das, was »ihm« in der Zukunft widerfahren könnte. In Wirklichkeit ist dieses »Ich« überhaupt nicht statusbewußt. Wonach ich strebe, ist lediglich, ein Leben zu führen, in dem ich jeden einzelnen Augenblick vollkommen bewußt wahrnehme und allen Lebewesen ohne Unterschied und unparteiisch den besten Dienst leiste, zu dem ich imstande bin. Dient die Religion der Politik? Darüber grüble ich nicht nach. Ich bemühe mich einfach, mein Bestes zu geben.

Clements: Sie folgen den Lehren des Buddha, also dem Weg der »Nicht-Bindung«. Darf ich Sie fragen, in welcher Weise sich Ihr Verständnis dieser Lehren auf Ihre Führungsarbeit beim Kampf Ihres Volkes für demokratische Freiheiten auswirkt?

Kyi Maung: Wenn Sie durch die Straßen der Stadt fahren, können Sie an Straßenkreuzungen große rote Plakatwände sehen, auf denen die Staatsmacht ihre jeweiligen Ansichten bekanntmacht. Diese Plakatwände repräsentieren die Kräfte, mit denen wir uns auseinandersetzen müssen. Irgend jemand hat einmal geschrieben: »Die freundlichsten Menschen müßten besonders auf ihre Worte achten«. Das nehmen wir uns zu Herzen.

Eines der Dinge, die der Buddha uns gelehrt hat, besteht darin, aus uns herauszutreten und unsere eigene Dummheit zu betrachten – sooft wir nur können. Wir sehen in den Lehren des Buddha einen inneren Kompaß, der uns hilft, auf unserem Kurs zu bleiben. Jegliches Handeln, das der Laune des Augenblicks entspringt und nicht auf die Gesamtstrategie abgestimmt ist, kann sich als verhängnisvoll erweisen.

Clements: Bevor Sie aus der birmanischen Armee ausgeschieden sind, waren Sie ein geachteter Kommandeur. Sie standen im Gefecht, haben den Kugeln getrotzt und vermutlich auch Menschen getötet – den Feind. Kann man als Buddhist mit der Liebe im Herzen töten?

Kyi Maung: Ja, ich habe Menschen im Krieg getötet, den Feind. Aber mit Liebe in meinem Herzen? Man kann der Wahrheit nicht entkommen, nicht wahr? Nein, ich würde es nicht als Liebe im echten Sinn bezeichnen. Ich kann Ihnen das kurz erklären. Ich habe nicht aus Haß gegen den Feind gekämpft, der sich bemühte, uns zu vernichten. Es war einfach ein ehrenhafter Kampf. Ich hatte eine Aufgabe, und ich habe sie erfüllt.

Clements: Würden Sie als Führer der demokratischen Bewegung zu einem bewaffneten Kampf gegen den SLORC aufrufen, wenn Sie Waffen hätten?

Kyi Maung: Nein. Ich glaube nicht, daß sich durch einen bewaffneten Kampf politische Änderungen herbeiführen lassen.

Clements: Sie haben in den vierziger Jahren gegen die Faschisten gekämpft, warum greifen Sie im Jahr 1996 nicht zur Waffe?

Kyi Maung: Verstehen Sie mich nicht falsch. Ich bin aus einem einzigen Grund zur Armee gegangen: Ich wollte für die Unabhängigkeit kämpfen. Nur deshalb. Wenn dieser Krieg nicht über Birma gekommen wäre, hätte ich mich nur zu gern damit begnügt, meinen eigentlichen Interessen - Musik und Theater - nachzugehen. Ich bin ein Liebhaber der Künste. Aber wissen Sie, wir waren noch jung. Wie Blätter, die am Straßenrand liegen, wurden wir vom Sturmwind der Revolution mitgerissen. Mein Eintritt in die Armee erfolgte eher zufällig und war nicht geplant. Wir hatten gar keine andere Wahl, als für die Unabhängigkeit zu kämpfen. Sie ringen nicht um eine solche Entscheidung, Sie tun es einfach. Hätten wir eine echte Wahl gehabt, hätte ich mich nie für die Waffen entschieden. Bin ich damit ausreichend entlastet?

Clements: Noch nicht ganz. Ich versuche einfach, von Ihnen als einem der wichtigsten Anführer des Freiheitskampfs noch mehr über Ihre Vorstellungen von gewaltfreiem Handeln zu erfahren.

Kyi Maung: Was die Gewaltlosigkeit angeht, so mißbillige ich sie zwar nicht, aber ich bin auch kein Gandhi. Wenn ich sehe, daß Gewalt notwendig wird, zögere ich keinen Augenblick, sofern sie das einzige Mittel ist, das mir zur Verfügung steht.

Ich bin für den Kampf ausgebildet worden, und wenn jemand versuchen würde, Sie zu mißhandeln, so würde ich keineswegs den Schwanz einziehen und mit Ihren Schreien im Ohr davonrennen. Das wäre Feigheit, und die ist verachtenswert. Ich würde auch nicht meditierend dasitzen und darauf vertrauen, daß mein *metta* der Mißhandlung ein Ende macht. Ich bin kein Heiliger. Ich würde versuchen, Sie zu verteidigen. Nein, obwohl ich gegen die Anwendung von Gewalt bin, werden Sie von mir niemals hören, daß ich sie um jeden Preis vermeiden würde. Aber das hat auch Gandhi gesagt.

Clements: Kann der Kampf um Demokratie in Ihrem Land ohne eine sehr viel stärkere Unterstützung durch die Vereinigten Staaten und Europa Erfolg haben?

Kyi Maung: Wir verlassen uns nicht allein auf die Unterstützung von außen. Es ist eine Volksbewegung. Das ist unser Hauptantrieb und unsere Stärke.

Clements: Es ist also lediglich eine Frage der Geduld und der gewaltfreien Beharrlichkeit?

Kyi Maung: Ja, Geduld. Wir brauchen nicht wegzulaufen. Wenn sie mich ins Gefängnis sperren, schön - dann werde ich ins Gefängnis gehen. Im Gefängnis bin ich ebenso frei wie in meinem eigenen Haus.

Aber damit, daß sie mich ins Gefängnis stecken, wird kein einziges Problem gelöst.

Sehen Sie, eine weitere Sache ist, daß sie [die Vertreter des SLORC] meinen, sie könnten mit Suu kein Gespräch auf gleicher Ebene führen. Aber ein Straßenkehrer kann mit Suu ein gleichberechtigtes Gespräch führen. Warum zweifeln sie daran, daß ein großer General seine Ansicht loswerden kann? Wie Sie sehen, lebe ich vielleicht in einem Wolkenkuckucksheim, aber ich bin glücklich damit. Ich mache mir keine Sorgen. Die Probleme, mit denen sie [die SLORC-Generäle] fertig werden müssen, sind so erdrückend, daß sie zu ihrer Bewältigung auf die Mitarbeit der gesamten Bevölkerung angewiesen sind, und die bekommen sie nicht, wenn sie sich nicht mit uns an einen Tisch setzen.

Clements: Mir fällt eine Geschichte ein, die von Augustinus stammt, ich weiß aber nicht mehr genau, wo ich sie gelesen habe. Alexander der Große stellte einen gefangenen Piraten zur Rede: »Wie kannst du es wagen, das Meer unsicher zu machen?« Darauf erwiderte der Pirat: »Und wie kannst du es wagen, die ganze Welt unsicher zu machen? Ich habe nur ein kleines Boot, und deshalb nennt man mich einen Dieb und einen Räuber. Du aber hast eine große Flotte, deshalb nennt man dich einen König.«

Hier in Birma treibt der SLORC die Perversion noch einen Schritt weiter. Sie unterjochen das ganze Land, und dafür bezeichnen sie sich als hochherzige Führer und Hüter des Rechts. Sie von der NLD stehen dagegen an der Spitze einer gewaltlosen »Revolution des Geistes« und werden dafür als »Umstürzler«, praktisch als politische Terroristen beschimpft.

Nun hat der SLORC zwar Vereinbarungen mit den bewaffneten Truppen der Aufständischen hier in Birma und in jüngster Zeit auch mit Khun Sa geschlossen, einem der berüchtigtsten Drogenbosse der Welt, aber mit der NLD will er ironischerweise nicht reden. Vielleicht können Sie ein für allemal klarstellen, was es mit diesen sogenannten »Waffenstillständen« auf sich hat?

Kyi Maung: Zunächst einmal sollte man diese 15 Rebellengruppen bei ihrem richtigen Namen nennen. Es sind ethnische Minderheiten, die zu den Waffen gegriffen haben, um dem SLORC Widerstand zu leisten.

Diese Menschen – Männer, Frauen und Kinder – sind Staatsbürger Birmas. Es sind menschliche Wesen. Das zum einen.

Zweitens werden durch diese Feuereinstellungen in keiner Weise die ethnischen Probleme in Birma gelöst. Meiner Meinung nach sind sie nichts anderes als eine Möglichkeit, Zeit zum Atemholen zu gewinnen. Nehmen Sie nur ein Beispiel, das Volk der Wa im Shan-Staat in der Region des Goldenen Dreiecks. Der dortige Waffenstillstand ist für sie nicht mehr als eine Ruhepause, die ihnen die Zeit gibt, sich neu zu formieren und einen noch größeren Teil ihres Volkes militärisch auszubilden. In den Wa-Dörfern muß jede Familie einen Mann für das Militär stellen.

Dasselbe gilt für die Kachin, ja es gilt für jede einzelne der 15 Gruppen. Sie haben alle ihre Waffen behalten, und der sogenannte Waffenstillstand dient lediglich der Zusatzausbildung und Neuformierung der Soldaten. Deshalb darf man davon ausgehen, daß diese Waffenstillstände keinen dauerhaften Frieden garantieren können.

Daneben gibt es ein weiteres Problem. Von Zeit zu Zeit ruft der SLORC eine Periode der öffentlichen Geldwäsche aus. Sie bringen es sogar in der Zeitung: ein Umtausch von nicht deklariertem Geld im Verhältnis 4:3 – ohne unnötige Fragen. Man braucht nicht allzuviel Phantasie, um darauf zu kommen, weshalb die Heroinproduktion in Birma seit der Machtübernahme durch den SLORC so drastisch angestiegen ist. Dafür gibt es klare, handfeste Beweise. Natürlich geht dieses Schwarzgeld sofort in den Kauf von Grundstücken. Einige der besten Grundstücke in Rangun und Mandalay [zweitgrößte Stadt Birmas] sind mit Schwarzgeld erworben worden. Es werden herrschaftliche Häuser mit Swimmingpools errichtet, die dann zum Teil leerstehen. Das Schwarzgeld fließt außerdem durch den Bau von Hotels in die Tourismusbranche, und es wird in die Förderung von Jade, Saphiren und Rubinen gesteckt.

Clements: Die Ironie der Geschichte will es, daß George Orwell in den zwanziger Jahren Polizeichef in einer der größten Städte Birmas war und Sie nun bei einer der wöchentlichen Ansprachen der Menge einige Begriffe aus seinem Buch »1984« vorgestellt und erläutert haben. Und das alles, wie Sie sagten, »unter dem wachsamen Auge von Big Brother«. Wollten Sie damit andeuten, daß zwischen Orwells »1984« und SLORCs »1996« gewisse Parallelen bestehen?

Kyi Maung: Natürlich lassen sich alle Elemente von »1984« im heutigen Birma wiederfinden. Vielleicht nicht ganz so kraß, aber sie sind vorhanden. Die Herrschaft über das Denken ist das Bollwerk eines totalitären Regimes, auch wenn sie nicht auf dieses System allein beschränkt ist. Sie kann auf eine subtilere, aber nicht weniger effektive Weise selbst in demokratischen Gesellschaften ausgeübt werden. Die Manipulierung des Bewußtseins durch Propaganda und gezielte Falschinformation ist ein weites, sehr spannendes Feld. Es ist für uns alle wichtig zu verstehen, wie es zu dieser Herrschaft kommt; eine Beherrschung der Massen durch eine »verfälschte Terminologie« und »abstruse Begriffe«, wie sie von Regierungen, PR-Firmen und Werbeagenturen benutzt und durch eine verborgene Zensur kontrolliert werden. Diese Herrschaft findet im Bildungswesen und innerhalb von Religionsgemeinschaften statt. Wir müssen lernen, kritische Fragen zu stellen, wir müssen Mittel und Wege finden, uns zu schützen und mit wachem Geist die Manipulationen Schicht für Schicht zu durchschauen. Mit anderen Worten, wir sollten uns nicht zu Gefangenen der Propaganda machen lassen. Aber bleiben wir in Birma und bei unserer Version des »Big Brother«, dem SLORC.

Clements: Können Sie erläutern, wie »Big Brother« in Birma vorgeht, und können Sie etwas darüber sagen, wer dieser »Big Brother«, der SLORC, eigentlich ist?

Kyi Maung: Der SLORC ist eine Clique von 21 Generälen. Das ist alles. Dazu ein Heer von Untergebenen, die es nicht wagen, gegen die hohen Tiere aufzumucken. Diese Generäle kontrollieren jeden Aspekt des Lebens in diesem Land. Der funktionierende Totalitarismus ist der »Big Brother«. Alle diese Orwellschen Begriffe wie »Gedankenkontrolle, Gehirnwäsche, Neusprech, Wahrheitsministerium oder Liebesministerium« existieren in unterschiedlichen Varianten in allen Herrschaftssystemen. Sie sind zwar nicht so hochentwickelt, wie Orwell sie geschildert hat, aber dennoch gibt es sie und auch aus demselben Grund – um das Leben zu verleugnen!

Clements: In welcher Weise zwingt »Big Brother SLORC« den Menschen mit einer abweichenden politischen Meinung oder überhaupt den einfachen birmanischen Bürgern seinen Willen auf?

Kyi Maung: Der SLORC hat wiederholt unter Beweis gestellt, daß er alle ihm zur Verfügung stehenden Mittel einsetzt, um Regimekritik oder auch nur den leisesten Verdacht einer Regimekritik zu unterdrükken. Die Methoden sind unterschiedlich. Für Schikanen gibt es anscheinend eine besondere Vollmacht, wie sich aus der Häufigkeit, mit der sie angewandt werden, schließen läßt: Sie zerstören die Arbeit eines Mannes, konfiszieren Boden und Eigentum, mißhandeln die Menschen öffentlich und zwingen junge und alte Männer, beim Bau von Straßen, Brücken und Dämmen unentgeltlich mitzuarbeiten. Sie schnappen sich die Menschen mitten in der Nacht. Suu hat es vor ihrer Verhaftung vor sieben Jahren gesagt und sagt es auch heute noch, wir alle sagen es: »Nichts hat sich geändert, die Welt soll es wissen, wir sind noch immer Gefangene in unserem eigenen Land.«

Clements: Bedeutet das, daß dieser »Big Brother SLORC« so verrückt, so gerissen, so pervers ist, daß er aus einem bislang noch unbekannten Grund Ihnen, Daw Suu und U Tin Oo gestattet, an Wochenenden öffentliche Reden zu halten, um damit den eigenen abwegigen Interessen zu dienen? Oder öffnet er sich wirklich einer neuen Haltung, macht er tatsächlich einen winzigen Schritt in Richtung auf eine echte Reform?

Kyi Maung: Eine neue Haltung? Echte Reform? Diese Begriffe gehören bislang noch nicht zum Wortschatz des SLORC, es sei denn, seine Mitglieder haben gut bei unseren Wochenendreden zugehört. Alles kann passieren, auch die Dinosaurier sind schließlich ausgestorben. Ich kann hier lediglich sagen, daß sie in ihrer repressiven Haltung so sehr erstarrt sind, daß ich doch stark bezweifle, daß ihr Denken auftaut oder daß sie sich auf dem Weg zu einer echten Demokratie befinden.

Nun zu der Frage, warum sie unsere öffentlichen Gespräche zulassen. Auch das paßt ins Konzept von Orwells »1984«, der SLORC praktiziert seine Version der Fernsehüberwachung. Männer vom SLORC-Geheimdienst mischen sich bei den Veranstaltungen unter die Menge. Haben Sie schon einmal auf die Birmanen geachtet, die die Besucher Reihe für Reihe mit der Videokamera aufnehmen? Warum? Wir alle wissen, daß »Big Brother SLORC« uns spätestens nach einer Stunde in Großaufnahme auf dem Bildschirm hat. Und da Suu häufig die repressive Taktik des SLORC kritisiert, von der wir aus den Briefen an Suu wissen, muß es einige Leute geben, die diese Informationen dazu benutzen, um auf andere in den eigenen Reihen Druck ausüben zu können. Das liegt in der Natur von Regimen, die auf Angst aufgebaut sind: Niemand ist sicher, keinem kann man vertrauen, selbst dann nicht, wenn man an der Spitze steht. Natürlich mit Ausnahme des »Big Brother« selbst – wer immer sich hinter dieser Fiktion verbergen mag.

Clements: Václav Havel hat die Auswirkungen beschrieben, die die Tätigkeit der Geheimpolizei in der Tschechoslowakei hatte. Er bezeichnete sie als eine »abscheuliche Spinne, deren unsichtbares Netz sich mitten durch die Gesellschaft zog ... und eine dumpfe, existentielle Angst [erzeugte], die in jeden Spalt und jede Ritze des täglichen Lebens einsickerte ... und einen zweimal nachdenken ließ, bevor man etwas sagte und tat.« Ist das die Atmosphäre, die überall durch den SLORC-Geheimdienst erzeugt wird?

Kyi Maung: Ja. Die Clique der Spinnen beobachtet uns jetzt in diesem Augenblick. Geheimdienstagenten stehen an der Ecke meiner Straße. Sie stehen vor dem Tor. Auf der Hauptstraße. Wohin ich auch gehe, sie folgen mir. Mit ihren Handys übermitteln sie ihre Informationen unverzüglich an die Zentrale. Das ganze Land ist vernetzt und verdrahtet. Und Sie können sicher sein, daß sie auch Ihnen hierher gefolgt sind. Sie sitzen in Ihrem Hotel. Wahrscheinlich haben sie Ihr Zimmer durchsucht und Ihr Telefon angezapft.

Clements: Und sind Sie kein bißchen beunruhigt über diese »abscheuliche Spinne«?

Kyi Maung: Nein, überhaupt nicht. Wir gehen einfach unserer Arbeit nach, im vollen Bewußtsein, daß »Big Brother« uns ständig beobachtet. Es ist doch so, je intensiver der SLORC uns überwacht und belauscht, desto eher wird er uns vertrauen können, denn unsere Absichten sind lauter. Letztlich schließt unser Kampf für Demokratie diese Männer ja nicht aus, im Gegenteil. Und das ganze Geheimdiensttheater, na ja, das dient dazu, Stoff für ihre Diffamierungen und diese ganzen abstrusen SLORC-Verlautbarungen zu sammeln.

Clements: Ich muß zugeben, daß ich mich zu Recherchezwecken dazu überwunden habe, im Fernsehen Sendungen des SLORC anzuschauen und seine Zeitung zu lesen. Was für eine Plackerei! Und kaum ein Tag ohne einen bösartigen und verleumderischen Kommentar von einer halben Seite über Aung San Suu Kyi, U Tin Oo und Sie selbst.

Aber wer liest das denn? An wen wenden sie sich? Glaubt irgend jemand, was sie da drucken? Haben Sie schon einmal die Zeitung gelesen oder eine Fernsehsendung gesehen, und sei es auch nur aus dem Grund, um Ihren Feind besser kennenzulernen, um vielleicht weitere Einblicke in die Mechanismen seines Denkens zu gewinnen und um Sie damit einem Dialog und hoffentlich einer Versöhnung näher zu bringen?

Kyi Maung: Die Ironie liegt darin, daß sie selbst nichts davon glauben. Sie wissen, daß es alles Quatsch ist. Das ganze Land weiß es. Alles, was sie sagen und drucken, ist Mist. Es ist Schwachsinn. Selbst wenn man versuchen würde, es zu lesen, das meiste von dem Zeug, das sie drucken, ist unlesbar. Es ist in einem so umständlichen und geschraubten Kauderwelsch geschrieben, oftmals auch ohne Zusammenhang, daß man kaum erkennen kann, um was es überhaupt geht. Es ist etwa so, als hätten Sie im Fernsehen das Bild nicht genau eingestellt. Deshalb habe ich zu Ihnen vor kurzem gesagt, daß wir es hier mit einer Pfadfinderausgabe vom »Big Brother« zu tun haben.

Clements: Stimmt es, daß Sie ein vom Regime verbotener Bühnenautor sind? Schreiben Sie noch immer im Untergrund?

Kyi Maung: Nein, nein, nein. Das stimmt so nicht. Ich reiche nirgendwo an Václav Havel heran, falls Sie darauf hinauswollen. Ich liebe zufälligerweise gutes Theater, mit anderen Worten eine gute Geschichte. Selbst wenn ich schreiben könnte, wäre es sinnlos, es zu tun, denn sobald die Staatsmacht meinen Namen läse, würde man es sogleich verbrennen oder als Toilettenpapier benutzen. Es besteht absolut keine Chance, daß meine Arbeiten veröffentlicht werden. Keine.

Clements: Erträgt der SLORC nicht einmal das leiseste Flüstern einer politischen Satire, beispielsweise verpackt in den Sottisen eines Zeitschriftenartikels oder verborgen auf Seite 911 im Alptraum eines Romanhelden? Nehmen sie es so genau?

Kyi Maung: Alles Originelle, Provozierende und Intelligente, alles, was zum Nachdenken anregen könnte, wird vom SLORC zensiert. Fast jeder Autor in unserer Organisation weigert sich, zu schreiben oder etwas Künstlerisches zu schaffen, sofern man ihn nicht ohnedies mit einem Berufsverbot belegt hat. Würde einer von uns etwas veröffentlichen, würde die Staatsmacht sogleich Nachforschungen anstellen, wer der Autor war, und das Werk verbieten. Oder der Verfasser würde schikaniert oder verhaftet werden. Alle unsere Künstler, Musiker, Schriftsteller, Schauspieler, jeder, der auf unserer Seite – auf der Seite der NLD – steht, erfährt die gleiche Behandlung. Wir sind geächtet. Auf diese Weise wird der Gesellschaft ein riesiges Potential an klugen und schöpferischen Begabungen vollständig entzogen. Verblieben ist einzig das Marionettentheater des SLORC, aber dort wird eine Schmierenkomödie gegeben.

Clements: Können Sie einige Beispiele anführen, wie die Zensur des SLORC funktioniert?

Kyi Maung: Es gab ein Theaterstück, das vor kurzem beim fünfundsiebzigjährigen Filmjubiläum hier in Rangun aufgeführt wurde. Nachdem der Vorhang gefallen war, trat einer der Schauspieler an die Rampe, zeigte mit dem Finger auf den Geheimdienstchef des SLORC [Khin Nyunt] und wiederholte die letzten Worte, die er in seiner Rolle als birmanischer Held in der Abschlußszene des Stücks rezitiert hatte: »Sie glauben, weil Sie die Waffen haben, seien Sie uns überlegen.« Etwas in dieser Art. Natürlich war dem Geheimdienstchef diese Form der Gratiswerbung zuviel, und er verließ zähneknirschend den Zuschauerraum. Kurz darauf erhielt der Schauspieler ein Auftrittsverbot für drei Jahre, vielleicht waren es auch fünf.

Am Unabhängigkeitstag [4. Januar] veranstalteten wir eine Feier für unsere NLD-Mitglieder auf dem Gelände von Suus Anwesen. Sie waren ja selbst auch dort. Dieses Theaterstück, das in der Mitte der Festveranstaltung aufgeführt wurde, war eine hervorragend gespielte, witzige und intelligente politische Satire. Sie hatte absolut nichts Kränkendes an sich. Die Schauspieler belebten lediglich einige alte Witze neu – zum Teil waren sie sogar in einigen der Shows des SLORC-Fernsehens verwendet worden. Dennoch wurden diese Schauspieler und Musiker, insgesamt elf Personen, bei ihrer Rückkehr nach Mandalay verhaftet. Nach wochenlangen Verhören wurden sieben wieder entlassen. Die beiden Hauptdarsteller wird man wahrscheinlich zu Haftstrafen verurteilen [für beide lautete das Urteil schließlich auf sieben Jahre Zwangsarbeit]. Das ist der Preis für freie Rede unter dem SLORC. Dabei müssen Sie bedenken, daß die beiden Schauspieler genau wußten, was ihnen blühte. Der eine hatte schon vor ein paar Jahren einmal im Gefängnis gesessen, und beide wußten, daß es leicht ein zweitesmal passieren konnte. Trotzdem sind sie aufgestanden, auf die Bühne gegangen und haben mutig und unerschrocken ihre Nummer vorgetragen. Sie verstehen jetzt, warum ich gesagt habe, daß »Big Brother« überall dabei ist.

Ein weiteres Beispiel. Unlängst hat ein sehr bekannter junger Musiker eine Kassette mit dem Titel »Power 54« produziert, mit der er sein 54. auf Platte produziertes Lied oder etwas in der Art feiern wollte. Er legte das Stück der Zensurbehörde des SLORC vor, und es wurde nicht beanstandet. Weil er so berühmt ist, verkaufte sich die Kassette sofort sehr gut, bis der SLORC auf die Idee kam, die Zahl 54 sei eine Anspielung auf Suus Adresse: 54 University Avenue. Die Behörden machten einen großen Aufstand und entfernten innerhalb weniger Tage alle Kassetten aus sämtlichen Läden des Landes. Hat der SLORC Angst vor Suu?

Es kann vorkommen, daß aus einer illustrierten Zeitschrift von 100 Seiten vielleicht 20, 30 oder 40 Seiten herausgerissen sind. Von solchen Geschichten gibt es unendlich viele. Wissen Sie, diese Zensurbehörde gibt es schon seit drei Jahrzehnten oder noch länger. Die Diktatoren hatten immer etwas gegen die Gedankenfreiheit. Ihr Gesellschaftsmodell orientiert sich an Ländern wie der ehemaligen DDR.

Clements: Wenn es zu einem Dialog mit dem SLORC kommt, was wird dann als erster Punkt auf der Tagesordnung stehen?

Kyi Maung: Als erstes würden wir zuhören wollen. Wir würden gern erfahren, welche Vorstellungen sie haben. Nach meiner Überzeugung müssen Sie, wenn Sie sich mit Ihrem Feind an einen Tisch setzen, jeden Gedanken daran, ihn zu vernichten, aufgegeben haben. Es ist ein gegenseitiger Handel, ein Entgegenkommen von beiden Seiten, ein Nehmen und Geben. Es kann nicht nur für einen von Vorteil sein. Während Sie auf Ihre eigenen Interessen bedacht sind, müssen Sie zugleich die Interessen Ihres Gegners im Auge haben. Aufrichtigkeit ist der Schlüssel zu allem, und zur Aufrichtigkeit braucht es Mut. Warum? Weil Aufrichtigkeit Offenheit erfordert – eine echte Bereitschaft, zuzuhören und sich auch mit Ansichten auseinanderzusetzen, die den eigenen entgegenstehen. Sehen Sie, ich glaube fest daran, daß in jedem Menschen, mag es auch von abstoßenden Schichten des Stolzes und der Angst verdeckt sein, ein gütiges Herz schlägt; diese Güte ist der ursprüngliche Zustand der Menschheit. Und all diese egoistischen Täuschungen, Habgier, Arroganz, Unsicherheit, Rassismus, Herrschsucht, all dies hält nur die natürliche Aufrichtigkeit des menschlichen Herzens ab, an das helle Licht des Tages zu kommen.

Ich jedenfalls betrachte den SLORC nicht als unseren Feind, wahrhaftig nicht. Gewiß, in der Umgangssprache gebrauche ich dieses Wort schon. Ich bediene mich starker Worte, um meine Verachtung ihnen gegenüber wegen ihres Verhaltens zum Ausdruck zu bringen. Ich sage, man muß die Dinge beim Namen nennen. Wir reden schließlich als erwachsene Menschen. Aber jenseits von alledem sind sie Menschen - sie baden, essen und schwitzen wie alle anderen. Auch sie haben ein Herz. Sie haben einen guten Willen. Er ist in ihnen, davon bin ich überzeugt. Wir wollen nur etwas mehr davon sehen, soviel mehr, daß er für alle sichtbar ihr Reden und Handeln bestimmt.

Nun behaupten sie ja öffentlich, daß sie unablässig für das Wohl des ganzen Volkes arbeiten und hochherzige Absichten verfolgen. Wenn sie es damit ernst meinen, dann sollen sie es mal unter Beweis stellen. Wenn es nicht nur dahergesagt ist, dann werden wir alles tun, um ihre Aufrichtigkeit mit der unseren zu vergelten. In diesem Geist können wir es zweifellos gemeinsam und leichten Herzens schaffen.

Wir haben nicht das Bedürfnis, sie zu verletzen oder zu demütigen oder dergleichen, wenn sie nur zusammen mit uns an diese Aufgabe gehen. Ich sage: »Laßt uns aufhören, Zeit zu verschwenden. Die Menschen leiden.« Deshalb sollten sie ihre Köpfe zusammenstecken und einmal von zehn zurückzählen. Wenn sie wieder bei eins angelangt sind, sollten sie sagen: »Eine Nation für das Volk und durch das Volk«, und dann sollten sie sich mit der guten Nachricht schleunigst auf den Weg in die University Avenue machen. Wir warten auf ihre Einladung, aber wir können sie nicht für sie schreiben. Sie müssen schon aufrichtig etwas guten Willen zeigen.

Clements: Wie könnten Sie sich den Beginn einer Zusammenarbeit zwischen dem SLORC und der NLD vorstellen?

Kyi Maung: Zunächst einmal käme es darauf an, die Ergebnisse der Wahlen vom Mai 1990 für gültig zu erklären. Ich will Ihnen sagen, warum. Die demokratiefeindliche Gesinnung des Militärs, die bei seinem Vorgehen gegen die Massendemonstrationen von 1988 und danach sichtbar wurde, hatte sich ganz auf die National League for Democracy konzentriert. Sie hatte im selben Maße zugenommen wie die Popularität der NLD innerhalb der Bevölkerung, und sie kam deutlich zum Ausdruck, als das Militär am 20. Juli 1989 beschloß, U Tin Oo zu verhaften und Suu unter Hausarrest zu stellen. Als die NLD in den Wahlen vom 27. Mai 1990 von insgesamt 485 Sitzen 392 Mandate eroberte, erließ der SLORC am 28. Juli 1990 eine Verordnung, die sogenannte Amtliche Bekanntmachung 1/90, die offensichtlich dazu dienen sollte, den Prozeß der Demokratisierung zu behindern und zu verzögern. Die sofortige Ablehnung dieser Amtlichen Bekanntmachung durch die Führung der NLD und ihre Aufforderung an den SLORC, das erste Parlament im September 1990 einzuberufen, verschärfte die Situation noch weiter.

In der ersten Septemberwoche begann der SLORC mit einer umfassenden Kampagne zur Vernichtung der NLD-Organisation. Im ganzen Land kam es zu Massenverhaftungen von NLD-Aktivisten und gewählten Abgeordneten, man stellte sie unter Anklage und verurteilte sie zu langjährigen Gefängnisstrafen. In der Zwischenzeit wurde der NLD verboten, neue Mitglieder anzuwerben. Die Parteiämter von Organisatoren, die durch Krankheit oder Tod vakant geworden waren, durften nicht wieder besetzt werden. Und wenn die Zahl der Mitglieder in einer unserer Organisationseinheiten unter fünf fiel, mußte deren Büro geschlossen werden.

Im Januar 1992 ließ sich der SLORC schließlich dazu herbei, Vorbereitungen für die Einberufung eines Nationalkonvents zu treffen. Er sollte unter seiner eigenen Leitung und strikten Überwachung stattfinden, mit einer Geschäftsordnung, die von ihm selbst ausgearbeitet worden war, und handverlesenen Abgeordneten, die kein Mandat hatten und zahlenmäßig sechsmal so stark waren wie die kleine Minderheit aus gewählten Volksvertretern. Die NLD spielte wohl oder übel mit, von Zeit zu Zeit wiederholten sie ihre Einwände gegen verschiedene Unregelmäßigkeiten, die bei der Führung des Nationalkonvents auftraten. Zum endgültigen Bruch kam es am 29. Oktober 1995, als der Vorsitzende des Ausschusses für die Einberufung des Nationalkonvents, ein SLORC-General, ein wichtiges Ersuchen, das der Vorsitzende der NLD, U Aung Shwe, an ihn gerichtet hatte, einfach überging.

Ich bin der Überzeugung, daß das viele Elend, das Unglück und die Leiden, die dem Volk von Birma auferlegt wurden, verursacht wurden durch die Weigerung des Militärs, den Willen des Volkes, wie er sich in den Ergebnissen der von ihnen selbst veranstalteten Wahlen von 1990 bekundet hat, zu respektieren. Mit diesem ausführlichen historischen Rückblick wollte ich vor allem deutlich machen, worin der innere Zusammenhang all der Exzesse besteht, daß sie aus einer einzigen Quelle herrühren, nämlich aus der irregeleiteten Vorstellung des Militärs von Demokratie. Um dieses ganze Problem zu klären, würde ich als Tagesordnungspunkt Nummer eins vorschlagen, die Wahlergebnisse vom 27. Mai 1990 für gültig zu erklären.

Clements: Es fällt mir nicht leicht, Ihnen die folgende Frage zu stellen. Agenten des Geheimdiensts beobachten jeden einzelnen Ihrer Schritte. Wartet die »abscheuliche Spinne«, von der Václav Havel spricht, nur darauf, Sie wieder einzufangen? Befürchten Sie eine erneute Verhaftung?

Kyi Maung: Sie können anscheinend nicht verstehen, daß mir eine mögliche Verhaftung gleichgültig ist. Die Spinne, die »abscheuliche alte Spinne«, na und? Ihr Netz ist verschmutzt und verstaubt und hält nur noch die leeren Panzer ihrer Opfer fest. Aber ich habe keine Angst. Natürlich muß ich mit einer erneuten Verhaftung rechnen. Diese Möglichkeit besteht jeden Augenblick, Tag und Nacht. Birma ist gesetzlos. Das bedeutet, wenn einem der SLORC-Generäle das Frühstück auf den Magen geschlagen ist, kann er jemanden verhaften, um seinen Magen wieder in Ordnung zu bringen. Gesetzlosigkeit bedeutet ohne Gesetz. Ohne Recht. Alles ist willkürlich. Damit will ich sagen, daß der Ernst der Lage durch ihre Absurdität wieder aufgewogen wird. Ich verteidige mich mit Ironie und Humor. Diese arme alte Spinne ist trotz ihrer Boshaftigkeit in ihrem eigenen Netz gefangen. Und ich bin glücklich, während sie nichts anderes tun kann als jagen. Jetzt versetzen Sie sich mal in das Bewußtsein eines Jägers, der immer umherspäht und argwöhnisch auf jedes Geräusch achtet. Stets im Widerstreit mit seiner Umwelt. Er will besiegen und töten. Das ist ein sehr trübseliger Geisteszustand. Er ist mitleiderregend. Deshalb erinnern mich alle diese Spinnen da draußen vor meinem Haus lediglich daran, mein Essen in aller Ruhe einzunehmen. Ich habe es nicht eilig. Meine Freiheit genieße ich nicht morgen, sondern heute.

Clements: In vielen Ländern sind Friedensgespräche im Gange oder abgeschlossen, in Bosnien, im Nahen Osten und vielleicht auch in Nordirland – ehemalige erbitterte Feinde sprechen miteinander, in manchen

Fällen nach Jahrzehnten des Schreckens und Blutvergießens, selbst des Völkermords. Aber warum nicht in Birma? Schließlich sind Sie alle Birmanen, bilden eine einzige Familie. Außerdem hat der SLORC eine einmalige Chance in der Hand, eine unwiederbringliche Gelegenheit. Ich verwende das Wort nur zögernd, aber sie können sich tatsächlich selbst erlösen, sich weltweit Respekt verschaffen und, was noch wichtiger ist, die von ihnen sehnlichst gewünschte Achtung ihres Volkes erringen. Arafat, de Klerk, selbst Kissinger haben den Nobelpreis bekommen. Ist Khin Nyunt der nächste?

Kyi Maung: Gute Frage. Das wüßten wir selbst gern. Warum? Warum warten sie ab? Warum sind sie so wütend auf uns? Warum dieses Warten? Sollen sie es uns doch direkt sagen! Wir kommen damit klar! Aber Khin Nyunt als Nobelpreisträger? Na ja, so wie Sie es dargelegt haben, wer weiß?

Clements: Aber Sie haben doch bestimmt irgendeine Idee, warum der SLORC wartet?

Kyi Maung: Vielleicht warten die ja gar nicht. Ich habe unseren Leuten heute morgen gesagt, daß wir uns faktisch bereits in einem Dialog mit dem SLORC befinden. Lassen Sie mich das erklären. Denken Sie an die Leitartikel des SLORC über uns in seiner Zeitung »The New Light of Myanmar«. Sie reden zu uns. Oder etwa nicht? Auf der anderen Seite sprechen wir zu ihnen bei unseren Wochenendreden bei den Toren zu Suus Anwesen. Diese Gespräche werden von Agenten des SLORC auf Video aufgezeichnet. Das einzige Problem ist, daß wir Rücken an Rükken miteinander reden (lacht). Wir bräuchten jemanden, der hingeht und ihnen die Sache erleichtert, indem er zu ihnen sagt: »Nun gebt euch mal einen Stoß und schaut in die andere Richtung.« Trotzdem ist es schon jetzt ein Dialog. Sie bezeichnen uns als Clowns und Umstürzler und überhäufen uns mit Beleidigungen. Das ist nicht der richtige Weg, die hungrigen Münder der unterernährten Bevölkerung zu stopfen. Das ist nicht der richtige Weg, die Zellentüren der politischen Gefangenen aufzusperren. Das ist nicht der richtige Weg, die Ergebnisse der Wahlen von 1990 anzuerkennen. Aber wer wollte behaupten, daß es kein Anfang ist? Vielleicht ist es ihr Weg, sich uns gegenüber zu öffnen. Meine Art des Denkens ist anders als ihre. Sie sind so unberechenbar, mal abgesehen von ihrer Politik der Unterdrückung. Darin sind sie konsequent.

Clements: Lassen Sie mich dieselbe Frage etwas anders stellen. Sie haben darauf hingewiesen, daß die verzweifelten Maßnahmen des SLORC sich aus einem einzigen Faktor erklären, der Angst davor, die Macht zu verlieren. Was bedeutet das konkret?

Kyi Maung: Schön, ich werde es Ihnen erklären. Was sie so nervös macht, ist die Angst. Angst vor Verfolgung. Angst, das Gesicht zu verlieren. Angst, ihr Eigentum zu verlieren, ihre Villen, ihre Automobile, ihre Eskorten, alle diese Privilegien – es ist die Angst, die Macht zu verlieren. Diese Generäle wissen, daß sie Unrecht begangen haben. Sie fürchten um ihre Sicherheit, sie fürchten um ihre Angehörigen, um ihre Söhne und Töchter. Aber ich kann sie beruhigen. Hören Sie: Das Vergangene ist vergangen. Das Geschehene ist geschehen. Wir werden es nur so weit noch einmal aufgreifen, wie es im Hinblick auf die Mehrheit der Bevölkerung zulässig ist.

Fast jeder hat die Anklagen und Prozesse gegen die beiden früheren Präsidenten Südkoreas verfolgt. Fast jeder weiß, daß es in Südafrika eine Kommission für Wahrheit und Aussöhnung unter dem Vorsitz von Bischof Desmond Tutu gibt. Einige werden der Verantwortung für Taten, die fast zwei Jahrzehnte zurückliegen, nicht entgehen können. Doch unsere birmanische Bevölkerung ist von Natur aus mitfühlend, und ich glaube, die Menschen werden ihnen vergeben. Davon bin ich überzeugt. Die Aussöhnung wird triumphieren. Sie wird unsere Nation stärker machen und nicht schwächer. Die Generäle müssen das einsehen. Und wenn sie mit uns reden wollen, wir sind bereit, jetzt!

Clements: Es klingt wie eine Botschaft, die es wert ist, beim nächsten Wochenendgespräch wiederholt zu werden.

Kyi Maung: Solche Worte werden wir unseren ersten Gesprächen vorbehalten. Wissen Sie, sie glauben uns nicht. Sie glauben nicht, daß die Menschen ihnen vergeben. Und selbst wenn Suu eine solche Einstellung hätte, könnte ich sie korrigieren: »Nein, Suu, das würde unserer Absicht, dem Volk von Birma zu nützen, schaden.« Aber das ist nicht der Fall. Wir verfolgen keine Politik der Vergeltung oder der Rache. Wir wollen Wahrheit und Aussöhnung, nicht Betrug und Verfolgung. Die Vergebung wird das Fundament von Birmas Demokratie sein. Doch jeder Tag, den der SLORC untätig verstreichen läßt, bedeutet für sehr viele Menschen einen weiteren Tag des Leidens. Wenn es also die Angst ist, die dem SLORC zu schaffen macht, so wollen wir dazu beitragen, sie zu mindern. Wir wollen alle seine Ängste lindern. Und wir werden uns erheben und unserem eigenen Volk entgegentreten und den Wert von Mitgefühl und Versöhnlichkeit erklären. Aber ich glaube, beides wird ganz von allein kommen.

Clements: Vielleicht ist ein geeigneter Vermittler erforderlich, um den SLORC an den Verhandlungstisch zu bringen; ich denke beispielsweise an den ehemaligen US-Präsidenten Carter. Oder vielleicht ein Team von Vermittlern, auf die beide Parteien sich geeinigt haben; Vertreter der beiden Lager.

Kyi Maung: Das ist meiner Meinung nach eine ausgezeichnete Idee. Bitte helfen Sie uns, den Blick des SLORC auf eine Persönlichkeit zu lenken, die wirklich beiden Seiten Vertrauen einflößt. Wenn der SLORC sich mit einem Außenstehenden, der zwischen uns vermitteln könnte, einverstanden erklären würde, so wäre das ein Geschenk des Himmels.

Clements: Glauben Sie, der SLORC wäre für eine solche Möglichkeit empfänglich?

Kyi Maung: Nein, jedenfalls nicht zur Zeit. Sie glauben nicht daran, daß es einen Unparteiischen geben könnte.

Clements: Es gibt Mittel und Wege, hier Abhilfe zu schaffen. Vielleicht brauchen sie einen Anreiz, beispielsweise Kredite von der Weltbank oder vom Internationalen Währungsfonds oder Wirtschaftshilfe von den Vereinigten Staaten oder der Europäischen Union …

Kyi Maung: Jeder, der dazu beitragen könnte, den SLORC ein Stück näher an den Verhandlungstisch zu schieben, wäre willkommen. Wir geben ihnen jetzt schon die Zusage, daß sie uns beschimpfen können; sie dürfen uns alles an den Kopf werfen, solange sie sich uns gegenüber an einen Tisch setzen. Wenn sie uns wirklich die Meinung sagen wollen, nur zu, sie sollen ruhig brüllen, wenn ihnen danach ist. Solange sie uns nicht körperlich verletzen, soll es uns recht sein.

Clements: Wo wir gerade über Körperverletzung reden. Wie können diese Generäle jemals sicher sein, daß sie ungeschoren davonkommen?

Kyi Maung: Viele Menschen, die gelitten haben, ich meine, die wirklich gelitten haben, weitaus mehr als ich selbst, mehr als U Tin Oo, mehr als Suu, sie lachen und machen Witze über ihre Erlebnisse so wie wir. Sie sind anscheinend etwas schockiert …

Clements: Ja, das bin ich. Es fällt schwer, Ihren Humor und Ihr Lachen angesichts dieser schweren Leiden zu verstehen. Ich habe mich auch mit Daw Suu genau über diesen Punkt unterhalten. Aber langsam erkenne ich, daß man das ganze Martyrium auch umkehren und zum eigenen Nutzen verwenden kann. Andernfalls, so hat Václav Havel gesagt, müßte man »versteinern und zur Statue seiner selbst werden«. Eine sehr unbehagliche Vorstellung. Aber bitte, zurück zu Ihnen.

Kyi Maung: Nun, das ist gut gesagt und trifft genau das, was ich meine. Wenn wir gegen unsere Unterdrücker einen Groll hegen, werden wir sehr leicht zu dieser Statue. Und das ist das Gegenteil von Mitgefühl und Versöhnlichkeit. Wenn es nötig sein sollte, werde ich auf die Straße gehen, um die Menschen zu überzeugen, die wirklich gelitten haben. Ich werde sie persönlich bitten, ihr Mitgefühl zu zeigen, sich unserer Denkweise anzuschließen. Ich werde von meinen eigenen Erfahrungen sprechen - ich habe das Gefängnis überstanden, mehrfach -, und trotzdem bin ich an diesen Punkt gelangt. Eigentlich sollte man ohne das auskommen, aber ich werde es trotzdem sagen. Eine gewisse Trauer ist zweifellos unumgänglich. Es ist ein Verlust zu beklagen, und Trauern ist menschlich. Für manche Menschen ist es einfach notwendig. Doch alle Schandtaten des SLORC und anderer auszugraben, das würde uns keine echte Erleichterung bringen. Und ich bin überzeugt, daß die große Mehrheit unserer birmanischen Bevölkerung Freiheit will und keine Rache.

Clements: Ich empfinde auf jeden Fall Hochachtung für Ihre feste Zuversicht und Ihre Überzeugungen, und ich glaube auch nicht an eine absolute Gerechtigkeit. Andererseits gilt auch, daß Ursachen ihre Wirkungen haben. Wenn Menschen unter Grausamkeiten zu leiden hatten, muß dann nicht irgendeine Form der Gerechtigkeit walten? Was ist die Demokratie ohne die Herrschaft des Gesetzes?

Kyi Maung: Das ist genau der Grund, warum Suu gesagt hat - und wir sind alle ihrer Meinung -, daß wir es sehr hilfreich fänden, wenn einige verantwortliche Leute auf ihrer Seite einfach nur sagen würden, jawohl, wir haben das und das getan, es tut uns leid, und wir werden dafür sorgen, daß andere, die zu uns gehören, diese Dinge nicht wiederholen. Wir wären sehr glücklich, etwas in dieser Art zu hören. Wir würden nicht ihre Gehälter kürzen und sie nicht ins Gefängnis werfen. Darum geht es uns nicht.

Clements: Könnte es Ihrer Meinung nach in einem demokratischen Birma eine Rolle für den SLORC geben?

Kyi Maung: Sie brauchen eine tiefgreifende Neuorientierung. In Fragen der Demokratie müssen sie noch viel nachholen. Diese Männer haben sich ihre ersten politischen Sporen unter einem totalitären Regime verdient. Und was für ein politischer Leitgedanke steckt dahinter? Wir folgen dem Führer ...

Clements: Ich möchte Ihnen gern, wenn Sie erlauben, eine persönliche Frage stellen. Sie leben in ständiger Unsicherheit, von einem Augenblick zum nächsten, immer müssen Sie damit rechnen, im nächsten Moment, sei es am Tag oder in der Nacht, abgeholt zu werden. In welcher Weise wirkt sich dieses »große Unbekannte« auf Ihre Ehe aus?

Kyi Maung: Nein ... bitte, fragen Sie mich irgend etwas anderes. Na, im Ernst, ich bin froh darüber, daß Sie diese Frage gestellt haben. Meine Frau ist mein Freund, mein bester Freund, und das in so vieler Hinsicht. Auch sie hat sich dem Kampf verschrieben. Deshalb werden wir beide ständig eingeschüchtert und überwacht. Ich habe Ihnen ja genug erzählt über die Geheimdienstleute vor unserem Anwesen. Sie verfolgen uns auf Schritt und Tritt. Natürlich wirken sich diese Dinge auf uns aus, aber meine Frau hat sich anscheinend daran gewöhnt. Ich habe gehört, wie sie vor einigen Tagen mit Freunden über die Möglichkeit meiner erneuten Verhaftung gesprochen hat. Sie sagte: »Seit dem Augenblick, als Suu uns gebeten hat, sie am Tag ihrer Freilassung zu besuchen, rechnen wir mit einer erneuten Verhaftung.« Sie ist sich der Situation völlig bewußt. Aber auch sie macht ihre Scherze darüber. Kleine Anspielungen, zum Beispiel: »Na ja, du weißt ja, daß uns elf Jahre in unserer Ehe fehlen« oder: »Es muß aufhören, daß wir uns auf diese Weise sehen«. Damit hat sie ihre Besuche im Gefängnis gemeint. So sieht die Realität in Birma unter der Herrschaft des SLORC aus. Demokratie, Ehe und Gefängnishaft, alles ist miteinander verknüpft. Ich glaube, für alle von uns, die wir an diesem Kampf teilnehmen, hat sich die Vorstellung von Ehe ausgeweitet, sie schließt jetzt auch die Möglichkeit ein, daß eine Trennung von unseren Angehörigen und Freunden unvermeidlich sein kann. Wir akzeptieren das ohne jede Einschränkung. Es ist eine Entscheidung, die jeder von uns getroffen hat.

Clements: Wenn man Sie tatsächlich erneut inhaftieren würde, was würden Sie dann den Menschen des Landes sagen, falls Sie noch eine letzte Möglichkeit dazu hätten? Welche Botschaft würden Sie ihnen für die Fortführung des Kampfes mit auf den Weg geben?

Kyi Maung: Ich würde die kommenden Generationen dazu aufrufen, sich zwei ganz wichtigen Dingen mit besonderem Eifer zu widmen: einer guten Bildung und der Erweiterung des eigenen Horizonts durch ein Verständnis der Geschichte. Wissen ist unentbehrlich. Sie sollten etwas lernen über Birma, unsere Geschichte, unser Volk, unsere eigene Welt und über die Welt insgesamt. Das wird es ihnen erleichtern, ihr eigenes Leben in Freiheit zu gestalten.

Geschichte zu begreifen heißt, die Bedeutung von Wechselwirkungen zu erfassen; das Wo, Warum und Wie, die Ursachen, Bedingungen und Folgen von Denken und Handeln und deren Auswirkungen auf die Fortentwicklung oder den Verfall der Zivilisation – die menschliche Existenz im ganzen. Jeder spielt eine Rolle, und das Geschenk des Lebens besteht darin, diese Rolle mit höchster Verantwortung auszufüllen. Außerdem hat uns das 20. Jahrhundert in allen Aspekten menschlicher Tätigkeit großartige Lektionen erteilt. Es hat einige Fortschritte gegeben, die die Menschheit sich nie hätte träumen lassen. In diesem Jahrhundert haben wir die Torheit von Ideologien wie Faschismus und Kommunismus erlebt, die sich mit Kreativität und dem Aufblühen des Geistes nicht vereinbaren lassen. Im 19. Jahrhundert begann der Aufstieg des British Empire, das der ganzen Welt die Geißel der Ausbeutung brachte. Doch auch dieses wurde auf ein zivilisiertes Maß zurückgestutzt. Wir haben alle Formen des Krieges erlebt, von der Gewalt in den Großstädten bis zu Weltkriegen, eine Entwicklung der Waffen vom Repetiergewehr bis zur Atombombe, Erfindungen von der Schreibmaschine bis zur virtuellen Realität, eine Revolution in der Musik und im Tanz, es gibt einfach so vieles, und inmitten von alldem traten einige wenige gute Männer und Frauen hervor, die Weitblick besaßen, jene bemerkenswerte Gabe, das Morgen schon im Heute zu erkennen. Solche Begabungen verändern unser Denken über die Zukunft des Planeten, über unser Überleben als biologische Art. Und bei allem geht es stets um die Wechselwirkungen untereinander. Deshalb möchte ich alle künftigen Generationen ermuntern, sich damit eingehend zu beschäftigen. Auf einem solchen Boden wird nach meiner Überzeugung und meiner Hoffnung die Zivilisation weiter gedeihen und nicht vorzeitig zugrunde gehen.

Clements: Was würden Sie insbesondere der gegenwärtigen Generation in Birma und ihren Kindern und nötigenfalls auch ihren Kindeskindern raten, wie sie Ihrer Vision von einer freien und demokratischen birmanischen Gesellschaft näherkommen können?

Kyi Maung: Alles Menschenmögliche tun, um nicht in Angst zu leben. Das ist alles.

Clements: Falls es sich ergeben sollte, daß dieses Buch – und Ihre Worte – seinen Weg in die birmanische Sprache findet und in eines der vielen Gefängnisse Birmas geschmuggelt wird, könnten Sie vielleicht auch einige Worte an die vielen Gefangenen richten, die wegen ihres Gewissens inhaftiert sind?

Kyi Maung: Ich möchte sie daran erinnern, daß der Zusammenbruch der Sowjetunion von keinem vorhergesehen wurde, doch als der Verfall erst einmal eingesetzt hatte, vollzog er sich in rasender Geschwindigkeit. Unser Wille zur Demokratie ist stark, ihm fließen täglich neue Kräfte zu, und das Volk wird nicht ruhen, bis die Freiheit errungen ist. Das sollen sie wissen.

Clements: Ich möchte gern noch eine persönliche Frage an Sie richten. In welcher Weise sollen sich die Menschen an Sie erinnern, wenn Sie eines Tages aus dem Leben geschieden sind?

Kyi Maung: Ach … Ich möchte nichts zurücklassen, überhaupt nichts, kein Wahrzeichen, keinen Grabstein, keine Bücher, nichts – ich möchte fortgehen wie ein Vogel, der aus dem Wasser emportaucht und davonfliegt, ohne jede Spur. Ich will, daß man mich einäschert. Ich möchte in einem ungekennzeichneten Grab liegen. Und ich will für niemanden eine Botschaft hinterlassen. Ich sage Ihnen eines: Wenn Sie auf Ihr Leben blicken, es ist lächerlich. Und ein Denkmal über den eigenen Knochen zu errichten ist noch lächerlicher. Ich halte nichts von Denkmälern. Denken Sie nur einmal an die Tonnen von Messing, die sie für Standbilder Stalins verschwendet haben.

Clements: Sie sind offenbar völlig immun gegenüber den Einschüchterungen des SLORC, und Sie haben auch keine Angst vor einer erneuten Festnahme oder einer Haftstrafe. Aber Sie sind auch nur ein Mensch. Macht es Ihnen denn wirklich überhaupt nichts aus?

Kyi Maung: Es ist mir wirklich gleichgültig. Was mir dagegen wichtig ist und worum ich mich im Lauf des Tages immer wieder bemühe, ist die Schärfung meiner bewußten Wahrnehmung. Mehr nicht. Die Dinge bewußt in sich aufnehmen. Sehen Sie mal, ich habe immer ein paar Zettel in der Tasche bei mir, Zitate, anregende Merksätze. Mit ihrer Hilfe richte ich mein Denken auf das Hier und Jetzt aus. Das ist für mich das Allerwichtigste. Gegenwärtig zu sein. Hellwach. Bewußt. Sie können sich ja vorstellen, daß ich im Gefängnis nicht gerade auf Rosen gebettet war. Aber ich habe die Zeit für mich genutzt. Ich bin mir vollkommen bewußt, daß das, was ich jetzt gerade sehe – diese blaßgrüne Linie, die quer durch den Teich verläuft, oder der Schatten des Baums, der auf Ihr Bein fällt –, daß alle diese Dinge in dem Augenblick verschwinden, in dem ich meinen Blick abwende. So einfach ist das Leben. Nur das Hier und Jetzt. Das Bewußtsein, daß nichts von Dauer ist und alles so inhaltslos wie ein Schatten. Dieser Stacheldrahtzaun an der Rückseite von Suus Anwesen, den wir sehen, warum sollen wir uns wegen dieses Ärgernisses beunruhigen? Es ist unbedeutend. Wenn mich dagegen wirklich etwas beunruhigt, dann ist es die Vorstellung, daß ich eines Tages die Fähigkeit zur bewußten Wahrnehmung verlieren könnte. Deshalb hüte ich sie wie meinen Augapfel. Die Dinge vergehen …, die ich gesehen habe. Das Leben ist das, was Sie daraus machen, jetzt. Nichts Tiefgründiges, sehr einfach, wie Sie sehen. Also stekken wir unsere Kraft in das Leben. Auf diese Weise versuche ich, die Dinge stets im richtigen Verhältnis zu sehen.

Clements: Denken Sie gelegentlich über Ihren Tod nach?

Kyi Maung: Ja. Wenn ich dort drüben stehe und sonntags zu den Menschen spreche, sehe ich mich manchmal mit einer Kugel in der Brust, sehe das Blut und wie ich zu Boden stürze. Aber das bekümmert mich nicht. Kein bißchen. Es bedeutet für mich nichts. Wenn es kommt, dann kommt es. Was ich dagegen fürchte, ist, daß ich schwach genug sein könnte, mir den einfachsten Weg auszusuchen, den ganzen Tag im Bett zu liegen und einige Bücher über den Zusammenbruch eines anderen totalitären Regimes zu lesen …

GESPRÄCH MIT U TIN OO
Stellvertretender Vorsitzender der National League for Democracy

Alan Clements: Wo liegen die Wurzeln Ihres buddhistischen Glaubens?

U Tin Oo: Ich bin damit aufgewachsen. Meine Eltern waren gläubige Buddhisten, und sie nahmen mich häufig ins Dorfkloster mit. Ich war vielleicht acht Jahre alt, als der Abt mich in die Grundlagen des Buddhismus einführte. Und ich kann mich noch erinnern, welch großen Nachdruck er auf die vier *brahma viharas* gelegt hat – die Eigenschaften der Güte, des Mitleids, der mitfühlenden Freude und der Gelassenheit. Die erste Zeit meines Lebens verbrachte ich in der Geborgenheit des *dhamma* [Lehre Buddhas]. Doch wenige Jahre später starb mein Vater. Darüber war ich zutiefst betrübt. Ich fühlte mich vom Leben enttäuscht und sagte meiner Mutter, ich wolle ein Mönch werden. Sie gab mir ihre freundliche Erlaubnis. Doch nach meinem zweiten Jahr als Novize ging ich in die Schule zurück. Als ich in der zehnten Klasse war, rief General Aung San, Daw Aung San Suu Kyis Vater, die männliche Jugend Birmas dazu auf, sich seiner Armee in ihrem Kampf um die Unabhängigkeit unseres Landes anzuschließen. Meine Freunde und ich waren erfüllt von patriotischer Begeisterung. Er sagte zu uns: »Der Kampf um die Unabhängigkeit bedeutet, daß ihr euch einer großen Vision anvertrauen müßt, ihr werdet auf zahlreiche Hindernisse stoßen, ihr müßt sogar mit der Möglichkeit rechnen, daß ihr sterben werdet. Es wird nicht leicht sein, aber wenn ihr mit Begeisterung dabei seid, wollen wir uns die Hände reichen und allem die Stirn bieten, was sich uns entgegenstellt, um unsere nationale Freiheit zu erringen.« Seine Worte überzeugten mich, und so erklärte ich meiner Mutter, ich wolle als Soldat in die Armee von General Aung San eintreten. Zunächst schlug sie mir meine Bitte unter Tränen ab. Doch dann stimmte sie zu. Ihre letzten Worte waren: »Wenn du zu den Soldaten gehst, um für die Freiheit zu kämpfen, dann schlage dich tapfer – ohne Furcht.« Ich schloß mich also dem Kampf an und setzte mich mit all meinen Kräften für unsere Befreiung ein.

Clements: Und der Kampf geht nun nach 50 Jahren immer noch weiter. Was glauben Sie, wann er beendet sein wird?

Tin Oo: Bald. Sehr bald wird unser Land den Gesetzen folgen, die der *dhamma* vorgibt, es wird ein Ort des Friedens und der Gerechtigkeit sein, an dem unser Volk seine grundlegenden Freiheiten genießen kann. Aber ebenso wie bei der Meditation müssen wir alle unsere Kräfte darauf konzentrieren.

Clements: Auf meinem Weg zu Ihrem Anwesen heute habe ich die unheilverkündende Präsenz von SLORC-Polizisten und Geheimdienstleuten vor Ihrem Haus bemerkt. Als Ihre Frau mich dann am Tor begrüßte, sagte sie, Sie seien »oben, um Medikamente und eine Schlafmatte zusammenzupacken, falls eine Verhaftung bevorsteht«. Sie waren dreimal im Gefängnis von Insein, insgesamt neun Jahre in Einzelhaft. Hat der SLORC immer noch nicht eingesehen, daß eine Inhaftierung der NLD-Führung – von Ihnen, von Aung San Suu Kyi und U Kyi Maung – die Entschlossenheit der NLD, für Demokratie und Freiheit einzutreten, nur noch verstärkt, statt sie zu schwächen?

Tin Oo: Ehrlich gesagt, es ist sehr schwer zu wissen, was der SLORC einsieht und was er nicht einsieht. Sie ändern ständig ihre Taktik. Wahrscheinlich würden sie uns gern erneut verhaften, aber ich glaube, zum gegenwärtigen Zeitpunkt wagen sie es nicht. Sie haben bereits die gesamte Bevölkerung gegen sich aufgebracht, und unsere neuerliche Verhaftung würde alles nur noch schlimmer machen. Dennoch ist Daw Aung San Suu Kyi von der Notwendigkeit überzeugt, der Bevölkerung ein noch tieferes Verständnis von Demokratie zu vermitteln. Je mehr die Menschen die Demokratie verstehen, desto weniger hilflos werden sie sich fühlen, wenn sich die Krise verschärft. Wir in der NLD sind davon überzeugt, daß wir nach einiger Zeit eine so starke Organisation aufgebaut haben werden, daß wir solche Probleme wie unsere eventuelle erneute Verhaftung leicht überwinden können. Wir repräsentieren die Bürger, und in dieser Funktion möchten wir sie dazu bringen, sich auch selbst zu vertreten. Das ist eine Massenbewegung für die Demokratie, ein Kampf des Volkes.

Clements: Sie selbst, Aung San Suu Kyi und U Kyi Maung leben unter dem ständigen Druck der Einschüchterung durch den SLORC und einer drohenden Verhaftung. Die Agenten des Geheimdiensts folgen Ihnen überallhin, Ihr Telefon wird überwacht, Ihre Briefe werden geöffnet, nichts ist sicher oder privat. Sie leben in ständiger Unsicherheit und müssen Tag und Nacht darauf gefaßt sein, daß man Sie verhaftet und wieder ins Gefängnis steckt. Trotzdem bewahren Sie sich unverdrossen eine echte Herzlichkeit und eine Leichtigkeit des Gemüts. Wie gelingt Ihnen das?

Tin Oo: *Anicca*, wie wir im Buddhismus sagen: Alles ist vergänglich. Warum soll ich mir über Dinge Gedanken machen, über die ich keine Macht habe? Ich bin vollkommen darauf vorbereitet, eines Tages oder Nachts wieder verhaftet zu werden. Ich bin mir bewußt, daß ich physisch dem SLORC auf Gnade und Ungnade ausgeliefert bin. Wir alle sind uns dieser Tatsache bewußt. Aber nun ist der Prozeß der demokratischen Veränderung einmal im Gang, und meine Inhaftierung würde daran auch nichts mehr ändern, sondern die Entwicklung eher noch beschleunigen. Das ist möglicherweise der Hauptgrund, warum der SLORC es nicht wagt, uns erneut zu verhaften. Inzwischen arbeiten wir wie eine Familie zusammen, und das macht mir große Freude. Ich kann aus voller Überzeugung sagen, daß dies die glücklichste Zeit meines Lebens ist, weil ich weiß, daß die Demokratie am Ende erreicht sein wird. Es wird jeden von uns harte Arbeit kosten, aber wir werden sie erringen.

Clements: Wenn einer von Ihnen erneut verhaftet werden sollte, wie wird Ihrer Meinung nach das birmanische Volk darauf reagieren? Wird es zu Demonstrationen oder zu einem landesweiten Streik kommen? Und wenn ja, rechnen Sie damit, daß der SLORC in diesem Fall mit Gewalt darauf antworten wird?

Tin Oo: In verschiedenen Teilen Birmas sind wohl vereinzelte Proteste denkbar, aber sie werden nicht solche Ausmaße annehmen wie 1988. Und der SLORC wird höchstwahrscheinlich, wenn solche Proteste stattfinden sollten, äußerst hart durchgreifen. Allerdings würden repressive Maßnahmen scharfe Verurteilungen durch das Ausland provozieren.

Nach unserer Meinung würden die Vereinten Nationen sich in diesem Fall genötigt sehen, den SLORC als das Paria-Regime, das er tatsächlich ist, zu isolieren.

Clements: Trotz Ihrer Entlassung aus dem Gefängnis im vergangenen Jahr hat der SLORC die Unterdrückungsmaßnahmen gegenüber der gesamten Bevölkerung noch verstärkt; ganz Birma befindet sich in einem Belagerungszustand. Warum hat die Staatsmacht Sie und Aung San Suu Kyi überhaupt entlassen? Was hat sie dazu bewogen? Ist es eine grausame List oder ein Trick von Verrückten in der Absicht, durch Agents provocateurs Unruhen zu schüren und diese der NLD in die Schuhe zu schieben, damit man Sie für immer hinter Gitter bringen kann?

Tin Oo: Kann sein. Totalitäre Regime bringen so etwas fertig. Doch unserer Meinung nach hat sich die Meinung der Welt über den SLORC seit 1990 dramatisch verschlechtert, bedingt durch die eklatanten Menschenrechtsverletzungen sowie durch die Gefängnisstrafen, die der SLORC gegen unsere NLD-Führer und gegen Tausende anderer politisch Verfolgter verhängt hat. Der SLORC braucht Kredite und Auslandsinvestitionen. Der SLORC ist sogar völlig versessen auf dieses Geld. Die Aufhebung des Hausarrests von Daw Aung San Suu Kyi hat nun zu einer etwas freundlicheren Haltung der internationalen Gemeinschaft geführt, obwohl beim Investitionszuwachs keine besonderen Veränderungen eingetreten sind. Die Aufhebung des Hausarrests beruhte möglicherweise auf einer Fehleinschätzung des SLORC. Vielleicht könnte man auch sagen: ein richtiger Schritt aus den falschen Gründen.

Vielleicht hat der SLORC aber auch angenommen, daß Daw Aung San Suu Kyi, nachdem sie sechs Jahre lang ihre Führungsrolle nicht spielen konnte, nicht mehr in der Lage sei, ihr Prestige aus der Zeit vor dem Hausarrest zurückzugewinnen. Natürlich war genau das Gegenteil der Fall. Sie ist heute stärker denn je, und wir in der NLD sind noch einiger als zuvor. Wie Sie gerade gesagt haben, die Verhängung der Haftstrafen hat unseren Kampf nicht erschwert, sondern im Gegenteil gestärkt. Ich glaube, der SLORC wird um die Einsicht nicht herumkommen, daß er das Gespräch mit uns suchen muß, weil wir nämlich nicht vorhaben, das Feld zu räumen. Wir alle von der NLD bleiben hier, und mit uns zu reden wäre die beste Lösung.

Clements: Lassen Sie uns noch einmal umkehren und von vorn anfangen. Sie als ehemaliger General stehen gemeinsam mit Aung San Suu Kyi und Ihren Mitstreitern von der NLD an der Spitze einer gewaltfreien Revolution, die die Wiederherstellung von Gerechtigkeit und Freiheit in Ihrem Land anstrebt. Aber wie wurden Sie überhaupt in diesen Kampf hineingezogen?

Tin Oo: Während der prodemokratischen Unruhen von 1988 drängten mich meine Kollegen, ich solle eine Rede an die Menge halten. Zunächst lehnte ich ab. Ich wollte in Ruhe mein bisheriges Leben weiterführen und mich ganz der *vipassana*-Meditation [buddhistische Meditationstechnik] widmen. Ich hatte mich doch sehr an die Ruhe und den Frieden, die man bei dieser Praktik erfährt, gewöhnt. Doch meine Kollegen ließen nicht locker, und nach vielen Diskussionen kamen wir überein, eine Liga zu gründen, der wir die Bezeichnung »All-Burma Patriotic Old Comrades League« [»Gesamtbirmanische Patriotische Liga der Alten Kameraden«] gaben. Fast alle im Ruhestand lebenden Offiziere aus dem ganzen Land kamen in unsere Zentrale, mein Haus, um ihre Mitarbeit anzubieten.

Daw Aung San Suu Kyi hielt am 26. August 1988 eine öffentliche Rede. U Aung Gyi sprach am 25. August. Alle drängten mich, ebenfalls zu sprechen. Mir blieb keine andere Wahl. Sie sagten zu mir: »Sie waren früher der Oberkommandierende. Jetzt müssen Sie wieder Ihren Dienst aufnehmen und den Menschen helfen, die leiden und für die Wiederherstellung der Demokratie kämpfen.« Also habe ich im Namen unserer neugebildeten Liga eine öffentliche Rede auf dem Gelände des Städtischen Krankenhauses in Rangun gehalten. Es war eine riesige, begeisterte Menschenmenge da, und ich sprach etwa 30 Minuten lang. Danach kamen wir zu der Überzeugung, daß wir mit der Gründung unserer Liga noch nicht genug getan hätten. Wir brauchten einen Führer, eine starke Persönlichkeit, die in der Lage war, die ganze Sache zu leiten. Und obgleich unsere Gruppe groß war – sie bestand aus ehemaligen Militärs sowie Vertretern unterschiedlicher ziviler Bevölkerungsschichten –, stand für mich fest, daß ich unmöglich das ganze Land mit seinen vielen ethnischen Minderheiten führen konnte. Wir brauchten jemanden, der etwas von Demokratie verstand, der den demokratischen Gedanken auch in seiner Person überzeugend verkörperte, und unsere Wahl fiel auf Daw Aung San Suu Kyi. Als Tochter von General Aung San war sie natürlich sehr populär, und die Bevölkerung sah in ihr eine Führerin. Und auch wenn wir es ihr nicht direkt gesagt haben, so hielten wir sie doch alle für eine Person mit brillanten Fähigkeiten.

Clements: Was hatten Sie für einen Eindruck von Daw Suu, als Sie sie reden hörten?

Tin Oo: Als ich zum erstenmal ihre Stimme hörte, in einer Aufzeichnung ihrer Rede vor der Shwedagon Pagode, war ich sehr beeindruckt. Ihre Worte waren entschieden und klar, und es stimmte einfach alles. Manche Birmanen, die lange im Ausland gelebt haben, können bei ihrer Rückkehr nach Birma ihre Muttersprache kaum noch richtig sprechen. Sie sind mit ihr nicht mehr voll vertraut. Sie dagegen sprach fließend die birmanische Alltagssprache. Einige der Witze, die sie machte, waren ganz auf die gegenwärtige Situation zugeschnitten. Sie war zweifellos eine außergewöhnliche Persönlichkeit. Und als zu ihrer ersten öffentlichen Rede vielleicht 500 000 Zuhörer gekommen waren, wurde mir klar, daß die Menschen wirklich die Demokratie wollten; und sie gingen wohl davon aus, sie sei die einigende Kraft, die an der Spitze der Bewegung stehen könnte. Wir sprachen nicht von einer »Führerin« – sie war die Lady, die den Versuch wagen konnte, unser Volk zu dem Ziel zu führen, das von ihm so sehr ersehnt wurde. Bald darauf faßten meine Kollegen und ich den Beschluß, alle Gruppierungen, die das Ziel verfolgten, die legitimen Rechte des Volkes wiederherzustellen, zu vereinigen. Einige der alten Politikveteranen drangen darauf, daß vor allem unsere Liga sich mit ihr zusammentat, da wir als ehemalige Militärs einen Schutzschild für sie bilden konnten. Wir beschlossen, daß ich den Kontakt mit ihr aufnehmen sollte, und zwar allein. Das tat ich denn auch.

Clements: Was wußten Sie über Daw Suu, bevor Sie sie kennenlernten? Außer daß sie Bogyoke Aung Sans Tochter war?

Tin Oo: Ich wußte, daß sie sich die meiste Zeit mit ihrer Mutter im Ausland aufhielt, aber das war es auch schon. Und daß sie regelmäßig einmal im Jahr hierher zurückkehrte, um einen Kranz am »Martyrs' Mausoleum« niederzulegen – dem Ort, an dem ihr Vater begraben liegt. Bei solchen Gelegenheiten las ich ihren Namen in der Zeitung, von einer jungen Frau namens Ma Aung San Suu Kyi war die Rede, mehr stand nicht da.

Clements: Und Ihre erste Begegnung mit Daw Suu, können Sie uns Ihren damaligen Eindruck vermitteln?

Tin Oo: Als ich in ihr Haus kam, saß sie auf einer Ecke des Sofas im Hauptraum. Sie war allein. Ich begrüßte sie respektvoll mit »Daw Aung San Suu Kyi«. Ich gebrauchte die volle Anrede, da ich unseren geliebten Führer Aung San sehr verehre. Schon damals habe ich sie nie mit »Daw Suu Kyi« oder so ähnlich angeredet, sondern immer nur mit »Daw Aung San Suu Kyi«, um ihr meine volle Ehrerbietung und Achtung zu erweisen.

Clements: Ich wüßte gern, warum Sie sie auch heute »Daw Aung San Suu Kyi« und nicht einfach »Suu« nennen, wie U Kyi Maung es tut. Oder »Suu Suu«, wie sie von seiner Frau angeredet wird.

Tin Oo: Nein, ich nenne sie niemals Suu. Seit unserer ersten Begegnung rede ich sie immer in der gleichen Weise an. Ihr Name setzt sich zusammen aus den Namen ihrer Großmutter, »Suu«, ihrer Mutter, »Kyi«, und ihres Vaters, »Aung San«. Indem ich ihren vollen Namen gebrauche, bekunde ich meine Achtung vor ihrer Familie. Obwohl sie fast 19 Jahre jünger ist als ich, nenne ich sie nie »Ma Suu« oder »Daw Suu«. Ich sage Aung San Suu Kyi. Aus Respekt für ihren Familiennamen setze ich die Anrede »Daw« davor, was soviel wie »Lady« oder »Frau« bedeutet.

Clements: Als Sie Daw Suu kennenlernten, welchen Eindruck hatten Sie da von ihr?

Tin Oo: Am meisten ist mir damals aufgefallen, wie sehr sie in ihrer Redeweise, ihrem Wesen, ihren Gesichtszügen und Gesten ihrem Vater glich. Sie war ihm in fast jeder Hinsicht ähnlich, für mich war sie sein weibliches Ebenbild. In meiner Begeisterung dachte ich, ja, sie sei die Frau, die sein Werk weiterführen könnte. Außerdem hatte sie ein klares Denkvermögen und einen sehr starken Willen. In dem Gespräch mit mir war sie freundlich und präzise. Natürlich tauschten wir auch einige Scherzworte aus. Dann sagte ich: »Ich habe Ihre erste öffentliche Rede gehört. Wir können es nicht schaffen, wenn jeder für sich allein bleibt. Wir brauchen Einigkeit im Kampf für Menschenrechte und Demokratie.« Sie nickte zustimmend. »Schön«, sagte sie, »packen wir es an und arbeiten wir zusammen.« Sonst nichts.

Doch als ich mich verabschieden wollte, fragte sie mich noch: »Sind Sie jemals meinem Vater begegnet? Haben Sie ihn gekannt?« »Ja, natürlich, ich habe ihn sogar gut gekannt«, antwortete ich. »Wie kam es dazu?« wollte sie wissen. Ich erzählte ihr, daß ich ihn aus meiner Zeit als Kadett und Offizier in seinen Patriotischen Streitkräften kannte. Ich sagte zu ihr: »Das letzte Mal, daß ich Ihren Vater gesehen habe, war in Maymyo; er war Stellvertretender Vorsitzender des Exekutivrats des Gouverneurs, und ich war noch Leutnant. Damals befand sich Ihr Vater auf Visite, zusammen mit dem Häuptling des Yawngshwe-Staates und einem der Häuptlinge des Shan-Staates. Auch Ihrer Mutter bin ich begegnet. Es war das letzte Mal, daß ich Ihren Vater lebend gesehen habe.«

Dann fragte sie noch: »Ist Ihnen damals auch ein kleines Mädchen aufgefallen, das von jemandem auf dem Arm getragen wurde?« »Nein«, erwiderte ich. »Das war ich, das war ich«, sagte sie. Dann habe ich ihr gesagt, daß General Aung San ein großer Führer war, der uns im Kampf um die birmanische Unabhängigkeit alle mitgerissen hat. Doch wie es ein trauriges Schicksal wollte, war es ihm leider nicht mehr vergönnt, die Unabhängigkeit, für die er sich persönlich so sehr eingesetzt hatte, selbst zu erleben. Er hatte an der Spitze eines so großartigen Kampfes gestanden, aber er konnte dessen Früchte nicht mehr ernten. »Und jetzt haben seine Söhne und Töchter keine Möglichkeit, sich der Unabhängigkeit zu erfreuen, deren Architekt Ihr Vater war«, sagte ich zu ihr. »Es bewegt mich sehr, daß ich Ihnen jetzt zu Diensten sein und mit Ihnen zusammenarbeiten kann, so daß Sie, seine einzige Tochter, vielleicht eines Tages die Früchte der birmanischen Unabhängigkeit genießen können.«

Clements: Nur wenige Menschen bringt Aung San Suu Kyi soviel Hochachtung und Vertrauen entgegen wie Ihnen. Als ihr enger Mitarbeiter kommen Sie täglich mit ihr zusammen, und Sie stehen jeden Sonntag bei Ihrem öffentlichen Gespräch auf der Rednertribüne neben ihr. Könnten Sie ganz offen sagen, was Aung San Suu Kyi zu der Frau macht, die sie heute ist? Und welche Seiten an ihr schätzen Sie am meisten?

Tin Oo: Führungseigenschaften und das erstaunliche Niveau ihrer Kenntnisse und ihres Denkens. Sie verfügt über eine hohe Intelligenz. Ihre Konzentrationsfähigkeit ist so stark entwickelt, wie es schon bei ihrem Vater war. Und sie hat in jeder Hinsicht eine gute Erziehung genossen. Außerdem ist sie aufrichtig, einfach und direkt. Die Menschen vertrauen ihr, weil sie die Wahrheit sagt. Und sie tut es auf eine ganz einfache Weise, aber sie übt damit eine große Wirkung aus. Wenn sie zu den Menschen spricht, sagt sie: »Ihr dürft nicht denken, daß ich imstande wäre, euch die Demokratie zu bringen. Ich muß euch offen sagen, ich bin keine Zauberin, ich verfüge über keine übernatürlichen Kräfte, mit deren Hilfe ich die Demokratie herbeiführen könnte. Nein, ich will euch in aller Deutlichkeit sagen, daß die Demokratie nur durch euch, durch euch alle verwirklicht werden kann. Durch den festen Willen, die Beharrlichkeit, Disziplin und den Mut des Volkes. Wenn ihr diese Eigenschaften einsetzt, wird die Demokratie durch euch errungen werden. Ich kann euch nur den Weg dorthin zeigen, aufgrund meiner Erfahrung, die ich im Ausland gewonnen habe, und weil ich eingehend die Schriften meines Vaters studiert habe, die er damals abgefaßt hat. Ich kann euch nur das Wissen und die Methoden vermitteln. Die Demokratie selbst läßt sich nur durch die Bemühungen der gesamten Bevölkerung erringen.« Das ist die Daw Aung San Suu Kyi, der mein Respekt gilt. Die Lady nimmt kein Blatt vor den Mund, und das gefällt den Leuten.

Zur Zeit der nationalen Krise 1988 und 1989 hat sie ihre politische Rolle glänzend gespielt und sich nicht geschont. Trotz der enormen Schikanen, denen sie ausgesetzt war, reiste sie unermüdlich durchs Land, um sich ein Bild von den politischen, wirtschaftlichen und sozialen Nöten des Volkes machen zu können. Sie hat ihnen mit großer Geduld zugehört. Sie besitzt Güte und Mitgefühl. Und obwohl sie äußerlich schwach wirkt, sind ihr Wille und ihre Entschlossenheit sehr stark. Sie hat immer ein offenes Ohr für die Leidenden und Hilflosen.

Ihre Erfahrungen im Ausland sind ihr bei ihren Verhandlungen mit internationalen Institutionen, die sie im Interesse unserer Sache führt, äußerst nützlich. Während ihres fast sechsjährigen Hausarrests ist ihr Verständnis für die politischen, ökonomischen und sozialen Probleme noch reifer geworden. Alle Nationalitäten in Birma haben Vertrauen in ihre ehrlichen Absichten, so wie sie schon fest an die Aufrichtigkeit ihres Vaters geglaubt haben. Sie würde genau die Person sein, die unter allen ethnischen Gruppen in Birma Einigkeit herstellen könnte. Ich muß wirklich betonen, daß sie keine gewöhnliche Frau ist. Sie ist zu einer höchst qualifizierten Führungspersönlichkeit herangewachsen, der die Menschen zutrauen, daß sie in Birma Frieden, Gerechtigkeit und Demokratie wiederherstellen kann.

Clements: In welcher Hinsicht hat sie Sie am meisten beeinflußt?

Tin Oo: Früher war ich ein General mit einer aggressiven Grundhaltung, wissen Sie. Aber sie hat mich ruhiger gemacht und meine Angriffslust gemildert. Mit ihrer Freundlichkeit versteht sie es, meine Aggressivität zu besänftigen. Es ist schon bemerkenswert, man braucht nur einmal ihre Bewegungen und Gesten zu beobachten, sie besitzt soviel Anmut. Ihr Respekt und ihre Zuneigung mir gegenüber sind für mich natürlich eine Ehre. Und als ich sie damals kennenlernte, habe ich mir vorgenommen, mich zurückzuhalten, nicht mehr so aggressiv zu sein. Ich habe mit der Zeit gelernt und mich darin geübt, freundlicher zu sein.

Sehen Sie, seit meinem siebzehnten bis fast zu meinem fünfzigsten Lebensjahr war das Leben ein Kampf für mich. Ich hatte ein sehr hartes Los. Während des Krieges mußte ich jahrelang im dichten Dschungel aushalten. Mehrmals wurde ich im Gefecht verwundet. Wie ich schon sagte, verlor ich früh meinen Vater, und mein Sohn starb in jungen Jahren. Nach meiner Beförderung zum Oberkommandierenden wurde ich verraten, aus der Armee ausgestoßen und ins Gefängnis gesperrt. Mir fehlten höfliche Manieren, und ich hatte ständig Aggressionen. Wenn ich eine öffentliche Rede hielt, habe ich deutlich meine Meinung gesagt, auch wenn ich damit häufig anderen schadete. Und unter ihrem Einfluß sah ich langsam ein, daß ich mir zivilisierte Umgangsformen aneignen mußte. Meine aggressiven Neigungen sind, glaube ich, durch sie gezügelt worden. Ich achte sie, und sie achtet mich ebenfalls.

Clements: Hat der SLORC jemals versucht, Sie zu zwingen, Ihre Verbindungen zu Daw Suu aufzugeben?

Tin Oo: Ja. Sie haben unter meinen Freunden das Gerücht verbreitet, ich sei mit ihr aus ganz anderen als politischen Gründen verbunden. Natürlich habe ich darauf überhaupt nicht reagiert. Und während meines letzten Gefängnisaufenthalts hat bei einem Verhör der Geheimdienstbeamte mit dem Finger auf mich gezeigt und mit erhobener Stimme gesagt: »Sie waren General und Verteidigungsminister. Sie haben Ihren Dienst vernünftig versehen. Warum arbeiten Sie dann für Aung San Suu Kyi? Sie verfügt über keinerlei Erfahrung in der birmanischen Politik. Sie hat nur den Namen ihres Vaters hinter sich. Warum arbeiten Sie mit einer Frau zusammen, die so unerfahren ist?«

Ehrlich gesagt, der Mann tat mir leid. Also habe ich ihm erklärt: »Sollten Sie sie einmal kennenlernen, dann würden auch Sie sich der Bewegung anschließen. Sie hat einen brillanten Verstand und große Begabungen. Eines Tages werden Sie das einsehen, denn Daw Aung San Suu Kyi kämpft nicht nur für das Volk, sondern auch für Sie.«

Clements: Sie haben in zahlreichen Situationen an der Seite Aung San Suu Kyis gestanden, gelegentlich ging es dabei auch um Leben und Tod. Können Sie sich an ein oder zwei solche Ereignisse erinnern, Erlebnisse, die sich Ihnen ganz besonders eingeprägt haben?

Tin Oo: Am 15. oder 16. August 1988 wurden Daw Aung San Suu Kyi und ich darüber informiert, daß eine riesige aufgebrachte Menge gegen die Geheimdienstbeamten im Büro der »Central Trade Corporation« [Zentrale Handelsgesellschaft] in der Innenstadt vorgegangen war. Ich begab mich schnellstmöglich dorthin, um die Menge zu beruhigen. Es gelang mir, die Lage einigermaßen unter Kontrolle zu bringen, und ich forderte die Leute auf, friedlich zu demonstrieren. Gleichzeitig mußte ich jedoch erkennen, daß diese Ruhe nicht von langer Dauer sein würde. Die Situation drohte gänzlich außer Kontrolle zu geraten, und es stand zu befürchten, daß die Spannungen sich in gewalttätigen Aktionen entladen würden. Ich war darauf gefaßt, daß es Tote geben würde. Also kehrte ich schleunigst zum Haus von Daw Aung San Suu Kyi zurück, schilderte ihr die Lage, und sie bat mich sogleich, sie dorthin zu begleiten. Ich versuchte, ihr zu erklären, daß das keine gute Idee sei, daß es zu Schießereien kommen könnte und man sich besser fernhalten sollte. Sie erklärte jedoch, daß wir der Gewalt nicht den Rücken kehren dürften. Auf ihr Drängen hin machten wir uns auf den Weg. Wir fuhren zusammen in einem Wagen, einige Begleitfahrzeuge folgten uns. Als wir vor Ort eintrafen, hatte die Menge das Gebäude der Handelsgesellschaft bereits in Brand gesetzt. Es kam zu Plünderungen, Fahrzeuge wurden demoliert. Die Menge war rasend, und nach kurzer Zeit waren wir von allen Seiten eingeschlossen, so daß wir uns in keiner Richtung mehr fortbewegen konnten. Mir war klar, daß wir uns in höchster Gefahr befanden. Der junge Mann, der uns begleitete, brüllte der Menge zu, sie solle den Weg freigeben für Daw Aung San Suu Kyi, die persönlich hierhergekommen sei, um sich ein Bild zu machen. Kaum hatten die Menschen erkannt, daß sich Daw Aung San Suu Kyi unter ihnen befand, kamen sie zur Vernunft und beruhigten sich wieder. Höflich machten sie uns den Weg frei. Und der angsterfüllte Blick in ihren Gesichtern wich einem Ausdruck der Ehrfurcht, als sie sie persönlich zu sehen bekamen. Daw Aung San Suu Kyi zeigte Gleichmut und Entschlossenheit, im Angesicht der Gefahr stellte sie ihre Aufrichtigkeit und Disziplin unter Beweis. An diesem Tag habe ich etwas von ihr gelernt. Es ist wesentlich besser, einer Gefahr entgegenzutreten als vor ihr davonzulaufen.

Clements: Gab es noch andere derartige Episoden, die sich Ihnen dauerhaft eingeprägt haben?

Tin Oo: Viele. Aber ich werde Ihnen nur noch eine weitere erzählen. Dieser Vorfall ereignete sich auf dem Weg zum Dorf Hlawkar, kurz hinter Mingaladon, in der Nähe des Flughafens. Ko Win Htein, Daw Aung San Suu Kyis persönlicher Sekretär, fuhr mit in ihrem Wagen, und ich war direkt dahinter. Irgendwo in der Nähe von Hlawkar wurde unser Konvoi angehalten, und Ko Win Htein stieg aus, um den Sicherheitsbeamten unser Programm zu erläutern.

Plötzlich ging in einiger Entfernung das Geknatter von automatischen Gewehren los, zweifellos in der Absicht, uns einzuschüchtern und davon abzuhalten, weiterzufahren. Im ersten Moment war ich wie gelähmt, als ich die Schüsse hörte. Dann sprang ich aus meinem Wagen und stellte mich vor ihren, komme was da wolle. Statt auch nur im geringsten erschrocken zu sein, stieg sie aus dem Wagen und erkundigte sich ruhig, was passiert sei. Ich rief den bewaffneten Polizisten auf dem kleinen Hügel zu, warum sie blindlings in die Gegend feuerten. Kaum hatte ihr Vorgesetzter bemerkt, daß Daw Aung San Suu Kyi unter uns war, erklärte er, es sei ein Versehen gewesen. Außerdem entschuldigte er sich höflich für das Mißgeschick und winkte uns durch. Während wir schweigend weiterfuhren, dachte ich darüber nach, wie ruhig sie gehandelt und einfach nur eine einzige Frage gestellt hatte: Warum? Warum haben Sie den Befehl zum Schießen gegeben? Sie war viel eher neugierig gewesen als aufgebracht, wie ich zum Beispiel. Ich glaube, das ist eine ihrer Stärken. Sie will immer den Grund wissen, egal ob Freund oder Feind. Sie fragt nach den Ursachen eines Geschehens, während ich auf die Person reagiere.

Clements: Am 20. Juli 1989 wurden Sie und Aung San Suu Kyi verhaftet beziehungsweise unter Hausarrest gestellt; Sie wurden beschuldigt, Sie hätten »die Sicherheit des Staats gefährdet«. Wie zu erwarten, wurden Sie einige Monate später vor Gericht gestellt, verurteilt und ins Gefängnis geworfen. Können Sie uns etwas über diese historischen Ereignisse von Ihrer Festnahme bis zum Antritt Ihrer Haftstrafe erzählen?

Tin Oo: Am frühen Morgen des Tages, an dem ich unter Hausarrest gestellt wurde, umzingelten vielleicht hundert bewaffnete Soldaten mein Haus. Warum sie nicht sofort in das Anwesen eindrangen, weiß ich nicht, doch die wenigen Stunden, die uns dadurch verblieben, gaben meiner Frau und anderen Angehörigen die Möglichkeit, alle die NLD betreffenden Dokumente, Briefe und Adressen, die sich in meinem Büro befanden, zu zerreißen und in die Kanalisation zu spülen. Ich bereitete mich geistig und emotional auf meine Verhaftung vor, indem ich meditierte. Einige Stunden später besetzten die Polizisten das Anwesen, durchsuchten das ganze Haus und nahmen alle verbliebenen Dokumente, Bücher und einige Medikamente mit. Alle Telefonkabel wurden durchgeschnitten. Und natürlich sagten sie mir, daß ich mich ab jetzt unter Hausarrest befände.

Rund um mein Haus wurden bewaffnete Posten aufgestellt. An den nächstgelegenen Straßenkreuzungen und vor der Einfahrt zu meinem Anwesen wurden Sperren errichtet. Selbst meine Frau mußte immer, bevor sie auf die Straße ging, um Lebensmittel einzukaufen, erst um eine Genehmigung nachfragen, und häufig erhielt sie diese erst Stunden und manchmal sogar Tage später. Doch das Unangenehmste war, daß der SLORC im Rahmen meines Hausarrests meine Mieter, die in einem kleinen Häuschen auf unserem Grundstück wohnten, zum Auszug zwang. Das war meine einzige Einkommensquelle, da man mir 1976 meine Rente samt Zulagen gestrichen hatte; es war das Jahr, in dem ich zum erstenmal unter dem Regime Ne Wins ins Gefängnis kam. Natürlich ist ein Leben ohne Einkünfte nicht einfach, aber wir schränkten uns ein und stellten unsere Gewohnheiten um.

Clements: Bekanntlich verschärfte sich die Lage bald darauf.

Tin Oo: Ja. Am 22. Dezember 1989 wurde ich vor das Kriegsgericht des SLORC gestellt und zahlreicher Vergehen angeklagt. Ich kann mich nur noch an drei erinnern: Ich hätte mit demokratischen Führern des Auslands korrespondiert, ich hätte mich der »Volksverhetzung« schuldig gemacht, und während meiner Zeit als Oberkommandierender der Streitkräfte hätte ich eine Verschwörung zum Sturz der Regierung angezettelt. Ich bestritt alle Vorwürfe und plädierte beharrlich auf nicht schuldig. Ein Zeuge der Anklage sagte gegen mich aus. Aber ich erhielt weder die Erlaubnis, ihn ins Kreuzverhör zu nehmen, noch durfte ich Entlastungszeugen beibringen. Das war natürlich eine schwere Verletzung von Menschenrechten. Der Richter fragte mich: »Haben Sie noch etwas Strafmilderndes vorzubringen?« Noch bevor ich überhaupt antworten konnte, verkündete der Offizier, der das Verfahren leitete, das Urteil: »Wir verurteilen Sie zu drei Jahren Einzelhaft.«

Clements: Wie haben Sie reagiert?

Tin Oo: Als ich das Urteil vernommen hatte, stand ich auf und wandte mich den hohen Offizieren zu, die den Prozeß als Zuschauer verfolgt hatten. Es waren an die zwanzig Männer im hinteren Teil des Saals, von denen ich die meisten sogar noch während meiner Zeit als Oberkommandierender ausgebildet hatte. Damals waren sie noch halbe Kinder. Ich war General der Armee. Diese Männer waren es, zu denen ich sprechen wollte, und nicht zum Richter des SLORC.

Ich sagte: »Ich habe nicht versucht, die Armee zu spalten. Ich bin mit 16 Jahren aus einem einzigen Grund zur Armee gegangen: um zusammen mit Bogyoke Aung San für unsere nationale Unabhängigkeit zu kämpfen. Ich liebe die Armee, aber mehr noch als die Armee liebe ich unser Volk. Und die Armee muß im Volk unseren Vater und unsere Mutter sehen. Wir müssen dem Volk dienen, statt es zu unterdrücken.« Dann wandte ich mich zu den SLORC-Journalisten, die sich ebenfalls im Saal befanden, und sagte mit lauter Stimme: »Ich nehme dieses Urteil mit Stolz an. Ich betrachte es als eine große Ehre, für meine demokratische Überzeugung ins Gefängnis zu gehen.« Im Saal verstummte alles, und dann wurde ich rasch in meine Zelle abgeführt.

Clements: Was benötigt man, um ein hartes Leben in strenger Einzelhaft seelisch und geistig unbeschadet zu überstehen? Woher nahmen Sie den Mut, immer wieder einem weiteren Tag, einem weiteren Monat, einem weiteren Jahr des Alleinseins entgegenzusehen?

Tin Oo: Gewiß, das kommt nicht von allein, aber vergessen Sie nicht, daß ich vor meiner Verurteilung durch den SLORC schon einmal fünf Jahre in Einzelhaft verbracht hatte.

Ich will nicht behaupten, daß man sich jemals an das Gefängnis gewöhnt, aber es ist etwas, an das man sich anpaßt. Natürlich hängt es von der jeweiligen Person ab. Einige zerbrechen daran, während andere die Isolierung und die grausamen Lebensbedingungen zu ihrem Vorteil nutzen. Was mich angeht, so habe ich mich während der ganzen Zeit, in der ich im Gefängnis schmachten mußte, kein bißchen gelangweilt; obwohl ich sehr eingeengt war, hatte ich meine Möglichkeiten, meinen Geist wachzuhalten. Ich glaube, ich habe Ihnen vor kurzem im Haus von Daw Aung San Suu Kyi erzählt, daß meine Behausung auf dem Gelände des Gefängnisses völlig von Stacheldraht eingezäunt war. Ich mußte ständig in dieser Hütte bleiben. Und der Stacheldraht erinnerte mich täglich aufs neue daran, wie kostbar die Freiheit war. Wie in den Lehren des Buddha kann man Hindernisse auch als Vorteile betrachten; der Verlust der eigenen Freiheit kann dazu anregen, daß man über den Wert der Freiheit nachdenkt. Das erfüllte mich mit Freude.

Außerdem kannte ich von meinen Jahren als praktizierender Mönch die Segnungen des *sati* – der bewußten Meditation. Wie Sie ja ebenfalls wissen, wird bei der bewußten Wahrnehmung alles, was Sie sehen, hören, schmecken, denken und riechen, zu einem schlichten Erlebnis, das durch nichts zusätzlich befrachtet wird. Die bloße Erscheinung.

In entsprechender Weise wird etwa der Gedanke an das Eingesperrtsein ebenfalls einfach als ein Gedanke aufgefaßt. Er kommt und geht. Und ohne Bindung an ihn gibt es keine Schwierigkeit. Es ist ein Gedanke, nichts sonst.

Außerdem habe ich regelmäßig die Reden des Buddha in Pali [indische Sprache] rezitiert und mich in ihren Text vertieft, was mich sehr inspiriert hat. Daneben hatte ich ein kleines Buch mit Worten von Jesus, das mir heimlich zugesteckt wurde. Mir gefiel ganz besonders seine Mahnung zur Vergebung und zur Aufrichtigkeit.

Und schließlich habe ich es mir während dieser Zeit zur Gewohnheit gemacht, *dana* [kleine Geschenke] zu geben – Kleinigkeiten zum Essen, die meine Frau mir gebracht hat und die ich an Aufsichtsbeamte, Wärter und sogar an den einen oder anderen Geheimdienstbeamten weiterverschenkt habe. Ich wollte alle Empfindungen überwinden, die mich noch dazu anhielten, in ihnen den »Feind« zu sehen, und deshalb hatte ich mir angewöhnt, einen kleinen Teil meiner Nahrung mit ihnen zu teilen. Sie hatten selber ein hartes Leben im Gefängnis. Das linderte bis zu einem gewissen Grad meine seelischen Schmerzen.

Natürlich hat meine Frau mich regelmäßig besucht. Sie kam alle 14 Tage ins Gefängnis. Sie war nicht nur meine Frau, sondern auch wie eine Mutter, eine ältere Schwester, eine enge Verwandte und eine sehr gute Freundin für mich.

Jeden Tag habe ich Gymnastikübungen gemacht. Und ich habe die acht buddhistischen Regeln [der »Achtfache Weg«, der zur Erlösung vom Leiden führt] befolgt, indem ich beispielsweise nach der Mittagszeit keine Speisen mehr zu mir nahm. Vermutlich am wichtigsten war jedoch, daß ich daran dachte, wie wertvoll Freunde in meinem Leben für mich waren. Ich glaube, Freundschaft ist eines der kostbarsten Geschenke überhaupt. Deshalb habe ich in schwierigen Stunden versucht, mir der Reihe nach ihre Gesichter vorzustellen und mit ihnen ein wenig zu reden. Ich habe mich an Augenblicke gemeinsamen Frohsinns und Gelächters erinnert. Es ist die durch andere erfahrene Liebe, was den Menschen gesund erhält.

Clements: Demnach hat die Isolation Sie nie überwältigt?

Tin Oo: Ich habe mich nie unglücklich gefühlt, im Ernst. Nur einmal, als ich krank war, wurde ich schwach und fühlte mich etwas einsam. Ich wünschte mir, jemand würde sich um mich kümmern. Ich war traurig, daß meine Angehörigen nicht bei mir waren. Aber ich erholte mich und wurde wieder gesund. Wie ich schon sagte, bewußte Wahrnehmung ist der Schlüssel zur Gesundheit.

Tun Sie einfach alles, was Sie tun, mit konzentrierter Aufmerksamkeit, und in Ihrem Denken ist kein Platz mehr für negative Gedanken. Ich ging an jeden neuen Tag im Gefängnis genauso heran, wie ich es als Mönch im Kloster getan hatte, in gespanntem Bewußtsein. Ich versuchte, alles zu registrieren, was in meinem Geist und meinem Körper vorging. Auf diese Weise gelang es mir, mein Gemüt von negativen Emotionen frei zu halten, die mich sonst aus dem Gleichgewicht gebracht hätten. Das sind Grundlagen des *dhamma.*

Clements: Es liegt eine ziemliche Ironie darin, Sie das zu fragen, aber wie haben Sie als Vorsitzender der NLD vom Erdrutschsieg Ihrer Partei bei den »freien und fairen Wahlen« des SLORC erfahren, während Sie sich in Einzelhaft befanden?

Tin Oo: Ach, ja! Selbst unsere Gefängniswärter haben für uns gestimmt! Also, folgendes geschah: Es war ausgerechnet ein wichtiger Augenblick während meiner Haft, und das hing mit meinem Käfig zusammen. Man hatte mich in eine Hütte abseits des Zellentrakts gesperrt. Nach sechs Monaten wurden die Behörden von dem Verfolgungswahn befallen, die Amerikaner könnten mit einem Hubschrauber einfliegen und mich herausholen. Also machten sie sich die Mühe, meine Behausung mit einem Stacheldrahtverhau zu umgeben – nicht nur ringsum von allen Seiten, sondern auch noch von oben, es war wie ein Käfig. Das sollte für die folgenden fünf Jahre mein Zuhause sein. Wie auch immer, jedenfalls waren es die Arbeiter, Gefangene wie ich, die den Verhau errichten mußten, die mich über die Wahlergebnisse informierten. Anscheinend hatten sie die Wärter davon überzeugt, daß sie Experten für das Anlegen von Stacheldrahtverhauen seien. Als sie mit der Arbeit begannen, spähte ich durch einen Spalt in der Wand, und einer der Männer zeigte mir unser NLD-Emblem – einen kleinen Anstecker mit einem goldenen Pfau in Kampfstellung auf rotem Untergrund. Ich war überwältigt. Als die Wahlergebnisse bekanntgegeben wurden, kratzte er die Daten auf Fetzen von starkem Schleifpapier. Jeder Strich war eine Stadt und ein Sieg der NLD. Am Ende waren es 392 gewählte Abgeordnete für die NLD. Die Erbauer meines Käfigs waren die Überbringer der schönsten Nachricht, die ich im Gefängnis empfing, und ich war diesen mutigen Männern sehr dankbar, die sozusagen meinen Geist befreiten, während sie mich in einen Käfig sperrten (lacht).

Clements: Wann haben Sie erfahren, daß der SLORC nicht die Absicht hatte, die Wahlergebnisse anzuerkennen?

Tin Oo: Das Gefängnis wurde zum Parlament – es füllte sich zunehmend mit den gewählten Abgeordneten der NLD. Deshalb war es nicht schwer, sich das wirkliche Wahlergebnis auszurechnen. Außerdem teilten die Behörden nach den Wahlen Zeitungen aus, in denen berichtet wurde, was ohnedies jeder schon wußte. Ich erfuhr, daß Daw Aung San Suu Kyi, U Kyi Maung und ich selbst alle aus der NLD ausgeschlossen worden waren. Erst nach den ganzen Verhaftungen hatte der SLORC einen Nationalkonvent gefordert, der eine Verfassung in seinem Sinne erlassen sollte. Eine Heuchelei, erbärmlich, was soll man sonst dazu sagen? Aber ich fühlte mich nicht als besiegt. Im Gegenteil, gerade angesichts dieser neuen Welle von Verhaftungen steigerte sich meine Entschlossenheit nur noch, den Kampf weiterzuführen; die Freiheit mußte erkämpft werden, sie würde uns nicht in den Schoß fallen – in diesem Sinne blieb es ein Sieg. Daran können Sie sehen, daß der SLORC keine Möglichkeit hat, uns zu vernichten, da die Unterdrückung uns nur noch entschlossener macht. Wer ein starkes Herz und einen gesunden Verstand besitzt, den kann man nicht brechen. Verletzen ja, aber nicht brechen.

Clements: Wird in den Gefängnissen Birmas gefoltert?

Tin Oo: Ich selbst bin nicht gefoltert worden, aber ich habe gehört, daß Fälle von Folter und Mißhandlung vorgekommen sind. Natürlich ist Einzelhaft an sich schon eine Form der Folter. Eine weitere ist das Fehlen von Medikamenten für die kranken Häftlinge. Denken Sie an etwas so Alltägliches wie Kopfschmerzen ohne Tabletten oder Zahnschmerzen ohne angemessene zahnärztliche Behandlung. Und dann stellen Sie sich Leute vor mit akuter Amöbenruhr, die keine Medikamente bekommen. Denken Sie an die Zeit, als wir als Bettelmönche unterwegs waren und Sie voller Schmerzen zu mir gelaufen kamen, weil Sie die Ruhr hatten. Sie brauchten sofort einen Arzt. Und dann stellen Sie sich vor, es gibt keinen. Das sind nur die geringfügigsten Formen der Folter im Gefängnis. Das geschieht fortwährend. Hinzu kam, daß während meiner Jahre in der Haft kaum eine Nacht verging ohne Stöhnen oder Schreie. Laute Schmerzensschreie von Männern. Ein Schreien, das nur eine einzige Ursache haben konnte – Folter, schwere Folter.

Clements: Vielleicht ist die Frage naiv, aber warum bedient sich die Staatsmacht der Folter?

Tin Oo: Im allgemeinen wollen sie bestimmte Informationen, oder sie vermuten, daß der Häftling über Informationen verfügt, an denen sie interessiert sind. Manchmal tun sie es wohl aus schierer Langeweile. Es gibt eine Menge aufgestauter Wut bei den Aufsehern. Es ist krankhaft.

Clements: Können Sie etwas Näheres zur Lage der politischen Gefangenen sagen?

Tin Oo: Bislang haben wir über 600 politische Gefangene gezählt, und wir sammeln noch immer weiter die Namen politischer Häftlinge. Wir glauben, es sind mehr als tausend, vielleicht zweitausend oder noch mehr. Die genaue Zahl läßt sich kaum ermitteln. Das liegt daran, daß politische Häftlinge in vielen Fällen entweder in völliger Einzelhaft gehalten oder auf eine unbekannte Zahl von anderen Gefängnissen auf dem Land verteilt werden.

Wegen der erbärmlichen Haftbedingungen leiden natürlich viele Gefangene an den verschiedensten Krankheiten, vor allem an Unterernährung und Ruhr. Medikamente sind knapp, wenn es sie überhaupt gibt. Außerdem haben wir Anhaltspunkte dafür, daß in den Gefängnissen Spritzen für Patienten mehrfach benutzt werden, ohne daß man sie vor einer neuerlichen Verwendung sterilisieren würde.

Die Mengen an Nahrungsmitteln, die ausgegeben werden, sind in jeder Hinsicht unzureichend. Die Angehörigen der Häftlinge müssen hier aushelfen, doch den wenigsten wird überhaupt ein Besuch erlaubt. Alle unsere NLD-Mitglieder, die in den letzten Monaten aus dem Gefängnis entlassen wurden, haben gesagt: »Nicht einmal ein Hund würde das Gefängnisessen anrühren.«

Der persönliche Sekretär von Daw Aung San Suu Kyi, U Win Htein, hat geschildert, worin sein regelmäßiges Abendessen bestand: »Gemüsesuppe aus ein wenig Speiseöl, ein wenig Zwiebeln und dem Gemüse. Das ganze Gemüse samt Strunk und Wurzeln und der daran befindlichen Erde. Es wurde buchstäblich aus der Erde gezogen und so, wie es war, gekocht und aufgetragen.« Er mußte es mehrmals waschen, bevor er es – noch immer nicht ganz sauber – verzehren konnte.

In den Gefängnissen gibt es keine Moskitonetze, und häufig schlafen die politischen Gefangenen entweder direkt oder mit einer dünnen Bambusmatte als Unterlage auf dem Betonfußboden. Ohne Decken ist das in der Regenzeit und im Winter eine schlimme Tortur. Die Toilette besteht aus einem kleinen Becken innerhalb der Zelle. In den Zellen gibt es kein Trinkwasser. Der Platz zum Schlafen ist klein, etwa 40 Zentimeter breit und 1,70 Meter lang. In den übrigen Zellen, die etwas größer sind, pferchen sie die Häftlinge manchmal zu fünft bis zu acht zusammen. Es kommt auch vor, daß unsere Leute im Gefängnis zu den Polizeihunden gesperrt werden. Das ist die Strafzelle. So wurde beispielsweise bei einem verhafteten Vorsitzenden eines NLD-Wahlbezirks während einer monatlichen Routinekontrolle ein kleiner Geldbetrag gefunden. Zur Strafe legte man ihn in Fußketten und sperrte ihn zwei Monate in den Hundezwinger. Täglich wurde er herausgeholt und brutal mit dem Rohrstock geschlagen, nur weil jemand ihm das Geld heimlich zugesteckt hatte. Es gibt mehrere gewählte NLD-Abgeordnete, die gegenwärtig ihre Strafe in Hundezwingern absitzen. Der prominenteste von ihnen ist U Win Tin, der Sekretär der NLD. Er war für uns von größtem Wert, und deshalb wird er vom SLORC auch nicht entlassen. Das ist in den allergröbsten Zügen die Lage unserer politischen Gefangenen, aber ich glaube, es reicht aus, um Ihnen eine allgemeine Vorstellung von der Situation zu geben.

Clements: Ich weiß, daß Sie im Gefängnis zu »schwerer Arbeit« verurteilt wurden. Könnten Sie bitte genauer erklären, was das für einen Insassen des Gefängnisses von Insein konkret bedeutet?

Tin Oo: Ich selbst wurde zwar zu schwerer Arbeit verurteilt, doch die Behörden haben mich wegen meines Alters und meines schlechten Gesundheitszustands nicht dazu gezwungen. Für viele Häftlinge des SLORC, nicht nur in Insein, sondern auch in den meisten übrigen Gefängnissen des Landes, ist jedoch schwere Zwangsarbeit die Regel. »Schwere Arbeit« muß man wörtlich nehmen. Wenn Sie im Gefängnis sind, arbeiten Sie schwer, äußerst schwer. Die meisten Verurteilten schickt man in einen Steinbruch oder zu einer der vielen Baustellen des SLORC, zu einer Straße oder einem Staudamm. Diese Gefangenen brechen den ganzen Tag Steine, vom frühen Morgen bis spät in die Nacht. Sie erhalten kein Mittagessen, nur eine kleine Essensration am Morgen und am Abend und selbst das nicht immer; an manchen Tagen verweigert man ihnen jegliche Nahrung. Sie sind um die Taille aneinandergekettet und müssen alle Fußschellen tragen. Es kommt oft vor, daß solche Gefangene an Erschöpfung, Krankheit oder Hunger sterben.

Clements: Wer ist der Leiter des Gefängnisses in Insein?

Tin Oo: Ein Major, ein Geheimdienstoffizier, der Name fällt mir nicht mehr ein.

Clements: Erhält dieser Major seine Anweisungen direkt vom Chef des Geheimdienstes, dem Ersten Sekretär des SLORC, Generalleutnant Khin Nyunt?

Tin Oo: Ja.

Clements: Auf welchen Wegen haben Sie erfahren, daß Aung San Suu Kyi der Nobelpreis verliehen wurde, und was hat diese Nachricht in Ihnen ausgelöst?

Tin Oo: Meine Frau hat es mir bei einem ihrer Besuche im Gefängnis erzählt, und ich wurde sofort von einer großen Freude überwältigt. Ich freute mich aus vollem Herzen für Daw Aung San Suu Kyi, weil sie wirklich eine außergewöhnliche Frau ist.

Ich weiß nicht, ob ich es bereits gesagt habe, daß jedesmal, wenn meine Frau mich besuchte, zahlreiche Mitarbeiter des Geheimdiensts im Zimmer anwesend waren und unsere Unterhaltung mithörten. Außerdem nahmen sie die Gespräche auf Video und Tonband auf. Als sie mir also erzählte, daß Daw Aung San Suu Kyi den Preis bekommen würde, lächelte ich mit einem siegessicheren Ausdruck besonders herzlich in die Kamera. Der Friedensnobelpreis stärkte meine Zuversicht im Hinblick auf den künftigen Kampf für unsere Sache. Sie sind im Gefängnis ja ganz allein, und der Preis wurde jetzt zu meinem Gefährten. Ich wußte, daß die Welt, die Menschen, die die Freiheit liebten, die Situation in unserem Land sehr genau beobachteten. Wir hatten neue Verbündete gewonnen.

Clements: Könnten Sie schildern, wie es nach fast sechs Jahren Haft zu Ihrer Entlassung kam?

Tin Oo: Nun, das ging in mehreren Etappen vor sich. Am 14. Februar 1992 war meine ursprüngliche Strafe abgelaufen. Während ich auf meine Entlassung wartete, kam eine Gruppe von Geheimdienstmitarbeitern und Gefängniswärtern zu meinem Käfig und teilte mir mit, höhere Behördenvertreter wollten mich sofort sprechen. Die Männer, die mich abholten, gratulierten mir zu meiner Entlassung, doch ich fühlte mich alles andere als glücklich und sagte zu ihnen: »Ich bin keineswegs froh über meine Entlassung, solange meine Gefährten noch immer im Gefängnis zu leiden haben.« Daraufhin sagten sie nichts mehr und führten mich zum Gebäude des Militärgerichts. Auf dem Weg dorthin sah ich links und rechts lange Reihen bewaffneter spezieller Wachtposten in Grundstellung. Das kam mir so merkwürdig vor, daß ich schließlich zu der Überzeugung gelangte, es könne sich nur um ein Täuschungsmanöver handeln. Als ich den Verhandlungssaal des Kriegsgerichts betrat, sah ich, daß er ringsum mit großen roten Fahnen geschmückt war.

Bei meinem Eintritt erhob sich sogleich der Vertreter der Anklage und verlas eine Anklageschrift gegen mich, wobei eine der Beschuldigungen von früher wiederholt wurde. Der SLORC-Offizier fragte: »Plädieren Sie auf schuldig oder nicht schuldig?« und ich antwortete: »Nicht schuldig. Außerdem können Sie mir keine Taten zur Last legen, derentwegen ich bereits verurteilt worden bin.« Der Offizier sagte finster: »Das ist ein Kriegsgericht, und ein Kriegsgericht hat keine Gesetze. Dieses Gericht kann jede Entscheidung fällen, die es für richtig hält.« Dann sagte er: »Sie werden zu sieben weiteren Jahren verschärfter Einzelhaft verurteilt.«

Drei Jahre später, am 27. März 1995, entließ mich der SLORC unter der Bedingung, daß ich nichts unternahm, was geeignet war, die »Staatssicherheit zu gefährden«. Sie fuhren mich in einem Lastwagen zu meinem Haus, und ich begann sofort Pläne zu machen, wie wir unseren Kampf für die Demokratie weiterführen könnten. Es war nur noch eine Frage der Zeit, wann auch Daw Aung San Suu Kyi wieder frei sein würde. Und jetzt sind wir wieder da, stärker und einiger denn je.

Clements: Der SLORC hat Sie als »Staatsfeind Nummer Eins« bezeichnet. Warum verfolgt die Staatsmacht ausgerechnet Sie mit ihrem Haß, mehr jedenfalls als beispielsweise Ihre Mitstreiter Daw Suu und U Kyi Maung?

Tin Oo: Weil ich früher einmal Stabschef war und alle diese Leute von der Armee mein Verhalten als Verrat auffassen. Sie können nicht verstehen, daß ich dem Volk verpflichtet bin und nicht dem Militär. Ich glaube, ich habe es schon einmal erwähnt, eine gute Armee betrachtet das Volk als ihre Eltern und nicht als ihre Sklaven. Das Militär sollte der Freund der Bevölkerung sein und nicht ihr Feind.

Clements: Martin Luther King hat seine Anhänger während ihres Kampfes für Gleichberechtigung mit folgenden Worten ermutigt: »Unser Ziel darf nicht sein, den weißen Mann zu besiegen oder zu demütigen, sondern seine Freundschaft und sein Verständnis zu gewinnen.« Verfolgen Sie als Führungsperson der NLD die Politik, die Freundschaft des SLORC zu gewinnen, eines Regimes, das offenbar darauf aus ist, Sie zu demütigen und zu vernichten?

Tin Oo: Manchmal können ehemalige Gegner zu den besten Freunden werden. Das ist der Grund, warum wir beständig einen Dialog und Versöhnung fordern. Ich will den SLORC nicht vernichten. Ich will nur, daß sie aufhören, das Leben unserer Leute zu zerstören, daß sie aufhören, unser geliebtes Land zu zerstören. Es ist ganz einfach. Und als Buddhist halte ich Freundlichkeit und Mitgefühl für die besten Mittel, die Sympathie des SLORC zu gewinnen.

Das ist einer der Gründe, warum Daw Aung San Suu Kyi unsere Demokratiebewegung als »Revolution des Geistes« bezeichnet hat. Wir müssen alle unser Denken ändern, wir alle. Wir müssen diesen Geist zum Blühen bringen.

Clements: Ohne ein gewisses Mindestmaß an Moral empfindet man keinerlei Scham, wenn man anderen menschlichen Wesen etwas antut. Wie läßt es sich bewerkstelligen, im Bewußtsein Ihrer Unterdrücker ein Schamgefühl zu wecken?

Tin Oo: Ganz im Ernst, ich bin der Meinung, die SLORC-Generäle sollten einfach einmal nur für zehn Tage ihre Waffen niederlegen und unter Anleitung eines kompetenten *Sayadaw* [höherer Mönch] *vipassana*-Meditation praktizieren. Wenn sie mit dieser Meditation gute Fortschritte machen, sollten sie damit gar nicht mehr aufhören. Ich glaube, das ganze Land würde Ihnen für dieses noble Verhalten Beifall spenden. Die Meditationsübung wird ihnen automatisch, ohne äußere Hilfe, ihren wahren inneren Seinszustand enthüllen. Alle Birmanen werden das verstehen. Auf diese Weise können sie das *metta* fördern.

Clements: Und wenn sie es nicht tun?

Tin Oo: Ich denke, früher oder später wird sich ihre Einstellung durch den Willen und die Kraft des Volkes ändern. Wenn die Menschen hinreichend davon überzeugt sind, daß sie die Demokratie wollen, und bereit sind, sie auch zu verwirklichen, dann kann keine Macht sie mehr aufhalten, weder mit Waffengewalt noch durch Unterdrückung. Der entschlossene Widerstand des Volkes wird den SLORC schließlich zur Einsicht in seine eigenen Unzulänglichkeiten bewegen. Denn Sie können Menschen nicht mehr länger unterdrücken, wenn die Wahrheit überall dort aufkeimt, wo man es am wenigsten erwartet. Es ist etwa so, als versuchten Sie, einen Bambus zu beseitigen, indem Sie seine Halme abschneiden. Aber je mehr Sie das Gewächs zurückschneiden, desto stärker treibt es aus und kommt überall zum Vorschein.

Clements: Sehen Sie irgendwelche Anzeichen beim SLORC, die auf eine Versöhnung hoffen lassen?

Tin Oo: Nein, jedenfalls gegenwärtig noch nicht. Aber morgen kann es schon anders sein. Sie ändern sich ständig. Heute wollen sie gegen eine bestimmte Person hart durchgreifen, und morgen sprechen sie von derselben Person als von ihrem großen Freund. An einem Tag betrachten sie die bewaffneten ethnischen Minderheiten als ihre Feinde, am nächsten Tag als ihre Freunde. Einmal ist Khun Sa der Feind des SLORC, ein andermal bringen sie bei einer gemeinsamen Feier einen Trinkspruch auf ihn aus. Der SLORC ändert seinen Standpunkt fortwährend, vielleicht wird er es auch gegenüber der NLD tun. Morgen ist die NLD noch eine subversive Organisation, die er am liebsten niederwerfen und ausschalten möchte, übermorgen sieht er in ihr einen Freund. Vielleicht sogar seinen besten Freund.

Es kann also durchaus sein, daß die Leute vom SLORC sich ändern und wir imstande sein werden, bei ihnen etwas Versöhnliches zu entdecken. Aber ich bin immer noch der Meinung, daß sie zuerst Meditationsübungen machen sollten. Das könnte den Prozeß beschleunigen. Die Menschen leiden.

Clements: Können Sie sich für den SLORC eine Rolle in einer demokratischen Regierung unter der Führung der National League for Democracy vorstellen?

Tin Oo: Ja, aber sie müssen wirklich unter Beweis stellen, und auf diesen Punkt lege ich besonderen Wert, sie müssen zeigen, daß sie sich in ihrem Verhalten und ihren Einstellungen tiefgreifend geändert haben. Wenn sie das tun, dann haben sie auch unter einer demokratischen Regierung einen Platz in der Zukunft Birmas. Wie in allen demokratischen Systemen wird dem Militär eine ehrenvolle und würdige Stellung eingeräumt. Das Militär wird aus »Dienern« des Volkes bestehen und einer zivilen Führung unterstellt sein; es wird lediglich die noble Aufgabe haben, die Sicherheit der Nation zu gewährleisten.

Clements: Ist Ne Win immer noch der starke Mann im Hintergrund? Ist Ne Win der Mann, der hinter dem SLORC steht?

Tin Oo: Manche Leute nehmen es an.

Clements: Wie kann ein fünfundachtzigjähriger Mann von seinem am Ufer eines Sees gelegenen Herrensitz aus 21 Generäle des SLORC und ihre 400000 bewaffneten Soldaten kontrollieren?

Tin Oo: Wir haben keine handfesten Beweise dafür, daß er den SLORC beherrscht. Aber es ist davon auszugehen, daß viele von ihnen loyal zu ihm stehen. Schließlich verdanken sie ihm ihre heutige Stellung.

Clements: Welchen Vorteil hat sich der SLORC davon versprochen, Daw Suu, U Kyi Maung und Sie selbst aus der Haft zu entlassen?

Tin Oo: Meiner Ansicht nach war das eine Fehlkalkulation. Sie dachten, sie hätten uns durch unsere Haftstrafen endgültig in die Knie gezwungen. Ich glaube nicht, daß ihnen der Gedanke gekommen ist, sie könnten damit unsere Einigkeit eher stärken, statt sie zu schwächen oder ganz zu zerstören.

Clements: Sie sind einer der engsten Mitarbeiter und Freunde von Daw Aung San Suu Kyi. Ich möchte Sie fragen, wie es gekommen ist, daß Sie, ein entlassener General, der zwei Jahre lang die gesamten Streitkräfte unter Birmas Diktator Ne Win kommandiert hat, dessen totalitäres Regime erbarmungslos mehr als drei Jahrzehnte lang die Menschenrechte in jeder Form unterdrückt hat, wie ist es gekommen, daß Sie jetzt an der Seite von Daw Aung San Suu Kyi stehen, einer Trägerin des Friedensnobelpreises, und einen gewaltlosen Kampf für die Demokratie führen? Es ist schon sehr ungewöhnlich, daß die ehemalige rechte Hand eines Diktators heute Seite an Seite mit dem »Gandhi Birmas« kämpft. Das ist eine geradezu unglaubliche Wandlung. Können Sie uns den inneren Prozeß schildern, der zu dieser Veränderung geführt hat?

Tin Oo: Wenn Sie neun Jahre lang in Einzelhaft verbringen und den schlimmsten Formen von Unterdrückung ausgesetzt sind, dann haben Sie sehr viel Zeit zum Nachdenken. Da ich die dunkelsten Seiten der menschlichen Natur kenne, suche ich bewußt nach dem Besten in den Menschen. Ich habe beide Seiten kennengelernt, die Finsternis und das Licht. Ich habe es an mir selbst gesehen. Durch die *vipassana*-Meditation bin ich zu der Erkenntnis gelangt, daß Güte und Mitgefühl erworben und gepflegt werden können. Wenn aber ich dazu imstande bin, habe ich Grund zur Hoffnung, daß es anderen ebenfalls gelingt. Da ich durch meine von mir selbst nicht bemerkte Unwissenheit geblendet wurde, kann ich es heute Menschen besser nachfühlen, wenn sie sich in ähnlicher Weise selbst täuschen. Doch es waren vor allem die langen Jahre im Gefängnis und meine Jahre als Mönch, die mich dazu gebracht haben, daß ich heute den Wert des *metta* wahrhaft anerkenne.

Clements: Eine schwierige Frage: Gibt es einige Menschen, die an Ihrer Aufrichtigkeit Zweifel hegen? Sie haben einem Diktator noch jahrelang die Treue gehalten, als viele aufrechte Menschen sich längst von dem alten Mann abgewandt hatten. Und sind Sie völlig mit sich selbst im reinen? Überkommen Sie manchmal Zweifel?

Tin Oo: Nein, Zweifel habe ich überhaupt keine. Und so verwunderlich ist es nicht, wenn manche Menschen meine Aufrichtigkeit bezweifeln, schließlich habe ich jahrelang einem Diktator gedient, und jetzt arbeite ich für die Demokratiebewegung. Aber solche Zweifel gäbe es wahrscheinlich nicht, wenn ihnen meine wahren Gründe bekannt wären, die Außenstehenden verborgen bleiben müssen und von Menschen in ihrer Position auch kaum nachvollzogen werden können. Ich habe Ihnen gerade einige der Gründe genannt und auch den Prozeß erläutert, wie es zu diesen Änderungen gekommen ist. Einzelhaft kann eine sehr wirksame Methode der »Seelensuche« sein, um es einmal so zu formulieren.

Clements: Es tut mir wirklich leid, wenn ich hier noch einmal nachfasse, aber ich wüßte doch gern, warum und wie Sie es so lange unter einem autoritären Regime ausgehalten haben. Sie waren der Befehlshaber einer Armee, die Bürger des eigenen Landes tötete, wenn man es ihr befahl, und Sie standen an ihrer Spitze.

Tin Oo: Ich bin aus Pflichtgefühl geblieben. Als ich 1974 zum Oberkommandierenden ernannt wurde, hatte ich die Absicht, nach vier Jahren um meine Entlassung zu bitten. Doch die Regierung ist mir zuvorgekommen; sie schickten mich ins Gefängnis, weil ich zuviel Popularität genoß. Ich wollte nicht mehr für eine Regierung arbeiten, die in kritischen Situationen nie den Versuch unternahm, durch Gespräche zu einer Lösung zu kommen, sondern stets zu den Mitteln der Verhaftungen und der Unterdrückung griff und manchmal auch vor Totschlag oder gar Massakern nicht zurückscheute. Als oberster Armeechef war ich gezwungen, auf Menschen schießen zu lassen, sie niederzumähen, das war die Politik, und ich befolgte sie blindlings.

Clements: Wie kam es zum endgültigen Bruch mit dem Regime?

Tin Oo: Es war etwa zu der Zeit, als U Thant [einstiger Generalsekretär der UNO] in Rangun beerdigt wurde. Die Regierung hatte sich geweigert, eine würdige Begräbnisfeier zu veranstalten, daraufhin nahmen die Studenten die Sache selbst in die Hand und begannen in Sprechchören zu rufen: »Es lebe U Tin Oo!« Danach fiel ich in Ungnade. Im März 1976 wurde ich mit der Begründung entlassen, meine Frau habe Bestechungsgeschenke angenommen.

Clements: Was hat man damals Ihrer Frau eigentlich genau vorgeworfen?

Tin Oo: Die gegen meine Frau fabrizierte Anklage enthielt ein ganz kleines Körnchen Wahrheit. Ich war bei den birmanischen Militärattachés in verschiedenen Ländern gut gelitten. Und diese Militärattachés brachten bei ihren Besuchen in Birma meiner Frau häufig Geschenke mit. Sie hat deren Annahme grundsätzlich verweigert. Doch einmal akzeptierte sie zehn Pfund Sterling von einem dieser Männer, um Medikamente kaufen zu können. Wissen Sie, wir hatten ein Kind, das an einem angeborenen Herzfehler litt. Und als sie in England war, nahm sie dieses Geld an, um Medikamente zu kaufen, die in Rangun einfach nicht erhältlich waren. Diese Episode war der Vorwand, um mich aus dem Dienst zu entlassen. Doch es sollte noch schlimmer kommen. Zwei Wochen später wurde vor der Nationalversammlung öffentlich verkündet, daß man mir wegen dieses »Wirtschaftsvergehens« den Prozeß machen werde. Die gesamte Nationalversammlung war empört. Ich war ebenfalls empört, als ich davon erfuhr. Einige Monate später steckte man mich ins Gefängnis.

Clements: Es ist paradox, daß Sie vom SLORC verlangen, denselben zermürbenden psychischen Prozeß durchzumachen, den Sie an sich selber erlitten haben. Wie soll das geschehen?

Tin Oo: Ich glaube, ich sagte schon, daß es eine Sache ist, sich zum Buddhismus zu bekennen, und eine völlig andere, ihn auch zu praktizieren. Vielleicht besteht die beste Möglichkeit zur Überwindung innerer Barrieren darin, sich in *sati* – Achtsamkeit oder Bewußtheit – zu üben; es wirkt, als würde ein Licht auf die eigene innere Dunkelheit geworfen.

Ich mußte es unter großen Mühen lernen. Ich wurde gezwungen, mir selbst ins Auge zu schauen, während ich im Gefängnis war. Wenn Sie in Einzelhaft sitzen, können Sie nicht einfach davonlaufen; Sie können es natürlich versuchen, aber wo wollen Sie hin? Wenn die Mitglieder des SLORC den Wunsch haben, sich von dem zu befreien, was ich als Fehler bei mir selbst entdeckt habe - blinden Gehorsam -, dann müssen sie meiner Meinung nach zuerst einmal diese Änderung wollen. Es ist immer besser, wenn die Initiative zur Veränderung von Ihnen selbst ausgeht, als daß sie Ihnen aufgezwungen wird. Aber solange sie nicht von ihren bisherigen Denk- und Verhaltensmustern abgehen, werden wir von der NLD auch weiterhin in jeder möglichen Weise die Demokratie einklagen.

Clements: Viele Ihrer Freunde sagen, daß Aufrichtigkeit, Güte und Mut die Eigenschaften sind, die sie an Ihnen am meisten bewundern. Wie kann man diese Tugenden zur Entfaltung bringen, vor allem die der Aufrichtigkeit - die Fähigkeit, wahrhaftig zu sein?

Tin Oo: Wo solche Eigenschaften ihren Ursprung haben, das entzieht sich meiner Kenntnis. Am wichtigsten erscheint mir, daß es sie überhaupt gibt, und deshalb ist es das beste, in diesem Moment auf sie zu setzen, hier und jetzt. Das ist, wie Sie zweifellos wissen, die Grundlage unserer buddhistischen Lehre: sich zu beziehen auf das Hier und Jetzt. *Ehipasiko* ist die Einladung des Buddha an alle, sich ein Herz zu fassen und selbst die kostbare Erfahrung zu machen, die Wahrheit schlicht so zu sehen, wie sie erscheint, jetzt. In dieser Hinsicht beschäftige ich mich nicht besonders mit der Vergangenheit. Und meine Vorstellung von Aufrichtigkeit ist ganz einfach, sie lautet: Seien Sie nichts als aufrichtig, so aufrichtig, wie Sie nur sein können, sonst nichts. Aufrichtigkeit sich selbst gegenüber bedeutet, offen und ehrlich in Ihren Beziehungen und Ihrem Umgang mit Menschen zu sein. Aufrichtigkeit bedeutet auch, daß Sie sich darum bemühen müssen, für andere mitempfinden zu können. Wenn Sie jemandem ein Unrecht zufügen sollten, müssen Sie sich fragen, was Sie selbst empfinden würden, wenn andere dieses Unrecht Ihnen zugefügt hätten. Je weniger man sich mit sich selbst befaßt, desto aufrichtiger ist man gegenüber anderen. Ganz einfach.

Clements: Wie kommt es, daß der Totalitarismus häufig die Persönlichkeit so sehr verzerrt, daß Unaufrichtigkeit zu einer Gewohnheit wird?

Tin Oo: Das System des Totalitarismus beruht auf Angst, Schrecken und Gewalt. Wenn man unter einem solchen System lange genug lebt, wird man zu einem Teil davon, häufig ohne es zu merken. Furcht ist heimtückisch. Und man gewöhnt sich leicht an sie, sie wird, häufig unbewußt, zur Lebensweise, zu einer Existenzform. Wie Daw Aung San Suu Kyi gesagt hat: »Furcht ist eine Gewohnheit.« Natürlich habe ich als jemand, der meditiert, die Erfahrung gemacht, daß es möglich ist, Gewohnheiten abzulegen. Es ist auf verschiedene Weise möglich. Die vermutlich wirksamste Methode, um die Gewohnheit der Unaufrichtigkeit abzulegen, ist der regelmäßige Umgang mit aufrichtigen Menschen. Wenn man nicht in der Nähe aufrichtiger Menschen sein kann, sollte man ihnen aus der Entfernung zuhören. Wenn man sie nicht hören kann, sollte man die Worte aufrichtiger Menschen lesen. Aber um selbst aufrichtig zu werden, muß man zumindest den Wunsch haben, aufrichtig zu sein, dann wird meiner Meinung nach die Aufrichtigkeit langsam aber sicher in einem wachsen.

Clements: Was hat Sie veranlaßt, im Alter von 54 Jahren buddhistischer Mönch zu werden und ins Kloster zu gehen?

Tin Oo: Während meiner ersten Zeit im Gefängnis von 1976 bis 1981 waren die Bedingungen dort hart – äußerst hart. Manchmal, wenn ich über meine Lage nachdachte, war mein Herz voller Groll und Wut.

Ich befand mich in einem schrecklichen Gemütszustand, war ganz allein in der Zelle, ohne einen Menschen, mit dem ich hätte reden können. Manchmal schäumte ich vor Wut und war richtiggehend verrückt. Und ich hatte nicht die Fähigkeit, mein Denken zu kontrollieren. Ich wußte damals noch wenig über Meditation, und auch mein Glaube an den *dhamma* war nicht sehr stark. Wissen Sie, ich war als Soldat ausgebildet worden, ich war ein Kämpfer.

In der Einzelhaft fühlte ich mich wie ein gereiztes Tier im Käfig. Dazu kam noch, daß ich nach meiner Entlassung aus der Armee als Stabschef nur noch einige Monatsgehälter erhielt und man die Zahlungen dann einstellte. Meine Rente wurde storniert und mein Name aus den Annalen der birmanischen Armee gestrichen. Fotos von mir und Abdrucke meiner Reden, die ich während meiner Amtszeit gehalten hatte, wurden alle vernichtet.

Außerdem erließen sie einen Befehl, in dem es hieß, niemand dürfe mich mehr mit »General« anreden, nur noch mit U Tin Oo. Jeder, der meine Rangbezeichnung verwendete, mußte mit einer Bestrafung rechnen. Dann veröffentlichte die Burma Socialist Programme Party ein verleumderisches Buch, in dem ich als notorischer Verbrecher dargestellt wurde. Gleichzeitig mußte ich an meine Frau denken und daran, wie schwer es für sie sein würde, ohne regelmäßige Einkünfte zu leben. Ich habe mich im Gefängnis wie in einem Schnellkochtopf gefühlt, der jeden Augenblick explodieren konnte. Dann erkrankte ich ganz plötzlich an einer schweren Ruhr. Mein Körper krümmte sich vor Schmerzen. Und meine Wut machte die Schmerzen in meinem Magen nur noch schlimmer. Diese beiden Formen des Leidens zusammen, ohne jede Aussicht auf Linderung, es war furchtbar. Ich saß auf dem Boden meiner Zelle und hätte losheulen können. Nun, wie es der Zufall wollte, hatte ich ein schmales Büchlein des Mahasi Sayadaw über *vipassana*-Meditation bei mir. Ich nahm es zur Hand und begann seine Anweisungen über Achtsamkeit oder bewußte Wahrnehmung zu lesen. Dort hieß es, man solle einfach alle Erfahrungen, so wie sie auftreten, möglichst bewußt in sich aufnehmen. War es Schmerz, sollte man sich den Schmerz bewußt machen, war es Freude, dann die Freude und so weiter. Also setzte ich mich mit gekreuzten Beinen auf den Boden und begann, meine Schmerzen und meine Wut bewußt wahrzunehmen. Nun, es war wie ein Wunder. Etwa nach den ersten zehn Minuten wurden Wut und Schmerzen stärker. Ich sagte mir: »Das macht alles nur noch schlimmer.« Trotzdem fuhr ich fort, und etwa nach einer Stunde verschwanden Wut und Schmerz einfach. Sie können sich vielleicht vorstellen, wie ich mich gefühlt habe. Jetzt hatte ich einen Freund im Gefängnis, mich selbst, meine bewußte Wahrnehmung. Als ich dann 1981 aus dem Gefängnis herauskam, wurde ich im Mahasi-Kloster als Mönch aufgenommen und habe dort unter der Anleitung eines Lehrers das Meditieren erlernt. Dort haben wir beide uns ja kennengelernt. Somit zeigt sich, daß aus kritischen Situationen manches Gute erwachsen kann, wenn man achtsam ist und die Dinge um sich herum bewußt wahrnimmt.

Clements: Was hat Ihrer Meinung nach von dem, was Sie in den zwei Jahren im Kloster gelernt haben, den nachhaltigsten Einfluß auf Sie ausgeübt?

Tin Oo: Zum einen die Lehre, daß man durch das Sich-Binden an die

Dinge ein sehr oberflächliches, furchtsames Leben führt, und zum anderen der Wert des *metta*, der Güte. Schließlich leben wir alle mit mehr oder weniger intensiven Bindungen, und Metta macht die Reise für uns unbeschwerter.

Clements: Das ist schön gesagt. Vielleicht können Sie noch mehr darüber erzählen, was Sie gelernt haben?

Tin Oo: Nun, der Buddhismus ist sehr demokratisch, kann man sagen. Die Idee, daß die Mitglieder des *Sangha* miteinander reden und ihre Fehler bekennen, vor allem in der *pavarana*-Zeremonie, die am Ende der Trockenzeit begangen wird, hat etwas sehr Demokratisches. In der Armee lernen Sie Gehorsam gegenüber Ihren Vorgesetzten, während Sie als Mönch Gehorsam gegenüber der Wahrheit lernen. Als Mönch reden Sie mit den anderen Mönchen, geben Ihre Fehler offen zu und bereinigen Differenzen in einer sehr respektvollen und würdigen Art.

Clements: In welcher Weise könnte Ihrer Ansicht nach das Mönchtum in Birma den Kampf um Demokratie aktiver unterstützen?

Tin Oo: Der *Sangha* hat eine Verantwortung für die Gesundheit und das Glück seiner Laienschüler. Unter solchen Bedingungen, wie sie heute herrschen, wo die Menschen so arm und so unglücklich sind und körperlichen und seelischen Leiden ausgesetzt werden, haben die Mönche die Pflicht, sich zu erheben und für ihre Schüler zu sprechen. Sie dürfen nicht einfach ignorieren, was da geschieht. Sie müssen sich dafür einsetzen, daß alles Erforderliche getan wird, um den Menschen Gesundheit und Glück, das heißt geistiges und körperliches Wohlbefinden, zu bringen. Wenn in Birma die Demokratie verwirklicht werden soll, haben alle die Pflicht zu helfen, auch die Mönche und Nonnen. Jeder kann seinen Teil dazu beitragen. Es muß nicht viel sein. Aber viele kleine Beiträge machen sich am Ende doch bemerkbar. Das ist es, was wir von den Menschen erwarten. Aus vielen kleinen Anstößen wird eine große Bewegung, die schließlich nicht mehr aufzuhalten sein wird.

Clements: Und was sagen Sie den Menschen, zu denen Sie an den Wochenenden sprechen?

Tin Oo: Wir sprechen über die Unterdrückung und das Elend der Bevölkerung. Die Tatsache, daß die Menschen zuviel Angst haben, um entweder den Mund aufzumachen oder um das zu tun, was sie tun möchten, steht nicht im Einklang mit den Lehren des Buddha. Die Tatsache, daß sie durch ihre Furcht so stark gehemmt werden, widerspricht den Lehren des Buddha. Der Buddha hat uns gelehrt, uns unserer Furcht zu stellen.

Das kann auf unterschiedliche Weise geschehen. Die erste Methode besteht darin, zu sagen: »Nein, ich werde mich nicht von der Furcht beherrschen lassen.« Danach sagt man sich: »Ja, ich werde meinen Beitrag leisten, um meinem Land die Demokratie zu bringen.« Die Furchtlosigkeit muß zu einer Gewohnheit werden.

Clements: Aung San Suu Kyi hat den Kampf für die Demokratie als eine Revolution des Geistes bezeichnet und gesagt: »Ein Volk, das ein Gemeinwesen errichten will, in dem starke demokratische Institutionen als Garantie gegen staatlich gelenkte Macht fest verankert sind, muß als erstes lernen, das eigene Denken von Apathie und Furcht zu befreien.« Ich frage Sie als einen Mann, der im Gefecht gestanden ist, den Tod gesehen hat, getötet hat und mehrfach selbst verwundet wurde, und als einen Mann, der durch Einkerkerung und elende Haftbedingungen unmenschlich behandelt wurde, wie soll man es lernen, »das eigene Denken von Furcht zu befreien«, wenn man nicht die Mühen einer langjährigen buddhistischen Meditation auf sich nehmen kann?

Tin Oo: Sie halten es vielleicht für eine extreme Vereinfachung, aber ich bin davon überzeugt, daß man die Furcht am besten überwindet, indem man trotz der Furcht handelt. Sie tun es einfach und stellen sich den Folgen, denn wenn Sie wissen, daß etwas richtig ist, dann müssen Sie es einfach tun. Außerdem ist es so: Je öfter jemand mutig handelt, desto mehr wird es ihm zu einer Gewohnheit. Wie die Achtsamkeit in der Meditation. Am Anfang müssen Sie sich darum bemühen, bewußt und achtsam zu sein. Später, wenn man sich weiterhin darum bemüht, stellt sich die Achtsamkeit wie von selbst ein, ohne jede Anstrengung, sie wird ebenfalls zu einer Gewohnheit.

Clements: Verspüren Sie niemals den Wunsch, sich den Turbulenzen der birmanischen Politik zu entziehen und zum ruhigen, friedvollen Dasein eines Mönchs in einem Kloster zurückzukehren? Was läßt Sie weiterkämpfen?

Tin Oo: Ich würde niemals weglaufen. Wenn ich das täte, käme ich mir vor wie ein Feigling. Was mich weiterkämpfen läßt? Es ist meine Freiheitsliebe. Was gibt es denn sonst im Leben?

Clements: Sie haben Menschen im Kampf getötet. Sie haben Zehntausenden von Soldaten, die unter Ihrem Kommando standen, befohlen, »den Feind erbarmungslos zu vernichten«. Jetzt sind Sie ein Anhänger der »Gewaltlosigkeit«, nicht nur als einer politischen Taktik in Ihrem Kampf für Demokratie, sondern überhaupt als einer Lebens- oder Daseinsform. Eine direkte Frage: Wie stark sind Sie der Gewaltlosigkeit verpflichtet?

Tin Oo: Ich gehöre nicht zu denen, die grausam sind oder sich an der Gewalt erfreuen. Ich habe gekämpft und getötet, aber das war meine Pflicht als Soldat. Ich habe den Feind mit Respekt behandelt. Was Gefangene oder Feinde in einer hilflosen Lage angeht, so haben wir sie verpflegt und behandelt, als wären sie unsere eigenen Leute. Ich würde es begrüßen, wenn die Menschen Erbarmen hätten und die Gewalt verabscheuten. Für mich ist Gewaltlosigkeit eine Weltanschauung, der die buddhistischen Gebote des Nichtverletzens und des Mitfühlens zugrunde liegen. Was hat es für einen Sinn, Menschen zu verletzen, wenn Sie Ihr Ziel auch mit friedlichen Mitteln erreichen können? Es kann vielleicht länger dauern, wer weiß, aber Sie bewahren Ihre Würde im Leben, wenn Sie andere nicht verletzen. Wer gewaltlos lebt, kann nie besiegt werden. Denn als Buddhist bin ich fest davon überzeugt, daß man selbst entweder sein Freund oder sein Feind ist. Das ist eine sehr buddhistische Haltung, die Welt entspringt dem eigenen Bewußtsein. Wissen Sie, ich möchte gern noch die Demokratie erleben, bevor ich sterbe, ich möchte sehen, daß meine Landsleute die Demokratie errungen haben, bevor auch sie sterben, aber eine Demokratie, die mit anderen als gewaltfreien Mitteln verwirklicht wird, ist kein System, dem ich angehören möchte. Als ich im Gefängnis einige Aussprüche von Jesus las, habe ich mir gesagt, dieser Mann hat sehr buddhistisch gedacht. Er wußte genau, daß die Liebe die größte Macht auf Erden ist. Ich habe nichts übrig für dieses archaische Denken des »Auge um Auge, Zahn um Zahn«. Das ist ziemlich barbarisch, jedenfalls für mich.

Clements: Sie streben nach echter Versöhnung mit dem SLORC, was darauf hinausläuft, seinen Mitgliedern ihre Grausamkeiten zu vergeben. Wie lernt man, seinen Unterdrückern zu vergeben? Ist nicht wenigstens eine gewisse Form von Gerechtigkeit unabdingbar, um wirklich vergeben zu können?

Tin Oo: In dieser Sache kann ich nicht für andere sprechen. Ich kann den Menschen nicht sagen: »Vergebt dem SLORC oder vergebt den Vertretern der Staatsmacht. Vergebt ihnen ihre grausamen Taten.« Das wäre alles andere als aufrichtig von mir. Es wäre die Unwahrheit. Schließlich haben viele Menschen in meinem Land gelitten und leiden noch heute. Deshalb steht an dieser Stelle eine mögliche Vergebung der Taten des SLORC nicht zur Debatte. Worauf es ankommt, ist Mitgefühl. Und die Mitglieder des SLORC sind diejenigen, die erfahren müssen, wie es ist, wenn man Mitgefühl spürt. Wären sie mitfühlend, so könnten sie sofort einsehen, was sie den Menschen mit ihren Grausamkeiten antun. Lassen Sie mich das klar sagen: Mitgefühl und Vergebung sind zwei ganz verschiedene Dinge. Um vergeben zu können, muß man mutig sein, man darf keine Rache suchen und keinen Groll gegenüber seinem Unterdrücker hegen. Andernfalls hat es mit wirklicher Vergebung nichts zu tun. Sie können einem Menschen nicht vergeben und gleichzeitig den Wunsch haben, ihn zu verletzen. Deshalb sage ich, daß Mitgefühl an dieser Stelle wichtiger ist. Denn in Birma gibt es viele Menschen, die wütend sind, die sich verletzt fühlen und einen Groll gegen die Staatsmacht hegen. Natürlich, das ist verständlich. Aber ich kann den Menschen sagen, daß wir, wenn wir diesen Leuten unser Mitgefühl schenken, unbeirrt bleiben werden in unserem Kampf, der so lange dauern wird, bis sie einsehen, daß wir ihnen wirklich nichts antun wollen. Doch wenn wir unsere Anhänger aufforderten, dem SLORC zu vergeben, würden wir einen wesentlichen Schritt überspringen. Worauf es jetzt ankommt, ist Mitgefühl.

Clements: Gegenwärtig wird der SLORC offenbar von Angst getrieben. Und vielleicht ist es die Angst vor einer Vergeltung durch das Volk, falls sie die Macht der NLD übergeben sollten. Wie können Sie das Vertrauen des SLORC gewinnen, so daß die Angst bei ihnen nicht mehr so übermächtig ist? Manche von ihnen werden wahrscheinlich um ihr Leben fürchten.

Tin Oo: Nun, wenn einige von ihnen um ihr Leben fürchten, so kann das etwas Positives bedeuten. Es kann ein Anzeichen dafür sein, daß sie tatsächlich imstande sind zu fühlen. Es kann ihnen zeigen, sofern sie die Augen nicht davor verschließen wollen, daß diese »Angst«, in der sie leben, identisch ist mit der »Angst«, die sie in der Bevölkerung erzeugt haben.

Möglicherweise empfinden sie ja, wie quälend diese Angst ist. Angst ist doch etwas Quälendes, oder? Niemand möchte gern in Angst leben. Aber es liegt an jedem selbst, wie er mit seiner Angst fertig wird. Was die Leute vom SLORC angeht, so können sie ihrer Angst Herr werden, indem sie auf die Stimmen hören, die sie auffordern, die Waffen niederzulegen und mit ihren Schandtaten aufzuhören. Das würde die Menschen sehr glücklich machen. Mit einem Schlag würden ihre Ängste zerstreut. Dann befänden wir uns auf dem Weg zu einer Vergebung. Die birmanischen Menschen sind sehr nachsichtig, und sie wissen das.

Aber die Leute vom SLORC müssen sich so verhalten, daß wir auch den Wunsch verspüren, ihnen zu vergeben. Es darf und kann nicht einseitig sein. Es geht nicht nur darum, daß wir das Vertrauen des SLORC gewinnen. Sie müssen auch unser Vertrauen gewinnen. Sie müssen uns, dem ganzen Land zeigen, daß sie Vergebung verdienen.

Clements: Demnach sind Sie als einer der wichtigsten Führer des Kampfs um Demokratie bereit, der Staatsmacht des SLORC zu vergeben, auf der Stelle? Bedingungslos?

Tin Oo: Ob ich bereit bin, mich gemeinsam mit Vertretern der Staatsmacht an einen Tisch zu setzen und über unsere Differenzen zu diskutieren – ohne Vorbedingung, ohne Empfindungen des Zorns, ohne zu verlangen, daß unsere Auffassung als der einzig richtige Weg anerkannt wird, unser Land aus der Misere, in der es sich jetzt befindet, wieder herauszuführen? Das allerdings!

Aber ich kann gegenwärtig nicht sagen, ob ich imstande wäre, dem SLORC zu verzeihen. Das wird davon abhängen, inwieweit seine Mitglieder Aufrichtigkeit erkennen lassen. Ich kann mich nicht einfach hinsetzen und mir befehlen, die Erleuchtung zu erlangen. Genausowenig kann ich mich einfach hinsetzen und mir befehlen, ihnen zu vergeben. Deshalb betone ich, daß Aufrichtigkeit zum jetzigen Zeitpunkt das Wichtigste ist. Ich meine es aufrichtig, wenn ich Ihnen sage, daß ich den Mitgliedern des SLORC nichts antun möchte. Aber ich bin keineswegs bereit oder in der Lage, ihnen zu vergeben, noch nicht! Ich würde es gern tun, aber, wie gesagt, sie müssen uns ein Zeichen geben, das es uns ermöglicht, ihnen gegenüber zur Vergebung bereit zu sein. So wie die Dinge liegen, sehe ich nichts als Streitsucht und weiter zunehmende Unterdrückung. Das ist meine Weise, Ihnen zu sagen, daß ich nur ein gewöhnlicher Mensch bin. Außerdem, wenn ich sagen würde, ich sei bereit, dem SLORC zu vergeben, würden sie es doch nicht glauben. Und es wäre auch nicht ehrlich. Genug damit.

Clements: Warum glauben Sie, daß der SLORC nicht bereit ist, in einen Dialog mit Ihnen und anderen Führern der NLD einzutreten? Und die weitere Frage: Werden die Vertreter des SLORC überhaupt jemals das Gespräch mit der NLD suchen? Alles spricht dafür, daß sie Sie ausschalten wollen.

Tin Oo: Es ist ganz einfach. Wenn Sie etwas haben, das Sie nicht loslassen wollen – Macht –, dann werden Sie unter allen Umständen an dieser Macht festhalten, bis Sie entweder sterben und sie erst auf diese Weise verlieren, oder bis Sie einsehen, daß Ihre Macht nichts bedeutet, wenn Sie nicht die Menschen respektieren, über die Sie die Macht zu haben glauben. Damit reduziert sich alles auf *moha* – Illusion. Wirkliche Macht erwächst aus Mitgefühl, nicht aus Unwissenheit. Im *dhamma* muß ebenso wie in der Demokratie das Wohlergehen der Menschen das Hauptanliegen sein. Und Angst beeinträchtigt natürlich die Gefühle des Mitleids. Wenn die Mitglieder des SLORC etwas weniger Angst verspüren, werden sie das Gespräch mit uns suchen. Davon bin ich überzeugt. Denn auch wenn sie heute sagen, mit der NLD würden sie keine Gespräche führen, dann tun sie es vielleicht morgen, ihre Ansichten schwanken andauernd.

Und dann zu den ständigen Drohungen, uns zu »zerschlagen«. Sie können die Wahrheit nicht zerschlagen. Noch weniger können sie die ganze Bevölkerung zerschlagen. Das Volk Birmas will die Demokratie, das steht fest. Selbst die Leute vom SLORC behaupten, sie wollten die Demokratie. Diese Drohungen jedenfalls, uns zu zerschlagen, sind nicht sehr demokratisch, oder? Miteinander reden ist demokratisch. Einander zuhören ist demokratisch. In der Demokratie geht es darum, voneinander zu lernen, davon haben wir alle etwas, und unser Land blüht und gedeiht. Jemanden zu zerschlagen ist *adhamma*, das heißt, es steht im vollkommenen Widerspruch zum Wohlergehen des Menschen.

Clements: Alle 83 NLD-Delegierte haben mittlerweile den so hochgepriesenen Nationalkonvent des SLORC verlassen. Könnten Sie in wenigen Worten erläutern, warum dieser Konvent von fast allen demokratischen Staaten der Erde mit so wenig schmeichelhaften Bezeichnungen wie »Schwindel«, »lächerliche Parodie auf demokratische Verfahren«, »Täuschung« oder »grotesker Betrug« bedacht worden ist?

Tin Oo: Die Etikette, die dem Nationalkonvent von anderen demokratischen Nationen angeheftet wurden, sind sicherlich zutreffend, aber sie reichen noch nicht aus, um den wirklichen Sachverhalt zu beschreiben. An seinen Worten und seinem Verhalten kann man ablesen, daß der SLORC es nicht ehrlich meint. Zunächst einmal hat er sein Versprechen nicht gehalten, im Anschluß an die Wahlen von 1990 die Macht an die rechtmäßig gewählte Volksvertretung zu übergeben. Er hat die Ergebnisse der Wahl, bei der bekanntlich die NLD einen Erdrutschsieg errungen hatte, für ungültig erklärt. Statt dessen steckten sie [die Mitglieder des SLORC] die meisten der NLD-Kandidaten, die ein Mandat errungen hatten, ins Gefängnis. Einige von ihnen fanden dort den Tod. Danach gaben sie am Vorabend unserer Konferenz in der Gandhi-Halle, auf der wir sie aufforderten, sich an ihre Zusage zu halten und das Parlament einzuberufen, eine amtliche Mitteilung heraus. In dieser sogenannten »Amtlichen Mitteilung 1/90« wurde ihre geänderte Politik im Hinblick auf die Funktion des Nationalkonvents bekanntgegeben. Die vom SLORC nunmehr verfügte Aufgabe sollte darin bestehen, den gewählten Staatsvertretern Hilfestellung zu leisten. Es lag auf der Hand, daß niemand eine solche Hilfe brauchte. Es ging einfach darum, die Macht in Händen zu behalten. Mit der Drohung, die Partei würde andernfalls aufgelöst, wurden die Anführer der NLD gezwungen, eine schriftliche Erklärung abzugeben, daß sie den Inhalt der Amtlichen Mitteilung 1/90 akzeptierten. Manche weigerten sich und gingen ins Exil. Einige der verbliebenen NLD-Mitglieder wurden verhaftet, unter verschiedenen Anschuldigungen vor Gericht gestellt und zu Gefängnisstrafen verurteilt. Wieder wurden einige von ihnen im Gefängnis gefoltert. Viele weitere sind heute noch inhaftiert. Sie sehen also, das ist die Grundlage, auf der der Nationalkonvent des SLORC einberufen wurde.

Clements: Es ist offensichtlich mehr als nur ein Schwindel.

Tin Oo: Die gegenwärtige Zusammensetzung des Nationalkonvents ist eine Absurdität, es ist einfach lächerlich. Dieses Gebilde, das sie einen »Nationalkonvent« nennen, ist weder national, noch ist es ein Konvent. Weit eher kann man es mit einem Kriegsgericht vergleichen, dem man lediglich einen anderen Namen gegeben hat. Es gibt nur einen einzigen Weg, den des SLORC. Er ist gesetzlos und hat mit demokratischen Grundsätzen nicht das geringste zu tun. Von den etwa 700 »Volksvertretern« waren lediglich 100 ordnungsgemäß gewählt. Alle übrigen waren vom SLORC ausgesucht. Der Präsident des Konvents ist ein SLORC-General. Das Gremium an der Spitze des Konvents besteht ausschließlich aus Mitgliedern, die vom SLORC ernannt wurden. Die NLD, die 1990 mit 392 Mandaten die große Mehrheit der Sitze errungen hatte, durfte lediglich 86 Vertreter in den Konvent entsenden. Dessen Mitglieder sollten über sechs Verfassungsgrundsätze debattieren, die allesamt bereits vorher festgelegt waren. Der wichtigste davon sprach dem Militär die politische Führungsrolle im Staat zu. Das war der eklatanteste Verstoß gegen demokratische Prinzipien und erfolgte in der Absicht, der »Militärregierung« eine ewige, umfassende Vorherrschaft über die Zivilverwaltung zu sichern. Dieser Konvent ist ein Versuch, den Totalitarismus unter dem Mantel der Demokratie zu bewahren.

Clements: Aber was hat es mit der ganzen SLORC-Rhetorik auf sich, wenn sie bis zum Überdruß immer wieder behaupten, sie strebten großmütig eine Mehrparteiendemokratie an, und gleichzeitig mit jeder neuen Maßnahme das glatte Gegenteil davon tun? An wen wenden sie sich eigentlich mit solchen Ankündigungen?

Tin Oo: Da bin ich auch nicht klüger als Sie. Sind es Industrielle aus dem Ausland, die als potentielle Investoren in Birma in Frage kommen? Ist es Selbsttäuschung? Kommt es daher, daß sie wissen, daß die Bevölkerung Birmas die Demokratie möchte, zugleich aber annehmen, die Menschen wären so dumm, daß ihnen die Lügen des SLORC nicht auffallen? Haben sie den Kontakt zur Realität schon so weit verloren, daß sie wirklich glauben, der Totalitarismus sei in Wirklichkeit die Demokratie? Ist es einfach die reine Arroganz? Wir wissen nicht, ob sie eine Mehrparteiendemokratie anstreben oder nicht. Wir können unmöglich etwas darüber aussagen. Das einzige, was wir wissen, ist, daß das, was sie tun, ganz offensichtlich nicht mit dem übereinstimmt, was sie sagen. Aus dieser Beobachtung kann man ohne weiteres den Schluß ziehen, daß das Heuchelei ist.

Clements: Neben den vielen anderen Qualifikationen, die Sie haben, sind Sie auch noch Rechtsanwalt. Sie leiten den Rechtshilfeausschuß der NLD, der seine Aufgabe darin sieht, Einzelpersonen zu unterstützen und zu beraten, die von der Staatsmacht willkürlich verhaftet, vor Gericht gestellt und zu Gefängnisstrafen verurteilt wurden. Hierzu zwei Fragen: Können Sie einige neuere Fälle von willkürlicher Verhaftung durch den SLORC nennen, und welche Rechte, wenn überhaupt, hat der Beschuldigte vor einem SLORC-Gericht?

Tin Oo: Das ist schnell zu beantworten. Irgendwelche Rechte gibt es nicht, dafür gibt es jedoch zahlreiche Fälle von willkürlicher Verhaftung. Ich habe Ihnen schon von meinem eigenen Prozeß erzählt. Das ist die Vorstellung des SLORC von Recht und Gesetz. Verlesung der Anklage. Verkündung des Urteils. Verkündung der Strafe. Ab ins Gefängnis.

Clements: Und es ist überall dasselbe, bei jedem einzelnen, was immer auch gegen ihn vorliegen mag?

Tin Oo: Es kann sogar noch schlimmer kommen. Gleich ins Gefängnis ohne jeglichen Scheinprozeß. Bitte verstehen Sie doch, das Birma von heute unter dem SLORC ist gesetzlos. Es gibt keine Menschenrechte. Wir befinden uns im Belagerungszustand!

Menschen können jederzeit aus jedem beliebigen Grund verhaftet werden. Und es geschieht fortwährend. Man hat Menschen verhaftet, weil sie Blumen auf das Grab von Daw Aung San Suu Kyis Mutter gelegt haben. Man hat Menschen verhaftet, weil sie Videoaufnahmen von ihren Reden bei sich in der eigenen Wohnung abgespielt haben. Immer wieder werden Menschen verhaftet, weil sie sich weigern, wie die Sklaven für den SLORC zu schuften, der regelmäßig Menschen zur Zwangsarbeit heranzieht. Andere, die Widerstand leisten, werden in Ketten und Handschellen gelegt und genötigt, diejenigen, die die Zwangsarbeit verrichten, zu beaufsichtigen. Das ist der Grund, warum Daw Aung San Suu Kyi immer wieder sagt: »Die Welt soll wissen, daß wir Gefangene in unserem eigenen Land sind.« Sie übertreibt nicht, es ist ein Gefängnis im Gefängnis.

Clements: Können Sie einige aktuelle Beispiele für willkürliche Verhaftungen nennen?

Tin Oo: Na schön, ich werde Ihnen einige Beispiele aufzählen. Ein Mann, U Kyi Sang, verlas vor kurzem bei der Neujahrsfeier des Karen-Volkes mit Zustimmung des Vorsitzenden des Organisationskomitees für diese Feiern eine Grußadresse. Dabei wurden lediglich die besten

Glück- und Segenswünsche für das kommende Jahr ausgesprochen. Wegen der Verlesung dieser Wünsche wurde U Kyi Sang verhaftet und 24 Stunden lang festgehalten, ohne einem Richter vorgeführt zu werden. Als seine Sache schließlich vor den Richter kam, wurde ihm jeder Rechtsbeistand verweigert. Erst auf das Drängen der NLD-Rechtshilfegruppe seines Bezirks wurde ein Verteidiger zugelassen. U Kyi Sang starb im Mai 1996 in der Haft, während er auf sein Urteil wartete.

In einem weiteren Fall aus der jüngsten Zeit hörte ein Lehrer zusammen mit einigen Freunden bei sich zu Hause Radiosendungen von »Voice of America« und der BBC. Bei seinem Prozeß durfte er keinen Anwalt hinzuziehen. Er wurde zu zwei Jahren verschärfter Gefängnishaft verurteilt. Seine Angehörigen wurden von den Behörden so unter Druck gesetzt, daß sie es nicht wagen, sich an unsere Rechtshilfegruppe zu wenden, um möglicherweise eine Wiederaufnahme des Verfahrens vor einem höheren SLORC-Gericht zu erreichen.

Ein weiterer Fall vom Januar 1996 betrifft einen gewissen U Thein Tun und zwei andere. Sie schickten ein Kondolenzgedicht an die Angehörigen des verstorbenen U Tin Maung Win, der im Gefängnis zu Tode gefoltert wurde. Unsere Rechtshilfegruppe für den Bezirk Rangun hat bereits Anwälte für diese Männer besorgt, aber wir können nicht einmal herausfinden, wo sie festgehalten werden. Die Behörden ignorieren einfach jedes Auskunftsersuchen.

In einem weiteren großen Fall, der sich Ende November letzten Jahres ereignet hat, wurden U Win Tin, Mitglied des Exekutivausschusses der NLD, und 28 weitere Personen, die alle langjährige Haftstrafen im Gefängnis von Insein verbüßen, angeklagt, weil sie einen Brief an den Menschenrechtsausschuß der Vereinten Nationen geschickt hatten, in dem sie die erbärmlichen Haftbedingungen sämtlicher politischer Gefangenen schilderten. Inzwischen wurden sie deshalb zu weiteren Haftstrafen zwischen fünf und zwölf Jahren verurteilt.

Clements: Vor kurzem hat der SLORC mit dem birmanischen Bürger Khun Sa, im Ausland besser bekannt als einer der berüchtigtsten Drogenbosse der Welt, ein Abkommen geschlossen. Khun Sa liefert 60 Prozent des Heroins, das auf dem Weltmarkt gehandelt wird, allein im vergangenen Jahr [1995] rund 2000 Tonnen. Seit der Machtübernahme durch den SLORC im Jahr 1988 ist die von ihm in den illegalen Handel geschleuste

Heroinmenge ständig angestiegen. Das bedeutet eine Menge Geld, eine Menge krimineller Delikte und eine Menge Toter. Nun hat der SLORC im vergangenen Monat in seinem TV-Programm Bilder gezeigt, auf denen die Generäle Khun Sa die Hand schütteln, gemeinsam mit ihm an einer Festtafel sitzen oder seinen 13000 Privatsoldaten Geld geben, damit diese »in den Schoß des Gesetzes« zurückkehren, wie der SLORC es nennt.

Und erst vor kurzem hat man berichtet, daß er [Khun Sa] nach Rangun gezogen sei. Können Sie etwas zu den tatsächlichen Vorgängen sagen, die sich hinter der vom SLORC aufgebauten Fassade abspielen?

Tin Oo: Was kann ich Ihnen sagen, was für Sie nicht sowieso schon auf der Hand liegt?

Clements: Na ja, ich habe zwar meine eigene Meinung, aber ich würde gern Ihre hören.

Tin Oo: Wie Sie schon ausgeführt haben, ist die Heroinproduktion seit der Machtübernahme durch den SLORC Jahr für Jahr gestiegen. Zu dieser Zeit befand sich der SLORC mit Khun Sa noch im Krieg. Jetzt, da er mit ihm Frieden geschlossen hat, müssen wir abwarten, welche Heroinmengen aus den Regionen kommen, die inzwischen »voll unter Kontrolle« des SLORC sind. Man sollte meinen, daß der Heroinhandel jetzt völlig zum Erliegen gekommen sei, nachdem Khun Sa »in den Schoß des Gesetzes zurückgekehrt« ist. Vielleicht will der SLORC nicht, daß die Wahrheit über ihr Verhältnis mit Khun Sa bekannt wird.

Clements: Auf der ganzen Welt gibt es Verletzungen der Menschenrechte, und desgleichen gibt es Männer und Frauen, die sich mutig gegen das Unrecht zur Wehr setzen, zum Teil mit gewaltfreien, zum Teil mit gewaltsamen Mitteln. Sie, U Tin Oo, sind ein besonderer Fall, ein ehemaliger Armeegeneral, der zwei Jahre als buddhistischer Mönch in einem Kloster verbrachte und Meditationsübungen machte. Sie sind Berater und Mitarbeiter von Aung San Suu Kyi, einer Nobelpreisträgerin, und haben für Ihren Mut, die Wahrheit zu sagen, mit jahrelanger Kerkerhaft bezahlt. Sie sind ein Freiheitskämpfer, ein Veteran unter den politischen Dissidenten Ihres Landes. Ich würde gern wissen, welchen Rat Sie anderen Dissidenten auf der Welt für ihren Kampf um Anstand, Würde und grundlegende Freiheiten in ihren eigenen Ländern geben würden, welche Erfahrungen Sie ihnen mitteilen können.

Tin Oo: Ich weiß aus eigener Anschauung, daß Diktaturen von einem einzigen Mann gelenkt werden. Und wenn soviel Macht in den Händen einer einzigen Person konzentriert ist, breitet sich ein Mißtrauen aus, das psychotisch und letztlich tödlich ist. In solchen Gesellschaften werden Angst und Schrecken so allgegenwärtig, daß die Menschen ihr Gefühl der Würde und des Selbstwerts verlieren. Unter dem ungeheuren Druck der Angst welken sie allmählich dahin. Deshalb kann ich voller Überzeugung sagen, daß jede Form einer autoritären Herrschaft, jede Form einer totalitären Herrschaft und jede Form einer Regierung, die nicht vom Volk und für das Volk gewählt wurde, schon an sich der Gesellschaft schadet.

Die Verletzung von Menschenrechten und der Verlust grundlegender bürgerlicher Freiheiten sind die zwangsläufige Folge, wenn eine einzelne Person oder gar ein politischer Führer dem Wahnsinn zum Opfer fällt. Deshalb würde ich denen, die in ihren eigenen Ländern für Gerechtigkeit kämpfen, den Rat geben, zuerst und vor allem alles zu tun, was in ihren Kräften steht, um ruhig und vernünftig zu bleiben und systematisch auf ihr Ziel hinzuarbeiten. Ich persönlich bin zu der Überzeugung gelangt, daß Gewaltlosigkeit das bestmögliche Mittel ist, um unseren Zielen hier in Birma näher zu kommen. Aber ich lebe nach der Lehre Buddhas, und ich kann nicht sagen, andere müssen genauso handeln wie ich … und der Weg des Buddha ist der Weg des »Nichtverletzens«. Ich kann nur sagen, was ich glaube. Gewaltlosigkeit mag der längere Weg sein, aber ich glaube, daß auf lange Sicht die Ergebnisse tragfähiger sind, als wenn der Sieg gewaltsam errungen würde. In dieser Hinsicht gehen Geduld und Beharrlichkeit Hand in Hand. Mit Zorn und Wut läßt sich schnell auf Grausamkeit in jeder Form antworten. Das habe ich an mir selbst beobachtet. Doch mit Geduld kann man sein Temperament zügeln und sich an die praktische Arbeit machen.

Abschließend möchte ich sagen, daß Mitgefühl dasjenige ist, von dem wir alle noch mehr in der Welt brauchen könnten, ob man nun ein Menschenrechtsaktivist ist oder ein despotischer Führer. Wir können immer noch Möglichkeiten entdecken, mehr Mitgefühl zu zeigen.

Ich bin davon überzeugt, daß mit diesem Mitgefühl diese Welt ein wesentlich besserer Ort wäre, um unsere nächste Generation und deren Kinder großzuziehen. Wofür wir heute alle kämpfen, ist eine Welt, die frei von Angst ist. Und in diesem Kampf müssen wir uns zunächst bemühen, unsere eigenen Herzen von der Angst zu befreien. Nehmen wir alle diese Anstrengung auf uns!

Clements: In welcher Weise können die normalen, einfachen Menschen auf der Welt Sie und das birmanische Volk in Ihrem Kampf für eine echte Demokratie unterstützen?

Tin Oo: Ich glaube, wenn jemand unserer Sache helfen will, dann kann er das auf verschiedene Weise tun, ob sein Beitrag klein oder groß ist, spielt eigentlich keine Rolle. Vielleicht ist es am allerwichtigsten, zunächst einmal darüber nachzudenken, ein wie kostbares Gut für alle lebenden Geschöpfe die Freiheit ist. Niemand möchte in Unsicherheit leben. Niemand möchte leiden. Alle Menschen wollen glücklich leben. In Birma kämpfen wir jetzt in diesem Moment für all diese Dinge. Wenn jemand uns in diesem Kampf unterstützen möchte, kann er es schon dadurch tun, daß er keine Erzeugnisse mehr von Firmen kauft, die mit Birma Geschäfte machen. Damit kann er einen Anfang machen, und wenn er dann den Wunsch verspürt, noch mehr zu tun, dann werden sich die nächsten Schritte für ihn von selbst ergeben.

Clements: Sollte es das Schicksal wollen, daß Sie erneut verhaftet und ins Gefängnis gesperrt oder unter Hausarrest gestellt werden, gibt es für diesen Fall noch etwas, das Sie gern denen sagen möchten, die den Kampf für die Demokratie weiterführen?

Tin Oo: Sollte man mich erneut verhaften oder Daw Aung San Suu Kyi oder U Kyi Maung oder irgendein anderes Mitglied des NLD-Exekutivausschusses, dann denkt bitte immer daran, daß *ihr* es seid, die den Kampf für die Demokratie fortsetzen müßt, verlaßt euch nicht auf uns. Wir werden mit unseren eigenen Möglichkeiten aus dem Gefängnis heraus weiterkämpfen, aber ihr seid es, die sich die Hände reichen und die Vision weitertragen müssen, bis sie verwirklicht ist. Bitte gebt nicht auf.

Clements: Gibt es vielleicht etwas, das Sie zum Abschluß den Menschen der Welt sagen möchten? Gibt es etwas, um das Sie sie bitten möchten?

Tin Oo: Der Buddha hat gesagt, gute Freundschaft sei eines der größten Geschenke im Leben. Für unseren Kampf um Demokratie in Birma brauchen wir noch mehr gute Freunde. Menschen, die die Freiheit lieben und den Wunsch haben, uns dabei zu helfen, unsere eigene Freiheit zu erringen.

ZEITTAFEL

1886 Nach drei Kriegen gegen Großbritannien verliert Birma am 1. Januar seine Souveränität und wird Provinz von Britisch-Indien. In allen Teilen des Landes kommt es zu Aufständen, die von den Briten brutal niedergeschlagen werden.

1942 Gemeinsam mit japanischen Truppen vertreibt die Birmanische Unabhängigkeitsarmee unter Aung San die Briten aus Birma. Aung San wird Verteidigungsminister in einer von Japan abhängigen Regierung.

1945 Im März verbündet sich Aung San mit den Alliierten und zwingt zusammen mit ihnen die japanische Besatzungsmacht zur Kapitulation (August). Kolonialen Ansprüchen Großbritanniens tritt Aung San mit der Forderung nach Unabhängigkeit seines Landes entgegen.
Aung San Suu Kyi, die Tochter von Aung San, wird am 19. Juni in Rangun geboren.

1947 Am 19. Juli fällt Aung San einem Mordanschlag zum Opfer.

1948 Am 4. Januar erfolgt die Proklamation der Unabhängigkeit. Erster Premierminister der neu gegründeten »Union of Burma« wird U Nin. In den folgenden Jahren kommt es zu bewaffneten Aufständen der Karen-Volksgruppe und zu Kämpfen mit kommunistischen Widerstandsgruppen. Die wirtschaftliche Lage verschlechtert sich gravierend.

1962 Am 2. März führt General Ne Win einen Staatsstreich durch. Er setzt sich an die Spitze eines Revolutionsrates und schränkt die Beziehungen zum Ausland ein.

1964 Außer der Burma Socialist Programme Party (BSPP) werden alle Parteien im Land verboten.

1974 Als sich die Regierung weigert, den verstorbenen ehemaligen Generalsekretär der UNO, U Thant, mit einem Staatsbegräbnis zu ehren, liefern sich am 11. Dezember Studenten in Rangun Straßenschlachten mit der Polizei.

1988 Der Protest gegen die wirtschaftlich katastrophale Situation und die repressive Politik der Staatsmacht äußert sich in landesweiten Demonstrationen. Schulen und Universitäten werden geschlossen, es kommt zum Generalstreik, das Kriegsrecht wird ausgerufen. Am 26. August hält Aung San Suu Kyi in der Nähe der Shwedagon Pagode eine Rede vor einer riesigen Menschenmenge.

Die BSPP schlägt im September die Abhaltung von freien Wahlen vor. Aung San Suu Kyi reagiert mit der Forderung, unverzüglich eine Übergangsregierung zu bilden. Das Militär mit General Saw Maung an der Spitze übernimmt am 18. September die Macht; er richtet den State Law and Order Restoration Council (SLORC) ein.

Am 24. September wird von Aung San Suu Kyi und anderen die National League for Democracy (NLD) gegründet.

1989 Im Juni erhält Birma von den Militärs den Namen »Union Myanmar«. Auch zahlreiche Städte- und Flüssenamen werden geändert; statt Rangun heißt die Hauptstadt nun Yangon.

Aung San Suu Kyi wird am 20. Juli 1989 unter Hausarrest gestellt; Führungspersönlichkeiten der NLD werden verhaftet.

1990 Bei den allgemeinen und freien Wahlen am 27. Mai erringt die Opposition einen erdrutschartigen Sieg. Von den 485 Parlamentsmandaten kann die NLD 392 gewinnen. Die Übergabe der Regierungsgewalt wird von der Militärregierung aber verweigert.

1991 Aung San Suu Kyi wird am 10. Dezember der Friedensnobelpreis verliehen.

1992 Im April wird General Saw Maung gestürzt; neuer Vorsitzender des SLORC wird General Than Shwe.

1993 Die Militärregierung ruft einen Nationalkonvent ins Leben, dessen Aufgabe die Ausarbeitung einer neuen Verfassung ist. Das Militär nominiert allein 600 von den insgesamt 700 Delegierten.

1995 Der seit Juli 1989 andauernde Hausarrest von Aung San Suu Kyi wird am 10. Juli aufgehoben. Gemeinsam mit ihren Parteifreunden macht sich Aung San Suu Kyi an die Reorganisation der NLD.

1996 Im Januar ergibt sich der im »Goldenen Dreieck« operierende Drogenkönig Khun Sa mit seiner Privatarmee der Regierung.

Im Mai wird eine große Zahl von Oppositionspolitikern, insbesondere von der NLD, verhaftet.

Nach Unruhen in Rangun läßt die Regierung im Dezember die Universitäten schließen. Über Aung San Suu Kyi verhängt sie einen De-Facto-Hausarrest: Die zu ihrem Anwesen führenden Straßen werden gesperrt, und ihr selbst wird jeder Kontakt zu internationalen Medien untersagt.

WÖRTERVERZEICHNIS

Ahimsa	grundlegendes Gebot des »Nichtverletzens« von Lebewesen
Anatta	Lehre von der Nichtigkeit bzw. dem Nicht-Ich, derzufolge den Erscheinungen keine absolute Substanz zugrunde liegt, der menschlichen Person also auch keine »ewige« Seele. Die buddhistische Wiedergeburtslehre geht dementsprechend nur von Bedingungszusammenhängen *(karma)* aus, nicht jedoch von Seelenwanderung.
Anicca	Vergänglichkeit
Arahant	Heiliger
Bodhisattva	erleuchtetes Wesen und künftiger Buddha. Im Mahayana-Buddhismus spielt der Bodhisattva eine zentrale Rolle als Heilsbringer, der auf Buddhaschaft verzichtet, um den Menschen zur Erlösung zu verhelfen.
Buddha	allgemein ein Erwachter oder Erleuchteter, der dem Kreislauf der Wiedergeburt entkommen ist. Zumeist ist der historische Buddha und Religionsgründer, Siddhattha Gotama (etwa 563–483 v. Chr.), gemeint.
Cetena	Beweggrund, Motiv
Chanda	Wunsch, Wille
Citta	richtige Einstellung, Geist
Dana	Gaben, Geschenke
Daw	(gesprochen: Do) »Frau«, Anrede für eine ältere oder höhergestellte Frau
Dhamma	Lehre des Buddha

Dukkha	das Leiden als Grundbedingung menschlicher Existenz
Goldenes Dreieck	Region im Dreiländereck von Birma, Thailand und Laos mit besonders intensivem Mohnanbau (vorrangig für Opium und seine Derivate wie Morphin, Heroin)
Kachin	im Bergland im nördlichen Teil Birmas ansässige Volksgruppe
Karen	im südöstlichen Teil Birmas lebende ethnische Minderheit
Karma	grundlegende Kategorie der buddhistischen Religion, die den gesetzmäßigen Zusammenhang zwischen den Taten und Absichten eines Menschen und der durch sie herbeigeführten Wiedergeburt bezeichnet
Ko	Anrede für einen jüngeren Mann
Kusala	gute, dem eigenen Karma nützliche Taten
Kyat	(gesprochen: tschat) Währungseinheit in Birma (1 Kyat = 100 Pyas)
Ma	»Fräulein«, Anrede für eine jüngere Frau
Mahayana-Buddhismus	hauptsächlich in den nördlichen Ländern Asiens verbreitete Schulrichtung des Buddhismus, in der dem Mitgefühl eine besondere Stellung eingeräumt wird (Mahayana = »Großes Fahrzeug«)
Metta	Haltung der Güte, des Wohlwollens
Moha	Unwissenheit, Verblendung
Mon	im Südosten Birmas lebende ethnische Minderheit
Mudita	Anteil nehmende Freude
Musavada	das Nicht-Wahre
Pagode	buddhistischer Kultbau
Pali	indische Literatursprache, in der der buddhistische Kanon abgefaßt ist
Panna	Weisheit
Samsara	der Kreislauf der Wiedergeburten
Sangha	der buddhistische Mönchs- und Nonnenorden
Sati	Bewußtheit, geistige Wachheit
Sayadaw	älterer Mönch, auch Abt eines Klosters
Shan	größte ethnische Minderheit Birmas, vorwiegend im östlichen Landesteil ansässig

Sutra	Religiöser Lehrsatz, auch Abhandlung oder Lehrrede
Theravada-Buddhismus	vor allem in Sri Lanka und den Ländern Südostasiens beheimatete Schule des Buddhismus, die sich auf die »Lehre der Alten« beruft und beansprucht, die ursprüngliche, strengere Form des Buddhismus zu vertreten
U	»Herr«, Anrede für einen älteren oder höhergestellten Mann
Vinaya	Ordenszucht, Regelwerk für das mönchische Leben
Vipassana	buddhistische Form der Meditation, bei der sich der Meditierende nicht auf einen Gegenstand des Denkens konzentriert, sondern sich dem Bewußtseinsstrom überläßt
Viriya	Ausdauer
Wa	kleine Volksgruppe, die im östlichen Teil des Shan-Staates beheimatet ist